KB108289

슈퍼맨은 왜 미국으로 갔을까

지은이 한민은 고려대학교 심리학과를 졸업하고, 같은 학교 대학원에서 심리학 석사·박사 학위를 받았다. 미국 클락 대학교에서 방문학자로 공부했으며, 고려대학교·서강대학교 평생교육원 등에서 10여 년간 심리학과 문화심리학을 가르쳤다. 현재 우송대학교 교양교육원 교수로 일하고 있다. 학부 졸업까지는 심리학보다는 한국의 역사, 문화, 특히 국악에 흥미를 갖고 국악인과 같은 다른 길을 심각하게 고려하기도 하였으나, 다행스럽게도 끝내 제 신명을 낼 곳을 찾았다. 지은 책으로 『신명의 심리학적 이해』, 『신명의 심리학』(공저), 『심리학』(공저), 『문화심리학』(공저), 『The subjectified and subjectifying mind』(편저) 등이 있다.

슈퍼맨은 왜 미국으로 갔을까

2018년 3월 9일 초판 1쇄 발행
2018년 9월 27일 초판 3쇄 발행
지은이 한민
펴낸곳 부키(주)
펴낸이 박윤우
등록일 2012년 9월 27일 등록번호 제312- 2012- 000045호
주소 03785 서울 서대문구 신촌로3길 15 산성빌딩 6층
전화 02) 325- 0846
팩스 02) 3141- 4066
홈페이지 www.bookie.co.kr
이메일 webmaster@bookie.co.kr
제작대행 올인피앤비 bobys1@nate.com
ISBN 978-89-6051-623-6 03180

책값은 뒤표지에 있습니다. 잘못된 책은 구입하신 서점에서 바꿔 드립니다.

이 도서의 국립중앙도서관 출판예정도서목록(CIP)은 서지정보유통지원시스템 홈페이지(http://seoji.nl.go.kr)와 국가자료공동목록시스템(http://www.nl.go.kr/kolisnet)에서 이용하실 수 있습니다.(CIP제어번호: CIP2018005554)

방구석 문화여행자를 위한

58가지 문화 패키지 여행

슈퍼맨은

왜
미국으로
갔을까

한민(문화심리학자) 지음

부·키

어쨌거나 낯선 문화심리학으로의 초대

1996년, 독일의 세계적인 석학 위르겐 하버마스가 방한했을 때, 우리나라 학자들은 그에게 물었습니다. "한국의 사회 상황을 해결하기 위해서는 어떻게 해야 할까요?" 하버마스는 이렇게 말했답니다.

"그걸 왜 나한테 물어요?"

한국에서는 이와 비슷한 일이 종종 일어납니다. 한국의 사정을 가장 잘 알아야 할 사람들이 자기들 문제의 답을 밖에서 찾으려고 하는 것이죠. 인구 대비 해외 유학생 1위를 자랑하는 한국이 자국의 문제에 대해 독자적인 답을 내놓지 못하고 있다는 사실은 많은 생각이 들게 만듭니다.

저는 답을 찾고 싶었습니다. 우리나라 사람으로서 내가 사는 곳에서 일어나는 일들에 대한 설명을 제대로 하고 싶었습니다. 그리고 세계 시민으로서 다른 나라에서 일어나는 일들을 이해하고 싶었습니다. 하지만 쉽지 않은 일이고 쉽지 않은 길이었습니다. 눈물 없이 들을 수 없는 사연들이 많은데요. 이야기가 너무 길어질 것 같으니 지금 다 말씀드릴 수는 없고…. 이 책은 그 동안 스스로 던졌던 질문과 그 질문에 대한 답입니다. 차례를 보면 이 책이 두 부분으로 구성되어 있다는 걸 알 수 있습니다.

1부 '멀고도 낯선 세계 문화, 이방인의 마음'은 저를 궁금하게 만들었던 다종다양한 문화에 관한 답을 찾기 위한 과정입니다.

인간과, 인간이 만들고, 그 안에서 살아가고 있는 사회의 모든 일들은 문화 안에서 이루어집니다. 1부에서는 문화가 무엇이고, 사람들은 어떻게 문화를 만들었으며, 문화는 또 어떻게 사람들에게 영향을 미치는지 다루고 있습니다. 문화를 어떻게 바라봐야 하고, 다른 문화에서 온 사람들을 어떻게 이해해야 하는지도 담았습니다.

우리 주위에서 일어나고 있는 일들의 의미는 누구나 금방 이해할 수 있을 만큼 명확하게 전달되지 않습니다. 게다가 우리의 머릿속에는 지금까지의 교육 결과로 수많은 고정관념과 도식들이 작동하고 있지요. 따라서 문화적 현상의 의미를 이해하기 위해서는 약간의 지식과 연습이 필요합니다. 이 책의 1부는 독자 여러분께 그런 도움을 드리기 위해 준비했습니다. 물론 재미도 있습니다. 저, 재미있는 사람입니다.

2부 '가깝고도 낯선 우리 문화, 한국인의 마음'은 제가 한국인으로서 더욱 궁금했고, 또 답하고 싶었던 문제에 대한 제 나름의 답들입니다. '한국에서는 왜 남편 성을 안 따를까?' '한국인은 왜 영어를 이렇게 못하지?' '왜 한국만 한국 나이를 쓰지?' '왜 한국에 고인돌이 제일 많지?' '한국 회사들은 왜 고객을 호구 취급하지?' 등등.

저는 이 땅에 살면서 궁금한 것들이 참 많습니다. 그런데 그런 질문에 답을 찾기는 쉽지 않습니다. 아무리 학식이 높고 많이 배운 사람들에게 물어봐도 '이거다' 싶은 얘기를 듣기는 힘들었습니다. 또 아무리 최신의 외국 이론을 적용해 봐도 설명 안 되는 것투성이입니다. 결국 "한국 사람들 참 이상해…"로 끝나는 그런 무의미한 토론들을 참 많이도 했죠. 그래서 제가 직접 답을 찾기로 했습니다. 2부의 내용은 오랜 시간 동안 연구하고 공부하며 제가 찾은 답들입니다. 물론 제가 전하는 내용들이 현상에 대한 유일무이한 답은 아닐 겁니다. 사회과학에서 절대적인 정답이란 없겠죠.

그러나 이것 하나는 자신 있게 말씀드릴 수 있습니다. 제 설명이 처음엔 생소하겠지만 읽어 보면 꽤 그럴 듯하다는 느낌을 받을 겁니다. 저, 공부 많이 했거든요. 공부 많이 하고 열심히 찾아낸 답들이니만큼 충분히 재미있게 즐길 수 있을 겁니다.

학자가 겸손하지 못하게 무슨 말을 그렇게 하냐고요? 아니 그럼 공부 많이 한 걸 조금 했다고 할 수도 없잖습니까. 거의 대부분의 책에서 저자의 말을 보면, '이 부족한 사람이…' '이 졸고拙稿를…' 이런 식으로 나와 있던데, 바쁜 현대 사회의 독자들이 왜 그런 부족한 사람이 쓴 부끄러운 책을 시간 낭비하며 읽어야 합니까.

공부 많이 한 사람이 자신 있게 쓴 이 책을 읽으십시오.
독자 여러분의 시간은 소중하니까요.

문화심리학자 **한민**

1부

멀고도 낯선 세계 문화, 이방인의 마음

한국은 더 이상 '고요한 아침의 나라'가 아닙니다. 국내에 거주하는 외국인이 170만 명이 넘고, 해외 동포의 수는 700만 명을 넘었습니다. 지인 중 몇몇은 외국에서 살거나 일하고 있으며, 친척 중에 외국인과 결혼한 사람 한두 명쯤은 있을 겁니다. 이 글을 읽는 여러분 중에도 외국에서 일하고 있거나 외국인과 사귀는 사람이 있겠지요. 그야말로 세계화 시대가 도래한 거죠.

그런데 우리는 이런 환경에서 살아갈 준비가 되어 있을까요? 서로 다른 문화가 만나 이해한다는 것은 쉬운 일이 아닙니다. 우리가 세계화의 모범으로 삼고 있는 미국이나 유럽에서도 문화의 충돌로 인한 사건 사고가 끊이지 않고 있습니다.

'톨레랑스tolérance'라고 들어 보셨을 겁니다. 관용이라는 뜻의 프랑스어인데요. 그 관용의 나라 프랑스에서 이슬람 여성의 히잡 착용을 금지하는 법안을 통과시켰습니다. 유럽 각국은 북아프리카와 중동 지역에서 흘러드는 이민을 제한하는 움직임을 보이고 있으며, 최근 두드러지는 IS 문제는 이슬람을 향한 적대적인 태도로 직결되고 있습니다.

문화 이해는 이제 막 다문화사회의 초입에 들어선 한국이 자만할 영역이 절대 아닙니다. 우리는 미디어를 통해 소개되는 단편적인 정보만으로 다른 나라를 이해했다고 착각하곤 합니다. 세계가 하나 되는데 일일이 다른 문화를 이해할 필요성이 뭐가 있냐고 생각할 수도 있습니다.

하지만 할리우드 영화나 미드, 여행 프로그램에서 그려지는 세계는 우리가 실제로 살아가고 있는 세계와는 하나도 상관이 없습니다. 〈CSI〉를 시즌 16까지 마스터해서 내가 마치 그리섬 반장과 친구라도 된 듯한 기분이 들어도, 해외여행 때 TV에서 본 맛집에 일부러 찾아가서 이국적인 요리를 사 먹는다고 해도, 그것이 세계 문화가 하나가 되었다는 뜻은 아니죠.

문화란 가장 사소한 것부터 시작해 가장 핵심적인 것까지 인간의 삶 전반에 영향을 주는 것입니다. 쉬운 예를 들어 봅시다. 여러분은 치약을 앞부터 짭니까, 뒤부터 짭니까? 저마다 살아온 습관에 따라 앞부터 짜거나 뒤부터 짜겠지요. 이런 두 사람이 같이 살게 되면 문제가 생깁니다. 치약을 뒤부터 짜서 쓰는 사람은 앞부터 짜는 사람이 이해가 안 됩니다. 그렇게 쓰면 낭비라고 난리입니다. 앞부터 짜는 사람도 뒤부터 짜는 사람이 이해가 안 되긴 마찬가지입니다. 그런데 이 '치약 논쟁'에서 옳고 그름이 있을까요? 문화란 이런 것입니다. 명확하게 한편이 옳거나 그르다는 근거는 없습니다. 서로가 자신에게 익숙한 것을 고집할 뿐입니다. 내가 옳고 상대방이 틀린 것이 아니라 서로에게 익숙한 것을 옳다고 믿고 있을 뿐임을 깨달아야 치약 논쟁을 끝낼 수 있습니다. 어차피 치약을 반만 쓰고 버리는 사람은 없으니까요. 앞부터 짜다가 안 나오면 뒤에서 짜면 됩니다.

이처럼 별것 아니라고 여기다가 상상 이상의 역풍을 맞을 수도 있는 것이 문화라는 영역입니다. 치약 말고 종교처럼 사람에 따라서는 목숨과도 바꿀 수 있는 가치 때문에 충돌이 일어난다고 가정해 봅시다. 멀리 갈 것도 없이 매일같이 뉴스에 나오는 사건이 바로 그런 일들입니다.

어떻게 이해해야 할까요? 분명한 것은 우리가 이런 일들을 점점 더 많이 이해해야 하는 세상에 살고 있다는 점입니다. 이 책에서는 세계 여러 곳의 문화와 관습을 살펴보며 문화를 어떻게 바라보아야 하는지, 문화가 어떻게 만들어지고 왜 변화하는지 등 문화를 둘러싼 다양한 이야기를 나누어 보고자 합니다.

1

외국인은 괴물도, 신도 아니다

제가 블로그 프로필로 사용하고 있는 이미지는 『악학궤범』에 실린 '처용'의 얼굴입니다. 처용은 『삼국유사』 헌강왕 조에 나오는 인물입니다. 어느 날 헌강왕이 개운포(울산)에 순시를 나갔다가 바다에서 한 사람이 걸어 나오는 것을 보았습니다. 누구냐고 묻자 그는 "나는 용왕의 아들"이라고 말합니다. 과연 처용은 진짜 용왕의 아들이었을까요?

문화의 교류가 많지 않던 고대 사람들은 외국 사람을 처음 봤을 때 괴물 또는 신적인 존재라고 생각했습니다. 그리스 신화에 나오는 켄타우로스족을 아시나요? 하반신은 말이고 상반신은 사람인 켄타우로스족은 해양민족이던 그리스 사람들이 내륙을 여행하다 발견한 기마민족의 이미지일 가능성이 큽니다. 말이라는 동물도 처음 보는데 말을 타고 다니는 사람을 상상하기란 쉬

『악학궤범』에 실린 처용탈(왼쪽), 〈켄타우로스〉, 외젠 프로망탱, 1868년(오른쪽)

운 일이 아니죠.

동양 쪽 기록에도 비슷한 예가 있습니다. 고대 세계의 여러 나라와 종족을 기록한 중국의 『산해경』이라는 책에는 뱀의 머리를 한 사람, 새의 날개를 한 사람 등 기상천외한 외모를 한 괴물들의 그림이 그려져 있습니다. 그러나 실제로 이런 종족이 존재했다기보다는 중국을 떠나 처음 만난 사람들을 본 충격이 반영된 기록일 겁니다. 늘 보던 옷차림 대신 뱀 가죽으로 만든 모자를 쓰거나 새의 깃털로 장식된 옷을 입은 사람들을 자신과 똑같은 사람이라고 생각하기는 어려웠을 테니까요.

처용을 직접 언급한 자료는 없지만 이슬람 세계와 교류한 역사에 비추어 보면, 마찬가지로 처용도 신라에 여행 온 외국인이었을 가능성이 큽니다. 헌강왕은 9세기에 재위한 왕인데요. 9세기는 이슬람 세계의 확장으로 아랍 상인들이 세계 곳곳을 누비던 때입니다. 실제로 이슬람 학자들은 신라에 관한 기록을 남겨 놓았는데, 신라에는 금이 흔하고 자연이 아름다우며 사람들도 예쁘고 잘생겨서 신라 땅에 정착한 아랍 상인들이 많았다고 합니다.

신라에 정착한 아랍인들은 독특한 외모와 체형으로 신라 사람들의 눈길을 끌었습니다. 신라 원성왕의 무덤인 괘릉의 무인석을 보면 매우 이국적인 무인의 모습을 하고 있습니다. 한 역사가가 추정한 내용에 따르면, 당시 신라의 왕족이나 세력가들은 자기들 기준으로 덩치가 좋고 험상궂게 생긴 아랍인들을 고용해 보디가드로 썼다고 합니다. 괘릉 무인석이 그 흔적이지요.

신라의 헌강왕에 의해 처용도 공무원으로 채용되어 근무합니다. 아리따운 신라 여인과 결혼도 합니다. 하루는 처용이 야근을 하고 늦게 퇴근해 보니 아내가 역신疫神과 바람을 피우고 있는 게 아닙니까? 처용은 조용히 물러나며 노래를 지어 불렀습니다. "이불 밑에 다리가 네 개인데 둘은 내 것(아내)이지만 둘은 뉘 것인가…" 하는 그 노래 말이죠. 노래를 들은 역신은 참회하며 "당신의 얼굴 그림만 봐도 그 집에는 들이가지 않겠다"는 다짐을 합니다.

그 후로 신라 사람들은 역병을 막기 위해 처용의 얼굴을 그려 문에 붙이고 처용이 부른 노래를 불렀다고 합니다. 그 노래와 춤이 지금의 국가무형문화재 39호인 처용무입니다. 2009년 유네스코 세계무형문화유산으로 지정되기도 했지요.

『산해경』에 수록된 그림 일부

오랫동안 사람들은 다른 문화에서 온 사람들을 괴물이나 신 같은 신화적 존재로 여겼습니다. 그러다가 세월이 지나고 그들이 우리와 다를 것 없는 사람이라는 사실을 깨달으면서 외국인을 보는 시선이 점점 바뀌어 갑니다.

중세 기독교의 치명적인 실수

사람들이 해외여행을 하고 안방에서 다른 나라의 풍경을 볼 수 있게 된 것은 인류 역사상 100년도 안 된 일입니다. 그것도 길게 잡아서죠. 인류가 지구상에 나타난 이후, 지금부터 100년 전까지의 사람들은 자기가 태어난 동네에서 살다가 죽었습니다. 그렇게 살던 사람들에게 처음 만나는 다른 나라 사람은 충격 그 자체였을 겁니다. 앞서 언급한 것처럼, 옛날 사람들은 외국인을 괴물이나 신神, 즉 인간이 아닌 존재라 생각했습니다.

그러나 교류가 늘어나면서 이러한 인식은 차차 변화하는데요. 대표적인 설이 중세의 '타락설'입니다. 쉽게 말하자면 세계에서 발견되는 다른 문화권 사람들은 '타락한 인류'라는 것입니다. 대체 무슨 이야기일까요? 중세 유럽인들의 사고방식은 기독교의 영향을 빼고는 생각할 수 없는데요. 타락설의 논리를 따라가 보겠습니다.『구약성경』의「창세기」에 다음과 같은 이야기가 나옵니다.

최초의 인류 아담과 이브는 에덴동산에 살았습니다. 그들은 카인과 아벨이라는 두 아들을 두었습니다. 카인은 농사를 짓고 아벨은 목축을 했습니다. 형제는 자신이 거둔 곡식과 양으로 신께 제사를 지냈는데 신은 늘 동생 아벨의 제사만 받으셨습니다. 화가 난 카인은 동생 아벨을 죽이고 그 죄로 에덴동산에서 쫓겨납니다. 신은 하루아침에 아들 둘을 다 잃은 아담과 이브에게 새 아들을 주셨고, 그 아들에게서 새로운 인류가 번성하게 됩니다.

여기에 답이 있습니다. 유럽인들은 아담과 이브의 새 아들의 자손이므로 그들이 만난 새로운 인류는 에덴동산을 떠난 카인의 후손이라는 이야기죠. 카인이 아벨을 죽인 죄인이었기 때문에

〈아담과 이브〉, 마르칸토니오 프란체스키니, 1680년경(왼쪽). 〈아벨을 죽이는 카인〉, 바르톨로메오 만프레디, 1610년(오른쪽)

그 후손들 역시 죄인, 즉 타락한 인류라는 설명입니다.

또 다른 접근으로는 원죄설이 있습니다. 아담과 이브가 선악과를 따 먹음으로 해서 모든 인류는 원죄原罪를 안고 태어나는데, 기독교를 믿는 유럽인들은 그 죄를 용서받지만 믿지 않는 사람들은 타락한 상태로 살아가기 때문에 죄인일 수밖에 없다는 논리입니다.

지금의 상식으로야 말이 안 되는 이야기이지만, 중세 유럽에서 기독교는 사람들의 상식, 철학, 논리, 세계관 자체였다는 사실을 잊어서는 안 됩니다. 아무튼 이러한 논리에서 유럽인들은 다른 나라, 다른 문화권 사람들을 타락한 죄인으로 보았고, 그런 생각에 맞추어 그들을 대했습니다.

유럽인들은 죄에 빠져 살고 있는 형제자매들을 하루빨리 구원하기 위해 선교사들을 파견하고, 그들에게 타락의 길에서 벗어나 새로운 삶을 찾을 수 있는 기회로 개종을 강요합니다. 선교사는 'missionary'라고 하는데 'mission', 즉 사명을 다하는 이들이라는 뜻입니다. 타락한 형제들에게 새 삶을 주는 것이 선교사들의 거룩한 사명이었다는 뜻이겠지요.

그러나 당시는 '대항해시대'로 일컬어지는 유럽의 식민지 개척이 한창인 시기였습니다. 거룩한 사명을 띤 선교사들은 어쩔 수 없이 제국주의의 첨병이 될 수밖에 없는 운명이었죠. 선교사들이 진출하여 지리와 풍토가 파악되고 나서 본국의 침략이 진행되는 건 정해진 수순이었습니다.

선교사들과 동행한 총칼을 든 군인들은 '죄를 씻고 새 삶을

콜럼버스와 스페인 군인들의 아메리카 원주민 학살

얻을 기회'를 거부하는 원주민들을 무참히 학살했고 원주민들의 종교와 문화, 풍습은 타락의 증거라며 철저히 파괴합니다. 중남미의 거의 모든 나라들이 스페인어를 쓰고 가톨릭을 국교로 한다는 사실은 대항해시대의 절대강자, 스페인의 흔적이라 하겠습니다. 아스테카 문명과 잉카 문명이 스페인의 손에 완전히 사라졌지요. 정복자들에 의해 죽어 간 사람의 수만 해도 수천만에 이를 것으로 추정됩니다.

최근 프란치스코 교황은 남미 원주민들에게 과거 식민지 시대에 교회가 저지른 죄를 사과했습니다. 인류가 다른 문화를 가진 사람들을 더 이상 '타락한 이들'로 보지 않는다는 증거겠지요.

문화가 다른 이들을 이해한다는 것은 이렇게 어려운 일입니다. 자신의 인식을 기준으로 상대방은 죄인이 될 수도 있고 친구가 될 수도 있습니다. 상대를 죄인이라고 보면 죄인에게 합당한 대우를 하려 할 것이고, 상대를 친구라고 생각하면 상대와 우정을 나눌 것입니다. 그런데 말입니다. 인류는 중세 기독교의 실수를 딛고 서로를 이해하게 되었을까요? 유럽과는 문화가 다른 사람들에게는 어떤 미래가 기다리고 있을까요?

피부색 다르다고 사람도 아니야?

얼굴색이 연탄색이랑 똑같네….

한 나라의 여당 대표—2015년 12월 새누리당 대표 김무성—였던 사람의 말입니다. 말은 곧 그 사람의 인식을 보여 줍니다. 친근감을 표시하기 위해서 했다는 이 말은 그가 평소에 다른 인종을 어떻게 생각하고 있었는지 전 세계에 알렸습니다. 로이터 통신의 기자 제임스 피어슨이 남긴 트윗으로 이 사건을 보는 세계인들의 인상을 요약할 수 있을 것 같군요.

James Pearson@pearwick (2015년 12월 18일)
정말 어이가 없다.

이것이 그 양반 개인의 문제만은 아닙니다. 많은 한국인들이 인종과 피부색에 편견을 품고 있습니다. 왜 이 사건이 이슈가 되는지 모르는 사람들도 꽤 있을 겁니다.

흑인은 무식하고 게으르다. 아프리카에는 잘사는 나라 하나 없지 않느냐.
동남아 애들? 깜둥이들보다야 좀 낫지.
백인이 가장 잘났지. 백인들 나라는 다 선진국이잖아.

한국에 퍼져 있는 '인종 상식'입니다. 이런 상식이 버젓이 통용되고 있습니다. 국내 거주 외국인 170만 명 시대, 명실상부한 다문화시대에 접어들었지만 한국인들의 문화 인식은 아직 그에 걸맞은 모습이 아닌 듯합니다. 이런 생각들은 도대체 어디에서 왔을까요? 오늘은 인종 편견의 유래를 이야기해 보려 합니다.

앞의 글에서 중세의 문화 인식을 언급했습니다. 유럽인은 자신들과 문화가 다른 사람들을 죄인으로 봤기 때문에 그들을 죽이고 노예로 부리는 것에 거리낌이 없었다고요. 과학이 발달하면서 다른 문화에 사는 이들이 '죄인'이라는 생각은 사라졌습니다. 그렇지만 여전히 그들이 우리(유럽인)보다는 못하다고 여겼지요.

시대가 변하면서 여기에 과학적인 근거가 들어가게 됩니다. 바로 진화론입니다. 생명체는 원시적인 형태에서 고등한 상태로 진화한다는 이 이론은 생물학뿐만 아니라 사회의 변화를 설명하는 이론으로도 받아들여졌습니다. 이것이 바로 '사회진화론'이지요. 이 설명을 따라가 보면 인간사회도 생물처럼 진화의 과정을 밟는데, 더 많이 진화한 종족이 있고 덜 진화한 종족이 있다는 겁니다. 즉 유럽인이 인류 진화의 정점에 서 있고, 그다음에는 아시아인, 동남아시아인 등이 있으며, 거의 진화하지 못한 이들이 아프리카 흑인이라는 주장입니다.

사회진화론은 곧 제국주의의 이론적인 배경이 됩니다. 유럽인들이 절대 남의 나라를 '침략'해서 국권을 빼앗은 게 아니라, 진화하지 못해서 고통받고 있는 형제들을 위해 병원도 세워 주고 학교도 세워 주고 철도도 놓아 주고 했다는 거지요. 어디서 많이 듣던 이야기 같습니다.

실제로 당대 유럽인들은 그렇게 세계인은 '돕는 것'이 백인의 숭고한 의무라고 생각했습니다. 다음은 『정글북』의 작가 키플링의 시 「백인의 의무」 가운데 일부입니다.

"말 그대로 갈라 먹습니다."

백인의 짐을 져라/너희가 낳은 가장 뛰어난 자식들을 보내라/너희의 자식에게 유랑의 설움을 맛보게 하라/너희가 정복한 사람들의 요구에 봉사하기 위해.

아무튼 사회진화론을 바탕으로 유럽 열강은 전 세계를 갈라먹습니다. 아프리카의 국경선이 반듯반듯 직선으로 돼 있다는 사실 아시지요? 유럽인들이 '위도와 경도'로 식민지를 분할한 흔적입니다. 그 탓에 식민지 국가들은 제국주의 시대가 끝나고 독립한 뒤에도 내전이다 쿠데타다 하면서 고통받고 있지요.

그런데 사회진화론은 제국주의 국가들만 받아들인 것이 아니었습니다. 식민지 나라들도 자신들의 운명을 진화론으로 돌렸습니다. '우리가 게을러서 힘을 기르지 못해 나라를 빼앗겼다'는 생각을 하게 된 것이죠. 그러면서 식민지를 거느린 제국주의 나라들의 기득권을 인정하게 됩니다. 다음은 1900년 조선의 한 신문에 실린 사설 가운데 일부입니다.

구라파 사람들은 가죽이 희고 털이 명주실같이 곱고 얼굴이 분명하게 생겼으며 (중략) 황인종은 가죽이 누르고 털이 검고 거세며 이가 밖으로 두드러지게 났으며 흑인종은 가죽이 검으며 털이 양의 털같이 곱실곱실하다. (중략) 백인종은 오늘날 세계 인종 중에 제일 영민하고 부지런하며 담대한 고로 온 천하각국에 모두 퍼져서 하등 인종들을 이긴다.

이것이 바로 오늘날 한국 인종지도의 뿌리입니다. 제국주의가 날로 팽창해 가던 구한말, 지식인들은 당대의 현실을 약육강식·적자생존의 진화론적인 질서로 이해했습니다.

우리는 힘이 없기 때문에 나라를 잃는다. 그것은 약자가 강자에게 먹히고 강한 자만이 살아남는 자연의 법칙이다. 그러므로 어서 힘을 길러야 한다.

물론 틀린 말이 아닙니다. 우리나라가 일제강점기를 거치며 체화한 내용이기도 하고요. 우리의 선생님의 선생님의 선생님부터 지금에 이르기까지 전해져 온 생각들입니다. 물론 강한 나라를 만들고자 했던 선조들의 노력을 폄하할 생각은 없습니다. 하지만 그동안 우리에게 인종과 문화를 둘러싼 강한 편견이 뿌리내리게 되었다는 점은 깨달을 필요가 있지요.

2차 세계대전으로 제국주의 시대는 막을 내렸습니다. 식민지 사람들에 대한 사회진화론적 설명도 그 효력을 다했습니다. 어

ⓒ 한국방송광고진흥공사

모두
살색입니다

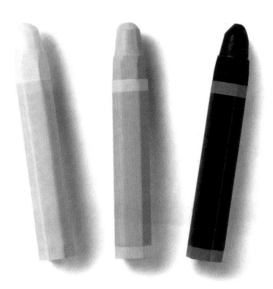

**외국인 근로자도 피부색만 다른 소중한 사람입니다
돌아가서 우리나라를 세계에 알릴 귀한 손님입니다**

우리민족은 약소국의 설움을 누구보다 잘 알고 있습니다.
일제시대의 아픔이 아직도 우리가슴에 아물지 않고 남아있습니다.
그래서 요즘 심심찮게 들려오는 외국인 노동자 인권유린의 소식들은
더욱 우리의 마음을 아프게 합니다.

우리나라에 온 귀한 손님들에게 동방예의지국의 미덕을
다시 한번 보여줄 때입니다.

kobaco 한국방송광고공사
공익광고협의회

"이 광고 나온 지 꽤 됐습니다."

떤 인종이 우수하고 어떤 인종이 열등하다는 인식은 없어져야 할 편견에 불과합니다. 그러나 아직도 많은 사람들이 다른 인종을 진화론적 잣대로 판단하고 있습니다.

흑인 노예들이 해방된 지 150년이 넘었지만 미국에서 흑인들은 아직도 차별에 시달리고 있고, 제국주의 시대가 끝난 지도 70년이 흘렀지만 서양 사람들의 마음에서 백인 우월주의가 사라진 것 같지도 않습니다. 한국처럼 식민지 역사를 겪은 다른 나라들의 경우도 마찬가지입니다.

문화를 어떻게 바라보느냐의 문제는 그 문화에서 온 사람과의 관계를 설정합니다. 상대방이 나보다 우월하다고 생각하면 비굴한 태도로 그를 대할 것이고, 상대방이 나보다 못하다고 생각하면 고압적인 태도로 그를 대할 것입니다. 남의 얼굴색을 연탄색이라고 불러서는 안 되는 이유입니다.

신대륙의 '발견'이라고?

지난 글에서 언급한 '대항해시대'라는 말을 기억할 겁니다. 대항해시대란 15~16세기에 유럽인들이 배를 타고 세계로 진출하던 시기를 일컫는 말입니다. 스페인, 포르투갈, 영국, 네덜란드 등의 나라들이 경쟁적으로 다른 나라에 식민지를 건설하던 시기죠. 세계사를 읽는 이들의 가슴을 뛰게 하는 로망의 시대이기도 합니다. 드넓은 바다, 꿈과 희망과 모험, 이국적인 풍경과 금은보

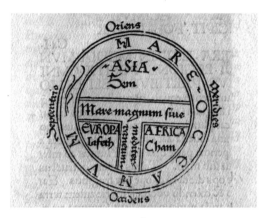

T-O 지도

화…. 어릴 적에 일본 코에이KOEI 사에서 나온 '대항해시대'라는 게임을 밤새는 줄도 모르고 했던 기억이 납니다.

대항해시대를 촉발한 사건은 콜럼버스의 '신대륙 발견'이었습니다. 잘 아시다시피 콜럼버스는 스페인 이사벨라 여왕의 후원을 받아 1492년 아메리카 대륙의 바하마 제도를 '발견'합니다. 이 사건이 중요한 이유는 당대 유럽인들은 세계에는 세 개의 대륙, 즉 유럽·아시아·아프리카만 있다고 믿었기 때문입니다.

중세 유럽인들은 T-O 지도라는 세계지도를 쓰고 있었는데요. 그림을 보면 예루살렘을 중심으로 위쪽에 아시아가 있으며, 홍해를 사이에 두고 아프리카가 있습니다. T자의 왼쪽 가로선 흑해 아래에 유럽이 있고, 유럽과 아프리카 사이에는 지중해가 있고요. 세 대륙의 바깥에는 거대한 바다가 있다고 생각했습니다.

이런 상황에서 콜럼버스는 유럽의 서쪽, 즉 세상의 끝으로 항해를 나간 것입니다. 당시 사람들은 바다의 끝은 낭떠러지로 되어 있어서 거기까지 간 사람들은 모두 떨어져 죽는다고 믿었기 때문에 콜럼버스의 도전은 아주 무모한 짓으로 받아들여졌습니다. 그런데 아무것도 없다고 생각했던 곳에서 새로운 대륙—콜럼버스가 발견한 것은 섬이었지만—이 나타났으니 '신대륙'을 발견했다고 호들갑을 떤 것도 이해가 갑니다. 이전까지의 세계관을 뒤집는 일대 사건이었던 것이지요.

게다가 콜럼버스는 자기가 발견한 땅이 인도라고 굳게 믿고 있었습니다. 그래서 거기에서 만난 사람들을 당연히 인도 사람이라 생각했죠. 사실 유럽에서 인도에 가려면 아프리카를 넘어 한참 가야 되지 말입니다. 우리가 남북아메리카 원주민을 '인디언'이라고 부르는 이유는 콜럼버스의 착각에서 비롯되었습니다.

그런데 여기서 눈여겨볼 점이 있습니다. 우리는 '콜럼버스의 신대륙 발견'이나 '대항해시대'라는 용어를 매우 익숙하게 쓰고 있는데요. 인류사에 없던 새로운 대륙이 유럽의 한 항해자에 의해 최초로 '발견'되었고, 인류는 그때를 기점으로 새로운 곳에 '진출'하게 된 것일까요? 이런 생각은 상당히 유럽 중심적인 사고입니다. 그 땅에서 계속 살아왔던 사람들에게도 그곳이 '신대륙'일까요? 그들 처지에서 1492년의 그 사건을 기술하자면 한 무리의 유럽인들의 '방문'이라 표현하는 것이 맞지 않겠습니까?

유럽인들은 신대륙 발견 이후로 식민지에서 엄청난 부를 끌어모읍니다. 유럽은 경제적 풍요를 바탕으로 과학과 문화를 발전시키고, 이로써 인류사의 변방이었던 유럽이 문명의 중심으로 떠오르는 계기가 마련됩니다.

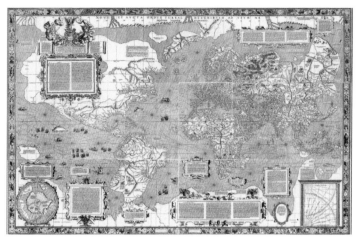
1569년 메르카토르 도법으로 그린 지도로, 유럽이 실제 크기보다 과장되어 있다.

반면 아메리카 대륙의 원주민에게는 콜럼버스의 방문을 기점으로 '헬게이트'가 열립니다. 유럽인들은 원주민을 기본적으로 자신들과 동등한 사람으로 보지 않았기 때문에, 콜럼버스 자신부터가 개를 풀어 원주민들을 물어 죽이게 하거나 할당량의 금을 가져오지 않으면 어린 원주민 소년들의 손목을 자르는 만행을 저지르죠.

불과 수십 년 만에 남북아메리카에서는 두 개의 문명이 사라지고 막대한 양의 금은보화가 유럽으로 흘러들어 갑니다. 우리가 찬탄해 마지않는 근세 유럽의 성취는 이들의 희생 위에서 피어난 꽃입니다. 지금 우리가 알고 있는 세계의 역사는 유럽인들이 자기들 관점에서 서술해 놓은 것일 뿐입니다. 우리는 그 역사를 배우고 있습니다. 그뿐 아닙니다. 우리에게 유럽―을 비롯한 서구―은 정치, 경제, 사회, 학문, 문화, 예술, 스포츠 등 모든 인간 활동의 중심으로 자리하고 있습니다. 우선 이런 생각들이 우리가 세계의 다양한 문화를 판단하는 데 엄청난 영향을 끼친다는 것을 알아야 합니다. 서구가 모든 인간 행동의 표준이 되기 때문에 서구가 아닌 지역에 위치한 다른 나라의 역사와 문화는 서구보다 뒤떨어진 것으로 이해되기 쉽죠.

'어? 맞는 말 아닌가? 사실이 그렇지 않나?' 이런 생각이 드는 분이 많을 줄 압니다. 바로 이 지점이 어려운 문제입니다. 당연하다고 믿어 왔던 것을 달리 생각해 보는 것. 문화 이해의 기본 전제이지요.

대항해시대로 시작된 유럽의 강세는 산업혁명 이후 제국주의 시대를 거치면서 더욱 확고해집니다. 그리고 그때 형성된 사고방식이 현재까지도 우리에게 영향을 주고 있습니다.

이상한 동양의 착한 미개인

2차 세계대전으로 제국주의가 종언을 고하면서 제국주의의 이론적 배경이었던 사회진화론적 시각은 힘을 잃습니다. 제국들이 나눠 가졌던 식민지들이 '민족자결주의'를 바탕으로 독립하면서 제국주의의 근거가 됐던 '누가 누구보다 열등하다는 생각'은 설 자리가 없어진 거죠.

진화론 이후, 문화 이해를 위해 새롭게 채택된 시각은 '문화상대주의'입니다. 모든 문화는 나름의 이유를 지니고 지금의 모습으로 변화해 온 것이기 때문에, 진화와 같은 절대적 기준이 아니라 상대적인 관점에서 봐야 한다는 생각이죠.

그러나 한 세기가 넘는 시간 동안 진화론적 설명을 따라온 사람들이 하루아침에 새로운 시각을 갖추기는 쉬운 일이 아니었습니다. 유럽인들 눈에 다른 지역, 다른 문화는 여전히 낯설고 이해하기 어려웠습니다. 그래서 그들은 다른 방식의 설명을 찾아내는데, 바로 오리엔탈리즘입니다.

오리엔탈리즘은 과거로 거슬러 올라갑니다. 고대 그리스-로마 시대부터 서양인들은 동방에 대한 환상이 있었죠. 호메로스가 『일리아드』를 쓰던 시절에도 동방(이집트)은 당대의 모든 부와 지혜가 모이는 곳이었습니다. 알렉산더 대왕부터 카이사르, 안토니우스를 거쳐 나폴레옹에 이르기까지 서양의 정복자들은 이집트를 차지함으로써 자신의 성취에 방점을 찍으려 했던 겁니다.

유럽인들이 문명의 초입에 막 들어섰을 무렵, 동방의 메소포타미아와 이집트에서는 벌써 엄청난 문명이 꽃을 피우고 있었지요. 일례로 그 눈부셨던 로마제국(기원전 27~기원후 476년)조차 초기에는 운송에 말을 사용하지 못했습니다. 로마인은 말을 수레에 묶는 기술을 몰랐거든요. 한편 고대 동방의 여러 제국에서는 벌써 1000년 전부터 말이 끄는 전차를 전쟁에 널리 쓰고 있었죠.

당시 유럽인들이 동방을 보는 인식은 이러한 문화에 대한 일반적인 무지와 동방의 눈부신 문명을 향한 동경과 환상이 어우러진 것이었습니다. 이슬람 문명이 꽃피었던 7세기에서 12세기까지도 그랬죠. 17세기 오스만제국이 쇠퇴하기 전의 동방은 서

기원전 13세기 이집트 람세스 2세 재위 기간의 전차

양이 그렇게 만만히 볼 수 있는 대상이 아니었습니다.

그러다 서양 문명이 동방을 앞지르면서(?) 이러한 인식에 변화가 왔습니다. 특히 제국주의 시대가 시작된 후로 동방은 철저하게 서양보다 낮은 존재로 인식됩니다.

그렇지만 유럽인들이 철저히 얕잡아 보았던 남미나 아프리카와 달리 동방—중동과 인도, 동아시아를 포함한—에 대해서는 상대적으로 좋은 이미지가 포함된 여러 가지 환상이 섞여 들어가는데요. 뭐 아무리 좋게 묘사되어도 이러한 이해는 결국 동양을 서양에 지배당할 수밖에 없는 존재로 보는 시선으로 귀결됩니다. 동방을 보는 서구의 이러한 시각을 오리엔탈리즘이라고 합니다. 더 자세히 알고 싶은 분들에게 에드워드 사이드의 책 『오리엔탈리즘』을 추천합니다.

중국과 일본 등이 세계사에 모습을 드러내기 시작한 근대 이후에는 고전적인 동방의 범위가 동아시아로까지 확대됩니다. 물론 한국도 포함됩니다.

오리엔탈리즘을 두 마디로 요약하면 다음과 같습니다. '착한 미개인, 동양의 현자'. 이 말은 프랑스 사람 프레데리크 불레스텍스가 13세기부터 20세기 초반까지 유럽인들이 한국에 관해 남긴 기록을 정리한 책의 제목입니다. 근대 유럽인들이 한국인들을 대략 저렇게 생각했다는 것인데요. 꼭 한국에 국한되는 것이 아니라 '동양'에서 만난 낯선 사람들을 보는 일반적인 인식이라는 점에서 오리엔탈리즘적 사고의 표본이라고 생각됩니다.

'착한 미개인, 동양의 현자'에는 두 가지 이미지가 있습니다. 미개와 문명이 그것이죠. 진화론에 따르면 일단 '미개'한 것으로 받아들여집니다. 조금 들여다보면 또 서구 문명과는 다른 나름의 문명이 있다는 것이 발견되는데 이것을 이해하자니 쉽지 않습니다. 그래서 대충 '현자'라는 말로 뭉뚱그리는 것입니다.

오리엔탈리즘의 문제는 오리엔탈리즘의 환상 중 어느 쪽도 실제 동양과는 거리가 멀다는 겁니다. 진화론적 배경에서 나온 '미개'는 말할 것도 없고, 동양인들도 웬만큼 받아들이고 있는 '현자' 이미지 또한 재고할 대상이지요.

서양인들은 대개 '명상' '수련' 등의 이미지로 동양을 이해하고 소비합니다. 관광을 오고 콘텐츠를 만듭니다. 또한 전통 복색을 입고 여행객을 향해 미소 짓는 현지인들, 궁전이나 사원의 화려한 색채 또는 무늬로 동양을 인식하기도 합니다. 어떠십니까? 낯설지 않으시죠? 동양인인 우리에게도 꽤나 익숙한 이미지입니다. 문제는 저것이 과연 동양이고 동양 문화냐 하는 것이죠.

물론 동양 문화의 일면이기도 합니다. 그러나 저런 부분만으

1978년 출간된 에드워드 사이드의 『오리엔탈리즘』 책 표지에 쓰여 유명해진 장 레옹 제롬의 작품
〈뱀 부리는 사람〉, 1883년(위), 〈기모노 입은 카미유〉, 클로드 모네, 1876년(아래)

로 동양을 이해하는 것이 과연 진짜로 이해하는 것일까요? 이런 인식은 아직도 이어지고 있습니다. 〈비정상회담〉으로 유명해진 독일 청년 다니엘 린데만이 처음 한국에 와서 놀랐다던 이야기가 떠오르는군요. 한국인들은 전부 광화문 앞에 모여서 태권도를 하고 있을 줄 알았는데 아니어서요.

잘 와닿지 않으면 영화 〈게이샤의 추억〉을 보시죠. 다들 알다시피 게이샤는 일본의 문화로, 우리나라의 기생妓生에 해당하는 사람들입니다. 이 영화에는 뭔가 이상한 점이 있습니다. 뭘까요? 네, 배우들이 전부 중국 사람입니다. 장쯔이, 양자경, 공리가 주연을 맡았습니다. 뭐 그럴 수도 있겠죠. 서양 사람들은 '어차피' 동양 사람을 잘 구분하지 못하니까요.

그런데 이상한 점이 또 있습니다. 이 영화에서는 모든 사람들이 영어를 씁니다. 게이샤들이 영어를 썼던가요? 일본 사람들이 영어를 저렇게 자연스럽게 쓰던가요? 집이 가난해서 게이샤로 팔려 가는 여섯 살짜리 여자아이까지? 뭐 그럴 수도 있겠죠. '어차피' 서양 사람들이 볼 영화인데 일본어로 돼 있으면 누가 보겠습니까? 그렇지요?

여기서 끝이 아닙니다. 이상한 점은 또 있습니다. 영화에 등장하는 게이샤가 추는 춤입니다. 주인공인 장쯔이는 패션모델들이 걷는 런웨이 같은 무대에서 비가 내리는 특수효과를 받으며 팔다리를 심하게 휘젓는 춤을 춥니다. 바로 이게 이상한 점인데, 게이샤의 춤에는 이런 동작이 있을 수가 없습니다. 그들의 춤은 매우 느리고 정적입니다. 게이샤도 게이샤 춤도 아니라는 것이 확실합니다. 이래도 괜찮은 걸까요? 중국 배우들이 영어를 쓰면서 되도 않는 현대무용을 하는 이 그로테스크한 장면에 아무런 위화감을 느끼지 않으셨다면 당신은 '거의' 서양 사람입니다.

많은 분들은 제가 일일이 쟤들이 중국 사람이고, 말을 영어로 하고, 저 춤이 일본 춤이 아니고를 말하고 나서야 저 영화가 뭔가 이상하다는 점을 깨달았을 겁니다. 그만큼 이런 이미지가 우리 주변에 흘러넘친다는 이야기겠지요.

위에서 '어차피'가 여러 번 나왔습니다. '어차피' 서양 사람들이 보는 거니까. 그러나 그 과정에는 동양이나 동양 문화, 동양 사람에 대한 이해가 들어갈 틈이 없습니다. '서양 사람들이 동양에서 보고 싶어 하는 것들'이 있을 뿐이죠. 바로 이것이 오리엔탈리즘이고 오리엔탈리즘의 폐해입니다. 그리고 이러한 시각은 생각보다 깊숙이 우리 삶에 들어와 있습니다.

동양은 어떤 곳입니까?
한국은 어떤 나라입니까?
당신은 누구십니까?

영화관 옆 오리엔탈리즘

〈300〉이라는 영화가 있습니다. 기원전 480년 페르시아가 그리스를 침공했을 때의 이야기를 담았죠. 평화롭게 잘 지내던 그리

"스파르타!!!"

테르모필레 전투
기념비로 세워진
레오니다스 왕

스에 전쟁의 기운이 감돕니다. 악의 무리 페르시아가 투항을 요구해 온 겁니다. 용맹한 스파르타의 레오니다스 왕은 페르시아의 사신을 개구멍에 차 넣으면서 그 유명한 대사를 외칩니다. "디스! 이스! 스파르타!This is Sparta(여기는 스파르타다!)"

이제 전쟁을 피할 수 없게 되었습니다. 흉폭하기 짝이 없는 페르시아의 100만 대군이 그리스로 몰려오고 있습니다. 생긴 것만 봐도 과연 흉악무도해 보이는 페르시아 대군입니다. 아아, 그리스의 앞날은 어찌 될까요.

우리의 레오니다스 왕과 300명의 스파르타 전사들은 용감하게 싸웠지만 수적 열세를 극복하지 못하고 끝내 장렬한 최후를 맞습니다. 사랑과 명예를 지키기 위해 승산 없는 싸움에 뛰어든 레오니다스 왕과 300명 용사들의 비장한 죽음을 아름다운 영상으로 담아낸 이 영화는… 네, 전형적인 오리엔탈리즘 영화입니다.

앞서 언급했듯 오리엔탈리즘은 서양의 눈으로 본 동방에 대한 왜곡된 이미지를 일컫는 말이죠. 오리엔탈리즘으로 본 동방은 실제 동방과는 전혀 상관없는 '서양이 보고 싶어 하는 동방'이기 때문에 동방을 이해하는 데 걸림돌이 될 뿐입니다.

이 영화에서 묘사하는 페르시아가 바로 서양인들이 본 동방의 이미지를 잘 나타내고 있는데요. 일단 서양인들은 자신들의 뿌리를 그리스 문명으로 봅니다. 철학, 과학, 민주주의 등 현대 서양에서 이어받아 발전시킨 것들이 고대 그리스에서 시작되었기

페르시아의 불멸대. 다리우스 궁전의 부조(왼쪽). 〈다리우스 1세를 알현하는 스키타이인들〉, 프란치셰크 스무글레비치, 1785년(오른쪽)

때문이지요.

또한 그리스에서 동쪽에 위치하고 그리스와 적대관계였던 페르시아가 자연스럽게 악역을 맡게 됩니다. 단지 지리상의 구분이었던 서양 vs. 동방의 구분은 페르시아의 침략과 함께 선 vs. 악의 구도로 넘어가고, 그 결과 이 영화에서와 같은 이미지들이 나타나게 된 것이죠.

이 영화에서 페르시아인들은 대단히 흉악무도하고 거칠고 잔인한 야만인들로 묘사되고 있습니다. 문제는 이 묘사가 철저히 잘못된 것이라는 점입니다. 영화에서 빡빡머리에 웃통을 벗고 온갖 황금 장신구를 휘감고 포효하는 사람이 페르시아의 왕 크세르크세스 1세인데요. 이 양반의 아버지 다리우스 1세의 모습을 좀 보시죠. 같은 제국의 왕이고 아들이니까 크세르크세스 1세도 비슷하게 입었겠죠?

네, 입을 거 다 입으신 분입니다. 머리에 쓴 관과 치렁치렁한 의상은 왕의 위엄을 드러내고, 손에 든 잔과 지팡이는 제국의 풍요와 번영, 그리고 그 제국이 잘 정비된 행정제도로 다스려지고 있음을 상징합니다.

크세르크세스 1세는 아케메네스 왕조 페르시아의 최전성기 때 왕입니다. 당시 페르시아의 영토

다리우스 1세의 초상, 기원전 4세기경

는 소아시아에서 이집트, 인더스강 인근까지 아우르는, 당대 그리스를 제외한 거의 모든 문명국을 통합한 대제국이었습니다. 이런 제국의 지배자가 조폭처럼 웃통 벗고 금목걸이 번쩍거리며 교양 없이 행동했을까요?

서양 사람들은 착한 그리스 vs. 못된 페르시아의 도식을 어떻게든 지키려고 노력합니다. '뭐, 땅은 넓었을지 모르지만 사람들은 막 미개하고 그랬을 거야. 페르시아 왕이 폭정을 하고 백성들은 억압에 시달리고 그랬겠지?'

안타깝게도(?) 그렇지 않았습니다. 아케메네스 왕조의 창시자 키루스 대왕은 그 무렵 가장 강력한 세력이었던 바빌론 제국을 병합하고 일종의 인권선언문(키루스 실린더)을 발표하는데, 여기에 보면 모든 시민은 종교의 자유가 있으며, 노예제도를 금하고, 국가 사역에 종사하는 노동자들에게는 급여를 지급한다고 나옵니

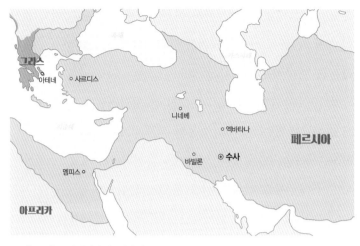

크세르크세스 1세 당시의 페르시아 영토

다. 우리가 막연히 상상했던 미개, 억압, 폭정 따위와는 매우 상
반된 기록들입니다.

참고로, 바빌론에 잡혀 와 있던 유대인들을 해방해 돌려보낸
것이 이 키루스 대왕(성경의 고레스 왕)입니다. 재미있는 것은, 성경에
나오는 에스더의 남편 아하수에로 왕이 영화의 '저 빡빡이'(크세르
크세스 1세)라는 사실입니다.

그러면 왜 영화는 페르시아를 저렇게 묘사했을까요? 답은 간
단합니다. 우리 편인 그리스(스파르타)와 대비되는 강렬하고 부정적
인 적의 이미지를 만들고 싶었겠지요. 그런데 그 과정에서 역사는
왜곡되고 동방에 대한 이미지 역시 부정적으로 변해 갑니다.

더 큰 문제는 이 영화에 나오는 스파르타와 페르시아의 전쟁
이 현대에도 이어지고 있다는 점입니다. 페르시아가 있는 중동
지역에서는 1948년 이스라엘 건국 이후 서방 세력과 충돌이 계

속되고 있는데요. 이 과정에서 이스라엘이 등에 업은 미국 중심의 서방 vs. 중동 이슬람 국가들 — 현재의 IS는 제외하고요 — 이라는 구도가 떠오릅니다.

영화 〈300〉의 그리스 vs. 페르시아는 자연스럽게 현 중동 땅에서 벌어지고 있는 서방 vs. 중동의 갈등과 오버랩되면서 '착한 서방'과 '사악한 중동'이라는 이미지가 덧씌워지는 거죠. 이 영화를 보면서 페르시아 편에 자신을 동일시하기는 무척 어렵습니다. 그만큼 선 vs. 악의 단순한 구도로 만들어진 영화니까요.

그러나 우리의 현실도 영화처럼 그렇게 단순하기만 할까요? 전 세계적인 골칫덩이로 떠오르고 있는 IS를 비롯하여 현재의 중동 문제를 이해하기 위해서는 제국주의 시대부터 계속된 서방의 정치 공작과 2차 세계대전 이후 이스라엘 건국으로 시작된 팔레스타인 문제, 중동의 석유를 둘러싼 이권 다툼, 아랍 국가들 사이의 뿌리 깊은 정치적·종교적 갈등 등에 대한 이해가 선행되어야 합니다.

하지만 대부분의 사람들은 그런 것까지 알고 싶어 하지 않습니다. CNN에서는 오직 자유와 평등, 정의를 위해 어둡고 미개한 지역에서 싸우고 있는 서방의 군대만 보여 주니까요. 이처럼 중동에 대한 우리의 도식은 선악의 싸움으로 단순화하고, 서방의 언론을 거쳐 걸러진 정보들은 이 도식을 확증하는 데에만 활용될 겁니다.

이것이 우리 주변에 만연한 오리엔탈리즘의 폐해 중 하나입니다. 세계의 모든 현상을 서방 중심으로 바라보게 되는 거죠. 이

2017년 3월 영국 런던 브리지 테러와 버러마켓 테러를 다룬 신문 보도

러한 경향은 우리나라에서 영어 열풍을 타고 훨씬 가속되고 있습니다. 우리가 영어 공부를 위해 보고 듣는 〈Voice of America〉나 CNN, BBC 등이 어느 편 언론인지 생각해 보시면 사태의 심각성을 알 수 있을 겁니다.

우리가 사는 세상, 우리가 받아들이는 정보는 전혀 가치중립적이지 않습니다. 이런 상황에서 다른 문화를 판단한다는 것은 매우 조심스러운 일입니다.

여담으로, 페르시아라는 명칭도 서구 중심적 시각을 잘 보여줍니다. 페르시아라는 이름은 아케메네스 왕조의 수도가 있던 '파르스'에서 유래했는데, 정작 그 나라 사람들은 자기 나라를 단 한 번도 페르시아라고 부른 적이 없다고 합니다. 그 사람들이 자기 나라를 부르던 이름은 '이란'입니다.

심층 분석 |
〈300〉 이전과 이후

영화만 보시면 전 세계를 지배하겠다는 페르시아의 시커먼 야심이 평화롭게 잘 지내고 있는 그리스 도시국가들에 마수를 뻗친 것 같지만, 그건 어디까지나 문제 많은 이 영화의 설정입니다.

때는 기원전 499년, 페르시아의 이오니아 지역 — 아테네와 마주 보고 있는 곳 — 에서 반란이 일어납니다. 반란군의 우두머리 아리스타고라스는 아테네와 스파르타에 지원을 요청했는데, 스파르타는 "거리가 멀다"고 거절하고 아테네가 원군을 보내죠. 아테네가 뭐 자유와 평화의 수호자여서 그랬느냐 하면, 딱히 그렇지는 않습니다.

그리스 vs. 페르시아 전쟁 당시의 지명

당시 아테네는 참주정(독재정치)에서 민주정으로 넘어가던 시점이었는데요. 추방된 독재자 페이시스트라토스의 가문이 페르시아에 망명을 가 있었습니다. 국내 정세를 위협할 수 있는 세력이 페르시아에 있다는 사실은 아테네에는 찜찜한 일이었기에, 아테네는 이오니아의 독립을 지원함으로써 페르시아를 견제하려 한 겁니다.

이오니아와 아테네 연합군은 페르시아의 사르디스를 침공하여 도시를 깡그리 불태웁니다. 네, 아테네가 먼저 쳐들어갔습니다. 화가 난 페르시아의 다리우스 왕―크세르크세스 1세의 아버지―은 이오니아의 중심 도시 밀레투스를 파괴하고 반란을 진압한 뒤, 원군을 파병한 아테네를 혼내 주기로 마음먹습니다.

이렇게 '페르시아 전쟁'이 시작되는데요. 페르시아 처지에서 보면 자국을 침입했던 적을 응징하는 일입니다. 헤로도토스 이후의 서양 역사가들은 페르시아 제국의 야욕이라고 표현해 왔지만 말이죠. 그럼 페르시아쯤 되는 제국이 선제공격을 당하고도 가만있어야 하는 걸까요?

아무튼 페르시아는 군대를 이끌고 그리스를 침공하고요(기원전 491년). 여차여차해서 아테네는 마라톤 평원에서 페르시아군을 물리칩니다. 전투 후 마라톤 평원에서 아테네까지 달려가 승전보를 전하고 숨진 아테네 병사를 기리기 위해 우리가 잘 아는 마라톤 경기가 탄생하지요.

아테네를 정벌하려던 페르시아의 다리우스 왕이 죽고 그 아들 크세르크세스 1세가 아버지의 유지를 물려받아 2차 그리스 원

마라톤의 영웅 페이디피데스를 그린 〈마라톤의 병사〉, 뤼크 올리비에 메르송, 1869년(위), 아테네의 파르테논 신전, 기원전 447~438년(아래)

정을 나섭니다. 영화에서 미친 또라이 전쟁광으로 묘사된 크세르크세스 1세는 사실 별로 전쟁을 하고 싶지 않았다는데요. 복잡한 정치 상황과 아버지의 유지라는 점이 작용해 어쩔 수 없이 원정에 나서게 된 것으로 보입니다.

이것이 영화 〈300〉에 나온 테르모필레 전투입니다. 알다시피 300명의 스파르타 용사들은 전멸하고 아테네는 불바다가 되고 맙니다. 그러나 살라미스 해전에서 아테네 해군이 페르시아 해군을 대파함으로써—〈300: 제국의 부활〉이 이 내용입니다—크세르크세스 1세는 퇴각을 결정했습니다. 애초에 내키지 않은 원정을 떠난 크세르크세스 1세 처지에서는 소기의 목적도 달성한 만큼 전쟁을 계속할 이유가 없었을 겁니다.

그리스에서는 이 전쟁을 침략군을 물리친 대대적인 승전으로 기록하고 있습니다. 유네스코 세계문화유산 1호인 아테네의 파르테논 신전은 페르시아와의 전쟁에서 이긴 것을 기념하기 위해 세워진 겁니다. 하지만 이 전쟁은 페르시아에서도 "적들을 혼내주고 왔다"고 역시 승리로 기록하고 있지요. 여러 주체가 개입된 역사라는 건 여럿의 견해를 다 들어 봐야 하는 거겠죠.

대략 여기까지가 영화에 나온 내용이고요. 영화 이후가 더 흥미롭습니다. 자유와 민주주의를 수호하는 그리스가 최종적으로 악의 무리를 물리치면서 악의 제국은 멀리서 찌그러져 지내고 그리스는 희망차고 아름다운 나날을 이어 갔을 것 같지만, 사람 사는 것이 그렇게 간단하지가 않더군요.

그리스 도시국가 연합과 페르시아가 한창 싸움 중일 때도 두 세력은 활발히 교류해 왔는데요. 페르시아의 고관이 그리스로 넘어오기도 하고 그리스의 세력가가 페르시아로 망명하는 일도 잦았습니다. 심지어 '돈을 벌기 위해' 페르시아 용병이 되는 그리스 사람들도 있었지요.

지금부터 더 '막장스러운' 일을 소개합니다. 살라미스 해전 이후 아테네는 그리스 도시국가들의 맹주로 나섭니다. 페르시아의 재침에 대비한다는 명목으로 일대 도시국가들과 델로스 동맹을 맺고 대장 노릇을 하게 된 거죠. 그런데 아테네의 라이벌이었던―펠로폰네소스 동맹의―스파르타는 아테네의 독주가 꼴보기 싫습니다.

결국 스파르타는 반反아테네 도시국가들을 규합하여 아테네와 패권 싸움―펠로폰네소스 전쟁(기원전 431~404년)―을 벌입니다. 여기에는 그리스의 맹주가 된 아테네의 전횡도 한몫했습니다. 페르시아와의 전쟁을 대비한다는 명목으로 공동 기금을 조성했는데, 전쟁 위험이 아예 사라진 뒤―페르시아와 불가침조약(기원전 448년)―에도 그 돈을 자기들 돈처럼 갖다 쓰는 등 힘없는 동맹국들에게 '갑질'을 했거든요.

아테네의 최전성기를 이끌었던 페리클레스가 살아 있는 동안에는 아테네의 독주가 그런대로 유지되었지만, 페리클레스 사후에는 결국 펠로폰네소스 전쟁이 터지고 맙니다. 무려 28년이나 이어진 아테네와 스파르타의 싸움에서 승자는 '페르시아의 전폭적 지원을 받은' 스파르타였습니다. 네, 그렇습니다. 밑줄 쫙! 페. 르. 시. 아.

페르시아와 동맹을 맺은 스파르타는 펠로폰네소스 전쟁을 승리로 이끌었고 아테네는 기원전 404년 완전히 망합니다. 그리고 개방적이고 상업에 능했던 아테네와 달리 폐쇄적이고 경제 관념이 모자랐던 스파르타는 그 잘난 중장보병을 빼면 믿을 구석이 없었습니다. 점차 쇠락하던 스파르타는 기원전 371년 테바이에 패권을 넘겨주고, 테바이도 기원전 338년 곧 마케도니아에 그 자리를 내줍니다.

이때까지 우리의 페르시아는 꿋꿋이 드넓은 제국을 관리하며 잘 살고 있었습니다. 스파르타를 이용해 숙적 아테네의 뿌리를 뽑아내는 등 페르시아 전쟁의 최후 승자는 사실 페르시아였던 것입니다. 그리스 도시국가들을 평정한 마케도니아의 알렉산더 대왕이 페르시아로 쳐들어오기 전까지는 말이죠.

어쨌거나 스파르타는 펠로폰네소스 전쟁에서 아테네를 무찌르기 위해 레오니다스 왕을 비롯한 300명의 용사들을 죽음으로 몰고 간 악의 축, 사악한 제국 페르시아와 손을 잡았던 겁니다. 왜 이런 일이 일어났을까요? 답은 간단합니다. 세상은 '선과 악'이라는 단순한 논리로 돌아가지 않기 때문이지요.

자신의 이익을 위해 싸웠던 적대국들은 역시 자신의 이익을 위해 하루아침에 동맹국이 되기도 합니다. 영원한 적도, 영원한 친구도 없다는 것. 우리가 역사에서 배울 수 있는 소중한 가르침입니다. 임진왜란 때 도움을 준 명나라에 은혜를 갚는답시고 청나라와의 외교를 등한시한 조선이나, 중국과 러시아를 등한시하고 미국과의 관계에만 치중했던 최근의 한국 외교에도 시사하는 바가 크지요. 또한 역사는 2500년 전의 전투 하나로 현재 중동 지역에서 일어나고 있는 전쟁을 정당화하려는 얄팍한 시도 역시 꿰뚫어 볼 수 있는 힌트를 줍니다.

피라미드에서 외계인을 찾는 서양인들

그레이엄 핸콕의 『신의 지문』이라는 책이 있습니다. 이집트의 피라미드 같은 고대 문명의 흔적들이 사실은 외계인의 작품일지 모른다는 설을 풀고 있는 책이죠. 저도 고등학교 때 한참 빠져들었던 책인데, 읽어 보면 꽤 그럴듯합니다.

이집트 기제(기자)Gizeh에 있는 피라미드 3개의 배치가 오리온

호주에서 발견된 동굴벽화 '완드지나'

자리의 별 모양과 같고 이 배치가 마야의 피라미드에서도 나타나는 것으로 보아, 세계 각지에서 발견되는 피라미드들은 오리온자리에서 온 외계 문명이 건설한 것이라는 얘기도 있고요.

고대 암각화나 동굴벽화에 보이는 외계인 비슷한 의문의 그림들이나 페루 나스카 평원의 거대한 그림, 또는 잉카 문명의 비행기 모양 황금유물 등등으로 추정하건대, 세계 여러 곳에서 발견되는 고대의 건축물이나 예술품들은 어쩌면 외계인들이 남겨 놓은 것일지 모른다는 겁니다.

여러분도 이런 종류의 이야기를 많이 들어 보셨을 겁니다. 얘기 자체로는 흥미롭고 고대에 대한 상상력을 자극하기에 꽤 깊이 빠져들게 되죠. 그리고 이런 설을 바탕으로 영화도 심심찮게 만들어집니다. 대충 생각나는 것만 해도 〈스타게이트〉, 〈에이리언 vs. 프레데터〉, 〈인디아나 존스 4: 크리스탈 해골의 왕국〉 등이 있네요.

〈스타게이트〉는 나온 지 조금 된 영화인데 최근에 드라마로 만들어졌고요. 외계인들이 스타게이트를 통해 지구에 와서 이집트 피라미드를 만들었다는 내용이 나옵니다. 피라미드는 폼 안 나게 외계 우주선의 착륙장쯤으로 쓰이고 있지요. 제목만 봐도 유치하기 이를 데 없는 〈에이리언 vs. 프레데터〉에서는 마야 문명의 피라미드가 나오는데, 전투 종족인 프레데터들이 싸움 연습을 하기 위해 우주 최강의 생명체 에일리언을 지구—마야—에 풀어놓고 죽이는 무대쯤으로 등장합니다. 해리슨 포드 씨가 네 편이나 출연하신 〈인디아나 존스〉 시리즈의 4편에는 마야 문명

"이런 것들이 날아다니면서 볼 수 있도록, 땅에 이런 걸 그려 놨다 이런 얘깁니다."

의 수정해골이 실제 외계인의 해골이었고 마야의 피라미드는 외계인들이 타고 온 우주선이었다는 설정이 등장합니다.

어떠십니까? 재미있게 들으셨나요? 바로 이 외계문명설에 다른 문명을 대하는 서양인들의 인식이 숨어 있습니다. 앞에서 언급한 것처럼 서양인들은 제국주의 시대를 지나면서 진화론적 시각으로 세계를 바라보았습니다. 그래서 서양인 자신들이야 말로 이 지구상에서 가장 진화한 종족이라는 생각을 강하게 품게 되었죠. 그런데 세계 곳곳을 돌아다니다 보니 옛날에 만들어 놓은 어마어마한 건축물들이 있는 겁니다. 연대계산을 해 보니 서양 문명의 뿌리인 그리스 문명보다도 훨씬 오래된 것들입니다.

또는 서양인들이 생각하기에는 도저히 그럴 만한 능력과 기술이 없는 듯한 애들—예를 들면 남미 사람들—이 상상도 못할 규모의 건축물을 갖고 있는 겁니다. 이런 고대 문명의 흔적은 자신들이 제일 진화한 인간일 거라는 서양인들의 가정을 위협하게 됩니다. 그래서 서양인들은 자신들의 믿음을 지킬 수 있는 설을 택한 것이죠.

"아! 외계인들이 와서 만든 거구나!" 아무렴. 그때는 우리도 그런 거 못 만들던 때였는데 어떻게 저리 미개한 것들이…. 외계문명설의 논리를 따라가다 보면 가장 진화한 종족이라는 서양인들의 지위는 유지되고 다른 민족들은 진화를 못한 이들이라는 진화론적 설명이 그대로 살아 있음을 알게 됩니다. "우리는 진화했고, 너희들은 미개하다." 이것이 외계문명설의 핵심 메시지인 거죠.

이 우주에 인간만이 유일한 지적 생물체라는 사실은 믿기 어려운 일이고, 언젠가는 인류가 외계인과 교류하는 날이 올지도 모릅니다. 그렇지만 확인할 수 없는 설에 불과한 외계문명설은 바로 지금 세계의 여러 문화를 진화론적 질서로 재단하고 있습니다. 우리가 저런 영화들을 보고 즐기는 사이 이집트와 마야, 잉카, 아즈텍 사람들은 미개하다는 인식이 자연스럽게 우리의 뇌리에 새겨질 것입니다.

수백 광년의 거리를 지나 지구에 올 만큼 고도의 문명을 이룩한 외계인들 눈에, '인류 중에서 가장 진화했다는 서양인'들은 어떻게 보일까요? 과연 그들이 지구인을 자신들과 동등한 존재로 대해 줄까요?

심층 분석 I
피라미드는 노예가 만들지 않았다

앞서 이야기했듯이, 지구상에 존재하는 고대 문명의 유적들이 사실은 외계인이 만든 것이라고 주장하는 외계문명설은 일종의 오리엔탈리즘, 즉 서구의 시선으로 왜곡된 동방의 모습을 보여 줍니다. 피라미드를 외계인이 만들었을 거라는 주장은 고대 이집트의 기술 수준을 의심하는 데서 출발합니다. 즉 고대 이집트(기원전 2485~2475년 추정)의 원시적인 도구와 기술로는 피라미드처럼 거대하고 정교한 건축물을 만들 수 없다는 주장이죠. 그러면 이제 피라미드 건설의 비밀을 하나씩 살펴봅시다.

돌을 어떻게 떼어 내고 다듬었을까요? 피라미드 건설에 사용된 돌은 대부분 석회암입니다. 석회암은 석회 물질이 쌓여 굳은 퇴적암으로, 돌 중에서는 가장 무른 활석 다음으로 가공하기 쉬운 재료지요. 따라서 고대 이집트인이 원시적인 연장으로도 얼마든지 원하는 크기의 돌을 떼어 내고 가공할 수 있었습니다.

돌에 나무로 된 쐐기를 박고 물을 부으면 나무의 부피가 늘어나면서 돌이 쉽게 쪼개집니다. 실제로 카이로 근처의 한 고대 채석장에서는 다듬다 만 오벨리스크가 발견되었는데, 돌을 떼어내고 다듬던 쐐기와 정 자국이 그대로 남아 있습니다.

돌은 어떻게 운반했을까요? 채석장에서 피라미드가 건설된 장소까지는 50킬로미터에서 최대 900킬로미터에 이릅니다. 바퀴라는 개념조차 없었던 고대에 과연 굴대(롤러)만으로 평균 2.5

톤이나 되는 돌을 운반하는 일이 가능했을까요? 답은 의외로 간단합니다. 배죠. 채석장과 피라미드 건설장은 나일강 변에 있습니다. 돌은 우기에 범람한 나일강의 흐름을 타고 채석장에서 건설 장소로 옮겨졌습니다.

이집트에 배가 있었냐고요? 네, 있었습니다. 1954년 대피라미드 남쪽에서 발견된 '제1 태양의 배'는 당시 이집트의 조선 능력을 잘 보여 줍니다. 현재 원형이 복원돼 전시되고 있는 이 배는 총 길이 42.3미터, 폭 5.6미터로 한 번에 약 150톤의 물건을 운반할 수 있는 것으로 추정됩니다. 피라미드에 사용된 최대 크기의 석재 무게는 70톤입니다.

그렇다면 가져온 돌은 어떤 방법으로 쌓았을까요? 그 무거운 돌들을 말입니다. 스핑크스 '덕후'로 유명한 시카고 대학의 레너 교수는 고대의 연장만 사용해서 50명도 안 되는 인원으로 0.75톤에서 3톤에 달하는 186개의 돌로 8층짜리 피라미드를 건설했습니다. 이때 걸린 시간이 3주일입니다. 고대인들이 충분히 피라미드를 건설할 수 있었다는 점을 실증적으로 보여 준 예라고 하겠습니다.

물론 어떤 사람들은 그런 작은 피라미드 하나 만든 것으로 고대의 피라미드가 만들어진 방법을 증명할 수는 없다고 말합니다. 대피라미드는 한 변의 길이가 290미터, 높이 147미터, 돌은 230만 개, 추정 무게가 600만 톤이 넘으니까요.

그러나 규모는 문제가 아닙니다. 적절한 기술과 공법만 있다면 못할 일은 아니죠. 프랑스의 건축가 장 피에르 우댕은 피라미드가 두 가지 방법으로 건축되었다고 주장합니다. 기단부터 43 미터 지점까지는 외부 경사로를 이용해서 쌓고, 그다음부터는 피라미드 외벽에 나선형 경사로를 만들어 돌을 운반했다는 거죠. 작업의 효율성을 위해서 경사로의 경사각은 9~10도 정도로 유지했다고 합니다. 실제로 근래의 대피라미드 조사에서는 외부 경사로의 흔적이 발견되기도 했지요. 우댕은 이 방법을 사용한다면 4000명의 인원으로 대피라미드도 만들 수 있다고 주장합니다.

이렇게 피라미드는 당대 사람들의 손으로 지은 것입니다. 외계인이 아니고요. 그 밖에도 이집트에는 사람들이 피라미드를 만들었다는 증거가 많습니다. 외계인이 만들었다는 증거는 사실상 없죠. '저렇게 크고 정교한 것을 옛날 이집트인들이 만들었을 리 없어'라는 믿음밖에는요.

자, 사실 제가 말한 증거는 벌써 돌고 돌던 것들입니다. 뉴스에도 여러 차례 나왔고 내셔널 지오그래픽 방송에서도 다루었습니다. EBS에서도 〈문명과 수학〉 시리즈로 방영한 바 있지요. 하지만 외계문명설의 도식을 쓰는 분들에게 이런 정보는 관심의 대상이 아닙니다. 제가 문화 이해에서 '도식'을 강조하는 이유가 있습니다.

피라미드를 사람이 만들었다는 것이 사실이라고 치면, 고대 이집트인들은 도대체 왜 피라미드를 만들었을까요? 피라미드 건설에는 종교적인 이유가 있었다는 것이 그간의 정설입니다. 고대 이집트의 파라오들은 신 그 자체였는데요. 이들이 사후에 머무를 곳, 즉 파라오의 무덤이 피라미드라는 겁니다. "파라오들은 살아 있을 때부터 피라미드 건설에 힘썼는데 그 과정에서 수많은 노예들이 동원되었다." 이게 우리가 상식처럼 알고 있는 내용이지요.

피라미드는 노예들이 만들었을까요? 『구약성경』의 「출애굽기」에 근거하여 제작된 영화 〈십계〉의 영향 때문에, 피도 눈물도 없는 잔학한 파라오의 개인적인 욕망을 채우기 위한 피라미드 등 거대 건축물 건설에 이스라엘 노예들이 동원되었다는 설이 널리 퍼져 있습니다. 영화 〈10,000BC〉에서는 사악한 이집트인들이 평화롭게 살고 있는 신석기 부족들을 납치해서 피라미드를 짓게 했다는 설정이 나옵니다. 이 영화도 꽤 문제가 많은 영화죠.

어느 쪽이든 피라미드는, 국력은 강하지만 잔인하고 사악한 세력인 이집트인에 의해 한낱 개인의 욕망을 충족하기 위해서 무자비하게 동원된 노예들의 피땀으로 건설된 것이라는 가정을 담고 있습니다.

그런데 말입니다. 스핑크스 '덕후' 레너 교수와 함께한 자히 하와스라는 학자가 피라미드 건설 현장에서 몇 가지 의미 있는 발굴을 합니다. 그 자료에 따르면 임금을 받는 노동자들이 피라미드를 만들었습니다. 노동자들은 파라오와 자유 계약을 통해 피라미드 건설에 참여했는데요. 노동자 한 사람이 네 자루의 밀과 한 자루 반의 보리, 기름과 채소, 과일, 생선, 육류 등을 풍족하게 지급받았다고 합니다. 이는 근 18세기까지의 유럽인들의 임금 수준을 웃돕니다. 네, 피라미드 건설 연대는 기원전 2500년경입니다. 쿠푸 왕의 대피라미드가 건설된 때지요.

자세한 내용을 보면 더욱 놀랍습니다. 건설에 동원된 노동자들은 하루 8시간씩 8일 작업하고 2일을 쉬었는데요. 이 쉬는 동안에도 임금을 받았습니다. 하루 8시간 노동은커녕 주말에도 출근해야 하는 기원후 2018년의 어느 나라하고 비교가 됩니다.

물론 채찍질하는 감독도 없었습니다. 당시 서기들이 기록한 결석자 명단을 보면 노동자들이 작업에 빠지는 경우가 적지 않았는데요. 그 밖에도, 노동자들은 임금이 체불되면 파업을 하기도 하고 피라미드 옆에 자기들 무덤을 만드는 등 아주 자유롭고 인간적인 대우를 받았다는 증거가 많습니다. 노예들이 채찍질당해 가며 피라미드를 만들었다는 설은 하루빨리 수정되어야 할 것 같습니다.

그럼 피라미드는 도대체 왜 만든 것일까요? 왕의 사후 세계만을 위해서? 커트 멘델스존 같은 학자는 피라미드를 일종의 복지 사업으로 이해합니다. 1930년대 대공황을 벗어나기 위해 미국의 루스벨트 대통령이 시행한 뉴딜 정책과 같은 개념이죠. 약 4500년 전이라는 사실만 빼면 말입니다.

인구의 절대다수가 농민이었던 고대 이집트에서는 나일강이 범람하면 농사를 지을 수 없었습니다. 이집트 근처는 비가 별로 안 오지만 나일강 상류인 에티오피아 근처에는 비가 엄청 오기 때문에 나일강은 1년에 4개월이나 범람했다고 하죠.

이렇게 강이 넘치면 농사짓던 사람들은 할 일이 없어지고 가정에는 수입이 끊깁니다. 이는 이집트에도 별로 좋은 일이 아니

기제 지구 피라미드. "4500년 전 이집트판 뉴딜 정책의 결과죠."

지요. 이런 사람들에게 수입을 제공하기 위해 이집트의 지배층은
평소에 거둬들인 세금을 이용해서 국가 주도의 건설 사업을 벌
였던 겁니다. 현대적인 의미에서도 무척 발전된 개념의 복지라고
이야기하지 않을 수 없죠.

하와스는 기제 지구 피라미드 건설 때 노동자들 식량으로 날
마다 소 21마리와 양 23마리가 제공됐다며, 이를 근거로 노동자
수를 1만 명 수준으로 추정합니다. 고대 그리스 역사가 헤로도
토스가 노예 10만 명이 20년 동안 동원되었을 것이라고 상상했
던 설의 10분의 1에 불과한 수준이지요. 이들은 가족과 함께 공
사장 근처에 집을 짓고 살면서 충분한 임금을 받으며 피라미드
를 지은 것입니다.

피라미드는 노예가 만들었을 것이라는 생각은 착한 서양인

— 유대인이 왠지 편의상 서양인으로 분류되었습니다 — 을 노예로 부리는 사악한 동방인(이집트인)이라는 도식이 그대로 살아 있는 전형적인 오리엔탈리즘적 사고입니다. 이집트를 바라보는 이러한 생각은 어디에서 왔을까요?

1948년 중동 한복판에 이스라엘이 건국되면서 미국·유럽을 등에 업은 이스라엘과 이집트를 비롯한 주변 중동 국가들은 길고 긴 분쟁의 터널로 빠져들게 되는데요. 1~4차에 걸친 중동전쟁에서 이스라엘과 대척했던 중심 국가가 바로 이집트였습니다. 착한 이스라엘 노예들을 사정없이 수탈했던 사악한 이집트라는 이미지를 그려 낸 영화 〈십계〉가 제작된 1956년은 2차 중동전쟁 — 영국, 프랑스, 이스라엘의 이집트 침공 — 이 벌어지던 해였다는 사실은 많은 것을 생각하게 합니다.

결국 피라미드를 외계인이 건설했다는 주장이나 노예들이 만들었다는 주장 모두 서양에 의한 몰이해 또는 의도적인 왜곡일 가능성이 높습니다. 역사적·고고학적 증거들은 피라미드가 이집트 복지제도의 일환으로 자유 노동자들에 의해 건설되었음을 거듭거듭 이야기하고 있으니까요.

우리는 이제까지 피라미드의 놀라운 규모에 감탄면서도, 정작 그 피라미드를 만들어 낸 이집트에 대해서는 놀라울 정도로 감탄을 아껴 왔습니다. 이제 이집트와 이집트 문화에 살짝 미안한 마음을 품어도 좋겠습니다. 그리고 어디에 얼마나 더 있을지 모르는, 피라미드와 이집트처럼 잘못 이해되고 있는 것들에도 살짝 관심을 기울여 주었으면 합니다.

문화는 줄 세울 수 없다

이 세상에는 참으로 다양한 문화가 있습니다. 우리는 그 다양성에 감탄하는 한편, 어떤 문화는 다른 문화보다 '좀 떨어진다'는 인상을 받기도 하고, 또 어떤 문화는 다른 문화보다 '참 괜찮다'는 느낌을 받기도 합니다. 이때 느껴지는 문화의 차이는 어떻게 이해해야 할까요? 문화에 우열優劣이 있는 걸까요?

2차 세계대전 이후, 전 세계에서 공식적으로 받아들이고 있는 견해는 '문화상대주의cultural relativism'입니다. 간단히 말해, '모든 문화는 저마다의 이유를 갖고 발전해 왔으며 하나의 기준으로 줄 세워서는 안 된다'는 겁니다. 사회진화론처럼 단선적인 방향을 가정한 것이 아니라 문화가 저마다 다른 근원에서 나왔음을 강조하기에 다원주의적 성격을 띠고 있지요.

문화상대주의가 2차 세계대전 후에 처음 나온 것은 아닙니다. 문화상대주의의 뿌리가 되는 생각은 미국의 인류학에서 비롯되었습니다. 미국은 나라 안에 다양한 민족과 문화가 있다는 특징 때문에 일찍이 인류학에 관심을 기울였습니다. 그 대표적인 학자가 프란츠 보아스Franz Boas입니다.

보아스는 이전까지의 유럽 인류학을 충분한 자료 없이 이론을 구축하는 이른바 '안락의자 인류학'이라 비판하며, 다른 문화에서 살아가는 이들의 생생한 모습을 현장에서 보고, 듣고, 체험하고, 기록하는 현장연구field study 중심의 인류학을 제창했습니다.

프란츠 보아스

그는 이런 방법으로 아메리칸 인디언에 대한 현장연구를 많이 수행했는데, 그 결과 중요한 발견을 하게 됩니다. 밖에서 보면 다 비슷해 보이지만 안에 들어가서 보니 같은 아메리칸 인디언 이라고 해도 종족마다 상당히 독특한 문화가 있었다는 점이지 요. 보아스는 다음과 같이 주장합니다.

> 각 문화는 환경과의 관계나 이주 경험, 인접한 타 문화로부 터의 전파 등 나름의 고유한 역사가 쌓여 형성되는 것이므로 단순히 진화 도식으로는 설명할 수 없다.

진화론의 관점에서 벗어나 역사라는 개념으로 문화적 다양성 을 설명하고자 한 거지요. 제가 문화적 맥락의 중요성을 이야기 하면서 역사를 자주 언급하는 근거가 여기에 있습니다.

문화의 다양성을 존중하는 이러한 관점을 역사적 특수주의

historical particularism라고 합니다. 역사적 특수주의에는 가치라는 개념이 들어가면 안 되는데, 좋고 나쁨이나 옳고 그름의 가치는 각자가 지닌 역사적인 배경에서만 의미 있는 것이기 때문이지요. 즉 역사적 특수주의는 역사와 문화적인 배경이 다른 사람들은 서로 다른 방식으로 살아가는 것이 당연하다는 인식입니다. 바로 이 역사적 특수주의에서 문화상대주의가 출발합니다.

문화상대주의는 뒤에 다루게 될 루스 베네딕트Ruth Benedict 멜빌 허스커비츠Melville Herskovits 등 보아스의 제자들을 통해 인류학의 주된 관점이 됩니다. 특히 문화상대주의라는 개념은 허스커비츠에 의해 정립되고 널리 퍼지게 되는데요. 그에 따르면 문화상대주의의 핵심은 이렇습니다.

> 판단은 경험에서 비롯되며 경험은 그 사람이 받은 문화화를 바탕으로 해석된다.

문화화enculturation는 인간이 자신의 문화를 배워 익숙해지는 과정입니다. 즉 인간은 태어나서 자란 문화의 가치와 행동양식을 받아들이고 내면화하며 그에 따라 자기 경험의 의미를 이해하기 때문에, 인간의 모든 행위에는 그 사람이 나고 자란 문화가 반영되어 있다는 생각이 문화상대주의의 근본 원리인 것이죠. 바로 이 점 때문에 심리 경험의 '질'이 문화에 따라 '다르다'는 문화심리학의 주장이 가능해집니다. 따라서 문화상대주의는 각 사회가 그 구성원들의 삶을 유지하기 위해 만들어 낸 가치를 인정하고, 자기 것과는 다른 관습과 전통을 존중할 필요성을 강조하는 철학이라 할 수 있습니다.

　문화상대주의가 인류학 내에 자리 잡을 수 있었던 가장 큰 이유는 자본주의의 발달과 이에 따른 '서구의 몰락'이라는 위기감 때문이었습니다. 초기 자본주의의 모순과 문제점들은 자본주의에 대한 근본적인 회의를 불러오고 공산주의가 대두하는 계기가 됩니다. 서구 사회는 이러한 모순들을 해결하기 위해 '제국주의'라는 해법을 택하지만, 서로 더 많은 식민지를 차지하기 위한 경쟁은 결국 1차 세계대전이라는 비극을 낳았습니다.

　이런 상황에서 서구의 지식인들은 서구 사회의 위기를 타개하기 위한 대안으로서 비서구 사회의 문화적 가치에 눈을 돌렸습니다. 이를테면 부와 소비 없이도 자족하며 살아가는 이들이 지닌 가치에 주목하게 되었다는 말입니다. 이러한 인식은 오리엔탈리즘의 냄새도 없지 않지만, 어쨌거나 서구 문명을 비판적으로 성찰할 계기를 마련해 주었습니다.

　이로써 서구를 정점으로 인류 문화의 발달 단계를 서열화하는 견해는 힘을 잃고, 이제껏 '미개'사회로 불렸던 사회들을 포함해 모든 문화의 독립적인 가치가 존중되어야 한다는 견해가 등장하는데, 실제로 문화상대주의는 1차 세계대전 후에 제기된 민족자결주의와 반제국주의 운동의 이념적 바탕이 되었습니다.

　1차 세계대전이 끝난 뒤, 미국의 우드로 윌슨 대통령은 민족자결주의를 전후 세계 질서의 주요 가치로 상정합니다. 그 결과 전쟁을 일으켰던 오스트리아-헝가리 제국과 오스만제국, 러시아의 영토였던 발트해 연안 지역 등이 민족을 토대로 하는 여러 개의 신생 국가로 나뉘죠.

민족자결주의의 발표는 당시 강대국의 지배를 받던 전 세계의 수많은 약소민족에게 커다란 희망과 용기를 불어넣었는데요. 일제 치하에 있던 우리나라의 3·1운동도 민족자결주의, 크게 보면 문화상대주의의 영향을 받은 것이라 할 수 있겠습니다.

그런데 민족자결주의의 발표에도 불구하고 영국, 프랑스 등 연합군 쪽 식민지들—우리나라 포함—은 독립하지 못하고 그대로 유지됩니다. 민족자결주의가 딱히 억압받는 식민지 민중을 위한 것은 아니었다는 사실을 알 수 있는 대목이지요. 사실 정치적으로는 기존의 비유럽권 제국—오스트리아-헝가리제국, 오스만제국 등—들을 해체하기 위한 수단이었을 가능성이 큽니다. 정작 영국과 프랑스 등 유럽 제국들의 식민지는 그대로 유지되었고, 미국도 하와이·괌·사이판·필리핀 등 자기들의 식민지를 독립시키지 않았죠.

결국 1차 세계대전의 충격에서 회복된 독일과 대동아공영권이라는 헛꿈을 꾼 일본 등이 유럽권 제국들의 식민지를 노리고 일으킨 2차 세계대전이 끝나고 나서야 비로소 제국주의의 식민지들은 독립을 맞이한다.

이제 세계는 공식적으로 사회진화론을 폐기하고 문화상대주의를 바탕으로 상호 이해가 이루어지는 시대에 접어들었습니다. 그렇기 때문에 흑인과 동남아인들은 열등하고 백인들은 우월하다는 식의 일부 한국인들의 진화론적 문화 인식은 글로벌 시대에 큰 문제가 된다는 말입니다. 바로 그 진화론에 따라 식민지 역사를 경험한 당사자들이 다른 이들에게 진화론적 인식을 강요하다니요.

문화상대주의적 관점이 심리학에서 중요한 이유는 문화상대주의가 다른 문화에 대한 편견을 걷어 내 줄 수 있기 때문입니다. 다른 문화권 사람들의 마음과 행동을 이해하기 위해서는 그들의 마음과 행동이 그들의 문화 속에서 어떤 의미가 있는지 이해하는 것이 가장 중요합니다.

그러기 위해서는 그들의 문화가 어떤 필요에 따라 발생하고 유지되었는지를 그 문화 구성원들의 처지에서 이해하는 일이 요구됩니다. 어떤 문화를 판단하는 데서 다른 문화의 기준이 작용한다면 그 이해는 완전한 것이라 볼 수 없습니다.

그러나 우리가 사는 세계에는 지난 세월 동안 축적된, 다른 문화를 보는 편견이 겹겹이 쌓여 있습니다. 그 대부분은 서구를 문화와 문명 발전의 정점에 두고 다른 문화들을 줄 세우는 진화론적 인식에 근거합니다. 이런 상황에서 다른 문화권 사람들을 제대로 이해한다는 것은 불가능에 가깝습니다. 우리가 접하는 정보는 언제나 우리가 지니고 있는 도식을 지지하는 방식으로 처리되기 때문이지요.

그러므로 문화와 인간 심리를 이해하는 첫 번째 조건은 문화상대주의적인 시각입니다. "왜 이 문화의 사람들은 이렇게 행동할까?"라는 질문에 문화상대주의는 "잘은 모르지만, 그렇게 할 수밖에 없었던 이유가 있을 거야. 이제부터 그 이유를 찾아보자"며 답을 찾도록 도와줍니다. 반면 진화론은, "아, 이들은 진화하지 못했으니까 그렇지 뭐…"라는 정해진 답에 도달할 뿐입니다.

그런데 문화상대주의를 향한 비판도 만만치 않습니다. 대표적인 것이, 여성할례나 명예살인 같은 반인권적 관습도 문화적 다양성으로 존중해야 하는 것인가 하는 문제이죠. 다른 나라의 문화를 존중해야 하는 것은 맞지만, 당장 그 문화 탓에 고통받는 사람들이 있으니까요.

그러나 이 문제에 대해서는 심도 있는 논의와 성찰이 필요합니다. 문화란 그 사람들의 생존과 밀접한 관계가 있기 때문이지요. 고통받는 사람들을 구하기 위해 유엔군이라도 파견해서 해당 문화를 없애고 권력자들을 교체할 수도 없는 노릇입니다. 이런 방법은 그 문화 사람들의 주권을 무시하는 결과로 이어지니 말입니다.

2

천 개의 나라에는 천 개의 문화가 있다

마음은 문화에 따라 다를까?

문화심리학을 하면서 다른 학자들에게 가장 많이 듣는 말은 "한국인의 고유한 심리라는 게 진짜 있느냐?"는 질문입니다. 한국 문화심리학 연구 중에 한恨이나 정情, 신명 같은 우리나라의 문화적 심리를 개념화한 것들이 있는데요. 그런 연구가 발표될 때면 늘 나오는 질문이 바로 이겁니다.

"다른 나라 사람들에게는 한이 없겠느냐?" "다른 나라 사람들이라고 정을 안 느끼겠느냐?" "다른 나라 사람들도 신이 나지 않겠느냐?"

그런데 그걸 한국의 고유한 심리라고 말할 수 있겠느냐는 거죠. 이런 질문이 나오는 이유는, 심리학이 사람의 마음은 보편적이라는 가정에서 출발하기 때문입니다. 심리학은 '과학'이라는 정체성을 지니고 있습니다. 그리고 과학이란 '관찰 가능한 것을 검증 가능한 방식으로 연구하는' 학문이지요. 보이지 않는, 즉 관찰 불가능한 '마음'이라는 대상을 연구하기 위해 심리학은 여러 가지 방법론을 개발해 왔고, 그 방법들을 활용해 지금도 마음을 연구하고 있습니다.

심리학의 방법론을 대표하는 것은 측정입니다. 측정이란 마음에 수치를 부여하는 것입니다. 이를테면 내 여자 친구가 나를 7점 만점에 6점만큼 사랑한다, 나는 오늘 5점 만점에 3점만큼 행복하다, 이런 식이죠. 우리가 알고 있는 심리학 연구의 설문지들은 대개 이런 방식으로 만들어집니다.

심리학 연구는 이런 방식으로 추출된 수치를 사용해서 마음을 연구합니다. 심리 연구에서 측정이라는 개념을 이해하면 통계가 심리학의 필수 과목인 점도 쉽게 이해될 겁니다.

그런데 측정은 측정 대상이 일관적이고 보편적이어야 한다는 것을 뜻합니다. 물리학의 연구 대상들을 떠올려보면 쉬운데요. 물리학에서 측정 대상이 되는 것은 질량, 길이, 부피, 거리 등의 속성입니다. 이런 것들은 측정 도구만 정확하다면 언제 어디에서 재든지 동일한 값을 나타내지요. 예를 들어 한국에서 50킬로그램인 사람이 미국에서는 60킬로그램이 나왔다면 그 저울은 믿을 수 없을 겁니다.

따라서 측정한 값을 신뢰할 수 있으려면, 그리고 측정한 값을 비교하고 평가하는 일이 가능하려면, 측정 대상의 속성이 보편적이어야 합니다. 무게나 길이처럼 말이죠. 여기서 마음을 측정하는 것의 문제가 발생합니다. 마음도 무게나 길이처럼 보편적인 속성일까요?

'나는 여자 친구를 7점 만점에 5점만큼 사랑한다'고 했을 때, 그 5점은 모든 사람에게 동일한 정도의 5점일까요? 정도의 문제만이 아닙니다. 여자 친구를 5점만큼 사랑하기 이전에, '사랑'이란 무엇일까요? A가 정의하는 사랑과 B가 정의하는 사랑이 같다고 할 수 있을까요?

문화적으로 한국인이 생각하는 사랑과 일본인이 생각하는 사랑이 같은 개념일까요? 예전에 한국인과 일본인이 생각하는 사랑에 관한 재미있는 뉴스를 본 적이 있습니다. 사랑하는 연인들에게 서로 연락이 안 되는 시간을 얼마까지 견딜 수 있느냐는 질문에 한국인 커플이 하루이틀이라고 응답한 반면, 일본인 커플은 무려 2주일 이상 연락이 안 돼도 참을 수 있다고 응답했습니다.

한국인들은 사랑하는 사람과 한시도 떨어져 있기 싫다고 생각합니다. 그래서 이유 없이 하루 이상 연락이 안 되면 견딜 수 없을 정도로 불안하겠죠. 일주일 넘게 연락이 안 되면 저 사람이 나를 사랑하지 않는다고 생각할 겁니다. 그런데 일본인들은 왜 2주 이상 연락이 안 돼도 서로 사랑하는 사이임을 의심하지 않을까요?

그것은 두 나라의 문화 차이 때문입니다. 일본인들은 다른 사람들에게 폐를 끼쳐서는 안 된다는 생각이 강합니다. 메이와쿠迷惑라고 하지요. 메이와쿠는 사랑하는 연인에게도 적용됩니다. 내가 연인이 보고 싶다고 아무 때나 연락한다면, 중요한 일을 하고 있거나 방해받고 싶지 않은 연인에게 폐를 끼치는 일이 될 수 있습니다. 그래서 며칠 동안 연락이 안 돼도 그럴 수 있다고 생각하는 것이죠.

그렇다고 일본인들의 사랑이 한국인들의 사랑보다 못하다고 할 수 있을까요? '쟤들은 덜 보고 싶으니까 연락을 안 하겠지. 그러니까 덜 사랑하는 거야' 이렇게요? 그렇지 않습니다. 사랑의 개념이 다르고 사랑을 표현하는 방식이 다를 뿐이지 일본인들이 한국인들보다 연인을 덜 사랑한다고 말할 수는 없습니다.

물론 인간은 문화에 관계없이 보편적인 모습을 지니고 있습니다. 모든 사람들은 집을 짓고 삽니다. 옷을 지어 입고, 음식을 만들어 먹죠. 결혼하고 아이를 낳아 기르고 직장을 다니며 돈을 법니다. 보편적이지요. 그러나 모든 사람들이 같은 집에 사는 것은 아닙니다. 모든 사람들이 같은 옷을 입는 것은 아니죠. 모든 사람들이 결혼하는 것도 아니고요. 이것이 보편성과 대비되는 문화적 다양성입니다.

문화심리학이 말하고자 하는 요점이 바로 이것입니다. 사람의 마음도 보편적인 측면이 있습니다. 정情을 예로 들자면, 사람과 사람 사이의 친밀한 관계에서 비롯되는 따뜻하고 편안한 감정이 다른 나라 사람들이라고 없겠습니까?

그렇지만 한국인들이 정이라는 용어를 사용하며 떠올리는 감정과 그 감정을 주고받는 관계에 대한 표상이 다른 모든 나라 사람들과 똑같지는 않을 거라는 말입니다. 문화심리학은 한국문화, 한국인들에게서 볼 수 있는 정을 이해하자는 취지죠.

여기에 대고 자꾸만 "그럼 다른 나라 사람들은 정이 없다는 얘

기냐?"고 물으시면 곤란합니다. 앞의 사진들은 제가 수업할 때 사용하는 보편성과 다양성에 관한 예입니다. 이것으로 '마음이 문화마다 다를까?'에 대한 답을 대신하고자 합니다.

사람들은 집에 삽니다. 집은 벽과 지붕으로 돼 있고 창문과 문이 있습니다.

그런데 첫 번째 사진도 집입니다. 두 번째 사진도 집입니다. 물이 많은 지역 사람들은 이런 수상가옥에 삽니다. 마지막으로 세 번째 사진도 집입니다. 건조한 지역에 사는 사람들은 이런 흙집을 짓습니다.

사람들은 모두 '집'에 산다는 보편성을 지니고 있습니다. 그러나 집의 재료나 구조, 모양은 모두 다릅니다. 제각각 다른 환경, 다른 역사, 다른 가치 속에 살기 때문입니다.

이것이 문화적 다양성입니다. 문화심리학의 핵심 주제죠.

무지개는 진짜 일곱 색깔일까?

무지개는 몇 가지 색일까요? 빨주노초파남보. 당연히 일곱 가지 색이라고 대답하는 분이 많을 겁니다. 실제로 무지개를 일곱 가지 색으로 표현한 이미지가 많이 돌아다니고, 또 만화나 애니메이션에서도 흔히 볼 수 있습니다.

그런데 무지개는 진짜 일곱 색깔일까요?

여러분은 비 온 뒤 하늘에서 진짜 무지개를 본 적이 있을 겁

"일곱 색깔 다 찾으셨나요?"

니다. 그런 무지개는 위와 같이 생겼습니다. 파란 하늘에 빛줄기, 일곱 가지 색깔이 다 보이십니까? 사실 우리가 실제로 보는 무지개에서 빨주노초파남보가 다 보인다는 사람은 잘 없을 겁니다.

우리나라는 예부터 무지개를 오색 무지개라 불렀습니다. 여기서 오색은 다섯 가지 색, 즉 빨강·노랑·파랑·하양·검정을 말합니다. 이상하지요? 무지개에 흰색과 검은색이 있습니까?

서양은 무지개를 일곱 색깔로 구분하는데 우리나라는 다섯 색깔로 나누는 것을 보면 우리 문화가 서양만큼 정교하지 못하다고 생각하는 사람도 있는 듯합니다. 심지어 일곱 색깔에 포함되지도 않는 흰색과 검은색이 있다는 것도 이상하기만 한 모양인데요. 왜 우리는 무지개를 다섯 가지 색깔로 본 걸까요?

일단, 사람들이 무지개를 일곱 가지 색으로 보기 시작한 것은

아이작 뉴턴

영국의 물리학자 아이작 뉴턴 이후입니다. 뉴턴은 프리즘을 통과한 빛이 여러 가지 색깔로 나뉘는 것을 발견하고 이를 최초로 일곱 가지 색으로 구분했습니다.

사실 프리즘을 통과한 빛은 일곱 가지가 아니라 더 많은 색깔로 나눌 수 있습니다. 빨강에서 주황 사이만 해도 중간색이 엄청나게 많죠. 그런데 이것을 굳이 일곱 가지 색으로 구분한 이유는 뉴턴이 살았던 무렵에는 7이 행운을 가져다주는 신성한 숫자라는 인식이 있었기 때문입니다(럭키 세븐).

본래 사람의 기억 능력은 제한되어 있습니다. 한번에 기억할 수 있는 대상의 숫자는 5~9개에 불과하지요. 우편번호나 전화번호의 자릿수가 다섯 자리에서 아홉 자리 안팎인 이유는 이러한 기억 용량의 한계 때문입니다. 아이돌 그룹의 멤버 수도 대략 그 안에서 결정되지요.

뉴턴은 프리즘을 통해 분류한 수많은 색깔을 기억하기 좋고 뜻도 좋은 일곱 가지로 편의상 나눈 것입니다. 뉴턴이라는 천재

과학자가 프리즘이라는 과학적 도구를 사용해서 분류해 냈지만, 무지개의 일곱 색깔은 결국 당대의 문화적 인식에 기초해서 정해졌다는 것이 우리가 주목할 점입니다. 즉 인간의 지각은 문화의 영향을 받는다는 거죠.

마찬가지로 동양 사람들이 무지개를 다섯 가지 색깔로 구분한 것도 동양의 문화적 인식에 근거합니다. 동양 사상의 근간을 이루는 것은 음양오행설陰陽五行說입니다. 간단하게 말하면, 우주의 만물은 음陰과 양陽으로 나눌 수 있고, 다섯 가지의 기氣로 구성된다는 이론입니다.

이때 만물을 이루는 다섯 가지의 기는 나무木, 불火, 흙土, 금속金, 물水인데, 그 각각의 색깔이 나무는 푸른색靑, 불은 붉은색赤, 흙은 노란색黃, 금속은 흰색白, 물은 검은색黑의 오색입니다. 오행은 방위를 상징하기도 하는데 목은 동쪽, 화는 남쪽, 토

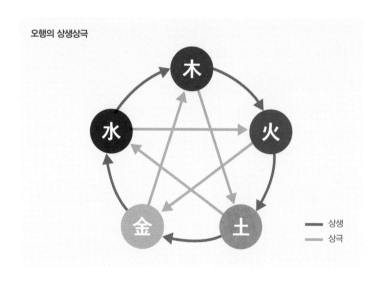

오행의 상생상극

— 상생
— 상극

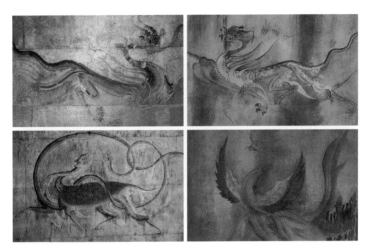

청룡, 백호, 주작, 현무(왼쪽 위부터 시계 방향으로)

는 중앙, 금은 서쪽, 수는 북쪽을 가리킵니다.

그 유명한 고구려 벽화의 사신도는 이러한 오행사상을 반영합니다. 동쪽의 푸른 용靑龍, 서쪽의 흰 호랑이白虎, 남쪽의 붉은 봉황朱雀, 북쪽의 검은 거북玄武이 그것입니다.

따라서 오색 무지개의 오색은 단순한 빨강, 파랑, 노랑, 하양, 검정이 아니라 모든 방위와 우주 만물을 포함하는 색깔, 즉 세상의 모든 색깔이라는 의미를 담고 있습니다. 때문에 동양 사람들은 색깔이 많고 화려한 것을 두고 '오색찬란하다'고 하는 것이죠. 이를 색채 지각이 부족하다거나 서양에 견주어 단순하다고 보는 것은 잘못된 생각입니다.

다른 나라의 예를 더 보면, 미국에서는 무지개를 남색을 뺀 여섯 가지 색으로 봅니다. 지금은 성소수자의 상징으로 이용되고 있습니다. 독일과 마야 문명에서는 다섯 가지 색으로 보았고, 아프리카 어느 부족은 세 가지 색으로 본다고 하네요. 여기에 맞고 틀림, 옳고 그름이 있을까요?

지각은 인간 심리의 가장 작은 단위입니다. 빛, 소리, 냄새 등 외부의 정보들이 감각기관을 통해 들어와서 우리 뇌에 전달될 때까지를 감각이라고 하는데, 감각은 생물학적인 과정이고, 지각은 이렇게 들어온 정보를 해석해서 '내가 무엇을 느꼈는가'를 판단하고 이해하는 과정이기 때문에 인간의 마음이 실질적으로 생성되는 최초의 단계인 거죠.

문화는 바로 이 '해석' 과정에 영향을 줍니다. 동양 하늘에 뜬 무지개나 서양 하늘에 뜬 무지개나 똑같은 물리적 원리에 따라 나타납니다. 그러나 그 빛을 지각하는 과정에는 각각의 문화가 있습니다. 예부터 사람들이 자기 주변을 인식하고 해석해 온 지식의 체계, 바로 그것이 문화입니다.

인간 마음의 최소 단위인 지각 단계부터 영향을 주는 문화. 그렇다면 더욱 복잡한 사고나 판단, 사회적 상호작용, 상징과 예술 등에는 도대체 얼마나 많은 문화의 영향이 배어 있는 걸까요? 인간의 마음과 행동을 이해하는 데 문화가 빠져서는 안 되는 이유입니다.

"괜찮아요?"를 다른 나라 말로 하면

길 가던 사람이 넘어지면 건네게 되는 말, "괜찮아요?" 이번에는 이 간단한 표현에 숨어 있는 문화적 다양성을 살펴보겠습니다. 우리말 '괜찮다'는 '나쁘지 않다' '좋다' '보통이다' '정상이다' '바람직하다' 등의 의미를 담고 있습니다. 그런데 정작 '괜찮다'는 어디서 온 표현일까요?

우리말 '괜찮다'는 '공연치 않다 = 괜치 않다'에서 왔다는 설과 '관계치 않다'에서 왔다는 설이 있습니다.

먼저 '괜치 않다' 설부터 살펴보면, 괜치 않다는 괜하지 않다는 뜻입니다. 그럼 '괜하다'는 무슨 뜻일까요? 사전을 찾아보니 '괜하다 = 아무 이유나 실속이 없다'고 나옵니다. 그렇다면 '괜치 않다'는 '뭔가 이유나 실속이 있다'는 뜻이겠군요. 넘어진 사람에게 괜찮냐고 묻는 것은 '무슨 이유가 있어?'라고 넘어진 이유를 묻는 표현이 되겠습니다. 일단은 말이 되는 듯합니다.

다음으로 '관계치 않다' 설을 봅시다. 관계치 않는다는 것은 '나는 그 일에 관여하지 않겠다' '마음을 쓰지 않겠다'는 뜻입니

다. 즉 괜찮냐고 묻는 것은 '그 일에 마음이 쓰이냐?'는 것이고, 괜찮다는 대답은 '마음 쓰지 않는다' 정도가 되겠습니다. 이것도 말이 돼 보입니다.

그렇다면 한국인들은 ① 어떤 일에 뭔가 이유나 실속이 있는 상태, 또는 ② 마음 쓸 일이 없는 상태를 '좋음' '정상' '보통' '바람직함'의 상태로 받아들인다는 거겠죠.

다른 나라 사람들은 어떨까요? 북한에서는 '괜찮아요' 대신에 '일없시오'라는 표현을 씁니다. 조금 쌀쌀맞게 들릴 수 있는데요. 네 일 아니니 상관 말라는 뜻이 아니라 '별일 아니다'라는 뜻입니다. 중국어에도 '괜찮아요'에 해당하는 '没事儿(méi shìr)'라는 표현에서 '没事'란 말 그대로 '일없다'는 뜻이죠. 그게 중요한 일이 아니라는 의미입니다. 이런 표현에 따르면 북한이나 중국은 '일이 아닌' 상태, 즉 벌어진 일이 중요하지 않거나 마음 쓸 필요가 없는 경우를 바람직하다고 생각하는 듯합니다.

일본은 어떨까요? 일본어로 '괜찮다'는 일본 영화나 애니메이션에서 많이 들을 수 있는 '다이조부 大丈夫'라고 표현합니다. 누가 넘어지면 옆에 가서 묻는 말이 '너 대장부냐?'인 셈인데요. 괜찮음에 대한 문화 차이가 본격적으로 느껴지기 시작합니다. 일본 문화에서는 대장부답게 행동하는 것이 바람직한 것으로 받아들여진다고 이해해도 될까요? 한국이나 중국과는 조금 다른 느낌입니다. 물론 어디까지나 이 표현의 어원이 그렇다는 얘기고 요즘에는 'Are you OK?' 정도의 뜻으로 쓰이지만 말이죠.

그러고 보니 영어의 OK는 어디서 왔을까요? OK의 유래와 관련해서는 많은 설이 있습니다만, 그중에서 가장 유력한 것은 기자들이 쓰던 은어에서 왔다는 설입니다. 1830년대 기자들 사이에서는 장난스러운 이니셜로 기사를 쓰는 게 유행이었다는데요. '모두 옳다'라는 뜻의 'All Correct'를 'Oll Korrect'로 바꿔서 약자 OK로 쓰기 시작했다는 얘기가 있습니다.

그 밖에도 미국 제18대 대통령인 밴뷰런의 지지자 모임 OK club에서 왔다는 설, 인디언이 쓰던 말에서 왔을 것이라는 설 등이 있습니다만, 그나마 유력하게 받아들여지는 기자들의 은어라는 설을 따르자면 미국인들은 모든 것이 'All Correct', 즉 올바른 상태가 바람직하다는 문화적 표상을 지녔다고 볼 수 있겠습니다.

한편, 독일은 같은 경우에 'Alles in Ordnung?'이라는 표현을 씁니다. 모든 것alles이 질서 속에 있느냐in Ordnung는 아주 독일스러운 표현입니다. 세상에, 자빠진 사람한테 가서 모든 것이 질서 정연하냐니… 독일 사람들에게 괜찮다는 것은 모든 것이 질서 있는 상태라는 뜻일까요.

물론 어원과 현재 사용하는 언어의 뜻이 일대일로 상응하지는 않겠지요. 그래도 이 표현은 대단히 독일스럽다는 느낌을 지울 수 없습니다. 〈어서 와, 한국은 처음이지?〉에 나왔던 독일 청년들을 봐도 말이죠.

그 옆 나라 프랑스는 '괜찮아요?'를 'Ça va?'라고 하는데, 이 말은 'It works?', 즉 '잘 작동하냐?'는 뜻이랍니다. 왠지 기능적이랄까요? 프랑스에서는 뭔가가 제대로 기능하는지가 괜찮은 상태를 의미하는 것으로 볼 수 있을 듯합니다.

제 수업을 들은 러시아 학생에게 물어보니 러시아어로는 '나르말나'라고 한다는군요. нормáльно '정상'을 뜻하는 라틴어 normalis = normal에서 온 표현이라고 하네요.

다시 우리말 '괜찮아요'로 돌아와서…. '괜찮다'의 어원에 대해 '공연치 않다 = 괜치 않다'와 '관계치 않다' 두 가지 설을 말했는데요. 단어 형태로 보면 '괜치 않다', 즉 '아무 이유나 실속이 없지 않다'에 가까워 보이지만, 한국인의 심리를 연구해 온 시각에서 보면 괜찮다의 의미는 '관계치 않다'에 더 가까운 것 같습니다.

한국인들은 늘 자기-중심적인 심리경험을 한다고 생각되는데요. 이러한 경향은 여러 객관적인 사실보다도 나 자신의 판단을 더 우선하게 만듭니다. 내가 경험한 어떤 일이라도 내가 마음을 쓰지 않으면 별일 아닌 게 되고, 내가 마음을 쓰면 중요한 일이되는 거죠.

'괜치 않다' '이유가 없지 않다'는 말도 뜻만 보면 일리가 있지만, 한국인의 심리적 습관을 고려하면 괜찮다는 '관계치 않다'의 뜻에 더 가까울 거라 생각합니다. 이 경우 비슷한 말로 '개의치 않다'도 있죠. '괜찮다'는 실제로 '개의치 않다'와 같은 뜻으로 많이 쓰입니다. 이 주장에 따르면, 한국인에게 괜찮다는 것은 '마음이 쓰이지 않는' 상태를 뜻한다고 할 수 있습니다. 어떤 일이건 겉으로 보이는 것과는 관계없이 '내가 마음 쓰지 않으면' 괜찮은 상태라는 거죠.

즉 한국인에게는 괜찮음을 판단하는 데서 주관적인 기준이 크게 강조된다고 할 수 있겠습니다. 이러한 특징은 외부적 기준이 강조되는 일본의 '大丈夫'나 객관적이고 절대적인 기준이 존재하는 것처럼 보이는 'correct/Ordnung' 같은 서양 문화들과 뚜렷한 차이를 보입니다. 이러한 주관성은 한국인의 마음을 이해하는 키워드가 됩니다.

어원은 서로 다르지만 여러 문화의 '괜찮다'는 표현은 그 문화에서 이상적으로 생각하는 '정상' '좋음' '바람직함'의 뜻을 담고 있습니다. 달리 말하면, '정상, 좋음, 바람직함'에 대한 사람들의 인식은 저마다 다르다고 할 수 있을 겁니다.

그 맛있는 고기를 안 먹는 사람들

문화의 차이는 단일한 기준으로 판단할 수 없습니다. 다시 말해 우월하고 열등한 문화란 없다는 뜻입니다. 그렇지만 문화상대주의를 체화하고 다른 문화를 '상대적'으로 보는 것은 말처럼 쉬운 일이 아닙니다. 대부분의 사람들은 태어나서 지금껏 한 문화의 영향력 아래 살고 있기 때문입니다.

그 말인즉 우리는 익숙한 내 문화를 기준으로 다른 문화들을 줄 세울 준비가 돼 있다는 뜻입니다. 원하든 원치 않든 그것이 우리가 다른 문화를 접할 때 기본적으로 일어나는 일입니다. 그래서 문화상대주의적인 시각을 갖추기가 어려운 겁니다.

가장 익숙한 예로 음식문화를 들어 보겠습니다. 한국인들은

"소고기 부위별 명칭 ㄷㄷ."

소, 돼지, 닭, 개, 말, 양, 염소, 생선 등 전통적으로 안 먹는 고기가 딱히 없습니다. 하지만 다른 문화권 사람들은 그렇지 않습니다. 잘 알려져 있다시피, 인도 사람들은 소고기를 안 먹고, 이슬람 문화권에서는 돼지고기를 안 먹습니다. 말이야 다른 문화권의 관습이니 존중해야 한다고 하지만 솔직히 이해가 되지 않습니다.

소고기? 세상에, 없어서 못 먹죠. 머리는 국밥으로, 내장은 곱창으로, 뼈는 사골국으로, 한국인들은 소를 어디 한 군데 버리지 않고 부위별로 다 잘 먹습니다. 돼지는 어떻습니까? 소보다 더합니다. 저렴하게 먹을 수 있는 서민적인 느낌이 강한 돼지고기는 껍데기까지 벗겨 먹습니다. 그렇게 맛있는 소고기, 돼지고기를 안 먹는 사람들이 있다니! 도대체 왜?

인도와 이슬람 문화에서는 자기네들의 신神이 각각 소고기,

돼지고기를 먹지 말라고 했답니다. 조금 자세히 들여다보면, 인도의 힌두교 신들은 소가 신성한 존재이므로 먹으면 안 된다고 했고, 이슬람의 신 알라는 돼지가 부정한, 즉 더러운 짐승이므로 먹지 말라고 했습니다.

자, 여기서 우리는 반사적으로 이런 생각을 떠올리게 됩니다. "아니, 왜 그걸 먹지 말라고 그래? 이상한 신들이네?" 우리의 전통적 사고로는 있을 수 없는 일입니다. 불교에서 육식을 금하기는 하지만 스님들에 한정된 것이고, 속세에 사는 중생은 아무 고기나 먹을 수 있었지요.

그렇게 생각하다 보면 힌두교와 이슬람교는 자연스레 '이상한' '비합리적인' 종교라고 인식하게 됩니다. 다른 문화와 비교하는 순간 우리의 습관이 절대적인 기준이 돼 버리는 것이죠. 이는 무척 자연스러운 일입니다. 사회 유지를 최우선 목적으로 하는 문화는 다른 문화를 일단 배척해야 할 대상으로 분류하게 됩니다.

그러나 다양성을 인정하고 문화 간 상호작용이 필수적인 현대사회는 다른 문화를 이해하고 존중하자는 '문화상대주의'라는 철학을 받아들였습니다. 바로 우리가 살고 있는 세상입니다. 따라서 아무리 이상해 보이는 다른 나라의 문화도 '나름의 타당한 이유'가 있을 거라는 생각부터 해야 합니다.

인류학에서도 오랜 숙제였던 이 문제에 납득할 만한 설명을 내놓은 사람은 마빈 해리스Marvin Harris라는 학자였습니다. 그는 인도에서 소고기를 먹지 않는 이유와 이슬람 문화에서 돼지고기를 먹지 않는 이유를 그들이 놓인 환경 조건과 그들의 생존방식에서 찾았습니다. 그의 설명을 한번 따라가 볼까요?

먼저 인도입니다. 인도는 농사로 먹고살아온 나라입니다. 농경문화죠. 게다가 인도에는 예전부터 사람이 많이 살았습니다. 많은 인구를 먹여 살리려면 농사를 열심히 지어야 합니다. 한정된 농지에서 더 많은 소출을 내려면 소가 농사에 꼭 필요했습니다.

그런데 말입니다. 대개의 농경문화권에는 '춘궁기'가 있습니다. 춘궁기란 새 곡식을 거둬들이기 전 지난해에 추수한 곡식이 떨어지는 기간을 말합니다. 또 예전에는 농사기술의 부족이라든지 자연재해의 영향으로 기근도 잦았습니다. 이렇게 먹을 곡식이 떨어지면 어떻게 해야 할까요?

가장 먼저 눈에 보이는 게 소일 겁니다. 그런데 소를 잡아먹어 버리면 그다음부터는 사람의 힘으로만 농사를 지어야 합니다. 당장 거둬들이는 곡식의 양이 줄어듭니다. 소가 밭을 갈면 훨씬 깊게 많이 갈 수 있으니까요. 우리나라도 소 한 마리 있으면 엄청 든든하고 뿌듯하던 시절이 있었지요. 사람들 수십 명이 온종일 갈아야 할 밭을 소 한 마리 있으면 한나절이면 갈아 치우거든요.

소출이 줄면 그 지역에서 먹여 살릴 수 있는 인구가 줄어듭니다. 결국 사회 붕괴로 이어질 수도 있지요. 그래서 아무리 배가 고파도 소를 잡아먹어서는 안 되는 겁니다. 그러니 소는 어떤 존재입니까? 소가 있기에 농사를 지을 수 있고 사람들이 생명을 이어 갈 수 있습니다. 소중한 존재인 거죠. 이것이 인도 사람들이 소를 신성한 존재로 여기고 먹지 않는 진짜 이유입니다.

다음은 이슬람 문화입니다. 이슬람이 발원한 중동 지역은 전통적으로 유목을 하는 지역입니다. 주로 양을 기르지요. 그런데 왜 돼지를 먹으면 안 될까요? 여기에는 유목의 특성과 돼지의 특성이 동시에 개입됩니다.

알다시피 유목에는 이동이 필수입니다. 우리 양 떼가 이쪽 풀을 다 뜯어 먹었으면 풀이 있는 다른 곳으로 이동해야 하는 거죠. 그런데 돼지에게는 사람들을 따라가지 못할 비밀이 있습니다. 돼지는 피부가 무척 연약합니다. 보통 발그레한 분홍색을 '돼지핑크'라고 하는데, 돼지의 피부가 핑크색인 이유는 털이 성글기 때문에 피부가 비쳐서 그런 거지요.

그래서 돼지는 햇볕에 취약합니다. 이것이 돼지가 진흙탕에서 구르는 이유입니다. 나름 '썬블락'을 하는 거죠. 진흙이 없으면 자기가 싼 똥오줌 위에서 구르기도 합니다. 피부가 타서 괴로운

"저기요, 등 따가운데 선크림 좀 주세요."(왼쪽). 진흙탕에서 '썬블락'하는 돼지(오른쪽)

것보다는 더러운 편이 낫다는 거죠. 이런 습성 때문에 돼지가 더럽다는 인식이 있는데 사실 돼지는 깔끔한 동물입니다. 반려동물로 기르는 돼지들은 꽤나 청결을 유지하려 한다는군요.

아무튼 이런 이유로 돼지는 반드시 '숲'에서 살아야 했습니다. 나무 그늘이 햇볕을 가려 주고 숲속에는 진흙 구렁도 있으니까요. 반면 이동을 해야 하는 유목민들 처지에서 돼지를 기르려면 숲 근처에 정착을 해야 한다는 얘기가 됩니다. 그러니 돼지는 어떤 존재입니까? 돼지를 먹으려다간 유목을 못하게 되니까 사람들의 생존을 어렵게 하는 나쁜 존재인 거죠. 이것이 이슬람 문화에서 돼지를 부정하게 여기고 먹지 않는 이유입니다.

문화는 환경과 생존방식 등 물질적인 조건의 영향 아래에서 발전한다는 해리스의 이러한 설명을 문화유물론Cultural materialism이라고 합니다.

이처럼 인도에서 소고기를, 이슬람 문화권에서 돼지고기를 먹지 않는 데는 그들의 생존방식과 관련된 이유가 있었던 겁니다. 여기서 생각해 볼 것이 하나 더 있습니다. 그 금기가 다름 아닌 신의 명령이라는 건데요. 왜 음식을 먹지 말라는 명령이 신에게서 나와야 하는 걸까요?

그 이유는 소고기, 돼지고기가 맛있기 때문입니다. 당장 먹을 게 없는데 눈앞의 소를 먹지 말라니. 보통 인내심으로 할 수 있는 일이 아닙니다. 그러나 참지 않으면 사회를 유지할 수가 없습니다.

돼지고기? 맛있습니다. 촉촉한 지방과 육즙의 조화. 글을 쓰면서도 침이 고입니다. 그러나 돼지를 기르려다간 유목을 접어야 합니다. 사회를 유지할 수 없습니다. 그렇습니다. 문화는 사회를 유지하기 위해 만들어 낸 가치와 습관입니다.

사회 유지라는 절체절명의 목표를 위해, 그 명령은 한낱 인간에게서 나와서도 안 되고 한시적이어서도 안 되는 것입니다. 인간의 명령은 권위가 서지 않고 또 오랜 시간을 지속할 수 없습니다. 역사적으로 통치자에 의해 특정 음식에 대한 금지령 같은 것이 숱하게 내려졌지만 그것이 수십 년 넘게 지속된 사례가 없습니다.

인간이라는 한계와 시간을 초월한 존재, 바로 신입니다. 종교, 즉 초월적 존재를 향한 믿음은 인간이 지닐 수 있는 신념 중에 가장 강력한 영향력을 발휘해 왔습니다. 이런 측면에서 문화의 가장 내밀하고 강력한 힘은 종교에 있다고 볼 수 있지요.

초월적 존재의 명령에 따르면서 사람들은 자신의 삶을 유지해 왔습니다. 그만큼 '삶'이 중요하다는 것이겠지요. 그러니 각 나라의 음식문화는 그 사람들의 삶이자 신앙이라 할 수 있습니다. 특히 예로 든 인도와 이슬람의 금기는 직접적인 '신의 명령'으로, 해당 문화권 사람들이 이를 어긴다면 신을 거스른다는 것을 뜻합니다.

일부 한국인들이 힌두교나 이슬람 문화권에서 온 외국인 노동자들에게 소고기나 돼지고기를 짓궂게 권하면서 장난쯤으로 여기는 경우가 있는데…, 그것은 장난이 아니라 다른 문화와 신앙에 대한 크나큰 결례라는 것을 기억해 두었으면 합니다.

문화적 금기, 그것도 종교와 관련된 금기를 두고 그런 '장난'을 쳐도 된다고 생각하는 것부터가 그들의 문화가 우리보다 못하다는 편견을 깔고 들어가기 때문에 가능한 것입니다. 한선생이 여러 번 언급한 '사회진화론'적 문화 인식의 잔재입니다. 그리고 진화론의 흔적을 지우기 위해서는 모든 문화가 나름의 타당한 이유를 갖고 발전해 왔다는 문화상대주의적 관점이 반드시 필요합니다.

근친상간은 왜 금기가 되었나

문화를 이해하기 위한 여러 이론이 나온 것은 비교적 최근의 일입니다. 현장연구로 본격적인 인류학의 시대를 연 역사적 특수주의는 이론을 구축하기보다는 각각의 문화에 가서 자료raw data를 수집하는 데 우선 목적이 있었지요.

그러나 아무리 방대한 자료가 있다고 해도 그것들을 효과적으로 꿰어 낼 수 없다면 그 자료를 토대로 얻을 수 있는 것은 단편적인 기술적 정보에 지나지 않을 겁니다. 따라서 인류학은 자료를 분류하고 해석할 수 있는 이론을 만들어 내야 했지요.

이러한 필요에 따라 등장한 것이 구조주의와 기능주의입니다. 구조주의와 기능주의의 필요성을 손쉽게 이해할 수 있는 예는 우리의 몸이죠. 몸은 근골격계, 소화계, 순환계, 신경계 등의 다양한 기관으로 이루어져 있습니다. 이런 구조를 이해했다면 당연히 특정 구조가 맡은 기능을 알아야겠지요.

　근골격계는 몸의 외형을 유지하고 운동을 할 수 있게 해 주
며, 소화계는 음식물을 소화·흡수하여 몸이 움직일 에너지를 만
들어 내며, 순환계는 몸에 산소와 영양분을 공급하며, 신경계는
뇌의 명령을 몸의 여러 기관에 전달하고 또 거기에서 받은 정보
를 뇌에 전달합니다. 우리의 몸은 각각의 구조가 저마다 기능하
는 덕분에 유지될 수 있습니다. 문화도 이러한 시각에서 바라볼
수 있다는 것이 인류학의 구조주의와 기능주의입니다.

　구조주의의 이론을 먼저 살펴보겠습니다. 구조주의는 언어학
에서 나왔습니다. 언어학자 소쉬르Ferdinand de Saussure는 언어에는
문법 구조인 '랑그langue'와 실질적 발화인 '파롤parole'이 있다고
했는데, 랑그가 보편적 구조라면 파롤은 그 구조에서 파생한 실
제인 셈이지요.

　레비-스트로스Claude Lévi-Strauss는 이러한 아이디어를 인류학에
접목해 구조주의 인류학을 열었습니다. 그는 모든 문화에는 역

© Verhoeff, Bert / Anefo
레비-스트로스

사와 관계없이 근본적인 마음의 구조fundamental structure of mind가 있다고 보고, 환경과의 상호작용을 통해 다양하게 나타나는 보편적 마음의 구조를 찾아내는 것이 사회과학의 목적이라고 주장했습니다.

여기서 보편성은 인류가 단일한 발달과정을 따른다는 사회진화론 식의 보편성이 아니라 동일 종種으로서의 인류가 지니는 보편적인 삶의 이유를 뜻합니다. 따라서 그 변주는 다양할 수 있지요. 예를 들면 나무를 위쪽에서만 보면 가지와 잎이 서로 다른 방향으로 뻗어 있지만 그것들은 결국 하나의 뿌리에서 나온 것입니다. 여기서 나무의 뿌리가 바로 보편적인 마음의 구조라 할 수 있지요. 현대 도시 여성들이 머드팩을 하는 이유와 아마존강 유역의 여성들이 진흙을 바르는 이유는 같습니다. 더 아름다워지려는 욕구는 문화에 관계없이 보편적인 것이죠. 하지만 그 욕구를 충족하는 방법은 다양합니다.

레비-스트로스의 문화 분석을 통해 구조주의 인류학의 접근법을 이해해 보겠습니다. 근친상간의 금지는, 이유는 다양하지만 거의 모든 문화에서 나타나는 현상입니다. 즉 보편적 구조이지요. 과연 어떤 보편적 이유가 근친상간을 금하게 했을까요?

마르셀 모스Marcel Mauss는 집단이 살아남기 위해 가장 중요한 것으로 결속solidarity을 꼽았습니다. 모든 집단은 생존을 위해 다른 집단과 힘을 합칠 필요가 있다는 겁니다. 다른 집단의 힘을 구하려면 그에 상응하는 대가가 필요합니다. 이것이 뭔가를 받으면 보답 해야 한다는 호혜성의 원칙입니다.

레비-스트로스는 호혜성의 원칙을 통해 근친상간 금기를 설명합니다. 역사적으로, 집단들이 생존을 위해서 주고받아 온 가장 가치 있는 선물gift은 여성이었습니다. 문화가 유지되려면 문화를 이어받을 후손이 있어야 하는데, 그를 위해서 결정적인 역할을 하는 것은 남성이 아니라 여성입니다. 여성이 아이를 낳을 수 있기 때문이지요.

때문에 레비-스트로스는 전쟁의 주요한 목적을 여성을 확보하는 것이라 보았습니다. 인구를 늘리기 위해 옆 나라 사비니로 쳐들어가 여인들을 납치해 오는 로마 건국 이야기에서도 볼 수 있듯이 전쟁은 단시간에 많은 여성을 구할 수 있는 가장 효과적인 방법입니다. 지금도 아마존 등지의 부족들이 전쟁을 하는 가장 큰 이유는 여성과 식량 때문입니다. 인구의 생산과 유지가 곧

〈사비니 여인들의 납치〉, 니콜라 푸생, 1634~35년경

부족의 생존을 뜻하기 때문이지요.

그렇기 때문에 집단들이 주고받게 될 선물인 여성은 상대방이 가장 원하는 상태, 즉 당장 자기 부족의 아이를 가질 수 있는 상태여야 합니다. 그런데 근친상간이 의미하는 바는 무엇일까요? 근친, 가까운 친족 간에 결혼한다는 것은 다른 집단에게 선물할 수 있는 여성이 그 집단 내에서 소용된다는 것을 뜻합니다.

만약 근친혼으로 인해 내집단內集團의 아이를 가지면 그 여성은 선물로서의 교환가치를 상실하게 되고, 그 집단은 다른 집단과 결속하여 생존 가능성을 높일 기회를 잃게 됩니다. 이것이 인류가 근친상간을 금기로 지켜 온 이유입니다.

인류가 근친상간을 꺼려 온 또 하나의 이유가 있습니다. 바로 유전적인 이유인데요. 유전자가 비슷한 근친끼리 자손을 낳으면 유전적인 문제가 생길 수 있습니다. 다음 사진은 유명한 유전병인 '합스부르크 립'입니다. 유럽의 합스부르크 왕가는 혈통을 보존하기 위해 근친혼을 했는데, 그 결과 자손들은 저렇게 뒤틀린 턱을 갖게 되었죠.

여담으로, 합스부르크 왕가 사람이었던 마리 앙투아네트도 턱이 저랬다고 합니다. 지금 그림으로 남아 있는 마리 앙투아네트의 턱이 그렇지 않은 이유는 궁정화가들의 자체 뽀샵이었다는 얘기가 있습니다.

사실 최근의 발견에 따르면, 인간에게는 서로 비슷한 유전자를 거부하고 다른 유전자에게 끌리는 능력이 있다고 합니다. 바로 냄새로 구별하는 것인데요. 오빠 방에서 나는 지독한 홀애비

〈마리 앙투아네트〉, 엘리자베스 비제 르 브룅, 1783년(왼쪽). 합스부르크 립을 가진 합스부르크 왕가의 마지막 왕 〈카를로스 2세〉, 후안 카레뇨 데 미란다, 1677~79년경(오른쪽)

냄새가 오빠의 여친에게는 사랑스런 내 남자의 향기로 느껴지는 것이 그 때문이라고 하는군요.

비슷한 유전자가 결합함으로써 발생하는 생물학적 위험을 예방하기 위한 것도 근친상간 금기의 한 이유라고 볼 수 있을 것 같습니다. 그럼에도 일부 왕가는 혈통 보존을 위해 근친혼을 했다니, '권력 욕구' 또한 매우 문화보편적인 구조라는 생각이 듭니다. 우리나라 역사에도 신라나 고려 왕실에 근친혼이 있었다는 기록이 있습니다.

여성을 때리는 문화가 있다

세상에는 별의별 문화가 다 있습니다. 그중에서도 이해 안 되기로 유명한 문화가 야노마미족Yanomami의 문화입니다. 야노마미족은 브라질 북부, 베네수엘라 남부의 열대우림 지역에 사는 종족인데요. 오지 중의 오지에 살았기 때문에 20세기가 되도록 바깥세상에 거의 알려지지 않은 채로 살아왔습니다.

1960년대 이후 인류학자들에 의해 알려지기 시작한 이 부족은 사납고 잔인하기로 악명이 높습니다. 인류학자 나폴리언 섀그넌이 '만성적 전쟁 상태'로 묘사하는 이 부족의 폭력성은 특히 여성을 때리는 것으로 유명합니다.

아, 참 별 미개한 종족이 다 있다 하고 넘어갈 수도 있을 것 같지만, 우리의 인류학자들은 이들이 왜 하필 이런 문화를 갖게 되었는지 궁금했습니다. 앞서 인도와 이슬람 문화의 식습관에 관한 설명을 제공한 기능주의 인류학은 도저히 이해가 안 되는 이상한 문화를 이해하는 데 가장 효과적인 방법입니다.

기능주의 인류학의 관심사는 어떠한 문화적 현상 또는 요소가 구성원들의 생존을 위해 어떤 기능을 하느냐에 있습니다. 기능주의에는 통합론적 측면과 목적론적 측면이 있는데요. 통합론적 측면은 모든 문화적 요소는 통합된 전체 안에서 상호작용하면서 전체를 유지한다는 관점이고, 목적론적 측면은 문화의 모든 요소는 어떠한 목적을 지니고 있다는 것입니다.

통합론적 관점이 사회학의 주제와 가깝다면 심리학과의 연관성은 목적론적 관점에서 발견할 수 있습니다. 자, 여기서 인류학과 심리학의 접점이 나타납니다. 사람들은 어떠한 목적을 갖고, 즉 욕구나 동기를 품고 문화를 만들어 낸다는 것이죠. 기능주의 관점에서 문화의 궁극적인 목적은 집단의 생존, 즉 '사회의 유지'입니다.

이러한 관점에서 기능주의 인류학의 대표적 인물인 마빈 해리스의 견해를 바탕으로 야노마미족의 문화를 한번 이해해 보도록 하겠습니다.

야노마미족 남성들은 여성들에게 몹시 폭력적입니다. 때리기만 하는 것은 그나마 다행인 편이고, 귀에 구멍을 뚫어서 잡아당기거나 칼로 몸 여기저기를 베고 불로 지지기도 합니다. 읽기만 해도 눈살이 찌푸려지는 이런 엽기적인 습속도 수행하는 기능이 있을까요? 여성을 때리는 것이 야노마미족의 생존에 도대체 어

야노마미족 여성과 아이(왼쪽), 야노마미족 남성(오른쪽)

떤 이익이 될까요? 해리스는 그 이유를 야노마미족 남성들의 역할에서 찾았습니다.

야노마미족이 사는 지역은 남아메리카의 열대우림입니다. 나무가 빽빽하고 식물이 무성하여 농사를 짓기에 적합한 곳이 아닙니다. 목축을 할 만한 초원도 없고 가축화할 만한 동물도 없습니다.

식량을 확보하기가 어렵기 때문에 이 지역 원주민들은 전쟁이 잦았습니다. 예나 지금이나 전쟁이 나면 삶의 터전이 불타고 사람들이 죽거나 잡혀갑니다. 잦은 전쟁에서 되도록 많이 승리하고 적들의 공격에서 부족을 지키기 위해 야노마미족 남성들은 용맹한 전사가 되어야 했습니다.

야노마미족 남성들의 폭력성도 이런 과정을 통해 부족의 구성원들에게 용인받기 시작합니다. 전쟁이 많은 지역에서 용감한 사

무武를 숭상하는 일본 문화

람을 높이 평가하는 것은 당연한 일이겠지요. 이웃나라 일본이 무사도武士道를 강조해 온 것도 화산섬에서 식량부족에 시달린 고대 일본인들이 약탈로 생계를 유지해야 했던 역사와 밀접한 관계가 있을 겁니다.

덧붙여, 성性은 인간의 야수적인 본능을 극대화합니다. 적절한 성적 보상은 인간을 난폭하고 잔인하게 만들 수 있다는 것이죠. 동서고금을 막론하고 남성 전사들은 여성의 성을 보상으로 거칠고 잔인한 야수성을 유지 또는 강화했습니다.

야노마미족 여성들에게 부족의 남성들은, 다른 부족과의 전쟁에서 자신들을 지켜 주는 존재입니다. 따라서 그들에게 학대받을지언정 다른 종족에게 죽거나 잡혀가서 고통받는 것보다는 나으리라고 생각한 것입니다. 그런 이유로 남성들의 잔인한 행동을 감내할 수 있었던 것이죠.

따라서 야노마미족의 폭력을 현대 여성인권의 관점에서 판단하는 것은 무리가 있습니다. 어떤 문화의 구성원들은 그 문화의 가치들을 내면화하게 되는데, 야노마미족 여성들은 자기들이 겪는 폭력을 부당하다고 생각하지 않습니다. 여성 인류학자가 야노마미족을 찾았을 때, 야노마미족 여성들은 인류학자의 몸에 멍 하나 상처 하나 없는 것을 이상하게 여기며 "당신 남편은 댁을 별로 사랑하지 않나 보다"고 말했다는군요.

이들의 습속을 미개하다고 단정 짓고 '여성과 남성은 평등하며 폭력은 어떤 경우에도 용인되어서는 안 된다'는 가치를 교육한다면 어떤 일이 벌어질까요? 야노마미족 남성들의 폭력성은 잦은 전쟁에서 부족의 안위와 생존을 책임지기 위한 조건으로 기능하고 있습니다. 야노마미족 남성들이 착하고 순해진다면 당장 전쟁이 났을 때 이전만큼 용맹한 전사가 될 수 있을까요? 부족의 여성들과 아이들을 지킬 수 있을까요?

어떤 문화요소가 존재하는 이유는 그것이 그 문화에 필요하기 때문입니다. 반면에 그것이 제구실을 다하지 못하거나 필요가 없어지면 자연히 도태되어 없어지겠지요. 이것이 기능주의적 관점입니다.

그런데 문화의 기능에는 그 이유를 금방 보고 알 수 있는 현시적 기능manifest function과 겉으로 보기엔 도저히 이유를 알 수 없는 잠재적 기능latent function이 있습니다. 현시적 기능은 문화요소나 현상이 나타나는 표면적인 이유이고 잠재적 기능은 그런 요소나 현상이 실질적으로 수행하는 역할이라 보면 되겠습니다.

기우제를 예로 들면, 기우제의 현시적 기능은 '비를 내리기 위한 것'입니다. 그러나 현시적 기능만 가지고는 그 문화의 의미를 온전히 이해할 수 없습니다. 기우제를 지낸다고 비가 오는 것은 아닐 테니 기우제를 지내는 문화는 무식하다, 미개하다는 오해를 사기 쉽죠.

기우제의 잠재적 기능은 '구성원들의 불안을 낮추고 결속력을 강화하는 것'입니다. 농사짓는 사람들에게 가뭄은 매우 큰일입니다. 가뭄이 지속되면 사람들은 굶어 죽을까 봐 불안해지고 이는 공동체의 해체로 이어질 수 있습니다. 기우제는 구성원들의 불안을 잠재우고 결속력을 다지는 계기가 됩니다. 기우제를 준

"100퍼센트 성공률, 인디언 기우제."
© Patryk Kosmider

비하면서 서로의 뜻과 힘을 모으고 또 간절한 마음으로 기원하면서 심리적 안정감을 얻는 것이죠.

사실상 우리가 이해하기 어려운 기괴하고 엽기적인 문화들은 그것들이 수행하는 기능 때문에 존재한다고 보아야 합니다. 그리고 그러한 기능들은 관광객 같은 외부인의 눈으로 본다고 알 수 있는 것들이 아닙니다. 문화를 바라보고 이해하는 특별한 훈련이 필요한 이유입니다.

행운의 부적이 되어 버린 하얀 흑인들

아프리카 동부 탄자니아에서 최근 화제가 되는 사건이 있습니다. 바로 하얀 흑인의 신체 부위들이 매매되는 것인데요. 하얀 흑인이란 선천성 색소 결핍증 '알비노'를 안고 태어난 흑인을 말합니다.

영국 신문 『데일리 메일』에 따르면 탄자니아에서 알비노 환자의 팔과 다리는 3천~4천 달러, 시신 한 구당 가격은 7만 5천 달러에 달합니다. 이 나라 평균임금의 수십, 수백 배가 넘는 액수라고 합니다. 이렇게 가격이 높다 보니 알비노 환자들을 구하기 위한 방법 또한 상상을 초월합니다.

유괴, 납치는 물론이요, 매장된 시신을 파내거나 알비노 환자의 집에 쳐들어가 팔다리를 잘라가는 경우도 흔하다고 합니다. 그리고 그런 짓을 저지르는 사람들 중에는 일가친척이나 가족도

소년들과 알비노 소녀

있습니다. 보고된 사례 중에는 남편이 알비노 아내의 팔을 자른 사건도 있습니다. 끔찍한 일이지요.

탄자니아에서 이런 일이 일어나는 이유는, 간단히 말하자면, 미신 때문입니다. 탄자니아에는 하얀 흑인이 부귀영화와 행복을 가져다준다는 믿음이 있습니다. 그들의 신체 일부만 가지고 있어도 복이 들어올 거라는 생각이지요.

알비노 흑인의 뼈를 지니고 다니면 행운이 온다거나 알비노 흑인의 머리카락을 섞어 그물을 짜면 물고기를 많이 잡을 수 있다는 소박한(?) 믿음부터 선거에서 당선되려고 알비노 흑인의 몸을 구하는 정치인들까지, 이러한 생각은 탄자니아에 널리 퍼져 있다고 하는데요.

탄자니아 정부와 국제기구 UTSS Under The Same Sun 등이 이러한 악습을 뿌리 뽑기 위해 꾸준히 노력하고 있지만 희생되는 알비노 흑인의 수는 집계조차 되지 않고 있습니다. 최근에는 케냐, 브룬디, 스와질랜드 등 이웃나라에서 사냥되어 탄자니아로 유입되는 희생자도 늘어나는 추세라고 합니다. 탄자니아 사람들은 왜 이런 악습을 갖게 된 걸까요?

국제사회에 하얀 흑인들의 비극이 알려진 것은 비교적 최근의 일입니다. 알비노 흑인들은 언제부터 미신의 희생양이 되어 왔을까요? 본래 탄자니아에서는 알비노에 대한 인식이 좋지 않았다고 합니다. 하얀 흑인은 저주의 상징이었습니다. 하얀 아이가 태어나면 악마라고 생각해서 내버리곤 했다죠. 오랜 시간 동안 불길한 징조로 여겨지던 알비노 흑인들이 부귀영화의 상징이 된 이유는 명확히 밝혀지지 않고 있습니다.

그러나 가능성 있는 하나의 설명으로, 알비노 흑인들의 하얀 피부색이 백인을 연상케 하고, 역사적으로 아프리카에서 백인이 상징하는 권력과 부가 이들과 결합되어 그리되었을 것이라는 설이 있습니다. 저도 이 가설에 주목하여 탄자니아에서 벌어지는 비극의 진실에 다가가 보고자 합니다.

탄자니아는 아프리카 대륙 동부에 있는 나라입니다. 탄자니아의 잔지바르섬은 동아프리카 노예무역의 중심지였습니다. 특히 프랑스령 인도와 인도차이나반도의 플랜테이션 농장에 노동력을 대는 중요한 노예 공급원이었죠.

신대륙의 발견(?)으로 새로운 항로가 개척되고 유럽과 아메리카, 아프리카 간의 삼각무역이 활성화하면서 아프리카 노예시장의 규모는 폭발적으로 증가합니다. 이들 시장은 대개 서아프리

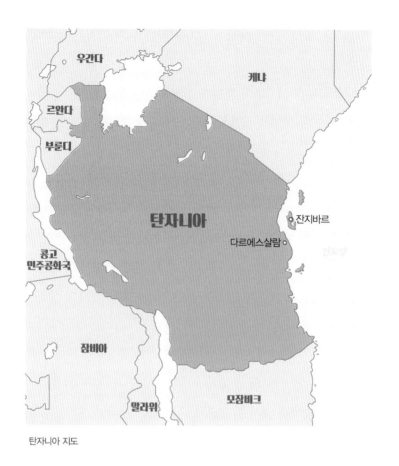

탄자니아 지도

카 해안에 집중돼 있었지만 유럽의 식민지가 인도와 인도차이나
반도 지역으로 확장되면서 동아프리카 잔지바르의 위상도 높아
지죠.

　백인들은 오랜 시간 동안 아프리카에서 지배자로 군림했습니
다. 총칼과 대포로 무장한 백인들의 압도적인 힘 앞에 아프리카
사람들은 철저하게 수탈당해야 했죠. 적어도 200~300년의 시간
동안 아프리카에서 백인의 이미지는 힘과 권력, 부 그 자체였던

것입니다. 특히 노예무역의 중심지였던 탄자니아에서는 말할 필요도 없겠죠.

이런 역사를 거치면서 불길한 징조였던 알비노 흑인들의 의미가 바뀌게 된 것이라 생각됩니다. 그러나 오랫동안 알비노 흑인을 불길하게 여겨 온 문화는 그들을 '선망의 대상'으로 보기보다는 그들의 신체 일부를 취함으로써 백인들의 부와 권력을 가질 수 있는 '부적'의 역할로 변질시켰습니다. 우리로서는 이해하기 어려운 일이지만, 부귀영화를 얻기 위해 알비노 흑인들의 신체를 취하는 것은 예부터 지켜 온 가치―하얀 흑인은 불길하다―와 새롭게 들어온 가치―하얀 피부는 부귀영화의 상징이다―가 공존할 수 있는 방법인 셈입니다.

유독 탄자니아에서 알비노 흑인들에 대한 주술적인 의미가 확대된 것은 탄자니아의 종교적 특수성에 기인하는 듯합니다. 아프리카 사람들은 거의 다 토착신앙을 믿을 거라고 생각하기 쉬운데, 아프리카 국가들은 의외로 이슬람교 아니면 기독교 국가입니다.

그런데 탄자니아는 기독교, 이슬람교, 토착신앙의 비율이 각각 30퍼센트 정도로, 어느 종교의 힘이 다른 종교를 압도할 만큼은 아닙니다. 오히려 다른 아프리카 나라들보다 토착신앙의 비중이 큰 편이라는군요. 탄자니아에서 백인에 대한 인식이 주술적으로 변모한 이유를 짐작할 수 있는 부분입니다.

정리하자면, 탄자니아에서 벌어지고 있는 하얀 흑인들의 비극은 백인들이 만들어 낸 노예무역의 역사와 탄자니아의 토착신앙

© Magdalena Paluchowska

© Magdalena Paluchowska

잔지바르섬에 있는 노예 기념상

이 결합하여 나타난 현상이라 볼 수 있습니다. 탄자니아 사람들과 그들의 문화가 이런 비극을 지속시키고 있지만, 그 원인이 된 것은 백인들이 제공한 불행한 역사 아닐까요.

우리는 인터넷 뉴스를 통해 머나먼 곳에서 벌어지고 있는 기막힌 사건들에 분노합니다. 그리고 그 일들이 거기 살고 있는 '미개한 사람들' 때문이라고 생각하죠. 그러나 그것이 전부는 아닙니다. 우리가 날마다 보고 듣는 현상들의 이면에는 수많은 사실들이 가려져 있습니다.

'외삼촌'에게 오이디푸스 콤플렉스를 느끼다

오이디푸스 콤플렉스라는 말을 들어 보지 못한 분은 아마 없을 겁니다. 오이디푸스 콤플렉스는 '아버지를 죽이고 어머니와 결혼한' 막장스런 스토리의 주인공 오이디푸스를 모티프로 프로이트가 개념화한 아동기, 즉 남근기의 성격 발달기제죠.

프로이트의 설명에 따르면, 대략 4~6세로 남근기에 접어든 아이들은 성性적인 본능에 눈뜨게 됩니다. 이전 시기인 구강기, 항문기에는 성적 욕망의 대상이 모호했다면 남근기의 욕망은 대상을 찾게 됩니다. 남근은 성교를 위한 기관이니까요.

그래서 이 시기의 아이들은 이성 부모, 즉 남자아이는 엄마, 여자아이는 아빠에게 이성적 사랑의 감정을 품게 되는데요. 이들의 사랑이 이루어지는 것을 방해하는 훼방꾼이 있으니 바로 동성 부모, 즉 남자아이에게는 아빠, 여자아이에게는 엄마입니다. 남자아이가 엄마하고 결혼하려면 아빠라는 경쟁자를 물리쳐야 하는 것이죠.

그런데 이 연령의 아이들 처지에서 아빠와 엄마는 단순한 경쟁자가 아니라, 키도 크고 힘도 세고 아는 것도 많은 전지전능에 가까운 존재입니다. 당연히 경쟁이 안 되겠지요.

내가 엄마를 '이성적으로' 좋아한다는 사실을 아빠한테 들키면, 엄마하고 결혼은커녕 당장 목숨이 위태로울 겁니다. 프로이트는 이것을 '거세공포'라고 했습니다. 아빠가 내 고추를 잘라버릴 거라는 공포감이지요. 꼭 그 공포가 아니더라도 이런 거인을 경쟁자로 둔 아이의 처지에서 엄마를 좋아하는 감정은 드러내서는 안 될 것입니다.

4살 아이가 본 아빠

따라서 아이들은 이성 부모에 대한 공포감을 해소하기 위해 '동일시'라는 방어기제를 선택합니다. 나를 공포의 대상인 아빠 또는 엄마와 동일시한다는 뜻이지요. 물론 무의식적 차원에서 이루어지는 일입니다. 동일시에 의해 아이들은 이성 부모의 행동을 따라 하는데, 프로이트는 이 과정에서 성 역할의 학습이 일어난다고 보았습니다.

이것이 오이디푸스 콤플렉스입니다. 단지 '아이들이 이성 부모를 좋아하는 것'이 아니라, 그에 따른 불안과 그 불안을 해소하기 위한 무의식적 방어기제로 동일시를 사용한다는 내용입니다.

프로이트의 설명이 나온 이래, 오이디푸스 콤플렉스는 아동기의 성격 발달을 설명하는 중요한 기제로 이해되고 있었습니다. 그리고 오이디푸스 콤플렉스가 모든 사람들에게 보편적으로 나타날 것이라고 생각했지요. 이러한 생각에 이의를 제기한 사람이 인류학자 말리노프스키Brunislaw Malinowski입니다.

말리노프스키는 진정한 의미의 현장연구를 한 인류학자로 유명합니다. 1차 세계대전 중에 트로브리안드 제도(오스트레일리아 북쪽, 파푸아뉴기니 동쪽)의 섬들에서 현지조사를 했는데, '원주민들의 부부관계를 관찰할 만큼' 가까이에서 그들의 삶을 연구했습니다.

이때 그가 관심을 기울인 것 중 하나가 과연 트로브리안드 제도 원주민들에게서도 오이디푸스 콤플렉스가 나타나는가 하는 문제였습니다. 프로이트는 오이디푸스 콤플렉스가 문화에 관계없이 보편적일 것이라 가정했지만 실제로 다른 문화권에서 검증

트리브리안드 제도의 원주민들과 말리노프스키, 1918년

된 적은 없었기 때문이지요.

말리노프스키가 관찰한바, 트로브리안드 제도의 원주민들에게서는 오이디푸스 콤플렉스가 나타나지 않았습니다. 그렇다면 프로이트는 틀린 것일까요? 말리노프스키는 그렇게 간단하게 포기하지 않았습니다. 관찰 끝에, 트로브리안드 원주민 아이들은 아버지가 아니라 '외삼촌'에게 오이디푸스 콤플렉스를 느낀다는 사실을 발견했습니다.

그런데 이상합니다. '외삼촌'은 엄마와 성적인 관계를 맺는 사람이 아닙니다. 엄마의 남자 형제들이지요. 그러면 이게 어떻게 된 일일까요? 우선은 오이디푸스 콤플렉스에는 성적 욕구 이외의 다른 어떤 이유가 있을 거라는 생각이 듭니다.

프로이트가 오이디푸스 콤플렉스 이론을 만들어 낸 오스트리아와 트로브리안드 제도는 가족구조가 다릅니다. 오스트리아는 부계사회인 반면 트로브리안드 제도는 모계사회입니다. 모계사회라면 어머니가 가장으로서 힘을 가지고 대소사를 관장한다고 생각하기가 쉬운데, 그런 사회는 인류사에 존재한 적이 거의 없습니다.

모계사회란 어머니의 남자 형제들을 중심으로 움직이는 사회를 뜻합니다. 모계사회의 특징은 어머니의 남자 형제들이 실질적인 힘을 갖는다는 데 있습니다. 따라서 자녀 양육도 어머니의 남자 형제, 즉 외삼촌들 몫입니다.

말리노프스키는 오이디푸스 콤플렉스, 즉 아들이 아버지에게 느끼는 부정적 감정의 원인을 훈육에서 비롯된 것이라 보았습니다. 아이들이 네다섯 살쯤 되면 머리도 굵어지고 고집도 세어집니다. 슬슬 바깥 활동도 하는 시기여서 본격적인 '꾸중을 동반한' 훈육이 시작되는 나이죠.

대개의 가부장 사회에서 남자아이의 훈육은 아버지가 맡게 마련이고, 꾸지람과 매매를 동반한 훈육 과정에서 아이가 아버지를 어려워하는 감정이 생깁니다. 말리노프스키는 이것이 오이디푸스 콤플렉스의 본질이라 본 것입니다.

즉 오이디푸스 콤플렉스는 가정교육의 결과입니다. 같은 관점에서 프로이트의 이론도 해석할 수 있습니다. 프로이트에 따르면 이성 부모에 대한 동일시의 결과로 사회적 역할의 학습이 이루어집니다. 역시 교육이 이루어진 것이죠. 교육이 먼저냐 감정이 먼저냐 하는 문제가 있을 뿐입니다.

말리노프스키의 설명은 친족 간의 관계에서 파생하는 감정이 사회를 유지하는 기능과 관련 있다는 것을 밝혔다는 점에서 기능주의적입니다. 말리노프스키의 이러한 견해를 심리기능주의라고 합니다. 어떤 문화적 요소 또는 현상이 사회의 유지에 기능하는 측면을 심리적인 이유로 설명하기 때문이지요.

특히 말리노프스키는 문화란 그 사회 구성원이 개개인의 심리적·생리적인 욕구를 충족하기 위한 것이라고 주장합니다. 요약하자면, 인간은 기본적 욕구basic needs가 있고 문화는 이러한 욕구를 충족하기 위한 체계라는 것입니다.

인간의 욕구를 충족하는 것이 문화의 기능이며, 문화는 인간의 다양한 욕구를 충족하기 위한 과정에서 발달합니다. 기능주의에서 찾은 인류학과 심리학의 접점은, 심리기능주의를 통해 점차 확대됩니다. 문화를 설명하기 위해 심리학이 점점 더 필요해졌다는 말씀입니다.

세상에서 가장 진화한 결혼제도

우리는 우리의 문화를 기준으로 다른 문화를 판단합니다. 어느 정도는 당연할 수밖에 없는 일이고요. 그런 경향성에서 벗어나 다른 문화를 이해하자는 것이 문화상대주의라고 거듭 말씀드렸습니다. 이것이 말로는 쉬워도 실제로는 매우 어려운 일입니다. 이 글에서는 조금 센 예를 가져와 봤습니다.

현재 한국의 결혼제도는 일부일처제, 즉 한 사람의 남성과 한 사람의 여성이 결혼하는 제도입니다. 우리나라뿐 아니라 북미, 유럽권 등 이른바 선진국이라 알려진 나라들은 대개 일부일처제를 택하고 있지요. 따라서 사람들은 일부일처제가 아닌 결혼제도는 뭔가 뒤떨어지는, 미개한 결혼제도라는 생각을 하게 됩니다.

일부다처제란 한 명의 남편이 여러 명의 아내와 사는 결혼형태입니다. 일부다처 하면 우리는 남성의 지나친 성적 욕구를 충족하기 위해 다수의 여성이 희생된다고 생각하는 경향이 강합니다. 특히 일부다처제 국가들은 아프리카, 중동, 아시아에 많은데, 이 지역은 우리가 보통 '후진국'이라고 분류해 온 곳들입니다.

이 지역의 결혼제도를 보면서 자연스럽게 이 동네는 미개하고 서구는 우월하다는 도식을 되새기게 되지요. 그런데 이러한 도식은 과연 진실일까요? 일부다처제는 일부일처제보다 미개한 결혼제도일까요? 인류는 일부다처제에서 일부일처제로 '진화'하는

제임스 존스턴의 책에 실린 남아프리카의 일부다처제 가족사진

것일까요?

먼저 일부다처제의 기원을 살펴보도록 하겠습니다. 일부다처제는 대개 유목문화 지역에서 발달된 결혼제도입니다. 유목문화의 가장 큰 특징은 끊임없이 이동해야 한다는 점입니다. 건조한 지대라 동물들에게 먹일 풀이 제한적이기 때문이지요.

초원을 찾아 이동하다 보면 다른 부족들과 마주치게 되는데, 이때 맞닥뜨린 부족들은 서로 엄청 친밀한 관계가 아니면 대개 싸움을 하게 됩니다. 어렵사리 찾아낸 초원을 다른 부족에게 양보한다면 우리 부족의 생존이 어려워지거든요. 이렇게 싸움이 벌어지면 죽는 사람이 나오게 마련입니다. 가위바위보나 씨름으로 승부를 낼 수는 없으니까요. 고대의 전쟁에서 전투에 임하는 이들은 대개 10대 후반에서 40대 근처의 건장한 남성들이었습니다. 그리고 과거에 이 연령대의 남성은 대개 결혼한 상태이지요. 따라서 전쟁에서 군인들이 죽는다는 것은 그의 아내와 자녀들이 남겨진다는 것을 의미합니다.

20세기 초반 북유럽 사미족의 유목문화

날마다 말을 타고 양 떼를 몰아야 하고, 외적에게서 부족과 동물들을 지켜야 하는 유목민족의 삶에서 남편 없는 여성과 어린 자녀들이 살아남기란 불가능에 가깝습니다. 그러면 가장을 잃은 가족들은 도태되어야 할까요?

전쟁이 잦은 유목민족에게 머릿수는 곧 부족의 힘입니다. 아직 아이를 낳을 수 있는 여성을 평생 수절하게 하는 것은 부족의 처지에서 엄청난 인적 자원의 낭비인 것입니다. 따라서 유목문화의 일부다처제는 전사한 전우의 아내들을 거두어 유가족의 생존을 보장하고, 이들이 계속 아이를 낳아 부족의 인구를 확보하게 하는 일종의 '사회보장제도' 성격을 띱니다.

그런 이들에게 일부다처제는 인간의 도리가 아니니 당장 그만두고 일부일처제를 시행하라고 하면 어떻게 될까요? 유목문화에서 그 부족의 경쟁력은 급격히 낮아질 것입니다.

이 세계에는 우리가 잘 모르는 문화가 많습니다. 결혼제도도 마찬가지인데요. 일부다처제가 남성 중심의 제도라 불만이실 분들을 위해 일처다부제를 소개해 볼까 합니다. 중국 서부 리장, 네팔, 티베트, 인도 북부의 고산지대 종족들에게는 한 명의 아내와 여러 명의 남편이 사는 일처다부의 풍습이 있습니다. 그렇다면 여기는 여성들의 천국일까요?

이 지역에서 일처다부제가 많이 나타나는 이유는 여기가 세계의 지붕이라 일컬어지는 히말라야 고산지대라는 환경에서 찾을 수 있습니다. 고산지대는 농사를 지을 만한 넓은 땅도, 동물을 먹일 만한 넓은 초원도 없기 때문에 비교적 경사가 완만한 비탈을 개간해서 화전을 일구는 것이 식량을 마련할 수 있는 유일한 방법입니다.

농지가 극도로 제한된 이런 환경에서는 인구 유지가 최우선 과제입니다. 다른 농경민족처럼 아이를 낳았다간 한 세대도 못 가서 굶어 죽고 말 테니까요. 불과 두 세대 전의 우리나라가 바로 그런 농경국가였습니다. 우리 부모님 세대만 해도 6남매, 7남매가 흔했지요.

그런데 마땅한 피임도구가 없던 과거에 어떤 방법으로 산아를 제한할 수 있었을까요? 그것은 바로 아이를 낳는 여성의 수를 제한하는 것인데, 남편들의 거부감을 가장 줄일 수 있는 방법은 형제가 같은 여성을 아내로 맞는 것이었습니다.

아프리카의 토다족 여성과 남편으로 보이는 두 명의 남성, 1871년

이것이 문화가 작동하는 방식입니다. 이런 곳에 가서 "남편의 형제와 사는 것은 음란한 짓이니 당장 멈추라"고 하는 것이 의미가 있을까요? 일부다처나 일처다부에 우리가 거부감을 느끼는 이유는 단지 우리가 일부일처라는 결혼제도에 익숙하기 때문입니다.

진화심리학에 따르면, 일부일처는 매우 자연스럽지 않은 결혼제도입니다. 90퍼센트 이상의 동물이, 그리고 인류 역사상 대부분의 시간은 일부다처를 유지해 왔습니다. 물론, 그렇다고 일부다처가 옳으니 일부다처를 하자는 것은 아닙니다. 자연스럽지 않은데도 일부일처제가 인류에게 받아들여진 이유가 또 있겠지요.

일부일처제는 생존공동체로서의 가족이 관계 중심으로 바뀌어 가면서 비교적 근대에 나타난 결혼형태입니다. 개개인의 생존이 최우선이었던 옛날에 남녀의 결합은 공동체―부족 또는 가문―의 생존이라는 목표를 위해 이루어졌습니다.

그러나 국가가 개인의 안전을 보장해 주고 경제력이 생존의 필요를 능가하기 시작한 산업혁명 이후, 결혼은 사랑하는 남녀의 결합이라는 의미를 얻게 됩니다. 결혼에 사랑이라는 낭만적인 의미가 들어가면서 발생한 부수적인 현상은 '모든 남성'이 짝을 얻을 수 있다는 것입니다.

생존이 우선 과제였던 옛날에 노예나 노비, 농노를 포함한 일반 남성은 결혼하기가 쉽지 않았습니다. 결혼에는 경제력이 필요했기 때문이지요. 그런데 국가체제의 정립과 경제의 성장이 인간의 기본 욕구인 안전 욕구를 충족했고, 이어 애착 욕구가 드러나기 시작한 것입니다.

산업혁명 이후 나타나기 시작한 근대국가의 성장은 꾸준한 인구 증가에 힘입은 면이 큽니다. 그리고 그것은 영아 사망률 저하와 안전한 출산 등 의학의 발달과도 관계가 있겠지만, 그 시기 언저리에서 뿌리내리기 시작한 근대적 일부일처제의 영향이기도 할 것입니다.

따라서 일부일처제가 더 진화하고 우월한 결혼제도라는 근거는 어디에도 없습니다. 일부일처제 또한 인류가 주어진 환경에서 찾아낸, 생존에 가장 적합한 결혼제도일 뿐입니다.

게다가 최근에는 일부일처 문화에도 변화의 조짐이 나타나고 있습니다. 전 세계적으로 결혼을 하지 않는 사람들이 늘어나고 있으며, 결혼 대상이 이성이 아닌 동성이 되기도 합니다. 이런 현상이 나타나는 이유는 우리 삶의 토대가 변화하고 있기 때문입니다.

기본 생존을 가문이나 부족이 책임질 필요가 없으니 결혼이 가문의 결합이라는 의미가 퇴색하고, 인구 증가가 생존을 보장하는 시대가 아니므로 아이를 낳기 위해 결혼하는 경우도 줄어듭니다. 또한 개인의 욕구와 목표가 중요해지면서 결혼이라는 제도로 개인을 구속할 필요가 없다는 견해가 대두하고 있습니다.

또한 결혼에서 가문 유지와 종족 번식이라는 의미가 빠지면 애착과 사랑의 욕구가 남게 되는데, 아이를 낳을 필요가 없다면 그 대상이 이성이든 동성이든 중요치 않아지는 것이지요. 현대사

회의 동성애, 동성결혼은 이렇듯 결혼제도의 변화라는 관점으로
도 해석할 수 있습니다.

사람들이 옳다고 믿는 가치는 그의 문화에서 비롯됩니다. 내
게 익숙하지 않은 다른 문화가 틀렸다고 낙인찍고 혐오하기 전
에, 그들의 가치가 어디에 뿌리를 두고 있으며 왜 그럴 수밖에
없는지를 먼저 이해한다면, 그들을 인정하고 그들과 공존할 수
있는 길이 열릴 것입니다.

개인주의-집단주의의 숨은 의미

인류학과 달리 심리학은 문화를 별로 중요하게 생각하지 않았
습니다. 그것은 심리학의 정체성과 밀접한 관계가 있는데요. 요
약하자면 심리학이 '과학'으로서의 정체성을 지니고 있기 때문입
니다.

과학은 측정 가능한 대상을 검증 가능한 방식으로 연구하는
것을 기본으로 하는데, 만약 인간의 심리가 문화에 따라 다르다
면 측정과 검증 자체가 의미가 없어지지 않겠습니까? 이런 이유
로 문화는 오랫동안 심리학의 관심사가 아니었던 것입니다.

이러한 심리학에서 문화에 관심을 기울이면서 최초로 등장한
문화적 개념이 바로 '개인주의-집단주의'라는 문화 구분입니다.
최근에는 주로 동양의 집단주의와 서양의 개인주의를 구분하는
데 사용되는 개념이죠. 이 글에서는 이 개인주의-집단주의가 어

디에서 왔는지 알아보겠습니다.

개인주의-집단주의라는 용어를 처음으로 쓴 사람은 호프스테더Geert Hofstede라는 사회심리학자입니다. 그는 1960년대에 전 세계 IBM 사원들을 대상으로 그들의 문화적 속성을 구분하는 기준을 찾는 연구를 진행했습니다. 그 결과 ① 권력 거리, ② 개인주의 vs. 집단주의, ③ 남성성 vs. 여성성, ④ 불확실성 회피, ⑤ 유교적 노동관 등의 기준을 제시하는데, 개인주의-집단주의는 그 기준들 중 하나입니다.

현대 심리학에서 개인주의individualism와 집단주의collectivism는 '개인 행동의 준거reference가 개인에게 있느냐 아니면 개인이 속한 집단에 있느냐'에 따라 구분됩니다. 쉽게 말해, 어떤 행동을 하는 이유가 자기 자신에게 있으면 개인주의이고, 하기 싫은 일도 자기가 속한 집단을 위한 일이라면 하게 되는 것이 집단주의

호프스테더

인데요. 비교문화심리학에서는 인간의 행동에 관한 거의 모든 주제를 이 구분에 근거해서 연구합니다.

그런데 호프스테더의 개인주의-집단주의는 직장이라는 맥락에 한정된 것이었습니다. 그가 사용한 조사 문항들 중 개인주의를 뜻하는 것은 ① 개인생활이나 가족생활을 위한 충분한 시간을 확보할 수 있는 직장일 것, ② 마음대로 일하는 방식을 택할 수 있는 자유가 많을 것, ③ 하는 일이 도전적일 것, 즉 개인적 성취감을 맛볼 수 있는 것일 테고, 집단주의를 뜻하는 것은 ① 기술 향상이나 새 기술을 배울 수 있는 연수 기회가 있을 것, ② 물리적 작업조건들이 좋을 것(통풍과 조명이 좋고 작업공간이 충분할 것 등), ③ 직장에서 자신의 기술과 능력을 충분히 활용할 수 있을 것 등입니다. 읽어 보시면 우리가 보통 쓰는 개인주의-집단주의의 개념과는 조금 거리가 있다 하겠습니다.

현재 심리학에서 사용되는 개인주의-집단주의의 의미는 일리노이 대학의 비교문화심리학자인 해리 트리안디스 Harry C. Triandis가 구성한 것입니다. 그리스 출신인 트리안디스는 미국에 유학하면서 미국 문화와 그리스 문화의 차이에 엄청난 흥미를 느꼈습니다. 매사에 가족이 함께하고 떠들썩한 그리스 문화와 달리 미국의 문화는 철저히 개인적이고 또 개별적이었던 것입니다. 이런 그리스 문화와 미국 문화의 차이는 영화 〈나의 그리스식 웨딩〉에 잘 묘사되어 있습니다.

트리안디스는 개인주의-집단주의 개념을 문화에 따른 상이한 행동양식을 설명하기 위한 개념으로 발전시킵니다. 모든 개인에게는 개인주의-집단주의의 문화적 성향이 있으며, 특정 성향을 지닌 개인의 많고 적음에 따라 개인주의 문화와 집단주의 문화로 구분할 수 있다는 것입니다.

거시적으로 문화를 구분하는 데 쓰이던 개인주의와 집단주의가 개인의 문화적 성향을 나타내는 지표로 쓰이기 시작하면서, 문화라는 인류학적 개념이 심리학적 개념으로 들어온 것이죠. 그 뒤 개인주의-집단주의는 수많은 연구에 사용되면서 인간의 행동에 끼치는 문화의 중요성을 설파하는 중요한 개념으로 자리 잡습니다.

심리학에서 문화의 영향에 눈을 돌리게 된 것은 1980년대 이후의 일입니다. 2차 세계대전 후, 각 나라의 문화가 본격적으로 교류하면서 사람들이 실제로 경험한 문화 차이에 대한 생각이 누적된 후에야 비로소 문화가 심리적 '변인'으로 연구에 반영되기 시작한 것입니다.

이제 심리학에서 쓰이는 개인주의와 집단주의의 개념을 조금 자세히 살펴보겠습니다. 비교문화심리학에서 개인주의-집단주의는 엄청 자주, 중요하게 나오는 개념이니만큼 한번 정리해 두는 것이 좋을 듯합니다.

개인주의-집단주의 문화에서 사람들의 행동은 개인이 맺는 사회적 관계의 종류에 따라 구분됩니다.

먼저, 개인주의 문화에서는 사람들이 집단에서 더 분리되어 있으며 자율적으로 행동합니다. 사람들의 사회적 행동은 개인적인 즐거움을 최대화하려는 것이며, 사람과의 관계는 계약에 따라 이

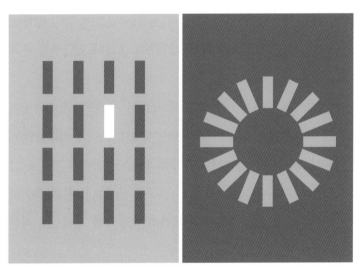

개인주의(왼쪽), 집단주의(오른쪽)

루어집니다. 만약 관계성을 유지하는 비용이 거기에서 얻는 즐거움 이상으로 든다면 그 관계를 끊는 것이 당연시됩니다.

반면 집단주의 문화에서는 사람들이 자기 자신을 집단의 일부라고 생각하고, 많은 상황에서 개인적인 목표보다 집단의 목표를 우선합니다. 사람들의 사회적 행동은 규범·의무·책무의 결과로 나타나며, 관계를 유지하는 데 터무니없는 비용이 들지 않는한 사람들은 관계를 포기하지 않습니다.

결혼을 예로 들면, 개인주의 문화에서 사람들은 결혼도 일종의 계약으로 받아들입니다. 우리나라 결혼식에서도 종종 등장하는 혼인서약서가 이 개념입니다. 결혼은 두 사람의 이해관계로 성립하는 것이니만큼 그 이해관계가 깨지면 이혼하는 것이 당연한 일입니다.

그러나 우리나라 같은 집단주의 문화에서 결혼은 '인륜지대사'요, 부부는 '하늘이 맺어 준 인연'입니다. 부부로서의 의무와 책임이 강조되고, 더는 관계를 유지하기 어려운 경우에도 '정 때문에' '자식들 때문에' 살아야 한다는 견해를 많이 볼 수 있습니다.

개인주의와 집단주의의 차이는 사회적 행동을 규정하는 데서 가장 두드러집니다. 개인주의 문화에서는 집단과 개인 간에 갈등이 생길 경우, 개인이 집단의 목표와는 관계없이 자신의 목표를 성취하려 하는 것은 매우 '자연스러운' 일입니다. 애초에 집단과 '계약'에 따라 관계를 맺었기 때문입니다.

그러나 집단주의 문화에서 개인의 목표는 집단의 목표와 별개가 아닙니다. 집단주의 문화에서 개인은 집단의 의지에 반하는 일 없이, 집단이 기대하고 요구하는 것을 실행해야 합니다. 자기 의무를 다하고, 사람들이 자신에게 기대하는 일을 하는 것이 당연시되는 것입니다. 집단주의 문화에서 집단은 계약으로 맺어진 일시적인 관계가 아니기 때문입니다. 개인주의 문화에서도 사람들은 의무를 이행하지만, 그것이 나에게 이익이 된다고 생각할 때만 그렇게 하는 경향이 큽니다. 하지만 집단주의 문화에서는 단기적인 이익보다 관계의 유지가 더 큰 동기로 작용합니다.

때문에 집단주의 문화에서 사람들이 속하는 내집단의 수는 적고, 크기는 크며, 내집단 성원을 대할 때의 행동과 잘 모르는 사람을 대할 때의 행동이 꽤 달라집니다. 개인의 독특성을 찾고 일관적인 개성을 유지하기보다는 집단 내의 조화를 중시하고 그때그때 자신이 놓인 사회적 맥락에 적합한 행동을 해야 하기 때문이지요.

반면에 개인주의 문화 사람들이 속하는 내집단의 수는 많고, 크기는 작으며, 내집단 성원을 대할 때의 행동과 잘 모르는 사람을 대할 때의 행동이 그렇게 다르지 않습니다. 관계 자체가 개인의 필요에 따라 계약적으로 맺어지기 때문입니다. 사회적 행동의 기본이 되는 자기 자신의 독특성을 찾고 그것을 일관적으로 유지하는 것이 중요해집니다.

이것이 진짜 예수의 얼굴이다

인류사에는 수많은 위인들이 있지만 예수(기원전 4?~기원후 30년?)만큼 유명한 분도 없을 겁니다. 신이지만 사람의 아들로 태어나 사람들을 위한 사상을 전파한 위인이시죠. 그가 살았던 시대 배경과 아직도 분쟁과 갈등에서 벗어나지 못한 인류의 현재를 생각해 보면 사상과 종교, 신분, 귀천에 관계없이 "이웃을 내 몸과 같이 사랑하라"는 그분의 메시지가 얼마나 위대한가를 다시금 깨닫게 됩니다.

오늘은 이분에 관한 이야기를 해 볼까 하는데요. 종교적이거나 신앙고백과 관련된 것은 전혀 아닙니다. 조금 생뚱맞지만 예수의 얼굴에 관한 이야기입니다. 과연 예수는 어떻게 생겼을까 하는 것이 오늘의 주제입니다.

우리에게 익숙한 예수의 이미지는 오른쪽과 같습니다. 교회

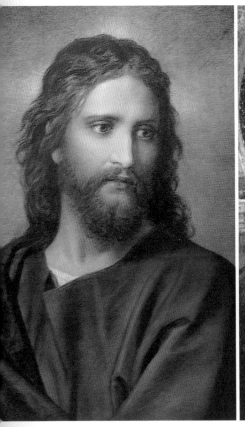

〈예수〉, 하인리히 호프만(왼쪽), 성 카테리나 수도원에 있는 작자 미상의 예수 그림(오른쪽)

출입문이나 주보 같은 데서 쉽게 볼 수 있는 이미지죠.

천만 명이 넘는 기독교 신자가 있고 세계 10대 교회 중 7개를 보유한 우리나라답게 주위에서 흔하게 볼 수 있는 예수의 이미지가 많습니다. 이런 그림들에서 예수는 일단 잘생기셨습니다. 네, 잘생기셨습니다. 예수님이니까 뭐 잘생기셨겠지요?

그런데 잘생긴 건 그렇다 치고, 조금 이상한 점이 있습니다. 이것이 의외로 눈치채기 어려운 문제인데요. 예수가 백인의 얼굴이라는 점입니다.

이것은 사실 말이 안 되는 일입니다. 예수께서 어디서 태어나셨습니까? 베들레헴입니다. 베들레헴에서 나시고, 나사렛에서 목수의 아들로 자라셨으며, 갈릴리호에서 제자들을 거두셨고, 예루살렘에서 활동하다가 돌아가셨습니다. 그게 다 이스라엘 땅, 팔레스타인 안입니다. 이집트 북쪽, 요르단 서쪽, 시리아 남쪽, 이 지역이 어디입니까? 중동 Middle East 입니다.

이 동네에서 태어나고 자라고 활동하신 분이 저렇게 백인처럼 생겼다? 있을 수 없는 일입니다.

영국 맨체스터 대학 연구팀은 이스라엘 예루살

예수가 태어나고 활동한 이스라엘 지역의 지도

리처드 니브 전 맨체스터 대학 교수가 복원한 예수 생존 당시의 셈족 얼굴

렘 부근에서 발굴된 1세기경 남성들의 인골 수천 구의 특징을 평균하여 위와 같은 이미지를 복원했습니다. 다시 말해 예수가 살아 계실 당시의 이스라엘 남성은 이 얼굴과 비슷하게 생겼을 것이라는 것입니다. 예수의 실제 얼굴은 이 모습과 가까울 가능성이 큽니다. 적어도 1세기 유대 지역에 살던 남성의 얼굴이 백인보다는 이 얼굴에 가깝겠지요.

어떻게 생각하십니까? 충격받는 분도 계실 겁니다. 제가 강의에서 이 사실을 말씀드리면 대개 충격을 받으시더군요.

그러나 더 놀라운 사실은, 우리는 그동안 예수가 백인이라는데 추호의 의문도 품지 않았다는 것입니다. 예수께서는 중동에서 태어나고 자라고 활동하셨다고 성경에 뻔히 쓰여 있는데도 말이죠.

이는 우리가 얼마나 제한된 정보 속에서 살고 있는가를 보여

주는 예입니다. 우리나라에는 기독교―가톨릭+개신교―가 서
양을 통해 전래되었습니다. 그 과정에서 서양 사람들이 예수에
대해 만들어 낸 이미지들도 고스란히 우리에게 전해진 것이죠.

서양에서 기독교가 주된 종교로 받아들여진 것은 기원후 313년
로마의 콘스탄티누스 황제가 기독교를 공인하면서부터입니다.
그 후로 오랜 세월 동안 예수의 이미지는 교회 벽화나 스테인드
글라스, 조각 등을 통해 만들어지고 서양인들의 마음에 각인되었
을 겁니다. 서양 사람들이니만큼 자신들에게 친근한 얼굴을 모델
로 했을 것은 당연합니다. 한국의 불상이나 장승이 한국인을 모
델로 한 것과 마찬가지지요.

그러면서 서양인들은 예수가 진짜 서양인처럼 생겼을 거라는
생각을 하게 됩니다. 기독교는 1500년 넘도록 유럽에서 발달한
종교이니 그런 믿음을 품는 것도 자연스러운 일일 겁니다. 그리
고 그런 생각을 더욱 확고하게 한 것이 '토리노의 성의'나 '마노
펠로의 성면' 같은 실물 증거들입니다.

'토리노의 성의'는 예수께서 십자가에 못 박혀 돌아가신 뒤 그
시신을 감쌌던 천입니다. 그 천에 예수의 몸과 얼굴이 찍혀 남아
있다는 것이지요. 그리고 '마노펠로의 성면'은 십자가에 못 박히
시기 전, 예수의 얼굴을 닦아 드렸던 베로니카라는 여인의 수건
에 남아 있는 예수의 얼굴입니다. 이탈리아의 마노펠로라는 마
을에 지금도 보관되고 있지요.

이것들은 예수가 실존한 증거로, 과학적 증거들은 상충하지만
종교적으로는 아주 중요한 의미를 지닌 유물로 여겨지고 있습니

다. 레스 신부라는 분의 분석에 따르면 토리노 성의에 새겨진 얼굴과 마노펠로의 성면에 남은 얼굴이 일치한다고 합니다.

이 유물들이 발견된 것은 14세기 무렵입니다. 예수께서 돌아가신 뒤 1400년의 시간이 흐른 뒤죠. 이때 발견된 물건들이 예수와 직접적인 연관이 있다고 보기는 어렵습니다. 그리고 토리노와 마노펠로는 둘 다 이탈리아에 있습니다. 이 사실에서 무엇을 유추할 수 있을까요?

14세기 이탈리아는 르네상스 시대였습니다. 수 세기에 걸친 십자군 원정에서 유럽이 털어 온 이슬람의 부는 유럽을 살찌우는 원동력이 되었고, 특히 지리적으로 서유럽과 이슬람 세계의 중간에 위치한 이탈리아는 그 떡고물을 제대로 챙깁니다. 그 바탕에서 르네상스 시대가 열리는데, 이 시대에 거대한 성당들과 그 성당을 장식할 벽화나 조각들이 엄청나게 만들어집니다. 우리가 알고 있는 서양 예술품들의 상당수가 이 시기 것들이죠.

그런 시기에 예수의 직접적인 흔적이 남아 있다는 것은 그 지역과 성당에 엄청난 호재가 아니었을까요? 이후 이탈리아는 네덜란드와 영국 등이 떠오르기 전까지 오랫동안 유럽 문화의 중심으로 자리매김합니다. 사실이야 알 수 없는 일이고 이 증거들을 믿는 분들께는 죄송스러운 상상이지만, 토리노의 성의에 남은 얼굴이나 마노펠로의 성면에 남은 얼굴이나 '중동 사람의 얼굴'하고는 거리가 있어 보입니다.

문제는 우리입니다. 서양 사람들이야 그게 자기들의 역사고 문화였으니 그렇게 생각할 수 있지만, 한국 사람들이 예수가 서양 사람처럼 생겼다고 믿는 것은 큰 문제가 있다는 말씀입니다. 오리엔탈리즘을 다룬 글에서 말씀드린 바와 같이 도식은 정보를 거르는 역할을 하며, 이미 확립한 이론을 확증하는 방향으로 작동합니다.

예수가 백인이라는 도식은 어디에 어떤 영향을 끼칠까요? 일례로 중동에 대한 우리의 인식에 영향을 끼칩니다. 우리는 이미 서구 중심적인 정보에 지나치게 노출되어 있습니다. 유럽과 중동, 자유와 테러리즘, 선과 악, 기독교와 이슬람이라는 도식이 작동하는 가운데, 서구인들의 종교인 기독교, 기독교 신앙의 대상인 예수는 유럽인의 얼굴을 하고 있습니다. 그리고 우리 중 상당수는 기독교 신자입니다.

그러면 중동 사태에서 '나쁜 쪽'은 어디가 되겠습니까? 서구 편향적인 정보의 바다에서 우리가 얻은 모든 정보는 그 나쁜 쪽이 중동인들임을 가리킵니다. 그리고 그렇지 않은 정보들은 안타깝게도 우리의 뇌까지 전달되지 않습니다.

우리는 '중동인'들의 테러로 숨진 유럽인들을 위해 페이스북 프로필 사진을 바꾸지만 서양 군대의 폭격으로 죽어 간 중동인들을 위해서는 아무 일도 하지 않습니다. 그들의 죽음은 당연한 일일까요? 백인의 얼굴을 한 예수는 이러한 일들에 대해 뭐라고 말씀하실까요?

좀비의 심리학

좀비Zombie란 되살아난 시체를 일컫는 말로, 아프리카 콩고의 은잠비Nzambi라는 말에서 유래됐다고 합니다. 서인도제도 아이티의 부두교 사제 보코bocor가 사람에게서 영혼을 뽑아내면 그 사람은 지성과 의지를 잃은 좀비가 되어 보코가 시키는 대로 일하게 된다고 하죠.

대중문화에서 설정된 좀비는 이와는 약간 다릅니다. 영화나 드라마에 등장하는 좀비들은 여러 가지 이유 ─ 의학실험, 유전자 변이, 바이러스 등 ─ 로 죽었던 사람이 되살아나 산 사람들을 위협하는 역할을 맡고 있습니다. 우리에게 익숙한 좀비 캐릭터가 최초로 등장한 영화는 조지 A. 로메로 감독의 1968년작 〈살아 있는 시체들의 밤〉인데요.

핏기 없고 썩어 가는 피부, 관절의 부자연스러운 움직임, 산 사람을 공격해서 물어뜯는 등의 설정이 이 영화에서 나왔고, 이후 좀비는 무수히 많은 영화와 게임 등에서 사랑받는 캐릭터가 되었습니다. 고전으로 꼽히는 〈새벽의 저주〉를 비롯해 〈레지던트 이블〉, 〈28일 후〉, 〈월드워 Z〉, 〈워킹 데드〉, 〈웜바디스〉 등 유명한 작품도 많습니다.

문화는 동시대 사람들의 욕망을 투사한다고 했습니다. 그렇다면 좀비가 현대인들에게 이리도 사랑받는 이유가 분명히 있을 겁니다. '요즘 사람들이 자극적인 것을 좋아해서 좀비물이 많이 만들어진다' 정도로는 충분한 이해라고 할 수 없겠지요. 과연 사

© Nebojsa Markovic

좀비 퍼레이드 중인 사람들. "으어어어어!"

람들은 좀비물의 어떤 점에 공감하는 것일까요?

좀비의 가장 큰 특징은 자의식이 없다는 것입니다. 좀비는 내가 누구며 무슨 생각을 하고 누구와 어떤 관계에서 어떤 역할을 하던 사람이라는 의식을 하지 못합니다. 대신 살아야겠다는 생존본능만이 남아서 아무나 닥치는 대로 뜯어 먹는 것이죠.

살겠다는 생존본능만 남아 있을 뿐 행동할 의지도 가치를 판단할 마음도 없는 존재, 좀비가 상징하는 바는 무엇일까요? 좀비가 대중문화에 본격적으로 나타난 시점은 1960년대 후반 이후입니다. 2차 세계대전이 끝나고 세계가 빠른 속도로 변화하던 시기였습니다.

전쟁의 상처가 회복되어 가고 전쟁 중에 발달한 기술로 사람들의 삶은 풍요로워지고 있었습니다. 자가용, 컬러 TV, 냉장고, 세탁기, 라디오 따위가 삶의 표준이 된 것이 이 시기였으며, 전체주의의 망령이 지나간 뒤로 사람들의 삶은 개인적 욕구의 충족에 초점을 두고 흘러가게 됩니다.

이 시기에 빼놓을 수 없는 것이 히피 문화입니다. 히피는 물질문명을 거부하고 반전·평화·자연주의 등을 추구한 사람들로, 〈포레스트 검프〉의 여자 친구 제니가 그랬듯이 시간이 지나고 얌전히 집으로 돌아와야만 했지만, 히피의 등장은 이 시대의 물질주의와 과학문명 만능주의에 대한 비판이라는 의미를 담고 있습니다.

그렇다면 같은 시기에 등장한 좀비 역시 물질 중심의 현대 문명에 대한 비판이라는 측면에서 해석할 수 있을 겁니다. 물질적으로 표준화하는 삶. 더 좋은 차를 사고, 더 좋은 집에 살고, 더 좋은 상품을 사는 것이 삶의 이유가 돼 버린 사람들. 더 이상 공동체와 이웃의 문제를 생각하지 않게 된 사람들과 사회에 대한 무의식적인 불안과 공포가 좀비로 형상화한 것 아닐까요?

좀비의 두 번째 특징은 죽은 사람이 살아난다는 점입니다. 과학적으로 말이 안 되는 일입니다. 그러나 과학이 엄청난 속도로 발달하던 1960년대에 과학의 힘으로 안 될 것은 없어 보였습니다. 세상에, 사람이 달 위를 걸어 다니리라고 누가 상상이나 했겠습니까. 1969년 아폴로 11호의 달 착륙 말입니다.

1960년대 생명공학 분야의 성취는 놀라웠습니다. 1958년에 DNA가 실험실에서 합성되고, 1964년에 살충제와 새로운 곡물 품종의 개발로 녹색혁명이 일어나 식량위기가 해결됩니다. 1965

손으로 형상화한 좀비 무리

년에는 사람과 생쥐의 세포가 융합되었으며, 1971년에는 최초로 유전자가 합성됩니다.

죽은 자가 다시 살아난다는 좀비의 설정은 옛날부터 이어진 시체 공포에 신神의 영역이었던 생명을 과학의 힘으로 조작할 수 있다는 데서 오는 불안이 덧붙은 것으로 보입니다. 인간이 이렇게까지 할 수 있다니…. 이렇게까지 해도 될까? 이러다 무슨 일 나는 거 아니야? 인류의 과학 수준이 이전 시대에 견주어 급격히 발달하던 19세기에 나온 〈프랑켄슈타인〉의 불안과도 일맥상통하는 면이 있겠습니다.

제가 중학교 2학년 때 처음으로 본 영화 〈좀비오〉나 밀라 요보비치가 주연한 〈레지던트 이블〉 시리즈의 좀비들이 이 같은 경우입니다. 이 영화들에서 좀비는 미친 과학자 또는 양심 없는 기업이 과학의 힘으로 창조해 낸 괴물이죠. 그리고 그 끝은 매우 좋지 않습니다.

미 국방부는 최근 좀비 창궐로 인한 혼란에 대응하는 매뉴얼을 만들어 교육하는 중이라는데요. 'CONOP 8888'로 알려진 이 매뉴얼은 인명 보호, 좀비 퇴치, 질서 회복의 3단계로 이루어져 있다고 합니다. 좀비가 단순히 영화적 상상력만으로 만들어진 괴물이 아니라 현대의 과학기술로 등장할 수 있는 실질적 위협이라고 보는 셈이죠.

최근 좀비물에 많이 반영되고 있는 좀비의 세 번째 특징은 누구나 좀비가 될 수 있다는 것입니다. 좀비는 대개 원인을 알 수 없는 바이러스에 의해 발생하는데 좀비에게 물리는 것으로도 전

염됩니다. 그런데 일단 좀비가 되고 나면 자의식을 잃고 생존본능만 나타나기 때문에 방금 전까지 나의 가족, 친구, 이웃이었던 사람이 좀비가 되어 내 생명을 위협하는 상황이 벌어집니다.

가장 편안하고 익숙한 공간에서 오는, 가장 소중하고 사랑하는 이들에게서 비롯되는 공포. 이것이 좀비의 진정한 공포입니다. 이런 면은 특히 미드 〈워킹 데드〉에 잘 묘사되어 있습니다. 좀비가 돼 버린 아들과 딸, 동생, 친구와 이웃이 내 살점을 노리고 달려들 때 그들의 머리에 칼을 꽂아야 한다는 것은 어떤 기분일까요.

〈워킹 데드〉가 방영을 시작한 것은 2010년입니다. 2007년 발생한 서브프라임 모기지—주택담보대출—사태로 미국이 한창 휘청거리던 때였지요. 제가 하필 2009년과 10년에 미국에 있었는데, 분위기 장난 아니었습니다. 회사들이 망해 나가고 멀쩡하던 사람들이 회사에서 잘려 집 대출금을 못 갚는 바람에 하루아침에 집에서 쫓겨나는 일이 비일비재했지요.

익숙했던 공간은 낯선 곳이 되어 버렸고 어제까지 살가웠던 친구와 이웃들은 나의 불행에 어떠한 도움도 주지 않습니다. 그들 또한 언제 거리로 쫓겨나 하루 먹을 것을 걱정해야 할지 모르는 신세니까요. 어딘가 익숙한 광경 아닙니까?

〈워킹 데드〉가 묘사하는 좀비로 뒤덮인 세상은 바로 내가 살고 있는 현실인 것입니다. 풍요롭고 안전했던 사회에서 분리되어 당장의 배고픔을 걱정해야 하는 좀비는 경제위기—또는 경제의 구조적 문제—로 직장에서 내몰려 가족과 이웃을 잃고—또는 포기하고 — 눈앞의 생존에 매달려야만 하는 현대인들을 상징합니다.

경제학자 소스타인 베블런이 지적한 것처럼, 생존에 급급하게 되면 다른 부분에 눈을 돌릴 여유가 사라집니다. 당장 내가 굶어 죽게 생겼는데 이웃이 뭐고 연대가 뭐란 말입니까. 자기가 힘들어진 구조적 이유를 파악해 그것을 고쳐 나가기보다는 단지 내가 원하는 것을 가진 대상에게 적대감을 표출할 뿐입니다. 뭔가 떠오릅니다.

법과 도덕, 윤리, 신앙 등 이전까지 작동하던 사회의 유지 원리들은 모두 힘을 잃고 오로지 약육강식의 법칙만이 지배하는 좀비들의 세상. 이곳에서 살아남기 위해 발버둥 치는 생존자들에게는 날마다 대답하기 어려운 물음들이 던져집니다.

내가 살아남기 위해서 누구를 먼저 희생시킬 것인가?

다른 생존자들을 만났을 때 그들과 협력해야 할까, 다 죽이고 그들의 것을 차지해야 할까?

살아남기 위해서 하는 모든 행위는 정당화할 수 있는가?

어떻습니까. 좀비들은 스크린 속에만 존재하는 것일까요?

한국 영화 〈부산행〉의 인기에는 이유가 있어 보이는군요.

서양 귀신은 왜 나타나는가?

귀신 이야기에는 사람들의 심층심리를 이해할 수 있는 단서가 많습니다. 귀신은 그 나라 사람들의 자연관과 종교관의 반영이며, 귀신 이야기는 동기와 욕구, 인간관계 양상, 문제 해결방식 등을 함축하고 있기 때문입니다.

앞서 좀비의 심리학을 살펴봤는데요. 이제 서양의 귀신 이야기를 토대로 서양 사람들의 마음을 좀 더 폭넓게 들여다보려고 합니다.

우선 영화 같은 매체에서 반복적으로 확인되는 서양 귀신(?)의 특징은 대개 몸이 있다는 것입니다. 죽은 사람의 영혼인 귀신이라기보다는 괴물 또는 몬스터라고 해야겠군요.

드라큘라 백작으로 유명한 뱀파이어, 뱀파이어의 소울메이트 늑대인간, 현대 공포영화의 영원한 마스코트 좀비 등이 몬스터류의 대표 격이라 할 수 있는데요. 이들의 공통점은 '문다'는 점과 물린 사람은 '변한다'는 구조를 이루고 있다는 것입니다.

일단 뱀파이어는 서양인들의 시체 공포에서 온 것으로 보입니다. 땅을 깊이 파서 매장하거나 화장을 하는 동양 쪽 전통과는 달리 서양에서는 시체를 얕게 묻거나 지하실 같은 곳에 안치하는 풍습이 많았는데요. 의학이 덜 발달했던 과거, 완전히 사망하지 않은 사람을 묻는 일도 종종 있었던 모양입니다.

죽은 사람이 무덤에서 살아 돌아온다…. 아으, 무섭습니다. 죽은 사람은 죽은 사람들이 있을 곳에 있어야죠. 뱀파이어가 피를

〈뱀파이어〉, 에드바르 뭉크, 1895년

마시는 것은 피가 생명의 상징인 것과 관련이 있어 보입니다. 죽음에서 돌아왔으니 시급히 생명력을 보충해야겠지요. 뱀파이어는 현대에 들어 좀비로 변형되어 나타납니다. 물론 조금 더 끔찍한 형태로 말이죠.

늑대인간은 서양인들의 숲 공포가 반영된 괴물이 아닐까 합니다. 유럽은 꽤 오랫동안 숲이었습니다. 지중해 연안에 로마제국이 번성하고 있을 무렵에도 말이죠. 유럽이 전반적으로 사람 살만한 땅이 된 것은 중세의 농업혁명이 마무리된 약 10세기에 이르러서입니다.

끝없이 펼쳐진 숲, 그 속에 무엇이 있을지 모른다는 공포. 늑대는 호랑이나 사자 등 대형 육식동물이 없던 유럽의 숲에서 짱을 먹던 동물입니다. 늑대인간 말고도 빨간 망토, 아기 돼지 삼형제, 늑대와 일곱 마리 아기 염소 등 늑대가 무서운 존재로 그려진 이야기는 많죠. 숲으로 둘러싸인 마을에서 살던 유럽인들이 늑대에 대한 공포를 형상화한 것은 당연해 보입니다.

재미있는 건 이 괴물들과 사람의 관계입니다. 레비-스트로스가 신화를 분석한 기법을 조금 응용해서 스토리들을 단순화해보면 뱀파이어, 늑대인간, 좀비 이야기의 공통 구조가 나오는데요. 사람과 괴물 간의 경계가 불분명하고, 이 관계는 '문다'는 행위를 통해 역전될 수 있다는 점입니다.

뱀파이어가 사람을 물면 사람은 뱀파이어가 됩니다. 늑대인간에게 물린 사람도 마찬가지죠. 물론 좀비도 그렇고요. 여기서 서양인들의 괴물에 대한 인식을 짐작할 수 있는데, 아마도 뱀파이

〈지킬 박사와 하이드 씨〉 연극 포스터, 1888년

어나 늑대인간 같은 괴물은 인간 마음에 내재하는 사악한 이면을 상징하는 듯합니다. 즉 사람도 괴물이 될 수 있다는 것이죠.

문다, 먹는다는 행위는 인간의 가장 원초적인 본능입니다. 사회를 이루고 살면서 인간은 원초적인 본능을 제어해야만 했습니다. 그런 본능들이 풀려 나올 때, 멀쩡하던 사람도 괴물이 될 수 있다는 인간관이 반영된 것이 뱀파이어, 늑대인간, 좀비 같은 괴물이 아닐까요.

현대에 쓰여진 작품인 『지킬 박사와 하이드 씨』도 인간 내면의 악惡이라는 서양 괴물 이야기의 구조를 그대로 보여 줍니다.

자, 괴물 이야기는 이 정도로 하고 원래 하고자 했던 귀신 이야기로 넘어가 봅시다. 여러 자료를 살펴보면 서양에서는 죽은 사람의 영혼이 직접적인 공포의 대상은 아닌 듯합니다. 영화 중에서 귀신이 본격적으로 등장하는 작품을 살펴보면 〈엑소시스트〉, 〈오멘〉, 〈애나벨〉, 〈컨저링〉 등을 들 수 있는데요.

이 영화들에 나오는 귀신은 보통 사람의 영혼이라기보다는 그냥 대놓고 악령입니다. 고대의 악령 엑소시스트, 악마의 자식 오멘, 악마 숭배자의 영혼 컨저링 등 애초에 악한 존재들이죠. 이들이 어떤 계기로 사람 몸에 들어가거나 특정 장소에 나타나면서 사람들을 괴롭히는 것이 서양 귀신 영화의 주된 구조입니다.

악령을 제외하고, 서양 귀신 중에도 보통 사람이 죽어서 된 귀신들이 있습니다. 서양의 귀신 이야기 중에는 영국의 유령 앤 불린이 유명한데요. 엘리자베스 1세의 어머니이기도 한 앤 불린은 헨리 8세의 두 번째 아내입니다. 헨리 8세는 본처 캐서린과 이혼하고 앤 불린과 재혼하기 위해 가톨릭을 버리고 성공회를 창시하기까지 합니다.

"목 있는 앤 불린의 초상."

그러나 헨리 8세는 이렇게 어렵사리 얻은 두 번째 아내를 아들을 못 낳는다고 런던탑에 가두었다가 참수해 버립니다. 그 뒤로 런던탑에는 목 없는 여인의 유령을 봤다는 목격담이 끊이지 않습니다. 막장 드라마 뺨치는 역사를 둔 영국 왕실에는 앤 불린 말고도 나름 유명한 왕족 유령이 많습니다.

윌리엄 캐슬 감독의 영화 〈하우스 온 혼티드 힐〉 포스터, 1958년

그런데 이들 귀신은 사람들에게 딱히 해코지를 하는 것 같지 않습니다. 그냥 생전에 살던 장소를 배회하거나 하던 일을 계속하는 모습을 보여 줄 뿐이죠. 유명한 많은 귀신 스토리들을 봐도 귀신들이 사람에게 말을 걸어오거나 하는 일은 거의 없습니다. 그냥 어디서 나타났다는 이야기가 대부분이죠.

영어에 'haunted'라는 단어가 있는데 '유령이 나오는'이라는 뜻입니다. 유령은 말 그대로 '나옵니다'. 나타나서는 말없이 사람을 바라보다가 사라지거나 하는 거죠. 또는 모습을 드러내지 않고 물건을 움직이거나 소리를 내는 폴터가이스트 현상을 일으킵니다.

이렇게 보면, 서양의 귀신들은 사악한 악령들 외에는 인간에게 잘 개입하려 하지 않는 특성을 보입니다. 억울한 죽음을 당했어도 한국의 귀신들처럼 사람 앞에 나타나 억울함을 호소하는 일은 좀처럼 없다는 말씀입니다. 그 이유는 무엇일까요?

그것은 아마도 귀신이라는 존재를 대하는 서양인들의 생각에서 비롯되는 것 같습니다. 귀신은 산 사람들이 살고 있는 이 세상의 법칙이 적용되지 않는 존재라는 것이죠. 신과 인간, 산 자와 죽은 자의 영역을 명확히 구분하는 기독교적 전통과 근대 이후 이성 중심의 사고가 합쳐진 생각인 듯한데요.

때문에 서양에서 귀신들은 인간세계에 개입하기 위해 특별한 사람들의 도움을 필요로 합니다. 한국에서 특히 사랑받았던 영화 〈사랑과 영혼Ghost〉의 오다 매와 미드 〈고스트 위스퍼러〉의 멜린다 고든은 귀신과 인간을 매개하는 영매, 한국식으로 하면 무당입니다.

저마다 구구절절한 사연을 간직한 귀신들은 저세상으로 가지 못하고 세상을 떠돌다가, 자신들을 보고 자신들의 말을 산 사람에게 전해 줄 수 있는 영매를 찾습니다. 한국 귀신들처럼 아무에게나 모습을 드러내고 말을 하는 게 아니라 특수 영능력자를 통해서만 자신들의 존재를 나타낸다는 것이죠. 일반인들은 때로 귀신을 보거나 폴터가이스트 현상 등으로 그들의 존재를 느낄 수는 있지만 귀신과 소통할 수 있는 것은 영매—또는 퇴마사—뿐입니다.

한편, 한국의 귀신들이 주로 말을 걸어오는 대상은 무당이 아닌 권력자—사또나 높은 지위에 있는 사람—인 경우가 많습니다. 그들의 권력에 의지하여 자신의 억울함을 해결하고자 하는 것이죠. 그리고 보면 한국인들은 귀신조차 이 세상 법칙의 영향을 받는 존재로 바라보는 것 같습니다.

서양과 비교해서 한국 문화는 그만큼 산 사람과 죽은 사람의 세계가 덜 구분되는 문화라고 볼 수도 있겠죠. 이런 생각들은 그 나라 사람들이 삶과 죽음을 바라보는 태도, 초자연적인 존재에 대한 믿음 같은 종교적인 관념에서 비롯됩니다.

사람들의 마음을 이해하기 위해서는 그 사람들의 문화를 이해해야 합니다. 사람들의 더 깊은 마음, 심층심리를 이해하기 위해서는 그 나라 사람들의 가장 내밀하고도 깊은 문화, 종교를 이해할 필요가 있습니다.

3

우리는 틀린 게 아니라 다른 겁니다

타일러의 실수,
"모든 미국인이 다 그런 건 아니에요"

JTBC에 〈비정상회담〉이라는 프로그램이 있었죠. 세계 여러 나라의 젊은이들이 출연하여 각국의 문화를 놓고 다양한 이야기를 나누는 콘셉트죠. 문화를 다루는 대다수 프로그램이 여행자의 시각에서 제한적인 정보만 언급하는 현실에서 빛과 소금과도 같은 프로그램이라고 할 수 있습니다.

잘 몰랐던 다른 나라의 이모저모를 그 나라 사람이, 그것도 꽤 유창한 한국말로 이야기해 준다는 장점과 함께, 오해하기 쉬운 타국의 문화를 존중하고 이해하려는 청년들의 진지한 노력이 돋보이는 〈비정상회담〉은 그간 있었던 몇 번의 논란에도 여전히 가치 있는 프로그램이라고 생각합니다.

〈비정상회담〉은 인기 프로그램답게 많은 스타를 배출하기도 했는데, 그중 돋보이는 출연자가 타일러라는 미국 친구입니다. 6개 국어에 능통할 뿐 아니라 동양의 고전에도 박식한 타일러는 토론을 주도하고 프로그램을 이끄는 핵심 멤버이지요.

그런데 이 타일러가 가끔 까칠한 모습을 보일 때가 있습니다. 다른 나라 출연자들이 미국에 관한 이야기를 할 때인데요. 미국 중에서도 조용하고 보수적인 지역 출신이라 그런지, 미국인들은 이러저러하더라는 미국인들에 대한 이미지에 민감하게 반응하는 모습이 자주 보입니다. 예를 들어 미국인들이 '자유분방하다'거나 '허세기가 있다'는 등의 이야기에 "그렇지 않다. 모든 미국인이 그렇지는 않다"는 식의 대답을 하는데, 타일러의 이런 말이 틀리지는 않습니다만 문화를 제대로 이해하는 방식이라고 할 수는 없습니다.

오늘은 문화 이해에서 타일러가 놓치고 있는 부분을 이야기해 볼까 합니다. 사실 타일러 식의 답변은 문화심리학을 하면서 많이 듣는 이야기입니다. 한국 사람들은 이렇고 일본 사람들은 저렇다 이런 말을 하면, "아니, 내가 아는 사람은 안 그렇던데?"라는 대답이 돌아옵니다. 그리고 덧붙여서, "문화를 그렇게 쉽게 일반화할 수 있느냐?"는 질문이 날아오지요.

얼핏 타당한 문제 제기 같습니다만, 이런 질문을 하는 분들이 간과하시는 게 있습니다. 바로 문화의 비교 차원이라는 문제입니다.

문화는 한 집단이 최적의 생존을 위해 만들어 낸 삶의 방식이자 습관입니다. 우선적으로 문화의 영향은 개인의 외부에 존재합니다. 따라서 개인이 받아들이는 문화의 영향에는 개인차가 있을 수밖에 없습니다. 한 집단의 문화가 이러이러하다고 해서 그 집단에 속한 모든 개인이 모두 같은 행동을 하는 것은 아니라는 말씀입니다.

그러나 또 한편으로 개인들은 문화를 내재화합니다. 그것이 그 집단 안에서 개인의 생존에 가장 유리하기 때문이지요. 그래서 한 문화권 안의 사람들 행동에는 공통점이 나타나는 것입니다. 여기서 중요한 점은, 우리가 문화를 이해하고 다른 문화와 비교할 때, 그 기준이 되는 것은 문화 내의 개인 차이가 아니라 문화 내의 개인들에게 공유되는 부분이어야 한다는 것입니다. 이 것이 바로 인류학에서 말하는 문화의 패턴pattern 입니다.

문화의 패턴이란 다른 문화와 구분될 수 있는, 특정 구성원들에게 공유되는 유형이라는 뜻입니다. 예를 들어, 개인차는 있지만 한국인과 일본인 사이에는 '서로 다르다'고 구분할 수 있을 만한 차이가 존재하는데, 그러한 차이를 유형이라고 보시면 됩니다.

인류학자 루스 베네딕트가 제안한 '패턴'이라는 개념은 언어학자 에드워드 사피어Edward Sapir의 견해에서 비롯되었다고 여겨집니다. 사피어는 언어가 문법구조를 통해 사고체계와 세계관의 형성에까지 절대적인 영향을 준다고 주장했는데, 베네딕트는 사람들이 언어의 패턴을 학습하는 것처럼 자신들의 문화 패턴을 학습한다고 본 것입니다. 베네딕트는 개인은 매우 다양한 유형의 성격으로 발달할 수 있는 가능성을 안고 있지만 각 사회의

루스 베네딕트

문화화 enculturation 과정을 통해 그 사회에 이상적인 성격으로 패턴화한다고 보았습니다.

문화는 사람들이 주어진 환경에 잘 적응하기 위해서 만들어낸 것입니다. 사람들은 환경 속에서 사회를 유지하고 살아갈 수 있도록 체계를 만드는데 이것을 유지체계 maintenance system 라고 합니다. 유지체계 중에서 가장 대표적인 것이 경제와 사회의 구조이지요.

예컨대 농촌지역과 해안지역은 환경 조건이 다릅니다. 농촌지역의 생산체계와 해안지역의 생산체계가 다르기 때문에 다른 경제구조가 나오고, 생산물을 분배할 때 누가 얼마만큼 가져가야 하느냐를 결정하는 과정에서 자연히 서로 다른 사회구조와 법이 파생하는 것입니다.

일단 이러한 유지체계가 성립되고 나면, 이를 유지하기 위해 후속 세대를 교육하는 프로그램이 발전하게 됩니다. 우리만 잘 살 것이 아니라 우리 자손들도 대대로 이 환경에서 잘 살아야 하니까 말입니다. 예를 들면 사냥을 하는 사회에서는 사냥하는 데 필요한 인간형을 만드는 교육을 할 것이고, 농사를 짓는 집단에서는 농사에 최적화한 인간형을 길러 낼 것입니다. 이것이 사회학에서는 사회화socialization라 일컫고, 인류학에서는 문화화enculturation, 심리학에서는 내재화internalization라고 일컫는 과정입니다.

이러한 과정을 거쳐 길러진 세대는 해당 문화의 요구에 부응하는 공통적인 삶의 방식을 갖추게 되는데 이것이 바로 문화의 유형, 즉 패턴입니다. 각 문화의 사람들이 비슷비슷한 가치를 추구하고 비슷비슷한 행동을 하게 되는 이유가 바로 이것 때문입니다.

물론 문화를 내재화하는 정도는 개인마다 다를 수 있습니다. 우리나라에는 부모님에 대한 효孝를 강조하는 문화가 있지만 모든 한국인이 효자 효녀가 아닌 것이 그 예입니다. 그러나 불효 막심한 사람들도 자신이 효도는 하지 않을지언정, 효에 대한 다른 이들의 인식과 자신의 행동이 문화적 규범에 맞지 않는다는 사실은 알고 있습니다. 개인차와는 별개로 효와 관련해 공유하는 면이 존재한다는 것이지요.

따라서 어떤 나라의 문화가 어떻다는 문화에 관한 기술은 문화의 패턴을 기술하는 것이지, 그 문화를 내재화하고 있는 개인을 기술하는 것이 아닙니다. 이 점에서 타일러의 반응은 잘못된 것입니다. 미국 문화를 언급한 〈비정상회담〉 멤버들은 미국인 개인들이 아닌 패턴화한 미국 문화 이야기를 했던 것이니까요.

관건은 어떤 문화에 대한 기술이 그 문화에 대한 정확한 이해에 근거했느냐는 것일 터입니다. 그 문화가 어떤 조건에서 어떤 과정을 거쳐 패턴화했는지 제대로 분석했다면 그 설명은 타당성을 인정받을 수 있습니다. 그러나 개인의 감상이나 주관에 따라 다른 나라의 문화를 평가하고 또 쉽게 일반화하는 것은 많은 주의가 필요한 일입니다.

문화의 패턴화라는 주제는 1차 세계대전 이후 '문화와 성격 Culture and Personality'이라는 인류학의 한 학파에 의해 인류학의 연구 주제로 떠오릅니다. 이제까지의 인류학이 주로 거시적인 문화 자체에 관심이 있었다면, 이제는 미시적이고 개인적인 성격personality이라는 주제로 관심을 옮기게 된 것입니다.

이 학파의 성립은 인류학이 한 문화와 그 문화를 구성하는 사람들 사이의 관계의 중요성을 인식하기 시작했다는 방증입니다. 인간은 문화를 만들고 문화는 다시 인간의 경험을 만든다는 문화심리학의 대전제가 여기에서 나옵니다.

인류학에서는 이를 심리인류학psychological anthropology이라 하고 심리학에서는 문화심리학cultural psychology이라고 합니다. 이로써 문화심리학이 탄생했습니다.

군중의, 군중에 의한, 군중을 위한
군중심리학

시위나 인터넷 여론으로 대표되는 군중의 움직임을 우리는 가끔 목격합니다. 그러나 이에 대해서는 예상보다 많은 사람들이 부정적인 생각을 하는 것 같습니다. '군중은 무지하다' '군중은 위험하다' '군중은 선동되기 쉽다' 등등인데요.

언제부터인지 이런 생각들이 마치 상식처럼 받아들여지면서, 어디든 사람들이 몰려 있는 모습을 보면 좀 문제가 있는 것 같고, '저런 데' 휩쓸리지 않아야 쿨한 지식인이라고 여기는 사람도 있는 모양입니다. 그래서 많은 사람들이 뭐를 하고 있으면 자연스럽게 '저 무지한 군중이 또 누군가에게 선동돼서 위험한 짓을 벌이려 하는구나' 하고 생각하게 되는 경향이 있는 듯합니다. 과연 군중은 그런 존재일까요?

귀스타브 르봉

군중을 바라보는 이러한 부정적인 생각의 뿌리는 프랑스의 귀스타브 르봉Gustave Le Bon이라는 학자에게서 비롯되었습니다. 르봉은 『군중심리학』이라는 저서로 알려진 학자인데요. 다음은 인터넷에 떠돌아다니는 르봉의 어록입니다.

군중은 진실을 갈망한 적이 없다. 구미에 맞지 않으면 증거를 외면해 버리고 자신들을 부추겨 주면 오류라도 신처럼 받드는 것이 군중이다. 그들에게 환상을 주면 누구든 지배자가 될 수 있고 누구든 이들의 환상을 깨 버리려 들면 희생의 제물이 된다.

분명 르봉이 이렇게 말한 것은 맞습니다. 그는 군중의 특징으로 무의식성과 피암시성, 그리고 충동성, 변덕, 과민함을 꼽았습니다. 군중은 무계획적이고 자신도 모르는 욕구에 따라 움직이며 누군가의 어떠한 메시지에 의해 조종받기 쉽다는 것입니다.

그러나 군중에 관한 르봉의 생각은 '그래서 군중은 무지하고, 위험하다'는 데서 끝나는 것이 아닙니다. 그의 『군중심리학』을 딱 요기까지 이해하는 것은 엄청난 오해이자 오독誤讀입니다. 마치 몇몇 텍스트만 접하고서 프로이트는 성性밖에 모르는 사람이라고 생각하는 것과 마찬가지죠.

애초에 르봉은 왜 군중에게 주목했을까요? 르봉은 1789년 프랑스대혁명 이후의 혼란기에 프랑스에서 활동한 학자입니다. 우리는 프랑스대혁명으로 왕과 귀족을 중심으로 하는 구시대의 질

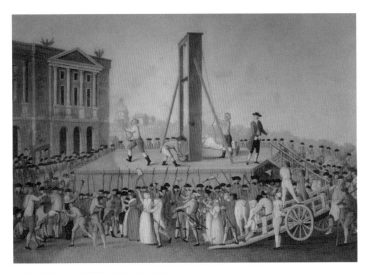

〈마리 앙투아네트의 처형〉, 작자 미상, 1793년

서가 무너지고 곧 시민사회가 열렸다고 생각하지만, 시민사회는 그렇게 간단하게 오지 않았습니다.

루이 16세와 마리 앙투아네트를 처형하면서 민주화를 이루어 낸 프랑스 시민들은 불과 10년 후 왕보다 한술 더 뜬 '황제'를 옹립하는 기행(?)을 보여 줍니다. 이때 황제가 된 사람이 그 유명한 나폴레옹 아니겠습니까? 심지어 그의 조카 나폴레옹 3세까지 제위에 오릅니다.

1789년 대혁명부터 1871년 파리코뮌까지 프랑스는 두 번의 쿠데타와 두 번의 혁명, 네 번의 전쟁을 거치며 왕정복고와 혁명을 반복하는 그야말로 '혼돈의 카오스'였습니다. 이 같은 혼돈의 시대 한복판에서 르봉은 군중을 이러한 흐름을 이끌어 가는 중심 세력으로 보았습니다. 르봉은 군중의 비합리적이고 충동적인 면을 지적하는 동시에, 사회 변화의 동력으로 작용하는 군중의 힘과 가능성에 주목한 것이죠.

혁명과 같은 사회 변화에 군중이 개입하는 순간 이론가들이 예측하거나 계획했던 것과는 다른 방향으로 전개되지만, 이는 결과적으로 거스르기 힘든 역사의 물결이 됩니다. 마치 거대한 강물이 이리 쏠리고 저리 쏠리고 하지만 끝내 바다로 흘러가는 것처럼 말이죠.

결국 르봉이 강조하는 것은 이러한 군중을 이해해야 한다는 점입니다. 군중이 무식하고 멍청하니까 그들을 무시하자가 아니라, 그런 엄청난 잠재력을 지니고 있는 군중이 어떤 욕구를 품고 어떤 이유에 따라 움직이게 되는지를 이해해야 한다는 것이 군중심리학의 본질인 것입니다.

군중은 비합리적이고 충동적이며 선동되기 쉽다는 식의 얄팍한 이해는 특히 현대사회를 이해하는 데 크나큰 장애가 됩니다. 우선, 르봉이 살던 시기의 군중과 지금의 군중은 다릅니다. 가장 크게 다른 점은 바로 군중이 보유하고 있는 정보의 양—과 질—입니다.

일부 지식인들만이 지식을 독점했던 18~19세기의 군중과, 인터넷과 정보통신 기술의 발달로 거의 모든 사람들이 원하는 정보를 얻을 수 있게 된 21세기의 군중이 같은 수준으로 무지하고 충동적이며 선동되기 쉬운 사람들일까요?

물론 인터넷에 떠도는 수많은 정보가 모두 진실은 아니며, 따라서 정보의 홍수 속에서 가치 있는 정보를 취사선택할 수 있는 능력이 중요합니다. 그러나 그러한 위험성은 이른바 전문가들에게도 동일하게 작용하죠. 군중은 넘쳐 나는 정보 속에서 거짓 정보에 놀아나기만 하고 오직 전문가들만 제대로 된 정보를 바탕으로 이성적인 판단을 할 수 있는 능력을 갖추었을까요?

21세기의 군중 안에는 엄청나게 다양한 사람들이 존재합니다. 학자도, 엔지니어도, 각 분야의 전문가들도 있지요. 이들은 발달한 네트워킹 기술을 갖추고 다양한 이유에 따라 무리를 지으며 놀랍도록 여러 가지 일을 해낼 수 있습니다.

이러한 현대사회 군중의 성격은 집단지성이라는 말로 이해할 수 있습니다. 집단지성은 1910년대에 곤충학자인 윌리엄 휠러가 개미의 사회적 행동을 관찰하면서 처음 제안한 개념으로, '우리는 나보다 강하다'는 말로 요약할 수 있습니다.

집단에서 이루어지는 정보의 공유와 상호작용이 개인의 능력—물론 지적인 능력을 포함한—을 초월할 수 있다는 것인데요. 특히 피에르 레비는 집단지성의 작용에서 사이버 공간의 중요성을 강조합니다. 인터넷은 국경과 장소, 시간을 초월해 정보와 의지와 행동을 묶어 낼 수 있는 도구이기 때문이지요.

인터넷은 확인되지 않은 정보로 선동꾼들이 판을 치는 위험한 공간이 아닙니다. 제가 접하고 있는바, 인터넷은 각 분야의 전문가들에 의해 정보의 선별과 분류가 이루어지고, 학습과 교육, 참여와 운동이 일어나고 있는 현장입니다. 일부 사람들이 우려하는 지나친 선동과 선전, 도를 넘는 비방이나 폭력에 대해서도 만만찮은 비판과 자정이 이루어지고 있습니다.

SNS를 인생의 낭비라고 폄하하거나 군중의 배후를 의심하며 모든 일에 선동 운운하는 이들은 자신을 둘러싼 환경의 변화에 애써 눈감고 있는 것일까요? 환경이 변하면 삶의 방식이 변하고, 삶의 방식이 변하면 인간의 의식이 변합니다. 그것이 문화가 변화하는 방식이지요. 지금은 르봉이 살았던 시대가 아닙니다.

현대사회에서 군중은 시민입니다. 시민은 국가의 통제 대상이 아닌 주체로서 정치와 경제, 교육과 문화 등 사회의 모든 일을 논의하고, 문제를 발견하고, 더 나은 해법을 찾는 이들입니다. 하버마스가 이야기한, 비판적 지성을 갖춘 시민사회의 주체죠.

무지한 군중이 선동돼서 위험한 짓을 벌이려 한다는 식의 이해가 도달할 수 있는 결론 중 가장 경계해야 할 것은, 나랏일은 높으신 분들이 알아서 할 테니 어리석은 백성들은 주어진 일에나 충실하라는 생각입니다. 군중을 사회를 이끌어 가는 주체로 보는 것이 아니라 철저히 지배 대상으로만 보는 것이죠.

사회의 부조리와 문제들에 눈감고 자신의 본분(?)을 다하는 것이 더 살기 좋은 사회를 만든다면 계속 그렇게 살아도 괜찮겠지요. 그렇지만 내 일이 아니라고 내 주위에서 일어나는 일들에 눈감았던 결과는 무엇입니까? 우리가 모든 권력을 위임했던 이들이 누구를 위해 그 권력을 사용해 왔는지, 지금 우리는 그 민낯을 처절하게 목도하고 있지 않습니까?

미래는 군중의 시대입니다. 군중을 어떤 존재로 보느냐에 따라 우리의 미래는 달라질 것입니다.

인종혐오를 혐오한다

2016년 11월 9일, 트럼프가 미국 대통령이 되었습니다. 이 글에서는 트럼프의 당선이 어떤 의미가 있으며 시사하는 바가 무언지 살펴보겠습니다.

우리가 주목해 볼 부분은 다문화(문화적 다양성)를 대하는 트럼프의 인식입니다. 공약, 특히 이민 정책에서 드러난 트럼프의 방향성은 '미국(백인) 중심주의'입니다. 자기가 대통령이 되면 멕시코와 미국 사이의 국경에 장벽을 설치하고 불법체류자들을 추방하겠다고 했으며, 난민을 비롯한 불법이민을 철저히 막겠다고 했죠.

또한 트럼프는 평소의 언행에서 백인 우월주의는 물론 여성혐오와 소수자들을 향한 적대적인 인식 등을 거리낌 없이 드러내 왔습니다. 이러한 그의 인식은 오래전부터 각종 언론과 매체

트럼프 당선 반대 집회 피켓

에서 비난받아 왔으며, 다양성을 최고의 가치로 지켜 온 미국과 미국인들에게 부정적인 인상을 줄 것이라 믿어져 왔습니다.

그러나 선거 결과는 의외였습니다. 선거인단을 통해서 간접 투표를 하는 골 때리는 미국의 선거제도 탓도 있겠습니다만, 도 널드 트럼프가 제45대 미국 대통령에 당선된 것이죠. 선거를 앞 두고 실시한 거의 모든 여론조사 결과와, 뭔가 합리적이고 이성 적이며 세계의 정의를 끝까지 지켜 줄 것 같은 미국과 미국인들 에 대한 막연한 인상을 단번에 뒤집는 결과였습니다.

그 뒤로, 트럼프가 취임도 하기 전에 미국에서는 다양한 형태 의 혐오범죄가 일어나기 시작합니다. 흑인과 히스패닉, 무슬림을 비하하는 낙서들이 곳곳에서 발견되었고, 성소수자들은 이웃에 게서 협박성 쪽지를 받았습니다. 미국의 교실과 사무실과 거리 에서 다른 민족과 소수자들을 향한 혐오가 공공연하게 드러나 고 있는 것입니다.

다른 민족, 다른 인종에 대한 이런 태도를 제노포비아Xeno-phobia: 인종공포라고 합니다. 공포라기보다는 혐오의 형태로 드러 나지만요. 트럼프의 당선이 정치, 경제, 군사, 외교 등 전방위적 으로 전 세계를 강타하고 있지만, 저는 그의 '다른 존재에 대한 인식'이라고 할 수 있는 제노포비아에 주목하고자 합니다. 다른 이들을 어떻게 규정하느냐에 따라 그들과의 관계가 결정될 것이 기 때문입니다.

세계에서 가장 성공적인 다문화 국가로 알려져 있던 미국에서 어떻게 트럼프 같은 인종주의자가 대통령이 될 수 있었을까요?

자유와 정의, 평등한 기회의 땅인 '유나이티드 스테이츠 오브 아메리카'에서 도대체 무슨 일이 있었던 걸까요?

트럼프의 당선을 이해하려면 이 현상을 더욱 보편적인 관점에서 바라볼 필요가 있습니다. 제노포비아가 미국만의 현상은 아니기 때문이죠. 사실 유럽에서는 제노포비아가 더 오래전에 나타났습니다. 대략 2000년대 초반부터 유럽 여러 나라들에서는 이른바 극우정당들이 세를 얻기 시작하는데요. 프랑스의 국민전선, '독일을 위한 대안당', 영국의 영국독립당, 네덜란드의 자유당, 이탈리아의 북부동맹 등 한때는 또라이 취급을 받던 극우정당들이 이제 전통적인 여러 정당을 위협하는 당당한 원내 세력이 되었습니다.

이들이 표면적으로 주장하는 것은 반이민, 반테러리즘입니다. 유럽에서 심각한 문제가 되고 있는 이슬람 세력의 테러를 막기 위해서는 현재의 이민 정책과 다문화 정책을 재고해야 한다는 것이죠. 나아가면 이들의 주장은 결국 '자국인들의 나라'를 되찾겠다는 데 이릅니다.

자국인들이란 유럽인, 즉 백인입니다. 현재 자신들의 문제들 ―경제, 사회, 테러 등― 의 원인이 다문화인들에게 있다고 보고 그들을 배제한 백인의 나라를 세우겠다는 것이 극우정당들의 주장입니다. 문제는 이러한 주장에 공감하고 동참하는 유럽인이 많아지고 있다는 사실입니다.

최근 오스트리아 대선에서는 극우정당의 후보가 득표율 0.6퍼센트 차이로 아슬아슬하게 떨어졌습니다. 유럽의 극우 경향을

유럽 각국의 의회 극우정당 의석 비율

단위: %, 자료: 파이낸셜타임스, 슈피겔

영국 국민당 (2010년)	1.9
스웨덴 민주당 (2010년)	5.7
벨기에 VB (2010년)	7.8
이탈리아 북부동맹 (2008년)	8.3
불가리아 아타카 (2009년)	9.4
덴마크 인민당 (2010년)	12.3
네덜란드 자유당 (2010년)	15.5
헝가리 요비크 (2010년)	16.7
오스트리아 자유당 (2008년)	17.5
프랑스 국민전선 (2012년)	17.9
핀란드 진정한 핀란드인 (2011년)	19.1
노르웨이 진보당 (2009년)	22.9
스위스 국민당 (2011년)	31

잘 보여 주는 사례인데요. 유력한 대선 후보 르펜을 내세우는 프 랑스 국민전선은 원내 3당, 스위스의 국민당과 덴마크의 인민당 은 각각 원내 1, 2위의 정당입니다. 독일도 독일을 위한 대안당 의 급격한 성장으로 메르켈의 입지가 불안한 지경이죠.

마이클 잭슨이 세계는 하나라는 〈We are the World〉를 부른 것이 1985년의 일입니다. 30년 동안 이 세상에는 무슨 일이 있었 던 걸까요?

사람들이 다른 민족, 다른 인종을 인식하고 상호작용하기 시 작한 것은 인류 역사에서 그리 오래된 일이 아닙니다. 약 100여 년 전만 해도 다른 나라에 갈 수 있는 사람은 외교관, 상인, 군 인 등 손에 꼽을 정도였죠. 세계의 문화가 본격적으로 섞인 것은 2차 세계대전 이후의 일입니다.

지금은 하루면 세계의 어느 곳이나 갈 수 있고 지구촌이라는 말이 너무나 당연하게 들리지만 이게 결코 당연한 일이 아니라는 말씀입니다. 오히려 'We are the World'야말로 어색하기 이를 데 없는 구호인 셈입니다. 그렇다면 사람들은 왜 갑자기 세계가 하나라고 외치기 시작한 것일까요? 답은 간단합니다. 그게 필요해서였지요.

2차 세계대전 후, 전쟁이 일어났던 유럽 대륙은 말 그대로 폐허였습니다. 유럽인들은 폐허가 된 삶의 터전을 다시 일구고 새로운 사회를 건설해야 했지요. 그러나 사상자만 5천만 명 이상에 히틀러의 압제를 피해 미국 등지로 떠난 이들까지… 유럽은 노동력 부족에 시달립니다.

이런 현실에서 유럽 제국의 선택은 '이민을 받는 것'이었습니다. 그리고 그 대상은 2차 세계대전 전까지 자국의 식민지였던 나라의 국민들이었습니다. 예컨대 프랑스의 경우, 알제리나 튀니지 같은 나라들 말입니다. 이들을 '유인'할 수 있는 방법은 유럽이 기회의 땅이라는 점을 어필하는 거였죠. "너희는 더 이상 노예도 식민지 백성도 아닌 우리와 동등한 인류이다. 여기 오면 잘 먹고 잘살 수 있다."

해서 유럽은 과거 식민지였던 아프리카, 중동에서 대대적인 이민을 받습니다. 최초의 이민 1세대는 전쟁 잔해 제거, 청소, 건설 등의 저임금 3D 업종에서 일할 수밖에 없었습니다. 교육 수준이나 언어 능력이 자국인들보다 뒤처질 수밖에 없었기 때문이죠. 그러나 전쟁으로 황폐해진 유럽에서는 이들의 노동력이 꼭 필요했습니다.

1950년대에서 70년대에 이르기까지 이민자들은 전쟁으로 파괴된 유럽을 재건하며 경제의 한 축을 담당합니다. 냉전으로 인한 평화(?)와 생산, 소비로 이어지는 경제구조의 정착으로 세상은 한동안 아름다워 보였습니다.

전쟁도 없고 경제는 발전하고 사람들의 생활수준도 빠르게 상향 평준화해 가고 있었죠. 피부색이나 인종은 사람들이 서로 사이좋게 사는 데 더 이상 문제가 되지 않을 것 같았습니다. 이것이 1985년 발표된 〈We are the World〉의 배경입니다.

그런데 1990년대에 들어 독일이 통일되고 소련이 붕괴하면서 40년 가까이 이어졌던 냉전체제가 무너집니다. 세계가 다극화하고 90년대 후반부터 IT 혁신 등이 나타나면서 산업구조에도 급격한 변화가 옵니다. 이러한 변화들은 기존의 경제 환경을 크게 흔들었고, 일부 국가에서는 경기침체로 이어졌습니다.

여담이지만 중요한 사실로, 현재는 2차 세계대전 이후의 산업 경제구조가 새로운 경제구조로 변화해 가는 시점입니다. 어떤 이들에게는 기회가 되겠지만 많은 이들에게는 혼란과 고통의 나날이죠. 잘나가던 유럽도 이러한 흐름에서 벗어날 수 없다 보니 유럽의 경제 상황도 썩 좋지 않은 실정입니다.

EU의 살림을 살짝 들여다보면 독일, 프랑스, 영국 등의 나름 잘나가는 몇 나라가 문제 많은 여러 나라를 먹여 살리는 형국입니다. 영국이 브렉시트Brexit를 선언한 이유 중 하나이기도 하고, 재정적으로 많은 부담을 떠안아야 하는 프랑스나 독일 국민들이 불만을 품는 부분이기도 하죠.

1989년 11월 9일 베를린장벽 붕괴의 날 벽 위에 올라선 사람들
© Sue Ream

그런데 여기서 제노포비아가 어떻게 나오게 됐느냐 하면, 이렇게 유럽의 경제가 어려워진 상황에서 이민자 집단의 활동이 두드러졌기 때문입니다. 주로 3D 업종에 종사한 1세대 이민자들과 달리 2세대, 3세대 이민자들은 자국인 못지않은 언어 능력과 교육 수준을 갖추었고 이들이 사회의 요직에 진출하기 시작한 것이죠.

가뜩이나 일자리가 줄고 있는데 그마저도 이민자들과 경쟁해야 하는 상황인 거죠. 유럽인들의 불만은 일차적으로 이민자들을 향할 수밖에 없습니다. 이 과정은 사회심리학의 현실적 집단 갈등이론으로 설명할 수 있는데요. 한정된 자원을 놓고 벌어지는 경쟁 상황에서 한 집단의 상대적 박탈감은 상대 집단에 대한 부정적 평가와 적개심으로 이어진다는 것입니다.

피부색, 눈동자나 머리카락 색깔, 옷차림 등 외모는 나와 남을

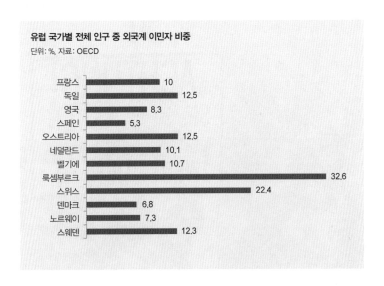

유럽 국가별 전체 인구 중 외국계 이민자 비중
단위: %, 자료: OECD

프랑스	10
독일	12.5
영국	8.3
스페인	5.3
오스트리아	12.5
네덜란드	10.1
벨기에	10.7
룩셈부르크	32.6
스위스	22.4
덴마크	6.8
노르웨이	7.3
스웨덴	12.3

구별하는 현저한 단서입니다. 경제적 어려움으로 발생한 불만이 자연스럽게 '눈에 띄는 다른 존재'들로 향하게 되는 것이죠. 이것이 제노포비아의 근본 이유입니다. 최근의 시리아 사태와 유럽으로 밀려드는 난민들, 그로 인한 치안 문제와 경제적 어려움은 여기에 기름을 끼얹고 있습니다.

유럽에서 극우세력이 서서히 고개를 들고 미국에서 트럼프가 당선된 것은 본질적으로 같은 이유 때문입니다. '내가 못살게 된 건 너희들 때문이다'라는 간단한 도식이 작동했기 때문입니다. 트럼프의 당선에는 세계화와 기술혁신에서 소외된 저학력 저소득 백인계층의 숨은 표심이 결정적이었다고 하죠.

아시안과 히스패닉의 약진은 이들의 박탈감을 가중했고, 날로 진보(?)해 가는 세상 또한 이들에게는 만만찮은 스트레스였을 겁니다. 가뜩이나 먹고살기가 팍팍해져 가는데 좋은 직장은 외국인들이 다 차지하는 것 같고, 동성결혼이 합법화하는 등 미국의 전통적 가치들이 사라져 가는 와중에, 역사상 최초의 흑인 대통령에 이어 역사상 최초의 여성 대통령의 출현까지 감내하기란 이들에게 너무나 힘든 일일 겁니다.

2017년에 치러진 프랑스 대선은 트럼프의 당선으로 뜨거운 감자가 된 제노포비아의 향방을 가늠해 볼 수 있는 사건이었습니다. 중도 성향의 마크롱이 극우정당의 후보 르펜을 꺾고 프랑스의 대통령이 되었는데요. 1차 투표에서 승부가 나지 않아 결선투표까지 진행된 불안한 승리였습니다. 마크롱의 당선으로 유럽인들이 '아직은' 제노포비아에 완전히 휩쓸리지 않은 모습을 보

여 주었지만, 계속되는 불황과 테러의 공포, 불안한 국제 정세는
이 균형이 언제까지 지속될지 짐작할 수 없게 합니다.

미국 슈퍼 히어로들의 조상님?

영화 〈캡틴 아메리카: 시빌 워〉의 인기는 대단했습니다. 전작 〈어
벤져스〉 시리즈에서 뜻을 같이했던 멤버들이 '히어로 등록법'을
둘러싸고 두 파로 나뉘어 싸우는 스토리인데요. 대개의 히어로
물이 그렇듯이 스토리는 그렇다 쳐도 화려한 볼거리만큼은 확실
한 작품입니다.

   미국 영화의 특징은 히어로물이 많다는 점입니다. 당장 떠오
르는 영웅들만 해도 슈퍼맨, 배트맨, 원더우먼, 스파이더맨, 아이
언맨, 엑스맨 등등, 원작에서 나오는 스핀오프 시리즈들까지 치
면 헤아리기 어려울 정도죠.

   이들의 공통점은 첫 번째로 쫄쫄이 — 다른 말로 슈트 — 를 입
는다는 것이고, 둘째로는 초능력이 있다는 점입니다. 쫄쫄이는
사실 부차적인 문제고, 바로 이 초능력이 미국 히어로들을 대표
하는 특징입니다. 우월한 능력을 바탕으로 악당을 물리치고 사
람들을 구해 내는 슈퍼 히어로들의 활약에 보통 사람들은 열광
합니다.

   그런데 왜 초능력 있는 영웅일까요? 그리고 왜 초인superman들
은 미국에서 나타나기 시작했을까요?

미국 히어로의 조상 격인 슈퍼맨은 1938년에 최초로 등장했습니다. 배트맨이 1939년, 캡틴 아메리카가 1941년 데뷔한 것을 보면 그 시기 언저리에서 답을 찾을 수 있을 것 같군요.

사람들에게 화제가 되는 콘텐츠에는 동시대 사람들의 욕망이 담겨 있습니다. 문화 현상을 잘 읽어 내면 그 문화 구성원들의 심층적인 심리를 이해할 수 있지요. 그런 관점에서 1930년대의 미국을 한번 살펴봅시다.

미국은 1776년 영국에서 독립한 뒤 1803년에는 프랑스에서 루이지애나를 매입하고 1846년에는 멕시코와의 전쟁에서 승리하는 등, 그 넓은 북미 대륙을 야금야금 차지합니다. 드넓은 영토에서 나오는 무궁무진한 자원, 기회를 찾아 전 세계에서 몰려든 인재들 덕분에 미국은 급속도로 성장하지요.

더군다나 1차 세계대전의 참전과 승전으로 국제사회에서 미

슈퍼맨과 배트맨 피규어(왼쪽). 슈퍼 히어로의 조상 슈퍼맨 카드 이미지(오른쪽)

국의 영향력은 날로 커져 갔습니다. 미국의 힘은 경제력이었고, 미국 경제의 바탕은 1913년 헨리 포드의 컨베이어 시스템으로 시작된 대량생산·대량소비 체제였습니다. 엄청나게 만들어 내고 엄청나게 팔아먹는 경제로 미국은 한동안 전성기를 누립니다.

그러나 1차 세계대전의 군수품 특수가 끝나고, 일반적인 물품도 살 만한 사람들이 웬만큼 사고 나자 공장에 물건이 쌓이기 시작합니다. 물건이 안 팔리니까 회사가 어려워지고 기업들은 노동자들을 해고하거나 도산했습니다.

직장이 없으니 돈이 없고, 돈이 없으니 물건이 안 팔리는 악순환이 이어집니다. 1929년 10월 24일 검은 목요일을 시작으로 미국발 경제 대공황이 들이닥쳤습니다. 1930년대 미국은 암흑기였습니다. 거리에는 실업자들이 넘쳐났고 집에는 먹을 것이 없었습니다. 오른쪽 사진들은 그 시절의 분위기를 잘 요약해 줍니다.

1차 세계대전의 승리와 경제력의 성장으로 강대국 반열에 올랐던 미국의 몰락…. 루스벨트 대통령의 뉴딜 정책으로 대공황은 수습국면에 접어들었지만 아직 두드러진 성과는 보이지 않았던 1938년에 슈퍼맨이 처음 등장합니다. 미국 역사의 가장 어두웠던 시기에 슈퍼맨이 등장했다는 것은 여러모로 시사하는 바가 큽니다.

가장 큰 의미는 문화가 욕구 충족의 체계라는 점에서 찾을 수 있습니다. 이 점에서 문화는 개인의 '성격'과 비슷하다고 할 수 있는데요. 그렇기 때문에 문화가 작동하는 방식은 성격의 역동과 유사성이 있습니다.

〈이민자 어머니〉 우표(위), 가난한 시골 농부(가운데), 대공황 시기의 실업자들(아래)

이를테면 욕구가 충족되지 않을 때―또는 충족될 수 없을 때―, 개인은 불안이라는 감정을 느낍니다. 그리고 불안을 해소하기 위해 무의식적으로 방어기제를 작동시키지요. 이 방어기제 중에 '투사projection'라는 것이 있습니다.

투사란 개인 내적으로 받아들일 수 없는 욕구나 충동을 외부로 돌리는 정신의 과정입니다. 예를 들면, 사람들은 바닷속 풍경을 보면서 "물고기들이 한가로이 노닐고 있다"고 합니다. 그런데 사실 물고기들이 한가로운지 어쩐지는 알 수 없습니다. 사실 헤엄치는 물고기들은 먹고 먹히는 생존투쟁을 벌이는 중일 가능성이 크죠.

그런데도 '물고기들이 한가로이 노닌다'고 표현하는 것은 하루하루 살아 내기 바쁜 현대인들 자신이 한가롭기를 바라는 욕망을 물고기들에게 투사한 것이라고 볼 수 있습니다. 자, 이런 것이 투사입니다. 문화는 욕구 충족의 체계이면서 이룰 수 없는 욕구의 투사 체계이기도 합니다. 따라서 어떤 대상이 기대 이상의 관심과 주목을 받는 현상은 그 사회 구성원들의 욕구가 그 대상에 투사되었을 가능성이 크다는 것을 시사합니다.

이런 관점에서 1938년 미국의 슈퍼맨은 경제공황에 시달리던 대다수 미국인들의 욕망이 표출된 것이라 볼 수 있습니다. 미국 사람들이 슈퍼맨이라는 가상의 영웅의 활약을 통해 억눌렸던 욕구를 해소한 것입니다. 현실의 나는 어느 것 하나 마음대로 할 수 있는 게 없지만 슈퍼맨은 다릅니다. 인간의 한계를 초월한 능력이 있기 때문이죠.

슈퍼맨의 의미는 여기에서 그치지 않습니다. 1차 세계대전 후 승승장구하던 미국의 시민들은 세계의 중심 국가가 되어 가는 자신들의 나라에 강한 자부심을 느끼고 있었습니다. 그 자부심이 대공황으로 무너졌기 때문에 미국인들은 몹시 큰 충격을 받았습니다.

슈퍼맨은 미국인들의 상처 입은 자존심을 회복해 주는 영웅이기도 했던 것입니다. 슈퍼맨의 이러한 측면은 미국이 대공황을 극복하고 다시 세계의 중심 국가가 되는 2차 세계대전 이후부터 두드러집니다. 슈퍼맨이 맨 처음 실사로 영화화한 것이 1948년이고, 최초로 장편영화로 제작된 것은 1951년의 일입니다. 그리고 우리에게 가장 친숙한 크리스토퍼 리브의 〈슈퍼맨〉이 개봉한 것이 1978년, 즉 미국과 소련을 필두로 하는 냉전이 소강상태에 접어들면서 세계의 자유와 평화를 수호하는 슈퍼맨의 이미지는 곧 미국을 대표하는 이미지로 굳어집니다.

즉 슈퍼맨은 초강대국super-power으로서의 미국의 이미지가 투

슈퍼맨으로 활약한 배우
故 크리스토퍼 리브, 1987년

사된 영웅입니다. 그 시작은 대공황에 시달리던 소시민들의 욕망 해소였지만, 점차 미국인들은 슈퍼맨에게서 세계 속 미국의 위상을 떠올리게 됩니다. 악당을 무찌르고 선량한 사람들을 구해 내는 영웅! 그것은 바로 미국입니다.

마지막으로 하나 더, 슈퍼맨을 비롯한 히어로들이 주로 하는 일은 '누군가를 구하는 것'입니다. 달려드는 자동차 앞에 선 여인을 구해 하늘로 날아오른 슈퍼맨, 땅으로 내려오자 여인이 말합니다. "Oh, my hero!"

슈퍼맨 하면 떠오르는 아주 전형적인 장면입니다. 미국에서 영웅이라고 하는 것들은 기본적으로 누군가—또는 무엇인가—를 구해야 합니다. 미국의 슈퍼 히어로 중에는 슈퍼와이 같은 꼬꼬마들이나 원더펫 같은 반려동물도 있는데요. 얘네들도 늘 한다

칠레 산티아고 대성당의 스테인드글라스 속 예수

는 소리가 누군가를 구한다는 겁니다.

　미국 문화에서 영웅은 단지 잘난 사람[英雄]이 아니라 누군가를 구하는 이를 뜻합니다. 이런 관점에서 슈퍼맨의 원형原形은 예수라는 분석이 있습니다. 미국인들의 종교적 심성이 슈퍼맨의 이미지에 투영되었다는 것이죠.

　신의 아들이라는 점, 사람과 세계를 구한다는 점 등 슈퍼맨과 예수의 공통점은 많습니다. 프로테스탄트의 나라 미국에서 가장 먼저 떠올릴 만한, 인간을 초월한 존재는 사실 그분밖에 없기도 하겠죠.

　아무튼 이렇게 보나 저렇게 보나 미국의 영웅은 초인간적인 존재여야 하는 분명한 이유가 있는 것 같습니다.

신이 되어 버린 중국 최고의 영웅

중국의 영웅 하면 가장 먼저 떠오르는 것이 『삼국지』의 관우關羽입니다. 문文의 공자와 함께 무武를 대표하는 관우는 중국인들에게 신앙의 대상으로까지 여겨지고 있습니다. 중국인들이 사는 곳이면 어디나 관제묘―관우를 모신 사당―가 있을 정도입니다. 우리나라에도 임진왜란 때 명나라 장졸들을 통해 전해져 동대문 근처에 동묘東廟: 東關王廟가 건립되지요.

　관우야 물론 중국 삼국시대 촉한의 명장으로 잘 알려진 인물이었겠습니다만, 중국 사람들이 관우를 이렇게까지 신성시하게

일본 요코하마 차이나타운의 관제묘

© Patryk Kosmider

된 것은 아무래도 『삼국지연의』의 영향이 클 것입니다.

사나이들의 의리의 상징 도원결의를 비롯해 데운 술이 식기 전에 적장의 목을 가져왔다는 신적인 무용武, 조조에게 은혜를 입었으나 유비와의 의리를 지키기 위해 다섯 관문을 지나며 여섯 명의 장수를 베고 끝끝내 돌아갔다는 충忠, 적의 독화살에 맞은 팔을 치료하기 위해 살을 찢고 뼈를 긁어내는 동안 술을 마시며 바둑을 두었다는 일화 등 관우는 『삼국지연의』 최고의 영웅으로 그려지죠.

『삼국지연의』는 실제 있었던 삼국 ─ 위, 오, 촉 ─ 의 역사를 바탕으로 하지만 정사正史 『삼국지』와는 차이가 있습니다. 부족한 사실을 상상력으로 채우기도 하고, 엄연한 사실을 어떤 의도에 따라 왜곡하기도 한 작가의 창작물이지요.

사소한 예로, 관우 하면 떠오르는 청룡언월도는 송나라 (960~1279년) 때 등장한 무기로, 삼국시대(2세기 후반~3세기)의 장수가 사용했을 리가 없습니다. 심지어 명明나라 사람 모원의茅元儀가 쓴 『무비지武備志·군자승軍資乘·기계器械』에는, "언월도는 관중을 앞에 두고 웅장하게 보이기 위해 연기용으로 사용한 것일 뿐, 실제의 전쟁터에서는 쓸 수 없는 것이다"고 나와 있습니다. 존재한 적도 실제 사용된 적도 없는 82근짜리 청룡언월도가 관우의 상징이 된 것은 그 정도는 돼야 관우의 무용을 드러내기에 적합했기 때문일 겁니다.

그렇다면 『삼국지연의』의 작가는 왜 그렇게 관우를 멋지게 그려 낸 걸까요? 영웅은 시대가 만든다 했습니다. 앞선 글에서도

관우와 청룡언월도, 작자 미상, 17세기경

썼듯이, 문화는 그 시대 사람들의 욕망을 반영합니다. 『삼국지연의』가 쓰인 시대 배경을 이해한다면, 관우가 왜 그렇게 멋지게 그려졌는지, 또 중국 사람들이 관우를 왜 그렇게 사랑하는지도 짐작할 수 있을 것입니다.

『삼국지연의』의 작가 나관중은 생존 연대는 정확하지 않지만 대략 1310~1400년에 살았던 인물입니다. 그때는 원나라 말에서 명나라(1368~1644년) 초기에 걸친 시기였습니다. 다시 말해 중국이 이민족 몽골의 지배를 받던 시기였다는 거죠.

원나라가 들어서기 전 중국에는 한족의 송宋나라가 있었습니다. 그런데 이때는 거란족의 요遼, 여진족의 금金 등 최강의 유목 민족들이 세운 제국들이 있던 시대였지요. 송나라가 딱히 약했다기보다는 끊이지 않는 부족 간 전쟁으로 전투에 익숙해진 이들의 무력이 사상 최고점을 찍었던 때입니다.

해동성국 발해를 멸망시킨 요(916~1125년), 최강 요나라를 끌어내린 금(1115~1234년), 그 금나라를 끝장내고 세계제국을 세운 원(1271~1368년). 그야말로 엄청난 시대였습니다. 이런 나라들 틈바구니에서 이리 치이고 저리 치이던 송나라는 마침내 원나라에 의해 망하고 중국인들(한족)은 본격적으로 이민족의 지배를 받게 됩니다.

이때 중국인들 사이에서 유행한 것이 『삼국지』 이야기입니다. 중국 한족의 문화적·역사적 뿌리인 한漢나라가 멸망하고 혼란하던 세상. 끊어진 한나라의 명맥을 잇겠다는 유비와 그를 돕는 관우와 장비. 『삼국지연의』는 유비의 촉한蜀漢을 중심으로 이야기를 풀어 나갑니다. 정사 『삼국지』가 조조의 위魏나라 중심인데 견주어 『삼국지연의』가 촉의 정통성을 강조했다는 것은 나관중이 살았던 시대, 중국인들이 무너진 한족으로서의 자존심을 되찾고 다시 한족의 나라를 세우고자 하는 바람이 반영되었다고 볼 수 있을 겁니다.

오래 지나지 않아 주원장이 명明나라를 세우면서 이들의 바람은 결국 이루어졌습니다. 주원장을 비롯한 한족 세력을 결집하고 원나라에 대항할 수 있게 한 원동력을 『삼국지연의』에서 찾는 것은 무리일까요?

비슷한 시기에 나관중 등이 창작한 『수호지』의 경우도 마찬가지입니다. 『수호지』의 배경은 송나라인데요. 탐관오리들의 등쌀에 나라를 버린 영웅들이 양산박에 모여 의義를 행한다는 이야기입니다. 결국 나라가 이들의 참뜻을 알아주게 되고, 양산박의 영웅들은 송나라의 군대가 되어 북방 유목제국과의 전투에서 큰 공을 세웁니다.

『수호지』 108 영웅들의 실질적인 지도자 송강의 성이 아예 송宋이라는 점, 나라의 부름을 받고 북방 유목제국을 물리친다는 점이 『수호지』의 시대적 의미이자, 양산박 영웅들이 중국인들에게 오랫동안 사랑받을 수 있었던 이유일 겁니다. 물론 『삼국지』, 『서유기』, 『금병매』와 함께 중국의 4대 기서로 꼽히는 『수호지』 자체의 풍부한 스토리와 잘 짜인 서사의 문학적 가치도 충분합니다만, 당시의 중국인들은 송강으로 대표되는 한족 영웅들이 한족의 콤플렉스였던 뛰어난 무력으로 최강 유목제국들에

맞선다는 점에서 대단한 카타르시스를 느꼈을 것입니다.

비슷한 예로 근현대 중국의 무협지들이 있습니다.

『사조영웅전』, 『신조협려』, 『소오강호』, 『의천도룡기』, 『녹정기』, 『천룡팔부』…. 무협지에 관심이 1도 없는 분들도 영화나 드라마로 많이 접해 보셨을 제목들이죠.

이 유명한 무협지들의 배경은 『녹정기』 정도를 제외하면 대부분 남송 말에서 원-명 교체기에 해당하는 시기입니다. 위에서 언급한 『수호지』의 시대 배경과 크게 멀지 않으며, 『삼국지』와 『수호지』가 널리 유행하던 시기라는 것이죠. 그 이유는 무엇일까요?

이 작품들은 놀랍게도 한 사람이 다 썼는데, 이 양반이 바로 현대 무협물의 조상이자 중국 문화 콘텐츠의 아버지 김용(진융) 金庸입니다. 김용은 1924년 중국 저장성에서 태어났습니다. 그가 청소년기를 보낸 중국은 찬란했던 중국의 역사에서 가장 후달리던 시기였습니다.

청나라 말부터 서양 제국들에게 국권과 영토를 이리저리 빼앗기던 중국은 국민당과 공산당이 내전을 벌이던 와중에, 설상가상으로 일본의 침략을 받아 청나라는 멸망하고 만주에는 만주국이라는 일본의 괴뢰국이 세워집니다.

일본이 패망하고 중국에는 공산주의 정권이 들어섰지만 서양과 일본 등에 짓눌렸던 중국의 자존심은 오랫동안 회복되지 못했습니다. 중국이 공산주의식 계획경제를 유지하는 동안 속국쯤으로 생각했던 한국조차 경제력에서 중국을 앞섰고, 공산당이 추진한 문화혁명으로 과거의 찬란했던 문화는 쓰레기통에 처박히고 말았습니다.

이런 일들을 목도하면서 김용은 땅에 떨어진 중국인들의 자존심을 보았고 이를 회복하고자 정신적으로 다양한 노력을 기울였을 겁니다. 그러면서 중국 역사에서 비슷한 시기를 떠올리고 한족의 명예를 지켜 낸 한족 영웅들의 이야기를 만들어 낸 것은 아닐까요?

본래 사람들은 자기에게 없거나 부족한 것에 열등감을 느끼며, 이 열등감을 만회하기 위해 동기화합니다. 상상 속에서라도 내가 그것을 가졌다고 생각하는 것이죠. 중국인들의 무의식 속 열등감은 바로 무력이었습니다. 송나라 때도, 근대의 청나라 때도 결국 무력이 약했기 때문에 나라를 빼앗겼다는 거지요.

김용의 무협지에서는 온갖 상상력으로 극대화한 중국인의 무력이 등장합니다. 장풍을 쏘고, 나뭇잎을 밟고 달리며, 땅으로 떨어지다가 다시 공중으로 치솟는 중국 무협영화 특유의 장면들은 모두 김용의 창작에서 비롯되었습니다. 수천 년 중국의 문화적 자부심이 물리법칙마저 무시하게 만들었다 할 만합니다.

그렇습니다. 김용의 무협지들은 『삼국지연의』나 『수호지』가 원-명 교체기에 수행한 것과 동일한 기능을 현대 중국인들에게 수행하고 있는 것입니다. 영웅의 이러한 기능은 문화를 막론하고 보편적입니다. 슈퍼맨이 처음 나타난 것도 대공황의 상처가 아물지 않았던 1930년대의 미국이었지요. 당시의 미국인들은 하늘을 날아다니고 자동차도 번쩍번쩍 들어 올리는 슈퍼맨의 활약에서 경기침체로 억눌린 자존감을 보상받을 수 있었습니다.

2000년대 이후 중국이 급격한 성장세를 보이면서 중국인들의 자존심 회복과 관련된 여러 가지 징후가 나타나고 있습니다. 최근에는 후베이성 징저우에 높이 58미터짜리 관우상이 세워지기도 했지요. 세계에서 차지하는 중국의 위상 변화와 함께 중국의 영웅들이 어떻게 변해 가는지를 지켜보는 것도 의미 있는 일일 겁니다. 영웅은 동시대 사람들의 욕망을 반영하니까요.

한국에는 슈퍼 히어로가 없다는 거, 실화냐?

그럼 한국은 어떨까요? 일단 한국에는 슈퍼맨 부류의 영웅은 없습니다. 막 하늘을 날아다니고 초능력을 쓰면서 누구를 구하고 그러는 사람은 없지요.

해서 일부 사람들은 "한국 영화는 볼 게 없다(?)"고도 하고, 더 나아가서 "한국에는 영웅이 없다" "한국인들은 영웅을 두고 보지 못한다" 등의 비약적인 사고에 이르기도 합니다. 누가 잘나가면 그 사람을 깎아내리려는 못된 습성이 한국인들에게 있다는 주장이지요.

과연 한국에 영웅이 없을까요? 한국 사람들이 누구 잘난 것을 봐 주지 못하기 때문에?

여기서 영웅에 대한 정의가 필요합니다. 영웅은 어떤 사람일까요? 잘난 사람? 크나큰 업적을 남긴 사람? 영웅의 필요조건은 사람들의 공감입니다. 아무리 잘났더라도, 아무리 큰 업적을 남겼더라도, 사람들의 공감과 사랑을 받지 못하면 영웅이라고 하기에는 부족하죠.

문화는 투사체계입니다. 문화 현상에는 사람들의 욕망이 투영된다는 뜻입니다. 1930년대의 미국인들이 하늘을 마음대로 날아다니고 엄청난 힘으로 사람들을 위기에서 구해 내는 슈퍼맨을 통해 대공황의 고초를 위로받으려 했다면, 한국인들이 공감한 인물은 누굴까요? 한국 문화에도 슈퍼맨처럼 자주 콘텐츠화한 인물이 있을까요?

있습니다. 소설로 데뷔하여 영화, 드라마, 만화, 게임으로 수없이 만들어진 한국의 영웅은 바로, 홍길동입니다.

홍길동은 1612년 허균이 지은 『홍길동전』의 주인공입니다. 한국에서는 모르는 사람이 없는 유명인이지요. 1934년에 최초로 영화화한 뒤로, 영화, 만화영화, 드라마, 뮤지컬, 창극, 마당놀이, 게임 등등 홍길동을 소재로 한 문화 콘텐츠는 헤아릴 수 없을 정도입니다. 2016년에는 이제훈 씨가 주연한 영화 〈탐정 홍길동〉이 개봉되기도 했지요.

고전소설 『홍길동전』 책 표지, 민음사, 2009년

대중의 공감과 사랑이 영웅의 전제 조건이라면 한국에서 홍길동만큼 영웅의 조건에 부합하는 인물은 없을 겁니다. 그러면, 한국인들이 공감하는 홍길동의 매력은 과연 무엇일까요?

일단은 서자라는 홍길동의 신분입니다. 효를 중심으로 한 부자관계를 중시하던 한국 문화에서 아버지를 아버지라 부르지 못하는 홍길동의 처지는 사람들의 동정심을 자극했을 거고요. 또한 신분 상승이 제한된 서자라는 신분은 능력이 있어도 관직에 나가지 못했으니 평민과 다를 바 없었습니다. 평민들 처지에서는 나와 동일시하기 딱 좋은 캐릭터인 거지요.

두 번째는 홍길동이 의적義賊이라는 점입니다. 홍길동이 주로 한 일은 부정한 재물을 털어 활빈活貧, 즉 가난한 사람들을 살리는 일이었습니다. 이 점이 홍길동이 그토록 오랫동안 사람들에게 사랑받아 온 이유입니다. 뛰어난 무공과 도술은 부차적인 문제입니다. 그 출중한 무예와 도술로 나쁜 짓을 했다면 사람들의 공감을 얻지 못했겠지요.

의적으로서의 홍길동이 한국인들에게 어필했다는 점은 한국 문화에서 의적 캐릭터가 많고 또 사랑받아 왔다는 사실로 알 수 있습니다. 홍길동 외에도 임꺽정, 장길산, 일지매 등이 대표적이지요. 의적 캐릭터는 2014년에도 〈군도〉라는 영화를 통해 재생산되었습니다. 이들의 공통점은 도둑이라는 점입니다.

말이 좋아 의적이지, 남의 집을 털거나 물건을 빼앗는 도둑놈들입니다. 다시 말해 한국인들은 도둑들을 영웅시했다는 것이죠. 우리는 이 사실에서 한국 문화와 한국인들의 욕망에 대한 아주 중요한 단서를 발견할 수 있습니다.

첫째, 한국인들에게는 부富의 분배가 불평등하다는 인식이 있었다는 것입니다. 대부분의 부자들은 부정한 방식으로 축재했기에 부자일 수 있었고, 그 부를 털어 가난한 사람을 돕는 도둑은 그래서 의적일 수 있는 것이지요. 불평등한 현실은 의적을 꿈꾸게 합니다.

둘째, 의적들에는 나도 잘살고 싶다는 욕구가 투사되어 있습니다. 나도 저 부자들처럼 잘살고 싶은데 그럴 수는 없는 현실에서, 부자들을 터는 저 도둑들은 곧 내가 되고자 하는 모습입니다. 양반들에게 꼼짝 못하는 백성들 처지에서 탐관오리들을 시원하게 혼내 주는 저 도둑들이 영웅이 아니면 누가 영웅이겠습니까.

가슴 아프게도 이러한 인식은 현대에도 계속 이어지고 있습니다. 조세형이나 신창원 등 현대 범죄사에서 유명한 도둑들이 고관의 집을 털고 또 경찰의 추적을 뿌리치며 도주할 때, 많은 사람들은 그들이 잡히지 않기를 바라며 짜릿한 카타르시스를 느꼈습니다.

21세기인 현재에도 계속되는 금수저·흙수저 논란은 한국 사회에서 부의 분배라는 문제가 대단히 뿌리 깊고 또 민감한 사안이라는 것을 드러내 줍니다. 마찬가지로 21세기에도 계속 등장하고 있는 홍길동의 후예들은 그 문제의 해결이 시스템 내에서 적법한 절차에 따라 이루어지기 어려운 현실을 상징합니다.

최근 개봉한 〈캡틴 아메리카: 시빌 워〉뿐만 아니라 〈어벤져스 2〉, 〈어벤져스: 에이지 오브 울트론〉, 〈아이언맨 3〉, 〈토르: 다크 월드〉 등 화제의 히어로물들이 최초 개봉지로 한국을 선택할 만큼 유별난 한국인들의 히어로 사랑은, 현실에서 충족하기 어려운 여러 욕구를 초능력을 지닌 슈퍼 히어로들에게 투사한 결과는 아닐까요?

2부

가깝고도 낯선 우리 문화, 한국인의 마음

흔히 일본을 가깝고도 먼 나라라고 합니다. 지리적으로 역사적으로 밀접한 관계에 있지만, 심리적으로는 멀게 느껴지는 나라라는 뜻입니다. 그런데 멀게만 느껴지는 나라가 있습니다. 지리적으로 역사적으로 가깝기는 또 가장 가까운 나라입니다. 바로 우리가 태어나고 자란 나라, 지금 살고 있는 바로 그 나라, 한국입니다.

우리는 우리나라를 잘 안다고 생각합니다. 태어나고, 자랐고, 그 안에서 살고 있기 때문입니다. 그런데 막상 다른 나라 사람들에게 한국이 어떤 나라인지 이야기해 보려 하면 말문이 막힙니다. 생각보다 아는 것이 없기 때문입니다.

김치 태권도 푸, 푸른 하늘?
두 유 노우 갱남스타일?

한국인들이 한국을 잘 모르는 이유는 두 가지입니다. 첫째는 알 필요가 없다고 생각해서이고, 둘째는 알려고 하지 않아서입니다. 알 필요가 없으니 알려고 하지 않고, 알려고 하지 않으니 모릅니다. 아주 단순한 이유죠.

자신들의 나라인데도 알 필요가 없다고 생각하는 이유는 내 나라가 부끄럽다고 생각하기 때문입니다. 많은 사람들이 한국엔 내세울 것이 없다고 생각합니다. 현대문명을 선도하는 미국, 문화와 예술의 유럽, 신비로운 인도, 중국의 역사, 전통의 일본에 견주어 우리는 발전 없이 역사 속에 안주했고, 과학과 문명을 일으키지 못했으며, 문화와 예술을 발전시키지 못했고, 역사는 잘려 나가고 전통은 끊어졌다고 생각합니다.

게다가 우리가 느끼고 있는 현실은 어떻습니까.

Q: 한국을 헬조선이라 부르던데, 진짜 지옥과 비슷합니까?
A: 아닙니다. 진짜 지옥에선 죄지은 놈이 벌을 받습니다.

한국은 어떤 나라입니까? 지옥입니다. 더 긴말하지 않겠습니다. 지옥에 대해 알아서 뭐 하겠습니까. 알수록 괴로움만 커지는 것을요. 그러다 보니 자연경관에 대한 생각도 비슷해집니다. 때 묻지 않은 광활한 자연의 북미, 이국적이고 아름다운 동남아시아의 바다, 인간을 겸손하게 하는 히말라야의 설산, 막힌 가슴이 트이는 몽골의 초원, 이런 곳들과 비교하면 우리나라는 반 토막

난 국토에 성냥갑 같은 아파트나 늘어서 있고, 조금만 교외로 나가도 모텔, 모텔, 모텔, 바다에는 구조물에 물 반 사람 반이요, 야트막한 산들은 동네 뒷산이고 폭포는 강아지 오줌 같은 물줄기가 고작이라고 생각합니다.

이런 유의 인식을 잘 보여 주는 예가 있습니다. 한국인들은 멋진 풍경을 보면 이렇게 말합니다. "우아, 외국 같아요~!" "우리나라에 이런 데가 있었어?" "우리나라 아닌 것 같아~."

이런 말은 우리나라에는 멋진 풍경이 있을 리가 없다는 인식에서 나오는 것입니다. 그리고 이런 인식은 풍경에서 그치지 않

"외국 아니죠. 진주 시내에서 본 지리산입니다."

습니다. 역사와 문화 전반으로 이어지게 마련이지요. 내세울 게 없으니 알 필요가 없습니다. 알 필요가 없으니 알려고 하지 않습니다.

그럼 한국인들은 자신들을 어떤 사람이라고 생각할까요? 한국에 대한 인식 자체가 부정적인 것처럼 한국인 자신들에 대한 인식도 꽤나 부정적입니다. 질서를 안 지킨다. 안전 불감증이 심하다. 편 갈라 싸우기 좋아한다. 남을 배려하지 않는다. 목소리 큰 놈이 이긴다. 조선놈(?)은 때려야 한다. 한국인들은 (뭘 해도) 안 된다. 과연 헬조선의 주민으로서 부족함이 없는 모습입니다.

대개 문제 많은 사람들이 문제 많은 사회를 만든다고 생각해서일까요? 한국 사람들은 한국이 헬조선인 이유를 '한국인들이 지옥에 살아 마땅한 인간들이니까'라는 식으로 설명합니다. 그러니까 한국인들에 대한 이해도 필요가 없습니다. 무식하니까, 미개하니까, 재수 없으니까, 뭘 어떻게 해도 안 될 테니까. 뭘 힘 빠지게 이해하고 자시고 할 게 있나요. 그냥 떠나 버리면 더러운 꼴 안 보게 될 텐데요.

하지만 좋든 싫든 여기 살아야 하는 사람들은 여기를, 여기 사는 사람들을 이해하지 않으면 안 됩니다. 어차피 떠날 수가 없다면 지금은 비록 지옥이지만 조금씩이나마 살기 좋은 곳으로 바꿔 가야 하지 않겠습니까? 그러기 위해서라도 한국인 이해는 필요하며, 그렇다면 지금과 같은 방식의 이해로는 힘들다는 말씀입니다.

사람들은 어떤 사람과 관련된 사건이나 현상의 원인을 그 사람의 내적 특성, 즉 성격이나 능력 때문이라 생각하는 경향이 있습니다. 사회심리학 용어로 '근본 귀인 오류'라고 합니다. 사건이나 현상에는 거기에 연관된 사람 말고도 상황적 요인이나 배경이 있게 마련입니다. 이런 점들을 간과하고 행위자의 내적 속성에만 주의를 기울였기에 이를 '오류'라고 하는 것이죠.

한국인들이 어떤 사람들이냐를 둘러싼 우리의 이해는 일단 근본 귀인 오류라고 할 수 있습니다. 한국인들이 그러한 행위, 현상을 나타내는 이유가 오로지 '사람들이 본래 그렇게 못났다'는 설명을 따르기 때문입니다.

또 하나. 한국인들의 자신들에 대한 이해는 '행위자-관찰자 편향'에 빠져 있습니다. 행위자-관찰자 편향이란 자신이 어떤 행위를 직접 할 때와 다른 사람이 그 행위를 하는 것을 관찰할 때의 인식이 달라진다는 것인데요. 대개 자기가 그 일을 한 이유는

다 그럴 만한 사정 때문인 반면, 다른 사람이 그 일을 한 이유는 그 사람이 본래 그렇게 생겨 먹었기 때문이라는 식이죠.

'한국인은 어떻다'라고 주장하는 사람들은 그 자신이 한국인들입니다. 자기들은 안 그런데 '한국인들은 그렇다'는 것이죠. 그런데 그렇게 말하는 한국인이 아주 많습니다. 그러면 '그 한국인들'은 대체 누굴까요?

우리는 한국을, 한국인들을 잘 안다고 생각합니다. 한국에서 태어나 자랐고 살아왔고 한국 사람이기 때문입니다. 그러나 그것은 착각입니다. 문화에는 겉으로 알 수 있는 것보다 숨겨진 것이 훨씬 많습니다. 그리고 그 문화권 사람일수록 그것을 알기가 힘든 법입니다. 제 얘기 아니고 에드워드 홀Edward Hall이라는 인류학자의 말입니다.

그렇다고 외국인들이, 또는 외국에서 공부하고 온 이들이 한국을 더 객관적이고 냉철하게 볼 수 있다는 뜻은 아닙니다. 그들은 문화 구성원(내부자들)이 인식하지 못하는 현상의 어떤 새로운 면을 드러나게 할 수는 있습니다. 하지만 그들에게는 그 의미를 이해할 내부자적 관점이 결여되어 있습니다. 이것은 작은 문제가 아닙니다. 문화적 현상의 의미를 이해하려면 문화의 생성과 변화, 기능에 대한 내부자적 관점이 반드시 필요합니다. 그리고 그러한 관점은 외국인이라고 해서, 외국에서 공부했다고 해서 저절로 생기는 것이 아닙니다.

한국인 심리학은 한국인들의 마음을 내부자적 관점에서 바라볼 수 있게 해 주는 도구입니다. 그러나 현재 한국인 심리학은 학계에서 그다지 인정받지 못하고 있습니다. 한국의 것이라고 무시받고 천대받는 다른 여러 가지 것들처럼 말이죠.

한국인의 심리를 다룬 연구가 발표될 때면, 사람들은 "그런 건 지금 심리학에도 있는 개념 아닌가?" "지금 심리학으로도 설명할 수 있는 거 같은데 굳이 한국인 심리학이 필요한가?" 같은 반응을 보입니다.

이런 반응 왠지 낯익지 않으신가요? 잠시 역사 속으로 들어가 보겠습니다.

한국이 지닌 여러 소중한 자산들 중에 제가 가장 의미 있다고 여기는 것은 가야금과 한글인데요. 가야금과 한글이 우리 것이 되기까지는 적지 않은 우여곡절이 있었습니다.

가야금을 만들었다 전해지는 가실왕은 신라 진흥왕과 비슷한 시기에 가야를 다스린 왕입니다. 『삼국사기』의 「악지樂志」에 따르면 가실왕은 우륵에게 명하여 악기를 만들게 했고, 명을 받든 우륵은 중국의 쟁箏을 본떠 가야금을 만들고 12곡의 음악을 짓습니다.

가야금이 완성되자 가야의 신하들은 "중국의 음악이 있는데 굳이 가야의 음악을 따로 만들 필요가 있느냐"며 반대했는데요. 가실왕은 "여러 나라의 말이 다르거늘 어찌 음악이 같을 수 있겠느냐"며 이를 일축합니다.

중요한 것은 가실왕이 가야금을 만들지 않았다면 우리에게는 가야금도, 가야금으로 연주하는 아름다운 음악도 없었을 거라

우륵(왼쪽), 세종대왕(오른쪽)

는 사실입니다. 어쩌면 지금쯤 국악 대신에 중국 음악을 연주하고 듣고 있었을지 모를 일이죠.

세종대왕이 한글을 만드신 이유도 다르지 않습니다. 세종대왕이 보시기에 "나라의 말이 중국과 달라 우리의 말과 한자가 서로 통하지 아니하니 어리석은 백성이 말하고자 하는 바가 있어도 이를 표현할 방법이 없더라"는 것이죠. 그래서 백성을 어여삐여겨 만드신 것이 바로 한글입니다.

그러나 훈민정음이 반포되자 최만리를 비롯한 조선의 사대부들은 "중국의 문자를 잘 써 왔는데 굳이 따로 문자를 만들 필요가 있겠느냐"고 뻗대었죠. 사대부들의 반발과 천시, 일제강점기의 위기 속에서도 한글은 살아남아 우리의 소중한 문화자산이 되었습니다.

중요한 사실은 세종대왕이 한글을 만들지 않았다면 우리에게는 세계에서 가장 과학적인 문자라 칭송받는 한글도, 한글로 쓰인 아름다운 문학작품도 없었을 것이라는 점입니다.

그렇다면 한국인의 마음을 외국의 심리학 이론으로 이해하는 것이 타당한 일일까요? 자존심은 'self-esteem'이고 화는 'angry', 한恨은 'grudge', 신명은 'pleasure'나 'joy'와 같은 뜻일까요?

말이 다르기에 우리만의 음악이 나왔고, 말이 다르기에 우리만의 글이 나왔습니다. 말이 다르기에 우리만의 심리학이 있어야 하지 않을까요? 비트겐슈타인이 말했듯이, 언어는 자신이 사는 세계를 규정합니다. 하이데거 또한 인간이 언어를 만드는 것이 아니라 언어가 인간을 지배한다고 했죠. 마음은 언어로 경험되고 언어는 마음을 만듭니다. 한국인의 말로 한국인의 마음을 연구하는 한국인 심리학은 한국 문화와 한국인 이해에 가장 적합한 도구인 것입니다.

마지막으로, 어떤 문화에 사는 사람을 이해하는 데 반드시 필요한 것이 하나 더 있습니다. 그것은 '사람에 대한 애정'입니다. 그들이 무엇 때문에 그렇게 살아왔고 그럴 수밖에 없었는지 그 이유를 가슴으로 공감할 수 있어야 그들의 삶의 의미에 다가갈 수 있기 때문입니다. 저는 여러분이 사람에 대한 애정을 품고 한국 문화와 한국인을 바라보실 수 있으면 좋겠습니다. 그렇게 살아올 수밖에 없었던 우리 할아버지 할머니의, 아버지 어머니의 이유들을 여러분이 이해하시는 날이 오기를 바랍니다. 그리고 우리와 우리의 아이들이 살아가야만 할 아름다운 우리나라의 모습들을 그려 나가기를 바랍니다.

우리가 가장 멀게 느끼고 있는 나라.
한국, 한국인에게 가는 여행
한선생과 함께 떠나 볼까요.

1

한국 사람이라 그렇습니다

영어책을 씹어 먹어 봐도, 한국인은…

저도 그렇지만 독자 여러분도 영어 때문에 스트레스를 많이 받을 겁니다. 언제부턴지 영어를 못하면 세상 살기가 어려워졌지요. 별로 바람직한 현상이 아닙니다. 특히 많은 대학에서 영어 수업이 이루어지고 있는데, 언어 능력 향상을 위한 수업이 아닌 전공 수업마저도 영어로 강의하라는 곳이 많습니다.

대학에서 배우는 학문은 대학에 와서야 처음 접하는 전문지식으로, 한국말로 들어도 잘 이해되지 않을 판인데 이것을 영어로 강의하고 또 들으려니 수업의 전문성은 떨어지고 학생들의 이해도는 낮아지고 교수의 말하기 능력만 향상된다는 말이 나올 정도지요.

뭐, 현장에서 거의 쓸 데가 없는 영어 점수가 취업의 중요한 스펙이 되고 또 승진이나 더 좋은 기회를 위해서도 영어가 필수적인 상황이니 이런 영어 스트레스가 꼭 대학만의 문제는 아닐 겁니다.

문제는 영어를 잘하고 싶어도 이게 잘되지 않는다는 건데요. 많은 한국 사람들이 사회에 나오기까지 10년 넘게 영어를 배우지만 여전히 영어에 스트레스를 받는 것이 사실입니다.

우리말과 반대인 영어의 어순, 문법 위주의 학습체계, 발음에 집착하는 습관 등 우리가 영어가 잘 안 되는 여러 가지 이유가 있는데요. 오늘 말씀드릴 내용은 영어와 한국어의 근본적인 차이에 관한 이야기입니다. 그리고 이것은 영어권 사람들과 한국 사람들의 사고방식 차이에서 기인합니다.

영어를 잘하는 사람도 잘 눈치채지 못하는 것이 바로 영어는 명사 중심의 언어라는 점입니다. 반면에 한국어는 동사 중심의 언어입니다. 예를 들면 "앉으세요"라고 말할 때 영어로는 "have a seat"이라고 합니다. 물론 'sit down'이라는 표현도 있지만 왠지 모르게 미국 사람들은 'have a seat'을 훨씬 더 많이 쓰더군요.

'결정하다'는 영어로 decide라고 하죠. 그런데 영어권 사람들은 'make a decision'이라는 표현을 더 일반적으로 씁니다. 몇 가지 더 예를 들면, '고르다'를 choose 대신 'make a choice'라고 하거나 '보다'를 look 대신 'have a look'이라고 하는 등, 동사가 있지만 명사를 활용한 표현이 훨씬 더 일반적입니다.

이 밖에도 '서두르다'를 'get a move on', '전화 받아'를 'get a call' 등으로, '도와줘'를 'give me a hand', 누구를 차에 태워 주는 것을 'give a ride' 등으로 표현합니다. 미국에 있을 때 밤늦게 차

없이 집에 가야 했는데, "나 좀 태워 줘"를 어떻게 말해야 할지 몰라서 한참 끙끙거렸던 기억이 납니다.

명사를 많이 사용하다 보니 중요해지는 것이 관사(a/the)입니다. 한국어에는 관사가 아예 없기 때문에 더 헷갈리는 부분이죠. 그러나 영어에서는 지금 말하는 대상이 셀 수 있는지 없는지, 셀 수 있다면 몇 개인지 명확히 하는 것이 중요합니다. 이는 언어 습관에 그대로 배어 있는데요.

여러 가지 과일을 갖다 놓고 한국 아이들에게 "과일 먹어라" 하면 우르르 몰려와 알아서 잘 먹습니다. 그런데 영어권 아이들에게 "Eat some fruits" 하면 먼저 고개를 갸웃거리며 이렇게 물어볼 겁니다.

"Which fruit are you talking about? One apple? One orange?"

그만큼 말을 하기 위한 체계가 우리와 다르다는 건데요. 따라서 명사와 함께 다니는 have나 make, get, give 같은 보조동사 몇 개와 a/an, the 같은 관사만 자연스럽게 써도 훨씬 자연스러운 영어가 되는 것이죠.

사실 언어는 습관이라서, 습관이 잘 든 사람은 이런 거 몰라도 어떤 나라 말이든 잘합니다. 하지만 언어가 습관인 까닭에, 내가 익숙해져 있는 습관과 내가 배워야 할 언어의 습관을 이해해야 하는 것입니다. 그리고 이러한 언어 습관은 그들의 문화와 밀접한 관계가 있습니다.

그런데 동사를 많이 사용하는 것이 한국어만의 특징은 아닙니다. 중국어, 일본어 등 동양 언어 전반의 특징이죠. 명사와 관사를 중시하는 것 역시 영어 이외의 서양 언어들에서 일반적으로 나타나는 특징입니다. 심리학에서는 이러한 언어의 차이가 동서양의 사고방식에서 나온다고 봅니다.

잠깐 퀴즈 보고 가시죠.

A와 B 사이, 가운데에 있는 꽃은 A그룹과 B그룹 중 어디에 속해야 할까요?

한국을 포함한 대다수의 동양 사람들은 A에 속한다고 대답하는 반면, 서양 사람들은 B에 속한다고 대답합니다. 이렇게 대답에 차이가 나는 이유는 무엇일까요? 그 이유는 나중에 공개하겠습니다.

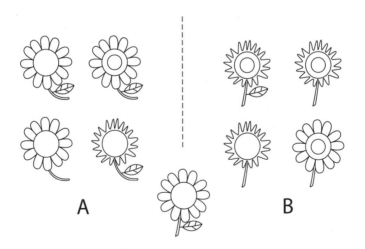

원숭이와 판다, 바나나 그림이 있습니다. 이 중 두 개를 묶는다면 무엇과 무엇을 묶으시겠습니까?

　이 질문에 동양 사람들은 원숭이와 바나나를 묶습니다. 그리고 서양 사람들은 원숭이와 판다를 묶습니다. 그 차이를 눈치채셨습니까?

　동양 사람들은 사물의 '관계'를 우선시합니다. 원숭이가 바나나를 좋아하기 때문에 원숭이와 바나나를 묶는 것이죠. 원숭이와 판다는 서로 사는 곳도 다르고 또 서로 만날 이유가 없으니까요. 반면에 서양 사람들은 원숭이와 판다가 같은 '포유류'이고 바나나는 과일이기 때문에 원숭이와 판다를 묶는 것입니다. 서로의 관계보다는 개체의 특성에 주목하는 것이죠.

아래 그림에서 "정중앙에 있는 사람은 행복합니까?"라는 질문에 한국 사람들은 그 사람이 행복하지 않다고 대답합니다. 서양 사람들은 행복하다고 하지요.

서양 사람들은 가운데에 있는 사람을 보라고 했으면 걔만 봅니다. 주변 사람들은 상관 안 하죠. 주변 사람들이 얼굴을 찡그리고 있건 말건 가운데에 있는 애는 웃고 있으니까 '얘는 행복하다'고 응답하는 것입니다. 반면에 동양 사람들에게는 뒤에 서 있는 다른 사람들의 표정이 중요한 단서가 됩니다.

함께 있는 다른 사람들이 행복하지 않은데 혼자서만 웃는 것은 동양인들의 시각에서는 이상한 일입니다. 분명 행복하지 않은데 어떤 이유로 억지웃음을 짓고 있다고 생각하는 것이죠. 심리학에서는 이런 식의 실험이 동양인과 서양인을 대상으로 엄청나게 많이 이루어졌습니다.

많은 실험을 거쳐 알아낸 것은, 동양인들은 개개의 사물(사람)보다는 그것이 어떤 배경 또는 환경에 있는가, 각각의 사물이 다른 사물과 어떻게 상호작용하는가에 주의를 집중하는 데 반해, 서양인들은 사물 자체에 초점을 맞춘다는 사실이었습니다.

그러면 처음 그림으로 돌아가 보겠습니다.

가운데에 있는 꽃은 꽃잎이 둥글고 줄기에 잎사귀가 하나 붙어 있습니다. B그룹의 꽃들은 대부분 꽃잎이 뾰족하고 잎사귀가 있는 것은 하나뿐입니다. 그러나 A그룹의 꽃들은 네 개 중 세 개의 꽃잎이 둥글고 네 개 중 세 개의 꽃이 잎사귀를 달고 있습니다. 전체적으로 A그룹이 가운데 꽃의 특성을 많이 갖고 있죠.

그런데 B그룹의 꽃들은 꽃잎의 모양도 다르고 잎사귀 수도 다르지만, 줄기의 모양이 직선으로 일치합니다. 규칙성이 발견되는 거죠. 이것이 서양 사람들이 B그룹을 선택한 이유입니다.

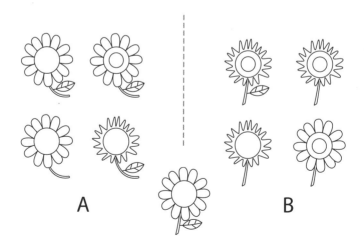

A   B

이렇게 서양인들처럼 개체의 특성을 분리해서 분석적으로 보는 것을 '분석적 사고analytic thinking'라 하고, 동양인들처럼 부분과 전체의 관계를 종합적으로 보는 것을 '종합적 사고holistic thinking'라고 합니다. 동서양의 사고방식을 구분짓는 대표적인 기준이라고 볼 수 있습니다.

자, 이것이 서양의 언어가 명사 중심이고, 한국어를 비롯한 동양의 언어가 동사 중심인 이유입니다. 개체를 중시하기 때문에 개체의 특성을 드러내는 명사와 관사가 발달한 것이고, 개체와 배경·환경과의 관계를 중시하기 때문에 개체와 환경의 상호작용을 나타내는 동사가 발달한 것이죠. 해서 영어를 좀 더 자연스럽게 구사하려면 명사를 많이 쓰는 그들의 언어 습관을 잘 이해할 필요가 있다는 것이 오늘의 결론이었습니다.

오늘 말씀드린 내용은 문화와 사고과정의 관계를 연구한 리처드 니스벳Richard Nisbett과 그 동료 학자들의 연구에서 출발한 생각입니다. 니스벳의 저서 『생각의 지도』나 EBS에서 방영한 〈동과 서〉라는 다큐멘터리를 참고하면 더 깊이 있는 지식을 얻으실 수 있습니다.

화성에서 온 한국인, 금성에서 온 일본인

한국인과 일본인은 얼마나 다를까요? 여러분의 생각은 어떠십니까? 다른 점이 많다는 분들도 계시겠고 비슷비슷하다는 분들도 계실 겁니다. 사실 한국과 일본은 동북아시아의 유교 문화권 국가들로 비슷한 점이 많은 나라입니다. 인종적으로, 언어적으로, 문화적으로 그렇지요.

심리학에서는 세계의 문화를 비교적 간단한 기준으로 구분합니다. 개인주의 vs. 집단주의죠. 이 분류에 따르면 한국과 일본은 집단주의 문화에 들어갑니다. 집단주의 문화란 행동의 기준이 자기가 속한 집단이 되는 문화입니다. 예를 들면, 집단주의 사람들은 내가 행복한지 판단할 때 가족이나 주변 사람들의 영향을 함께 고려하는 경향이 있습니다.

내가 개인적으로 아무리 기분이 좋아도 아버지 사업이 어렵거나 어머니가 편찮으시면 '난 행복해'라는 생각이 잘 안 드는 것이죠. 반면, 개인주의 문화권 사람들은 자기 자신이 행동의 기준이 됩니다. 내 상태를 기준으로 자신의 행복을 판단하는 것이죠.

심리학에서 집단주의는 동양 ─ 대표적으로 중국 ─ 의 농경문화에서 기인한 것으로 추정하고 있습니다. 공동 작업이 많고 그만큼 집단의 평판이 중요한 농경문화권에서는 자신이 속한 집단이 자신의 행위를 결정하는 중요한 기준이 될 수밖에 없었겠지요.

어찌 보면 꽤 직관적인 개인주의-집단주의 분류는 문화에 관심을 두기 시작하던 1990년대의 주류 심리학계에 큰 파장을 불러일으켰으며, 엄청나게 많은 연구가 개인주의 vs. 집단주의 문화를 대상으로 이루어집니다. 그리고 집단주의 문화의 대표로는 주로 일본과 한국, 중국 같은 동아시아 국가들이 고려되었죠. 이것이 '비교문화심리학Cross-Cultural Psychology'입니다.

다시 말해, 주류 심리학인 비교문화심리학의 관점에서 한국과 일본은 같은 집단주의 문화권으로 이해된다는 말씀입니다. 심리학에서는 한국인이나 일본인이나 비슷한 이유에 의해서 비슷한 행동을 할 것이라는 가정이 존재한다는 거죠.

실제로 심리학의 비교문화 연구들을 찾아보시면 — SSCI Social Sciences Citation Index 가 아니라 SSCI 할아버지라고 해도 — 한국인과 일본인의 차이를 다룬 내용은 극히 드뭅니다. 집단주의 문화의 일원으로 비슷한 특성을 띠는 것으로 묘사될 뿐이죠. 그런데 말입니다, 과연 그럴까요?

문화심리학에서 지적하는 비교문화심리학의 문제점은 개인주의 vs. 집단주의의 구분이 너무 단순하다는 점입니다. 한국과 일본을 같은 집단주의로 이해하게 되면 한국과 일본의 차이는 설명할 도리가 없어지는 것이죠.

연구 하나를 소개하겠습니다. '긍정적 환상positive illusion'이라는 주제인데요. 긍정적 환상이란 주변에서 일어나는 불행한 일들이 나에게는 일어나지 않을 것이라 생각하는 착각적 사고입니다. 예를 들어 "60대의 암 발병률이 30퍼센트라고 한다. 당신이 60대가 되면 암에 걸릴 확률은 얼마나 될까?" 하는 질문에 30퍼센트보다 낮은 대답을 하면 긍정적 환상이 있다고 판단하는 것입니다.

이러한 질문들을 개인주의 문화와 집단주의 문화 사람들에게 각각 던지면 차이가 드러나는데요. 개인주의 문화에서는 긍정적 환상이 나타나는 반면 집단주의 문화에서는 긍정적 환상이 나타나지 않습니다.

그 이유는 개인주의 문화 사람들은 자기 자신을 긍정적으로 평가하고 또 자신에 대한 평가에서 집단의 영향력이 중요하지 않기 때문에, 자신에게 나쁜 일이 생길 확률을 남들보다 낮게 추정한다는 것이죠. 반면에 집단주의 문화 사람들은 자신이 남보다 더 나을 것 없는 사람이라고 여기고 또 그렇게 생각하는 것이 집단의 조화를 해치지 않기 때문에, 나쁜 일이 자신에게 생길 확률이 남들과 같다고 생각한다는 것입니다.

비교문화심리학의 가정에 따르면 같은 집단주의 문화인 한국과 일본은 긍정적 환상이 나타나지 않아야 합니다. 그런데 한국과 일본의 차이가 나타납니다. 한국 사람들은 20점 만점에 8.61점으로 긍정적 환상을 품고 있는 반면에, 일본인들은 20점 만점에 0.13점으로 긍정적 환상이 거의 없었습니다.

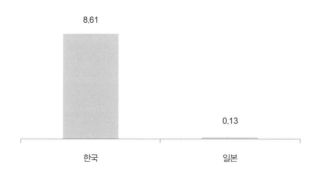

한·일 긍정적 환상 비교

몇 차례의 연구로 결론을 내리긴 이릅니다만, 한국인과 일본인 사이에 어떤 차이가 있을 가능성이 있다는 겁니다. 그 차이는 무엇일까요? 어떤 이유 때문에 한국인들에게 긍정적 환상이 나타나는 걸까요?

한국인과 결혼하여 한국에서 20년 넘게 생활한 문화심리학자 이누미야 요시유키大宮義行 박사는 그 이유를 한국인과 일본인의 '자기관'에서 찾았습니다. 자기관은 자기self를 어떤 존재로 보느냐 하는 관점을 뜻하는 개념입니다. 특히 다른 이들과의 관계에서 자기를 어떤 존재로 인식하느냐 하는 것이 자기관입니다.

비교문화심리학에서는 개인주의 문화의 자기관을 '상호독립적 자기independent self', 집단주의 문화의 자기관을 '상호협조적 자기interdependent self'라고 합니다. 개인주의-집단주의 문화를 바탕으로 헤이즐 마커스Hazel Markus라는 미국인 심리학자와 기타야마 시노부北山忍라는 일본인 심리학자가 만든 개념이지요.

상호독립적 자기는 '다른 사람들과 내가 서로 독립적인 존재'라는 생각입니다. 다른 사람의 영향력과 관계없이 자신의 목표와 지향을 우선하여 행동하는 경향이 있습니다. 한편 상호협조적 자기는 '나는 다른 사람들과 서로 의존하고 협조하는 존재'라는 생각입니다. 내 행동은 다른 이들의 존재와 기분, 생각을 고려한 뒤에 나올 수 있겠죠.

따라서 자기 자신에 대한 지나치게 긍정적인 인식이나 환상은 상호독립적 자기관(개인주의)을 지닌 이들에게는 나타날 수 있지만 상호협조적 자기(집단주의)를 지닌 사람들에게는 나타나기 힘듭니다. 만약 한국인과 일본인들이 모두 상호협조적 자기를 지녔다면 긍정적 환상은 두 나라 사람들 모두에게 나타나서는 안 되는 것이죠.

한국인들에게 긍정적 환상이 나타났다는 것은 한국인의 자기관은 상호협조적 자기로만은 설명되지 않는 다른 특성이 있다는 뜻일 겁니다. 이누미야 요시유키 박사는 그러한 한국인 자기관의 특징을 '주체성 자기'라고 이름 붙였습니다. 주체성 자기란 '다른 사람에게 영향력을 끼치려고 하는 나'입니다.

한국인의 주체성 자기와 대비되는 일본인들의 자기관을 '대상성 자기'라고 하는데, 이는 '다른 사람들의 영향력을 받아들이려고 하는 나'를 뜻합니다. 주체성 자기와 대상성 자기는 '다른 이들과 나 사이에 작용하는 영향력의 방향'에 따라 구분됩니다. 그림의 화살표 방향을 기억해 두시기 바랍니다.

주체성 자기와 대상성 자기

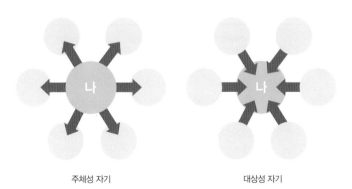

주체성 자기   대상성 자기

그러니까 주체성 자기 vs. 대상성 자기는 한국인과 일본인의 행동이 자기관, 즉 자신을 어떤 존재로 보는가에 대한 생각에서부터 달라진다는 이론입니다. 그러한 차이 때문에 사람들의 행동방식이 달라지고 결국 문화마다 그 양상이 달라진다는 생각이죠.

주체성 자기가 우세한 사람들은 자신을 다른 사람들에게 영향력을 행사할 수 있고 또 행사하고 싶어 하는 존재로 봅니다. 자신이 다른 이들보다 더 능력 있고 대단하다고 생각하고 다른 사람에게 이래라저래라 하는 것을 좋아하지요. 어떻습니까? 한국인들이 이런가요?

대상성 자기가 발달한 사람들은 자신을 다른 사람들의 영향력을 받아들여야 하는 존재로 봅니다. 자신을 잘 드러내지 않고 다른 사람이 하자는 대로 잘 맞춰 주는 사람이지요. 자신은 다른 사람들보다 나을 것이 없다고 생각합니다. 어떻습니까? 일본인들이 이런가요? 긍정적 환상과 관련해서 나타나는 한국과 일

	주체성 자기	대상성 자기
정의	사회적 영향력을 끼치는 중심적 존재	사회적 영향력을 수용하는 주변적 존재
목표지향	자신의 목표를 지향	타인의 목표를 존중
관계욕구	리드, 지도, 통제, 관리	수용, 의존, 보조, 학습
자기평가	자신의 가치, 능력, 전망을 높이 평가	타인의 가치, 능력, 전망을 높이 평가
자기통제	원심적(외부), 자기현시	구심적(내부), 자기억제

본의 차이는 이러한 주체성 자기와 대상성 자기에서 비롯된 것이 아닐까요?

자신을 남들에게 영향력을 끼칠 수 있는 존재로 바라보는 한국인들은 자신의 가치, 능력, 전망을 높이 평가합니다. 60대가 되었을 때 남들은 30퍼센트 확률로 암에 걸려도 나는 안 걸릴 수 있다고 생각하는 것이죠.

반면, 일본인들은 타인의 영향력을 받아들이는 데 초점을 맞추기 때문에 자신의 행동—자기 인식조차도—이 다른 사람의 기분을 상하게 하거나 전체의 화합을 해치지 않는지 늘 고려합니다. 남들이 30퍼센트 확률로 암이 걸린다면 나도 그 정도는 되겠다고 생각하는 것입니다.

긍정적 환상에 대한 한·일 비교 연구는 세계의 문화를 개인주의와 집단주의로 구분하는 비교문화심리학의 가정에 중요한 시사점을 던집니다. 한국과 일본 같은 집단주의 안에서 드러나는 차이는 어떻게 설명할 것인가 하는 것이죠. 그리고 주체성 자기 vs. 대상성 자기 이론은 그 질문에, 특히 한국과 일본의 심리적 차이에 꽤 매력적인 대안이 되어 줍니다.

'아닌데? 내가 아는 일본인들은 안 그렇던데?'라고 생각하는 분은 문화의 패턴을 다룬 '타일러의 실수' 편(163쪽)을 참조하시기 바랍니다. 문화의 차이는 개인에게 공유된 문화적 패턴의 차이로 봐야지 개인차로 이해해서는 안 된다는 내용입니다.

주체성 자기 vs. 대상성 자기 이론은 기존의 심리학으로 설명하지 못했던 한국인과 일본인의 행동을 상당 부분 설명할 수 있

습니다. 앞으로 한국인과 일본인의 흥미로운 여러 가지 차이를
이야기 나눠 보도록 하겠습니다.

매국노와 애국지사는 한 끗 차이

매국노와 애국지사. 친일 청산 문제가 제대로 해결되지 않은 우
리나라에서 이만큼 대비가 선명한 용어도 없을 겁니다. 우리는
매국노賣國奴를 거의 최상급의 욕으로 씁니다. 그만큼 매국노라
는 말에는 온갖 부정적인 이미지들이 결합되어 있습니다.

매국노는 오로지 돈과 권세에 눈이 먼 자들이었고 도덕적으로
도 못된 놈들이었다는 이야기죠. 매국노의 대명사 이완용 같은
경우는 며느리와 정을 통해 아들이 자살했다는 소문이 퍼지기까
지 했습니다. 이러한 이미지에는 그 정도로 부도덕한 놈이니까
나라를 팔아먹을 수 있었겠구나 하는, 매국노라 불린 이들의 행
위에 관한 일종의 설명 기능이 포함되어 있습니다.

국권을 남의 나라에 넘긴다는 상상할 수조차 없는 사건과 맞
닥뜨려 충격에 빠진 사람들은 이것이 정상적인 인간들의 결정이
었다고 생각하기 힘들었을 겁니다. 그런 나쁜 결정을 한 이들이
니 분명 나쁜 놈들일 것이라는 생각이지요. 과연 그럴까요?

우리가 매국노라 부르는 이들은 당대 최고의 지식인들이었습
니다. 국제정세에 밝았고 뛰어난 외국어 실력과 정치적 능력을
갖춘 이들이었습니다. 물론 지식이나 업무 능력은 도덕성과는

이완용, "전설의 레전드"

별개입니다. 아무리 명석하고 잘났어도 도덕적으로 문제가 있는 놈들이었다고 해 버리면 그만입니다. 그러나 이들이 개인적인 탐욕에서 나라를 판 것이 아니라면 어떨까요?

을사오적, 정미칠적, 경술국적에 모두 포함되는 그랜드슬램을 달성한 매국의 영원한 아이콘, 이완용이 독립협회 회장을 지내고 만민공동회를 이끈 인물이었다는 사실을 아십니까?

청나라 사신을 맞이하던 영은문 자리에 1896년에 세워진 독립문. 청나라와의 사대관계를 청산하고 독립국가로서의 위상을 새롭게 한 독립문 건립에 가장 많은 돈을 기부했으며, 독립문 현판 글씨도 그가 썼다는 설이 유력할 정도로 조선의 독립을 염원했던 이가 이완용이었습니다.

현재 서대문 독립공원의 독립문. "이 글씨가 바로…."

오해하실까 봐 짚고 넘어가자면, 저는 이 글에서 이완용을 비롯한 친일파를 옹호하려는 것이 아닙니다. 오히려 매국노는 누구이며 왜 나라를 팔아먹었는지를 추적하여 다시는 그런 일이 없기를 바라는 마음입니다.

그렇다면, 도대체 무엇이 이완용을 변하게 했을까요? 일제가 준 관직? 재산? 일인지하 만인지상 일국의 총리대신까지 지낸 인물입니다. 그가 돈과 명예가 부족해서 나라를 팔았을까요? 친일파를 단순히 개인적인 탐욕으로 가득 찬 이들로 바라보는 것은 을사늑약 이후의 한국사와 현재를 이해하는 데 별 도움이 되지 않습니다.

그들은 우리와 크게 다를 바 없거나 오히려 뛰어난 이들이었으며, 그런 그들이 나름대로 최선을 다해 합리적인 선택을 한 결과가 '매국'이라는 사실을 받아들여야 그들이 '나라를 판' 결정의 의미를 이해할 수 있을 겁니다. 우리가 매국노라 부르는 이들을 '나라를 팔아야겠다'는 결론에 이르게 한 결정적인 이유는 무엇이었을까요?

제국주의 국가들의 세력이 날로 확장되던 19세기 말. 조선의 운명은 풍전등화의 위기에 놓였습니다. 이때 조선의 앞날을 걱정하던 지사들은 나름의 방법으로 조선을 부강하게 하고 독립을 지키고자 노력했습니다.

그런데 이 노력은 두 가지 방향으로 나타납니다. 개화가 우선이냐 독립이 우선이냐 하는 것이죠. 개화, 즉 개방을 통해 우수한 제도와 문물을 받아들여서 나라를 부강하게 하자는 주장과 나라의 독립을 지키면서 힘을 키우자는 주장입니다.

얼핏 거의 같은 주장처럼 보이지만 여기에는 큰 차이가 있습니다. 개화파의 주장은 나라가 강해지고 사람들이 잘살 수 있다면 다른 나라의 지배를 받아도 상관없다는 말이 되고, 독립파는 아무리 살기에 불편함이 없어도 나라가 없으면 소용없다는 말이 되기 때문입니다.

백성을 잘살게 하기 위해 독립과는 관계없이 개화를 서둘러야 한다는 급진개화파의 시각은, 우리가 부르는 〈애국가〉의 가사를 썼지만 나중의 친일 행각으로 『친일인명사전』에 오른 윤치호의 말에 잘 나타나 있습니다.

나는 조선의 독립 문제에는 관심이 없습니다. 현재와 같은 정부를 두고는 독립해도 민족에게 아무런 희망을 주지 못할 것입니다. 반대로 애족적이고 인민의 복지에 호의적인 관심이 있는 더 나은 정부를 가진다면 다른 나라에 종속됐다 해도 재앙은 아닙니다.

나라를 사랑하고 백성을 아끼는 많은 지식인들이 이런 생각에서 친일을 선택했습니다. 애국지사 하면 가장 먼저 떠오르는 안중근 의사도 처음에는 일본에 우호적이었습니다. 러일전쟁(1904~1905년) 이후, 일본을 제국주의의 침탈에서 조선을 보호하고 개화를 이끌어 줄 친구라고 생각했죠.

그러나 안중근 의사는 곧 일본의 야욕을 깨닫고 독립운동에

안중근 의사

투신합니다. 안중근 의사가 남긴 "뿌리 없는 나무가 어디서 날 것이며 나라 없는 백성이 어디서 살 것입니까"라는 말에는 나라 없이는 아무것도 있을 수 없다는 독립지사들의 주장이 담겨 있습니다.

어떻습니까? 잘사는 것과 독립. 무엇이 더 중한가 자신에게 되묻지 않을 수 없습니다. 우리는 일신의 안녕과 영달을 뿌리치고 추상적이고 실속 없어 보이는 독립이라는 가치를 선택할 수 있을까요? 독립이 도대체 무엇이기에 수많은 독립지사들은 아무 보상도 바라지 않고 하나뿐인 목숨을 아낌없이 내던질 수 있었을까요?

독립의 핵심 요소인 주권은 자결권, 즉 자신의 운명을 스스로 결정할 수 있는 권리를 뜻합니다. 내가 어디에서 누구와 무엇을 하면서 살 것인지 자기 스스로 결정하는 사람은 독립한 사람입니다. 반면에 다른 누군가가 살 곳도, 해야 할 일도, 만날 사람도 일일이 정해 주고 시킨다면 그 사람의 삶은 타인에게 종속된 삶이겠지요.

독립지사들이 가장 중요하다고 여긴 것이 이 독립인 반면, 개화가 우선이라는 친일파(매국노)는 결국 조선인들은 자신의 운명을 스스로 결정할 필요가 없다고 생각했다는 것입니다. 그 이유는 무엇일까요? 바로, 조선인들은 미개하다고 생각했기 때문입니다.

국제관계와 나라의 흥망성쇠를 약육강식, 적자생존으로 설명하는 사회진화론이 대세였던 20세기 초, 일찌감치 제국 건설에 뛰어든 서구 열강이나 일본에 견주어 조선은 진화의 하위 단계에 머물러 있는 나라라고 생각되었습니다. 다시 말해 미개하다primitive는 것이죠.

조선인들은 미개하기 때문에 발전하지 못했고, 그 결과 못 살고 불행합니다. 아마도 조선의 상당수 지식인들은 이 사실이 너무나 가슴 아프지만 이 미개한 조선인들의 능력으로 서양이나 일본 같은 발전을 이루기는 불가능하며, 현실적으로 조선인의 힘으로 독립을 지킬 수 없다고 판단했을 겁니다.

그래서 조선과 조선인을 위해 이들의 운명을 다른 이들에게 맡기자고 결정한 것입니다. 나름 백성을 위한 결정이었을 수도 있습니다. 이런 논리에서 비롯된 결정을 우리가 "나라를 팔아먹었다"고 하는 것입니다. 이것이 한국에서 친일 청산이 어려운 진짜 이유입니다.

친일파로 분류된 많은 인사들은 자신들이 나라를 팔아먹었다고 생각하지 않습니다. 오히려 자신들이야말로 진짜 한국을 위해서 애쓴 사람들이라고 생각하죠. 많은 사립대학교와 대기업 창업주들이 친일 논란에서 자유롭지 않은 이유는 바로 이런 논리들이 얽혀 있기 때문입니다.

그리고 그러한 논리의 시작점에는 '한국인들은 미개하다'는 인식이 있습니다. 한국인들은 미개하기 때문에 뭘 해도 안 되고, 무엇을 하든 제대로 할 턱이 없다는 것이죠. 그런데 위대한 선각자 아무개께서 미개한 한국인들을 깨우치기 위해 학교나 기업을 세우셨고 그 결과 지금의 대한민국을 이루었다는 겁니다. 친일은 그 과정에서 어쩔 수 없이 일어난 일이었고요.

우리가 장난으로라도, 꿈속에서라도, '미개하다'는 말을 써서는 안 되는 이유는 미개하다는 말이 진화의 단계에서 비롯된 개념이기 때문입니다. 진화란 지질학적인 시간을 필요로 합니다. 지질학의 시간은 기본이 수백만 년 단위죠. 그러니까 미개한 한국인들이 진화라는 걸 하려면 수백만 년도 모자란다는 말입니다. 당연히 "한국인들은 안 돼"가 나오는 것이죠.

이러한 인식의 문제점은 우리 사회가 찾아야 할 대안의 가능성을 차단한다는 점입니다. 누가 미개하다면 해결책은 진화밖에 없는데, 미개한 상태에서 진화한 상태로 가는 것은 수백만 년 이상의 시간이 걸리는 일이니까요.

언제부턴가 한국 사회의 문제점을 지적하는 논의의 장에 '미개'라는 용어가 많이 보입니다. 누구를 미개하다고 말하는 것은 논의를 이어 가겠다는 자세가 아니며 더 나은 대안을 찾겠다는 자세도 아닙니다. 우리가 미개해서 그렇다는 것은 우리에겐 답이 없다는 선언과 다름없습니다.

답답하고 앞이 보이지 않는 상황에서 스스로 답을 찾을 수 있는 가능성마저 차단해 버린다면 남은 선택은 한 가지입니다. 우리 스스로 운명을 결정하는 일을 포기하고 그 결정을 '더 잘해 줄 수 있는' 다른 이들에게 맡기는 것이죠. 그것을 쉬운 말로 '나라를 팔아먹는다'고 합니다.

우리가 친일파, 매국노라 욕하는 사람들이라고 해서 나라와 백성을 전혀 사랑하지 않았던 것은 아닙니다. 다만 나라와 백성을 어떤 존재로 보았느냐에 따라 매국노와 애국지사의 길이 갈린 것입니다. 그 길은 우리가 스스로의 운명을 결정할 수 있느냐에 대한 물음에서 나뉘기 시작했습니다.

당연한 듯 누리고 있는 우리의 독립을 위해 헌신하신 분들의 피땀을 가벼이 여기지 않는다면, 습관처럼 되뇌는 '미개하다'는 말이 무엇을 뜻하는지 알고 있어야 하겠습니다.

닮은 듯 다른 한국 귀신과 일본 귀신

귀신은 무엇일까요? 이승에 속하지 않는 존재? 죽은 사람의 영혼? 과학의 발달과 함께 귀신은 언급하는 것만으로도 비과학적인 일로 치부되지만, 인공위성이 우주를 떠다니고 인공지능이 바둑으로 사람을 이기는 현대사회임에도 귀신 이야기는 여전히 사람들 사이를 떠돌고 있습니다.

그런데 귀신이 존재하긴 하는 걸까요? 과학으로 귀신의 존재를 증명할 수 없으니 귀신은 없는 것일까요? 사실 문화심리학에서 귀신의 존재 여부는 중요한 문제가 아닙니다. 중요한 것은 사람들이 귀신이 있다고 믿는 그 믿음 체계 자체죠.

문화에는 사람들의 다양한 욕망과 두려움이 투사되어 있습니다. 귀신 역시 사람들이 품고 있는 욕망과 두려움이 투영된 결과지요. 그래서 귀신에는 그 문화 사람들이 무엇을 바라고 무엇을 두려워하는지가 담겨 있습니다.

오늘 이야기해 보려는 것은 한국 귀신과 일본 귀신의 차이입니다. 가깝고도 먼 나라 한국과 일본은 동양의 집단주의 문화로 이해되지만 조금만 자세히 들여다보면 그 차이도 만만치 않습니다. 사실 문화심리학자로서 한국과 일본만큼 다른 두 나라도 없다는 생각인데요.

다시 귀신 이야기로 돌아와서, 한국과 일본 귀신의 가장 두드러지는 차이는 바로 귀신이 나타나는 이유입니다.

한국의 대표적인 귀신 이야기는 아랑 전설입니다. 밀양 부사의 딸 아랑은 그녀를 겁탈하려는 통인에게 저항하다가 살해당하고 시체가 버려집니다. 그 뒤 새로 부임하는 사또마다 귀신을 보고 죽어 나가자 아무도 밀양으로 오지 않으려 하는데….

드디어 담이 큰 사람이 사또로 부임하고, 역시 귀신이 나타나 자신의 억울함을 토로하자, 사또는 이를 듣고 범인을 잡아 처형한 뒤 아랑을 장사 지냄으로써 사건을 해결해 줍니다. 귀신은 고마움을 전한 뒤 저승으로 떠나고 사또는 잘 먹고 잘 삽니다.

한국의 귀신 이야기는 대개 이 아랑 전설과 비슷한 스토리라인을 따릅니다. 계모에게 억울한 죽음을 당하여 이를 호소하기 위해 나타난 장화 홍련이 그렇고, 여름날 잠을 설치게 만든 비주얼로 사람들을 놀라게 만들지만 한을 풀면 누구보다도 곱게 큰절하고 갈 곳으로 가는 〈전설의 고향〉의 수많은 귀신들이 그렇습니다. 이 스토리라인을 요약하면 다음과 같습니다.

1. 귀신이 나타나 사람들이 놀라거나 죽는다.
2. 담이 큰 사람이 귀신을 만나 귀신의 사연을 듣고 귀신의 한을 풀어 준다.
3. 한을 푼 귀신은 좋은 곳으로 가고, 한을 풀어 준 사람에게는 좋은 일이 생긴다.

여기서 귀신이 나타나는 이유는 '억울함을 호소하기 위해서'라는 점을 알 수 있습니다. 한국의 귀신은 억울하게 죽은 자기 사연을 밝히고 그 한恨을 풀기 위해 나타나는 거지요. 아랑이 밀양에 부임하는 사또들에게 한 말은 "사또…, 억울하옵니다"였던 것입니다.

담력이 약한 사또들이 놀라는 바람에 돌아가서서 그렇지, 정신 똑바로 차리고 왜 나타났는지 이유만 제대로 따져 물었다면 충분히 살아남았을 수 있었을 터입니다. 독자 여러분도 귀신을 만날 때 참고하시기 바랍니다.

반면 일본 귀신은 나타나는 데 이유가 없습니다. 일본의 전통적 귀신은 매우 다양합니다만 우리나라처럼 특정 인물이 특별한 사연을 안고 귀신이 된 경우보다는 갓파河童나 오니鬼, 야만바山姥, 유키온나雪女 등 예전부터 어떤 지역에 있어 온 그런 존재인 경우가 많습니다. 그냥 거기 원래 있는 것이죠.

한국의 아랑이나 장화 홍련과 비슷한 케이스는 비교적 최근 영화로 나온 〈링〉의 '사다코'나 〈주온〉의 '가야코' 같은 귀신이 있겠는데요. 얘네들도 나타나는 데는 아무 이유가 없습니다.

영을 보는 능력이 있지만 억울하게 죽은 사다코는 비디오테이프에 영사되어 이 비디오를 트는 이들을 모두 죽이는 살인 행각을 보여 줍니다. 이들은 사다코와 1도 관계가 없는 사람들로, 그야말로 불특정 다수에 대한 묻지 마 살인이라 하겠습니다.

〈주온〉의 가야코 도시오 모자도 마찬가지입니다. 정신이상자 남편에게 억울하게 살해당하고 그 원한 때문에 자신들이 죽은 집의 지박령이 된 이 모자는, 이 집에 들어오는 모든 이들에게 적의와 공격성을 보입니다. 이 영화를 본 관객들은 고즈넉한 일본식 가옥에서 뜬금없이 나타나는 가야코 모자와 2000년대 귀신 영화에 '각기'라는 트렌드를 창출한 기괴한 무브먼트, 그리고 적의의 대상이 누군지 알 수 없는 데서 오는 공포를 느꼈을 겁니다.

이 '무언'과 '대상 없음'이 일본 공포 영화의 큰 키워드 중 하나죠. 이것이 가장 일본적인 공포라고 할 수 있을 겁니다. 일본 귀신은 자신이 나타나는 이유를 아무에게도 말해 주지 않고 아무 관계가 없는 사람들에게 묵묵히 자신의 원한을 표출합니다.

두 번째 차이점은 사람을 대하는 태도입니다. 그 원한이 너무나 사무쳐 자기 자리를 대신 지킬 사람을 찾고야 만다는 물귀신을 제외하면 한국 귀신이 사람을 해하는 법은 거의 없습니다. 사람형 귀신 외에 한국의 대표 요괴인 도깨비도 사람을 홀려서 밤새 헤매게 하거나 술 취한 사람 붙잡고 씨름을 하는 경우는 있어도 사람을 죽이지는 않습니다. 오히려 한국 도깨비들은 어리숙하고 놀기 좋아하며 사람이 잘 구슬리면 ― 도토리묵과 함께 ― 부탁도 들어줍니다. 사람들과 친숙한 존재로 그려지죠.

©국립중앙박물관

도깨비 무늬가 새겨진 산수귀문전

반면 일본의 오니는 악귀입니다. 뿔이 나고 가시방망이를 든 도깨비는 사실 일본 오니의 이미지입니다. 일본 전설이나 민담에 등장하는 오니는 도적질을 하거나 사람을 죽이고 부녀자를 납치하는 등 중범죄를 주로 저지른다고 묘사돼 있습니다. 귀신 귀鬼 자 자체가 그냥 오니라는 점에서 귀신을 바라보는 일본인들의 인식을 짐작할 수 있습니다.

오이타현 벳푸시에 있는 오니상

또한 한국의 대표 귀신 중 구미호를 빼놓을 수 없는데요. 구미호 역시 대단히 사람 친화적인 존재입니다. 사실 구미호 이야기는 한국·중국·일본에 모두 전해 내려오는데, 각각의 이야기들에는 세 나라의 특징이 잘 드러납니다.

우선, 중국의 구미호는 절세미녀로 변신해 한 나라를 멸망시키는 악독한 존재로 등장합니다. 명나라 때의 소설 『봉신연의』는, 은나라 마지막 왕인 주왕의 왕비 달기가 둔갑한 구미호라는 설정입니다.

일본의 구미호는 중국 구미호의 전설을 잇고 있는데요. 에도시대의 소설 『회본삼국요부전』에는 구미호인 달기가 죽지 않고 몇백 년 뒤 포사라는 미인으로 나타나 주나라를 멸망시켰다는 이야기를 담고 있습니다.

 안에 보이는 텍스트:

悪狐華陽夫人頭　天羅國班足王　乙女　準源氏　新漢

一勇齋　國芳　芳年

〈구미호에게 겁먹은 왕자〉, 우타가와 구니요시, 19세기

© Utagawa Kuniyoshi

한국의 구미호는 이와 다릅니다. 대개의 구미호 전설에서 구미호는 '인간이 되고 싶어' 육식동물, 즉 여우로서의 욕구를 절제하는 모습을 보여 주는데요. 인간과 사랑에 빠지고 인간에게 배신당하면서도 자기가 사랑했던 사람만큼은 끝까지 해치지 않고 떠나가는 비련의 존재입니다.

그러나 일본의 요괴들은 사람에게 해를 끼치는 것이 일반적입니다. 사다코나 가야코도 그렇고요. 납치·강도·살인의 오니, 산에서 아름다운 여자의 모습으로 나타나 나그네를 잘 대접하지만 나그네가 잠들면 잡아먹는다는 야만바, 눈 오는 지역에 나타나 사람들을 얼려 죽이는 유키온나 등이 그렇습니다.

이러한 일본 요괴들은 최근 애니메이션 등의 콘텐츠에서는 친숙하게 그려지지만 18세기까지의 기록에는 일관되게 악한 존재로 묘사되고 있다고 합니다. 그나마 물에 사는 갓파 정도가 해악이 덜한 요괴라고 할 수 있는데, 애들도 가끔은 사람들을 물에 빠뜨려 죽게 하죠.

최근 일본 괴담에서 종종 나타나는 구네쿠네, 팔척귀신 같은 존재들도 일본 귀신의 특징들을 그대로 지니고 있습니다. 왜 나타나는지 알 수 없으며 이들을 본 사람들은 반드시 해를 입습니다. 사람들은 이들의 존재를 인정하고 이들이 나타나는 곳에 가지 않으려 하죠.

죽어서도 저승으로 가지 못하고 이승 사람들과의 허락되지 않은 소통을 통해서 자신의 한을 풀려는 한국 귀신과, 역시 저세상으로 가지 못할 만큼의 큰 원한을 품었으나 자신이 죽은 곳에

〈갓파〉, 쓰키오카 요시토시, 1881년

머물면서 자신과 별로 관계없는 이들에게 해를 끼치는 일본의 귀신. 사람들과 친숙하고 함께 어울려 살며 웬만해서는 해를 주지 않는 한국의 요괴들과, 자신들의 영역이 확고하고 이를 침범한 인간들을 확실하게 응징하는 일본의 요괴들. 한국인과 일본인 마음의 어떤 차이가 여기에 투영되어 있을까요?

터닝메카드 갖고 놀 나이에 장가간 꼬마신랑

지금은 없어진 풍습 중에 '신방 엿보기'라는 것이 있습니다. 말 그대로 신방, 즉 신혼부부가 첫날밤을 보내는 방을 엿보는 풍습입니다. 신부 집에 차려진 신방의 문을 그 동네 사람들이 손가락으로 구멍을 뚫고 들여다보는 것이죠.

현대 기준으로 생각하면 엽기적이기까지 한 풍습입니다. 혼인한 남녀의 첫날밤을 동네 사람들이 모여서 구경했다니 말입니다. 그러나 여기가 어딥니까. 세상의 모든 문화를 이해해 보자는 한선생 문화심리학입니다. 어디 모르는 나라의 문화도 아니고, 바로 이 땅에서 벌어지던 일입니다. 우리나라에서 왜 이런 문화가 생기게 되었는지 궁금하지 않을 수 없습니다.

문화에는 현시적 기능과 잠재적 기능이 있습니다. 이 문화가 왜 존재하는지 누구나 겉으로 봐서 금방 알 수 있는 이유를 현시적 기능이라고 하고, 명확하게 드러나지는 않지만 문화 구성원들의 생존과 사회 유지에 도움이 되는 기능을 잠재적 기능이라고 하죠.

그러나 현대인들에게 신방 엿보기는 너무나도 낯선 문화입니다. 현시적 기능을 짐작하기조차 힘들지요. 도대체 남들이 첫날밤 지내는 것을 왜 들여다보는 걸까요? 기껏 생각할 수 있는 최선이, 옛날에는 에로영화나 야동 같은 것이 없어서 남들이 첫날밤 치르는 광경을 보는 것으로 '그런' 욕구를 해소했다는 정도일 겁니다.

뭐 그런 욕구는 예나 지금이나 존재하겠지만, 신방 엿보기에서는 사실상 야한 장면을 보는 것이 불가능했습니다. 첫날밤에는 아무 일도 일어나지 않았기 때문이지요. 다시 말해, 첫날밤 신랑과 신부의 성적 결합은 없었다는 말씀입니다.

그 이유는 우리의 옛 결혼제도인 '조혼早婚' 때문입니다. 옛날 사람들은 결혼을 일찍 했는데요. 남녀가 똑같이 일찍 결혼한 것이 아니라 신랑의 나이 7~10세, 신부의 나이 15~18세에 결혼하는 것이 보통이었습니다. 성행위는 남녀가 모두 성적으로 성숙한 뒤에야 가능합니다. 7~8살짜리 꼬맹이가 뭘 했겠습니까.

따라서 신방 엿보기라는 행위는 관음증적 욕구를 충족하기 위한 것이 아니라 다른 목적 때문이었음을 알 수 있습니다. 그게 과연 무엇이었을까요? 여기서 신랑의 나이에 주목할 필요가 있습니다. 일고여덟 살 먹은 남자아이는 남녀관계나 음양의 조화에 아무 관심이 없습니다. 터닝메카드나 갖고 놀 나이죠.

그런데 혼인이란 인륜지대사입니다. 아무리 애들이라지만 할 건 해야죠. 적어도 부부는 이런 일들을 하는 사이라는 것 정도는 가르쳐 줘야 했을 겁니다. 따라서 신방 엿보기의 일차적 기능, 즉 현시적 기능은 '코칭'이었을 가능성이 있습니다. 남녀의 성을 모르는 어린 신랑과 신부에게 부부관계가 대략 어떤 순서로 이루어진다는 것을 가르쳐 주는 거죠.

"족두리부터 벗기고, 그래 그렇지, 다음은 저고리 고름, 아니 그거 말고." 이런 식입니다. 옷을 다 벗어도 딱히 할 게 없었기에 짓궂게 문풍지에 구멍을 뚫던 사람들은 신랑이 신부의 겉옷을 벗기고 호롱불을 끄면 알아서 방문 앞에서 물러나곤 했습니다. 옛날 사극이나 〈전설의 고향〉 같은 데서 많이 본 장면이죠.

그렇다면 신방 엿보기의 진짜 기능, 잠재적 기능은 무엇이었을까요? 사실 첫날밤에 무슨 일을 해야 한다는 것은 부모가 가르치면 됩니다. 굳이 동네 사람들이 신방 앞에 모여들 이유는 없는 것이죠. 그런데 되레 많은 사람들이 첫날밤 신방 앞에 모여 있어야 하는 이유는 무엇일까요?

자, 여기서는 역사적 접근이 필요합니다.

조혼이 나타난 시기는 확실하지 않지만 고려 말~조선 초로 추정되는데요. 그 이유는 결혼 적령기에서 찾을 수 있습니다. 결혼 적령기의 남녀 성비가 비슷하다면 굳이 나이 어린 신랑과 나이가 찬 신부를 결혼시킬 이유가 없지 않겠습니까? 조혼이 나타나던 시기는 뭔가 결혼 적령기의 총각들은 모자라고 결혼 적령기의 처녀들은 꼭 시집을 가야 하는 그런 상황이었을 겁니다. 우리 역사에서 그런 정황에 꼭 들어맞는 시기가 고려 말~조선 초입니다. 고려 말~조선 초는 중국에서 원나라와 명나라가 교체되던 때였습니다.

원나라와 명나라는 우리나라에게 공녀를 요구했습니다. 공녀貢女란 13~16세의 어린 처녀들을 공물로 바치는 것입니다. 공녀를 보낸 횟수는 『고려사』에만 50회가 기록돼 있을 정도로 잦았고, 한 번에 많게는 500명의 처녀들이 끌려갔다고 합니다.

따라서 딸을 둔 부모들의 처지에서 자기 딸이 공녀로 중국에 가는 것을 피하고자 서둘러 혼인시키려고 했지만, 때마침 온 나라의 총각들이 씨가 말랐습니다. 고려 말은 원나라가 쇠퇴하여 변방에서 군벌들이 일어서고 홍건적, 왜구 등이 창궐하던 때였는데요. 전쟁이 엄청나게 많았던 시기였죠. 전쟁이 많았다는 사실은 전쟁에 나가 죽은 사람이 많았다는 뜻입니다. 다시 말해

결혼 적령기의 청년들이 군인으로 나가 많이들 죽었다는 얘기가 됩니다. 딸들을 혼인시키려고 해도 마땅한 혼처가 없었다는 것이죠.

그럼에도 딸들이 공녀로 가는 것을 원치 않았던 부모들은 결혼 적령기가 되지 않은 어린 남자아이들에게 딸들을 시집보냈는데요. 그렇게 해서라도 딸들을 지키고 싶었던 부모들의 마음을 이해할 수 있습니다. 이것이 우리나라의 조혼이 어린 신랑과 성숙한 신부의 조합으로 이루어지는 이유입니다.

그리하여 음양의 이치를 모르는 꼬마신랑에게 부부의 합궁을 알려 주고자 시작된 것이 신방 엿보기라는 풍습이라는 것인데, 신방 엿보기의 잠재적 기능은 아직 언급되지 않았습니다. 신방 엿보기는 사회 유지와 사람들의 생존에 어떤 영향을 주었을까요?

조선시대가 지나면서 조혼은 차츰 풍습으로 굳어졌습니다. 결혼 적령기 총각의 부족이라는 현실적인 이유에서 시작된 꼬마신랑과 성숙한 처녀의 조합이 이제는 당연한 일이 되었다는 것이죠. 딱히 총각이 없는 것도 아닌데 신랑의 나이는 여전히 어렸던 것입니다. 이런 풍습은 거의 20세기 초반까지 이어집니다.

자, 여기서 우리 결혼제도의 또 다른 특징을 고려할 필요가 있습니다. 바로 '장가간다'는 말에 남아 있는 이 특징은 신랑이 신부 집으로 와서 사는 것을 뜻합니다. 고구려의 서옥제壻屋制에서 유래한 것으로 추정되는 '장가가는' 풍습은 조선 중기까지 우리의 일반적인 결혼 풍습이었습니다. 어쨌든 중요한 건 신랑이 다른 동네에서 온다는 것이죠. 이 사실이 왜 중요한가 하면, 다음과 같은 사실 때문입니다.

자, 신부는 이팔청춘 꽃 같은 나이입니다. 양반집 규수가 아닌 다음에야 일반 민초들의 딸이 방 안에서 글 읽고 수나 놓고 있을 수는 없었겠죠. 삼삼오오 나물도 캐러 가고 논으로 새참도 날랐을 겁니다. 그러면서 소 치고 나무하는 동네 총각들하고 눈도 맞았을 겁니다.

조선시대에 무슨 연애냐고요? 남녀칠세부동석男女七歲不同席 아니었냐고요? 조선 후기에 이르도록 유교는 지배계층의 질서였을 뿐입니다. 유교적 질서가 민초들의 삶에까지 영향을 끼친 것은 우리 역사에서 200년 정도밖에 되지 않습니다. 남녀관계에서도 민초들은 상대적으로 자유로웠죠. 해서 동네에는 연인이 되는 처녀 총각들이 종종 있었습니다. 이들은 솔숲에서 보리밭에서 물레방앗간에서 밀회를 즐기며 사랑을 나누었습니다.

문제는 당시에 연애와 결혼이 별개였다는 사실입니다. 젊은 남녀가 눈 맞는 거야 어떻게 막을 방도가 있었겠습니까만…. 결혼은 집안끼리 이루어지는 일이었다는 겁니다. 뭐 이것이 우리나라에만 국한된 일은 아닙니다. 결혼을 통해 집단의 생존력을 극대화하고자 했던 현대 이전의 세계에서는 어디에서나 볼 수 있던 현상입니다.

그렇다는 얘기는 한동네에 연인이 있는데 혼인은 다른 동네에서 온 다른 사람과 해야 한다는 거죠. 근데 그게 열 살도 안 된 꼬맹이입니다. 처녀와 사귀었던 마을 총각의 심정은 어땠을까

『혜원풍속도첩』 가운데 〈월하정인〉, 신윤복, 18세기

요? 그것은 노래 〈갑돌이와 갑순이〉에 잘 나타나 있습니다.

갑돌이도 화가 나서 장가를 갔드래요. 장가간 날 첫날밤에 달 보고 울었드래요. 갑돌이 마음은 갑순이뿐이래요. 겉으로는 음음음음~고까짓것 했드래요.

나이 좀 있는 분들은 다들 들어 봤을 이 노래는 우리의 결혼 제도인 조혼과 장가, 연애와 결혼이 별개였던 풍습 등을 그대로 담고 있습니다. 이 노래의 가사처럼 가장 행복해야 할 혼례 날, 많은 연인들이 이별의 눈물을 흘렸겠지요.

그런데 말입니다. 눈물로 서로를 잊을 수만은 없었던 커플도 있었습니다. 그들은 미리 약조하고 기다렸다가 밤에 꼬마신랑이 잠들면 야반도주를 하기도 했는데요. 이때 종종 불상사가 일어 나기도 했다고 합니다. 쳐들어온 신부의 연인이 꼬마신랑을 때 려죽이거나, 연인이 올 것을 기다리던 신부가 꼬마신랑을 목 졸 라 죽이는 일들 말이죠.

사실 가장 잔혹한 범죄가 벌어지는 대표적인 이유에 치정이 있습니다. 남녀의 질투란 그만큼 무서운 것이죠. 나이가 꽉꽉 들 어찬 처녀 총각의 힘을 당해 내기에 꼬마신랑들은 너무나도 허 약한 존재였습니다.

예나 지금이나 첫날밤에 신랑이 죽어 나간다는 것은 아주 큰 불상사입니다. 더군다나 신부 집이나 신부 동네 처지에서는 더 그렇습니다. "저 동네에 장가만 가면 다들 죽어 나온다며?" 따위의 소문이라도 돌기 시작하면 동네가 망하는 것도 시간문제일 겁니다.

대부분의 문화에서 다른 집단 출신과 결혼하는 족외혼族外婚을 하고 근친상간을 금하는 이유는 결혼을 통해 비상시에 우리 집단을 도와줄 동맹을 만들기 위해서입니다. 집단의 생존력을 끌어 올리려는 것이죠. 아무도 우리 동네에 장가를 오지 않는다는 얘기는 곧 우리 동네의 멸망을 뜻합니다.

그렇습니다. 신방 엿보기의 잠재적 기능은 '방범'이었던 겁니다. 친척들과 마을 사람들은 혼례식이 끝난 뒤에도 집에 가지 않고 신부 집 마당에서 놀다가 저녁에는 신방 엿보기를 하고, 밤에는 모닥불을 피우고 불침번을 섰던 것이죠. 언제 쳐들어올지 모르는 신부의 애인에게서 꼬마신랑을 지켜 주려고 말입니다.

여담으로, 비교적 최근까지 행해지고 있는 '신랑 발바닥 때리기' 풍습이 있는데요. 동상례東床禮라고도 하는 이 풍습은 신부쪽 친척들이나 신부 동네의 청년들이 '우리 동네 처녀를 훔쳐 간 도둑'을 혼내 준다며 신랑의 발바닥을 때리는 것입니다.

이 풍습의 현시적 기능으로는 신랑의 발바닥에 있는 용천혈 —남자한테 좋다는— 을 자극하여 첫날밤에 기운을 내게 해 준다는 설명이 있습니다만, 잠재적 기능은 저 위의 '갑돌이' 같은 마을 청년의 울분을 해소하는 것입니다. '우리 동네 처녀를 훔쳐 가는 도둑'이 무슨 뜻인지 짐작이 되시죠?

집안이 정해 준 결혼이니 거부할 수는 없고, 또 사람들이 밤새 지키고 섰으니 신부를 데리고 도망갈 수도 없는 갑돌이들이 내

연인을 데려가는 새신랑에게 마지막으로 작은 복수(?)를 하는 것이죠. 때로 그 마음이 지나쳐서 발바닥 때리기를 하다가 신랑이 죽는 경우도 있었다고 합니다.

사실 제 설명도 하나의 해석일 뿐입니다. 실제로 이러한 과정과 이유에 따라 신방 엿보기가 생겼다는 증거는 없죠. 그렇지만 당대의 사회상과 사람들의 욕망, 문화의 관계를 추적해 본 결과 나름 설득력 있는(?) 설이 하나 나왔다는 생각입니다. 지금은 잊힌 문화의 유래를 우리가 군이 생각해 봐야 하는 이유는 무엇일까요? 재미도 재미겠습니다만, 지금 존재하는 문화들의 기능을 이해하기 위해서입니다. 이런 걸 도대체 왜 할까 싶은 행위들의 이면에는 우리 사회를 굴러가게 하는 중요한 이유들이 숨어 있을지 모르기 때문이지요.

한국에서는 왜 남편 성을 안 따를까?

한국 여성들은 결혼 후에도 자기 성을 그대로 씁니다. 한국인들에게는 당연한 일입니다. 그런데 다른 나라에서는 안 그렇다고 합니다. 가까운 나라 일본과 중국에서도 결혼 후에는 남편 성을 따르는 것이 일반적이고, 서양 나라들에서도 전통적으로 남편 성을 따르는 경우가 많습니다. 일본과 중국은 근대 들어 법으로 규정하고 있습니다. 서양에서는 법으로 규정하진 않았지만 오랜 세월 동안 문화적 관습으로 굳어져 있습니다.

261

이렇게 보면 결혼 후 남편 성을 따르는 건 세계적으로 '문화 보편적'인 현상 같습니다. 한국이 특이 케이스가 되는 거죠. 그렇다면 한국은 왜 남편 성을 따르지 않을까요? 그 전에 먼저, 남편 성을 따른다는 것은 어떤 의미일까요?

인류 초기의 결혼 형태는 '약탈혼'이었습니다. 여성을 납치해서 아이를 낳게 하는 것이죠. 로마 건국 초기, 신생국으로 인구가 부족했던 로마는 옆 나라 사비니로 쳐들어가 여인들을 납치해 왔습니다. 이런 풍습은 동서양을 막론하고 일반적이었는데요. 인류학자 루이스 모건Luwis H. Morgan은 씨족 내에서 근친혼을 금한 것을 약탈혼의 원인이라 보았습니다. 근친혼이 불가능하므로 결혼 상대를 밖에서 찾아야 하니까, 보이는 대로 잡아 오게 된 것이 약탈혼의 시초라는 겁니다. 결혼식 때 신부가 쓰는 면사포는 여성을 납치할 때 쓴 그물, 미드에 흔히 나오는 베스트맨, 즉 신랑 들러리들은 납치를 돕던 어깨들, 결혼반지는 잡아 온 여성에게 채워 두던 족쇄에서 유래했다는 분석도 있습니다.

이러한 약탈혼의 과정은 당연히 몹시 껄끄럽습니다. 여성을 납치하는 도중에 사람이 죽거나 다치기 일쑤고, 결혼에 성공하더라도 여성을 빼앗긴 집안이나 부족과의 갈등이 예견되는 거죠. 그래서 이후에 조금 발달한 결혼 방식이 '매매혼'입니다. 대놓고 쳐들어가서 신부를 납치해 오기 뭣하니까 돈을 주고 사 오는 방식이죠. 이 돈이 '지참금'입니다. 보통 신랑 쪽이 신부 쪽에 지불하는데, 이런 식으로 데려온 여자는 남자의 '재산'이라는 의미를 얻게 됩니다.

이 과정에서 남자의 성을 갖게 되는 것이죠. 서부영화 같은 것을 보면 야생마를 잡아 와서 목장의 낙인을 찍는 장면이 나오는데, 그런 것과 의미는 동일하다고 보시면 될 것 같습니다. 물론 약탈혼이나 매매혼의 실질적인 의미는 사라진 지 오래됐지만 그 흔적이 들러리나 결혼반지, 그리고 남편의 성을 따르는 관습에 남은 거죠.

그렇다면 우리나라에서 왜 남편의 성을 따르지 않게 되었을까요?

위의 설명을 따르자면, 한국의 결혼에는 약탈이나 매매와는 다른 과정이 개입되어 있음을 짐작할 수 있습니다. 과거 우리나라의 결혼제도를 보면, 고구려에 서옥제라는 풍습이 있었는데요. 혼약이 이루어지면 신부 집에 서옥이라는 작은 집을 짓고 신혼부부를 살게 하는 것이죠. 부부는 자식을 낳아 장성하면 데리고 떠납니다. 이 서옥제의 흔적은 '장가든다'는 말로 지금까지 남아 있죠. 조선시대에도 신랑이 신부 집으로 와서 결혼한 뒤 몇 년 살다가 자식이 크면 자기 집으로 돌아가곤 했습니다. 대학자 율곡 이이가 태어나서 자란 곳도 신사임당의 친정인 강릉이지요. 그때 사람들은 이를 처가살이라고 부끄러워하지 않고 당연하게 생각했음을 알 수 있습니다.

'사위집'이라는 뜻이 담긴 고구려의 '서옥'제와 신랑이 장가가서 자식이 장성할 때까지 장인 집에서 살았던 조선의 결혼 풍습은 거의 비슷합니다. 조선 중기까지 이러한 풍습이 이어졌기 때문에 신부가 '시집'으로 가서 겪는 '시집살이'도 비교적 후대인

.전주 향교에서 재현한, 장가가는 꼬마 신랑

임진왜란·병자호란 이전까지는 낯선 풍경이었습니다. 임진·병자 두 전쟁을 겪으면서 무너진 사회의 기강을 다시 세울 필요가 있었던 조선의 지배층이 성리학적 질서를 강조하는 과정에서 여성의 권리가 많이 축소되었죠. 고려시대에는 상대적으로 쉬웠던 여성의 이혼과 재혼이 어려워지고 '칠거지악' 같은 악습이 보편화한 것이 단적인 예입니다.

우리나라에서 이어져 온 방식의 결혼에는 남성이 여성을 '재산'으로 고려한다는 의미가 들어 있지 않습니다. 결혼에는 여성 쪽 부모의 허락이 가장 우선되지요. 서옥제에 관한 기록을 보면, 사위가 장인 장모의 집 대문 앞에 무릎을 꿇고 절하면서 따님과 자게 해 달라고 세 번 청한다고 되어 있습니다. 여성의 집안이 영향력이 있으니 그 집에서 시집온 여성을 함부로 대할 수 없는 것은 당연한 이치겠지요.

조선 전기인 임진왜란 전만 해도 여성들은 사회적 지위가 상당했습니다. 결혼 전의 성을 그대로 쓰는 것은 물론 제사에도 남성과 같이 참여했고, 아들과 딸을 가리지 않고 상속을 받았죠. 고려시대에는 여성들의 사회적 활동도 꽤 활발하게 이루어졌다고 합니다.

이런 점들을 토대로 인류학자들은 고대 한국 사회가 모계사회였을 것으로 추정하기도 합니다. 물론 모계사회였다는 것이 아마조네스처럼 여성 위주의 사회였다는 뜻은 아닙니다. 현대적인 의미에서 여성의 권익이 보장되었다고 보기보다는, 여성의 가문이 영향력을 행사한 사회라고 보는 편이 맞겠습니다.

이는 조선의 왕들이 왕비의 가문인 외척을 그렇게도 경계했던 사실과도 관계가 있을 것 같습니다. 일례로 TV 드라마 〈육룡이 나르샤〉의 유아인, 아니 태종 이방원은 훗날 아들 세종의 장인인 심온의 가문을 경계하다 못해 씨를 말려 버리지요. 심온은 결국 문종 대에 이르러서야 복권됩니다.

어느 기사에서는 여성의 사회 진출 지수가 OECD 28개국 중 28위인 한국의 현실을 들며, '남편의 성을 따르지 않는다는 것이 여권女權과는 전혀 상관이 없다'고 끝맺고 있습니다만, 남편의 성을 따르지 않는 것은 분명 여권과 상관이 있었습니다. 한국 사람들이 여성을 앞에 놓는 경우는 '연놈' 할 때밖에 없다는 말을 들은 적이 있습니다. 굉장히 무식한 말씀입니다. 현재 한국 여성의 인권이 바람직한 상황은 아니지만, 한국 사람들이 저런 소리를 들을 정도로 역사적으로 여성을 무시해 온 사람들은 절대 아닙니다.

한국 여성들이 남편의 성을 따르지 않는 것은 여성과 그 가문을 존중했기 때문입니다. 여성의 가문은 결혼한 여성을 통해 신랑과 신랑의 가문에 영향력을 행사할 수 있었고, 그렇기 때문에 여성들은 독자적인 성을 갖고 권리를 행사할 수 있었던 것이죠. 물론 그런 권리가 현대적인 의미의 여권과는 거리가 있겠지만, 납치당하고 팔려 다녀야 했던 다른 문화권 여성들과 비교하면 상당한 수준의 권리라고 할 수 있겠습니다.

문화 비교는 꽤 어려운 일입니다. 기본적으로 당대를 기준으로 이루어져야 하지요. 분명 우리 사회에는 여성에 대한 차별과 편견이 존재합니다. 그렇지만 현재 남아 있는 악습을 가지고 우리가 5천 년 역사 내내 여성을 차별해 왔다고 생각하는 것은 오류입니다.

개고기 논쟁에 종지부를 찍어 보자

해마다 되풀이되는 해묵은 논쟁이 있습니다. 여름이면 어김없이 여러 매체를 장식하는 이 주제는 바로 개고기 식용에 관한 것입니다. 오늘은 이 주제에 대해 말씀드려 볼까 합니다.

개는 인간의 친구일까요? 인간이 먹는 음식일까요? 세상에는 개를 인간의 친구로 생각하는 사람들과 음식의 한 종류로 생각하는 사람들이 있습니다. 독자 여러분도 둘 중 하나의 견해를 취하실 겁니다.

그런데 개가 반드시 인간의 친구여야 할 보편적이고도 절대적인 이유가 있을까요? 또한 개가 사람이 먹는 음식이어야 할 보편타당하고도 근본적인 이유가 있을까요? 세상에 그런 이유는 없습니다. 단지 '그렇게 생각해 왔던 습관'이 있을 뿐입니다. 즉 개고기 식용을 둘러싼 논쟁은 문화의 문제라는 것이죠.

개가 인간의 친구라는 생각은 주로 서양 문화에서 발달했고 개가 음식이라는 생각은 대개 동양 문화에 널리 퍼져 있습니다. 먼저 각각의 생각이 어떤 과정을 거쳐 형성되었는지 살펴보도록 하겠습니다.

개는 1만 년 전쯤부터 늑대와 유전적으로 분리되었다고 합니다. 아마 그즈음부터 가축화가 이루어졌겠지요. 개는 처음에 인간들의 사냥을 돕는 사냥개로 인간의 삶에 들어왔을 겁니다. 그러다가 사람들의 삶이 다양해지면서 개의 의미도 변해 왔겠지요.

서양 문화는 유목, 그리고 상업 문화에 뿌리를 두고 있습니다. 사자, 표범, 늑대, 하이에나 등등 온갖 위험한 동물이 위협하는 초원에서 밤낮없이 양 떼를 지키는 것은 외롭고 힘든 일이었습니다. 개는 인간 대신 양 떼를 몰아 주고 지켜 줍니다. 추운 밤에는 양치기 옆에서 따뜻한 체온을 나눠 주었겠지요.

장사를 하는 경우에도 그렇습니다. 값나가는 물건들을 창고에 넣고 자물쇠를 잠가도 마냥 안심할 수만은 없습니다. 이럴 때 후각과 청각이 예민한 개는 보관한 상품을 지켜 주고 또 먼 장

양몰이 개

삿길에 동행이 돼 주었을 겁니다. 이런 배경에서 개는 일단 인간에게 친숙하고 도움이 되어 온 존재였습니다.

서양에서도 개가 본격적으로 인간의 친구 반열에 오르게 된 것은 비교적 근대에 들어서입니다. 산업혁명 이후 서양인들의 삶은 근본적으로 바뀌었습니다. 대규모 공장이 생기면서 도시에 인구가 몰리고 농촌에서는 전통적인 공동체들이 사라지게 됩니다. 이에 사람들은 그동안 이웃이나 가족에게서 충족했던 관계나 정서적 욕구를 채울 길을 잃게 된 거죠.

점점 산업화와 도시화가 진행되면서 사람들 사이의 친밀한 관계나 정서적 지지가 줄어들자 이러한 욕구를 대체할 대상을 찾았고, 그 대안으로 떠오른 것이 반려동물이었습니다. 문화적으로 개와 친숙했던 데다 고대부터 왕이나 귀족들이 사냥용이나 애완용으로 개를 키운 역사가 있었거든요.

반려동물 산업은 곧 급속도로 발전하여 현재에 이르게 됩니다. 고도의 산업화가 이루어지고 사람들 삶의 모습이 빠른 속도로 비슷해진 2차 세계대전 이후, 서양 문화에서는 개를 인간의 친구로 받아들이는 데 아무런 문제가 없었습니다. 사람들은 친구가 필요했고, 개는 사람들의 친구라는 생각이 뿌리를 내렸습니다.

반면, 동양은 농경문화를 토대로 합니다. 한 번 씨를 뿌리면 추수 때까지는 논이나 밭에 꼼짝 않고 있는 농작물의 특성상 농경문화에서는 딱히 지켜야 할 재산이 없었습니다. 또한 공동체 내에서는 조화와 협동이 중요했기 때문에 이웃을 도둑으로 의심

화가 윌리엄 호가스의 자화상, 1745년

하는 것도 바람직한 일이 아닙니다.

그런데 농경문화권 사람들에게도 저 옛날 수렵 시절부터 가축화한 개들이 있었습니다. 딱히 지킬 것은 없었지만 동네에 그냥 그렇게 있었지요. 그래서 농경문화에서 개는 약간 '잉여의' '흔해 빠진' '쓸데없는' 등등의 의미를 지닙니다. 예를 들면 우리말에 많은 욕이 '개'로 시작하고요. 과일 같은 것도 사람이 먹기 나쁘게 작고 맛이 없으면 '개'를 붙였습니다. 개복숭아, 개살구처럼 말이죠.

그런데 농경문화권에서는 여름에 일이 많습니다. 비가 많고 날이 뜨거워 잡초가 많이 올라오는데 이걸 제때 뽑아 주지 않으면 벼가 제대로 못 자라 버리니까요. 장마나 태풍 등 풍수해로 논물이 넘치거나 벼가 쓰러진 걸 세우는 것도 이때입니다.

마침 양식이 부족해지는 때가 또 여름입니다. 일이 많아 힘쓸 곳이 많은데 배는 고프지, 기운은 없지…. 같은 농경문화권인 인도와 달리 우리는 소를 먹긴 했지만 배고프다고 농사짓는 소를 함부로 잡아먹을 수는 없습니다. 돼지나 닭도 큰일 있을 때나 맛볼 수 있는 스페셜 푸드였고요.

그때 사람들의 눈이 간 곳이 동네에 잉여롭게 돌아다니고 있는 개들입니다. 개는 딱히 번식을 시킬 필요도 없고 음식을 해 먹일 필요도 없이 흔하게 존재하는 단백질원이었던 것입니다. 더구나 『동의보감』, 『본초강목』, 『향약집성방』 등에 소개된 개고기의 효능은 여름철 떨어진 기력을 보충하고 활기를 찾는 데 그만이죠. 때문에 병에서 회복하는 환자들에게도 많이 먹였습니다.

〈모견도〉(왼쪽)와 〈화조구자도〉(오른쪽), 이암, 16세기

이런 이유로 동양의 농경문화권에서는 개가 음식의 의미를 얻게 된 것입니다. 동양이나 서양이나 각자 자신들의 주어진 조건에 충실하게 살다 보니 생긴 의미이고 습관입니다. 여기에는 어떠한 보편적이고 절대적인 이유도 없습니다. 그런데 왜 해마다 개고기 논쟁이 되풀이될까요?

개고기 식용 반대론 쪽의 주장은 개가 인간의 친구이니 먹어서는 안 된다는 것입니다. 불결한 사육 환경이나 비인도적 도축, 비위생적인 유통을 이야기하지만 근본적인 이유는 개가 인간의 친구라는 것이죠. 그렇지 않다면 개고기를 먹지 말아야 할 이유가 없습니다. 우리가 먹는 소고기나 돼지고기, 닭고기처럼 위생적인 환경과 인도적 도축을 위한 제도를 마련하면 될 일입니다. 그러나 개고기 식용 반대론 쪽에서는 그것이 아니라 육식의 대상으로서의 개를 금지해야 한다고 주장합니다. 그리고 그 이유는 개가 인간의 친구이기 때문이라는 것입니다.

이런 식의 주장을 하는 이들에게 적절한 답변이 있습니다. 세상에, 친구를 어떻게 먹습니까? 우리가 먹는 것은 친구가 아닙니다. '고기'로서의 개인 거죠. 수십, 수백, 수천만 마리씩 인간에게 먹히고 있는 소, 돼지, 닭들은 왜 먹습니까? 그들에게는 '친구'라는 의미가 부여돼 있지 않기 때문입니다.

친구를 먹는 사람은 없습니다. 우리가 소를 먹지만 평생 소와 친구처럼 지내 온 〈워낭소리〉의 할아버지께서 당신이 키우는 바로 그 소를 드실까요? 돼지를 반려동물로 키우는 사람은 그 돼지를 먹지 않을 겁니다. 그러나 삼겹살집에 가서 다른 돼지고기는 잘 먹겠지요.

이렇듯 식용과 비식용의 경계는 그 동물과 우리의 '관계'에서 비롯됩니다. 그런데 왜 개만은 그런 개별적인 관계에서 벗어나 보편적으로 우리가 먹지 말아야 하는 것일까요? 다시 말해, 왜 개고기 식용 반대론자들은 나와 친구가 아닌 개도 먹어서는 안 된다는 주장을 하는 것일까요?

그것은 무리한 요구입니다. 내가 A라는 사람과 친구라고 해서 B에게도 A가 친구일 필요는 없는 겁니다. 물론 B가 A를 잘 소개받고 마음이 맞아서 둘이 사귈 수는 있겠죠. 하지만 그것은 B의 의지에 달린 문제입니다. 내가 B에게 A랑 사귀어라 마라 할 권리는 없다는 말입니다.

한 가지 덧붙이겠습니다. 개가 인간의 친구라면 인간은 개를 과연 친구로서 대접하고 있을까요? 강아지 공장이라고 들어 보셨을 겁니다. 사람들이 원하는 품종을 만들기 위해 개고기로 사육되는 개들만큼이나 비참한 환경에서 죽을 때까지 짝짓기만 하는 개들이 있습니다.

인간이 원하는 털 색깔, 귀의 모양, 주름, 다리 길이를 얻기 위해 현존하는 품종의 수많은 개들이 유전적 질병에 시달리고 있습니다. 개 짖는 소리가 시끄럽다고 성대를 제거하거나 발정기 때 지저분하다고 생식기관을 제거하는 경우도 많지요. 친구가 목청이 크면 성대를 제거하십니까?

제 의견은 개고기를 반드시 먹어야 한다는 것이 아닙니다. 문화 이해는 서로 다른 문화가 공존할 길을 찾자는 것이지, 나는 옳고 너는 틀렸으니 넌 그거 하지 마라 그러는 것과는 거리가 멀다는 점을 기억해 주시기 바랍니다.

한국에서도 반려동물의 의미가 변하고 있습니다. 가족과 이웃, 공동체의 의미가 퇴색하여 인간관계에서 정서적 지지를 충족하는 것이 더는 쉽지 않은 환경이 되었습니다. 자연히 나에게 사랑과 애정을 주는 존재를 친구로 받아들일 수밖에 없습니다.

나와 같은 집에 살면서 나와 삶을 나누는 존재는 친구입니다. 그리고 그 대상이 개일 수 있습니다. 그러나 그것은 인간의 선택일 뿐이지 개가 인간의 친구여야 한다는 절대적이고 보편적인 이유를 하늘에서 부여받은 것이 아니라는 말입니다.

그간의 반려동물 산업으로 개들의 사육 조건, 번식력, 수명, 생활방식 등이 인간의 요구에 맞게 개발되었기 때문에 개가 인간의 친구라는 자리에 가장 가까울 수 있었던 겁니다. 고양이나 거북이, 물고기부터 소나 말, 돼지, 닭, 소라게나 달팽이도 인간의 친구가 될 수 있다는 거죠.

개고기 식용 문제는 결국 어디까지나 나와 관계를 맺은 대상과의 문제입니다. 나와 친구로 만난 대상은 안 먹는 것이 당연하고 음식으로 만난 대상은 먹으면 그뿐입니다. 다만 어쩔 수 없이 다른 동물의 고기를 먹어야 하는 인간의 처지에서 더욱 위생적인 사육과 도축, 유통 환경의 정비는 반드시 이루어져야 하겠습니다.

근본적인 문제는 서양 문화가 동양 문화보다 모든 면에서 우월하다고 보는 진화론적 인식입니다. 우리도 서양처럼 발전했으니까, 더 이상 그런 거 먹지 않아도 먹을 거 많으니까 개고기를 먹지 말자는 사람이 많습니다. 글쎄요. 그러면 왜 어떤 나라는 수렵 채집 시절에나 먹던 달팽이를 먹을까요?

은메달 따고 우는 한국인, 동메달 따고 웃는 외국인

작년에 왔던 각설이마냥 올림픽 시즌이 되면 다시 떠오르는 화제가 있습니다. 바로, 메달 색깔에 연연해하지 말고 최선을 다한 선수들을 응원해 주자는 말인데요.

옳은 말씀입니다. 당연히 그래야 하는 것이고요. 저도 100퍼센트 동의합니다. 그런데 이 이야기가 나오게 된 배경에 약간 잘못 알려진 사실이 있습니다. 오늘은 그 오해를 바로잡고자 합니다. 메달의 색깔은 각각 다릅니다. 특히 은메달을 딴 선수들은 울먹이며 금메달을 따지 못해 죄송하다는 말을 반복하는데요. 바로 이것이 오해가 발생하는 지점입니다.

많은 분들이 "한국 선수들은 은메달을 따면 눈물을 흘리는데 외국 선수들은 동메달을 따고도 즐거워한다"며, 이것은 국민들이 선수들에게 금메달을 따 오라고 강요하기 때문이라고 생각하시는 것 같습니다. 거룩한 스포츠의 제전에서조차 성적 지상주의에 빠진 저급한 한국인들 때문에 선수들이 은메달을 따고도 즐거워하지 못한다는 식의 설명인데요.

강준만 선생 같은 시대의 지식인도 저서에서 언급하는 걸 보면 '은메달 따고 우는 한국 선수와 동메달 따고도 웃는 외국 선수'는 꽤 강렬한 대비로 비친 모양입니다. 언제부터인가 성적이 좋지 않아 '죄송하다'는 선수의 인터뷰가 나오면 '죄송해하지 마세요, 우리는 해 준 것이 없어요' 같은 반응이 줄을 잇습니다. 이는 우리 사회에 만연한 결과 지상주의를 타파하고 중간의 과정과 노력의 가치에 주목하자는 움직임으로 물론 바람직한 일입니다만, 그 배경에 있는 오해는 분명 잘못된 것이기에 바로잡아야 하겠습니다.

가장 큰 오해는 '한국 선수들만 은메달을 따면 눈물을 흘린다'는 점입니다. 그러나 메달 색깔에 따른 선수들의 정서 경험은 1995년 메드벡과 메데이, 길로비치의 연구로 밝혀진 보편적 현상입니다.

연구자들은 1992년 바르셀로나 올림픽 메달리스트들의 표정을 연구했는데요. 메달이 확정되는 순간의 표정을 분석한 결과, 동메달을 딴 선수들이 은메달을 딴 선수들보다 행복한 표정을 짓는다는 것을 밝혀냈습니다. 연구자들은 23명의 은메달리스트와 18명의 동메달리스트를 표본으로 썼는데, 그중 25명, 즉 60퍼센트가 미국인이었습니다. 나머지 16명도 전부 한국 선수는 아니었겠지요.

그렇다는 것은 은메달을 따고 우는 것이 한국의 특유한 현상이 아니라 문화보편적이라는 것을 뜻합니다. 그 이유는 사회비교의 방향에서 찾을 수 있는데요. 사회비교란 자신을 다른 사람

은메달을 따고 영 표정이 좋지 않은 미국 체조선수

과 비교하는 것입니다. 이 사회비교의 방향에 따라 경험되는 감정이 달라지는데, 자기보다 잘난 사람과 상향 비교하면 부정적인 정서를, 자기보다 못난 사람과 하향 비교하면 긍정적인 정서를 경험하게 됩니다.

다시 말해, 은메달을 딴 선수들은 목표했던 금메달을 따지 못했기 때문에 아쉬움과 실망감 등의 부정적 정서를 경험했고, 동메달을 딴 선수들은 자칫했으면 메달을 따지 못할 수도 있었기 때문에 오히려 만족감을 느낄 수 있었던 것이죠. 선수들 처지에서 국민들의 기대에 충족하지 못해 죄송해서 우는 것이 아니란 말씀입니다.

그러면 선수들은 왜 '죄송하다'는 말을 하는 걸까요? 한국 체육은 이른바 엘리트 체육으로 발전했습니다. 국가가 주도하여 체육인들을 관리하고 체육인들은 운동에만 전념하는 것이죠. 현대사회에서 스포츠는 여가나 레크리에이션 이상의 의미를 띱니다. 특히 국가 대항 스포츠는 국위 선양, 국민 통합은 물론 스포츠 성적을 통한 체제의 우월성을 보여 주는 효과가 있습니다.

애초에 근대 올림픽이 다시 시작된 시점 자체가 산업혁명으로 근대화를 이룬 서양 제국주의 열강들이 자신들의 우월성을 세계 만방에 드러내던 19세기 말이었습니다. 특히 냉전시대에는 미국과 소련, 그리고 동독이 스포츠로 체제의 우월성을 과시하려고 스포츠에 엄청난 힘을 쏟았지요. 이 과정에서 많은 선수들이 과도한 훈련과 약물중독 등으로 불행한 운명을 맞았습니다.

한국도 박정희 정권 시절인 1966년 태릉선수촌을 설립하여 본격적인 엘리트 체육의 길을 걷습니다. 일제강점기와 한국전쟁, 개발시대를 겪으면서 사회체육의 저변을 확립하기 어려웠던 한국이 국제대회에서 우수한 성적을 얻는 길은 엘리트 체육밖에 없었겠지요.

그 결과로 한국은 1984년 LA올림픽 이후 '86 아시안 게임, '88 올림픽을 거치면서 세계 10위권의 스포츠 강국으로 우뚝 섰습니다. 여러 가지 부작용도 있었지만 엘리트 체육으로 국위를 선양하고 국민 통합을 이뤄 낸 측면도 분명 간과할 수는 없습니다. 우리는 각종 국제대회에서 뛰는 우리 선수들의 일거수일투족에 환호와 열광을 보내고 있지 않습니까. 그 환호와 열광이 단순히 메달만을 향한 것일까요?

그렇습니다. 사회가 성숙함에 따라 엘리트 체육에서 사회체육으로 변환해야 한다는 목소리가 나오기 시작했지만, 한국 체육의 저변은 엘리트 체육이고 그 성과는 올림픽 같은 국제대회를 통해 나타납니다. 국민들은 고도로 훈련된 선수들의 기량과 성적으로 일상의 스트레스를 풀고, 선수들은 메달 획득으로 연금 등의 혜택을 받습니다.

따라서 좋은 성적을 내지 못한 선수들이 '죄송하다'는 말을 하는 이유는 첫째, 그들이 국민의 세금으로 육성된 체육인들이기 때문입니다. 그런 선수들이 카메라에 대고 "국민 여러분은 실망하시겠지만 내가 최선을 다했으니 만족합니다"라고 말할 수는 없지 않겠습니까?

'죄송하다'는 수사는 국민의 세금으로 훈련을 받고 지원을 받

© Olga Besnard

"금메달 내놓으라고 응원하는 게 아닙니다."

은 선수들이 표현할 수 있는 최소한의 예의일 겁니다. 그리고 세금 꼬박꼬박 내고 계시는 한, '해 준 게 없다'는 말도 옳지 않습니다. 내가 해 줬으니 너는 금메달로 보답하라는 것도 문제가 있지만, 내가 낸 세금이 어디로 가는지 정도는 알아야 납세자의 바른 인식이라고 할 수 있겠지요.

이제 마무리해 보겠습니다. 올림픽 성적이 좋지 못한 선수들이 웁니다. 4년을 누구보다 노력한 선수들입니다. 찰나의 실수로 메달 색이 바뀌거나 입상 기회를 잃어버렸을 때, 가장 아쉽고 눈물 나는 사람이 누구겠습니까? 우리가 성급히 울지 말라고 하는 것 또한 그들의 땀과 노력을 무시하는 일일지 모릅니다. 선수들이 아쉬움의 눈물을 흘릴 시간을 주십시오. 그 뜨거운 눈물이 실패를 떨치고 다시 앞으로 나아가는 밑바탕이 될 수 있게끔 말이죠.

왜 우리는 노벨상을 못 받을까?

해마다 가을이 되면 한국인들을 스트레스 받게 하는 뉴스가 있으니 바로 노벨상 수상자 발표입니다. 문학, 경제학, 물리학, 화학, 생리의학 등 기초학문 분야와 평화 등 사회활동 분야에서 뛰어난 업적을 낸 이들에게 주어지는 세계에서 가장 권위 있는 상. 노벨상은 언제부터 우리에게 스트레스가 된 것일까요?

노벨상 발표가 스트레스가 되는 이유는 그 권위 있는 상의 한국인 수상 소식이 없다는 것이 첫 번째이고, 주변국들의 수상 소식이 두 번째일 겁니다. 특히 여러 분야에서 우리와 경쟁하고 있으며 역사적으로 감정이 쌓여 온 일본이 대표적이지요.

일본의 노벨상 수상자는 2016년 기준으로 25명이었습니다. 반면 우리나라는 1명이 전부입니다. 김대중 전 대통령이 2000년에 노벨 평화상을 받으셨지요.

일본에 상대적 박탈감을 느끼게 되는 이유는 개수도 개수지만 일본이 받은 노벨상의 분야가 문학, 물리학, 화학, 생리의학 등 기초학문 분야에 널리 퍼져 있기 때문입니다. 이는 일본이 쌓아 온 학문의 기초가 튼튼하다는 뜻으로, 웬만한 것은 일본을 무시하기로 이름난 한국 사람들마저도 열등감을 느낄 수밖에 없는 부분입니다.

자, 그럼 이런 차이는 도대체 어디서 오는 걸까요? 일본인들이 한국인보다 우수한 유전자를 타고난 것일까요? 두 나라 사람들 사이에 어떻게 해도 따라잡을 수 없는 능력의 차이가 있는 것일

© Bengt Nyman

2016년 노벨 생리의학상 수상자 오스미 요시노리 교수

까요?

저는 문화 차이를 타고난 능력의 차이에서 기인하는 것으로 바라보는 이런 방식의 이해는 '진화론적'인 것으로, 문화를 이해하는 데 매우 좋지 않은 방식임을 여러 번 말씀드렸습니다. 진화는 수십, 수백만 년의 시간이 걸리는 과정인데, 문화 차이를 진화의 정도로 이해한다는 것은 나라나 민족 간에 생물학적 우열이 존재한다는 사실을 인정하는 것이나 마찬가지입니다.

인류는 나와 다르다는 이유로 다른 사람들을 노예로 부리거나 가스실에 처넣는 시대에서 벗어나기 위해 값비싼 대가를 치러야만 했습니다. 더 이상 사람들에게 '우'와 '열'의 딱지를 붙이지 맙시다. 게다가 한국 중고등 학생들의 학업성취도는 세계 1~2위를 다툴 정도입니다. 지능을 유전 때문이라 한다면 한국인들의 지능은 세계에서 최상위권이란 말씀이죠. 한국이 노벨상을 못 받는 것이 절대 타고난 능력 때문은 아닙니다.

그러면 한국과 일본의 차이를 어떻게 이해해야 할까요? 오늘은 '문화적 동기'라는 개념으로 이야기를 풀어 볼까 합니다. 사람들에게는 '먹고, 자고, 싸고'와 같은 기본적인 욕구가 있는데요. 각자가 속한 문화에 따른 문화적 욕구 또는 동기 역시 존재합니다. 문화에 따라 원하는 가치가 다르기 때문이지요.

저는 노벨상과 관련한 한국과 일본의 차이에는 바로 이 문화적 동기가 있다고 생각합니다. 일본 하면 떠오르는 것 중 하나는 '장인匠人'정신입니다. 여러분은 교토에 있다는 500년 넘은 우동 가게나 300년 넘는 두부가게 같은 이야기를 들어 보신 적이 있을 겁니다. 일본에서 제일 오래된 회사는 무려 우리나라의 삼국 시대에 만들어졌다고 하죠. 그만큼 일본인들은 자기 일에 충실하며 옛것을 잘 지킨다고 알려져 있습니다.

그런데 일본의 이러한 장인정신은 사실 사회 변화의 폭이 적고 계층 이동이 어려웠던 일본의 역사와 관계가 깊습니다. 두부 만드는 사람이 다른 직업이나 계층으로 이동할 수 있는 여지가 그만큼 없었다는 것이죠. 또한 『국화와 칼』에서 루스 베네딕트도 지적한 것처럼, 일본인들에게는 '모든 사람들은 정해진 곳에서 정해진 일을 다해야 한다'는 강력한 인식이 있습니다. 일본인들은 자신의 사회적 역할이 결정되면 그 결정이 취소되기 전까지는 맡은 바 소임을 다하는 것을 숙명처럼 생각하며 그러한 질서가 흔들릴 때 매우 불안감을 느낍니다.

1974년 필리핀의 정글에서 발견된 일본군 오노다 히로小野田 寬郎 소위는 30년을 한자리를 지켰습니다. 무엇이 2차 세계대전 종전 후 29년 4개월 동안 그를 그 자리에 있게 했을까요? '주어진 자리에서 소임을 다한다'. 이 동기는 일본인을 이해하기 위한 중요한 개념입니다. '군인정신'이나 '상관의 명령' 이전에 일본인으로서 내재화한 문화적 동기인 것이죠. 2016년 노벨 생리의학상을 받은 오스미 요시노리 일본 도쿄공업대 명예교수 역시 50년 동안 한 분야를 연구했다고 합니다.

이와 대비되는 한국의 문화적 동기는 '잘살아 보세'로 요약할 수 있는, 부와 명예의 추구입니다. 물론 한국인들이 이런 동기를 타고난 것은 아닙니다. 한국은 조선시대에도 일본보다 신분과 계층의 이동이 자유로운 편이었고, 일제강점기와 한국전쟁을 거치면서 기존의 질서가 완전히 무너집니다. 그리고 1970~80년대에 가파른 경제성장을 이뤄내면서 현대의 한국 사람들은 '내가 선택한 분야에서 노력한 만큼 잘살 수 있다'는 가치를 내면화하게 됩니다. 여기서 '잘산다'는 것은 돈 많이 벌고, 큰 집에 살고, 유명해지고, 권력을 얻는 등의 대단히 세속적인 가치와 관련이 깊습니다.

따라서 한국인들이 공부를 하는 이유는 돈 많이 벌어서 보란 듯이 사는 것입니다. 세계 학업성취도 1~2위를 차지할 만한 머리를 가진 학생들이 이른바 '돈 되는 공부'에 몰리는 것이죠. 특정 학과나 직업을 언급하지는 않겠습니다. 암기 위주와 성취 지향적 교육환경(정책)이나 폐쇄적이고 배타적인 연구 문화 등이 한

"한국 최초의 우주인은 MBA가 되었습니다."

국의 노벨상 수상을 가로막는 원인으로 지목되긴 하지만, 결정적인 이유는 이것입니다.

공부가 재미있고 그 분야에 흥미가 있어서 한다기보다는 사회적으로 성공하고 인정받기 위한 목적으로 하는 것이죠. 그 좋은 머리로 판검사, 의사가 될 공부를 합니다. 물리학, 화학을 공부하다가 돈이 안 되면 수능을 다시 봐서라도 의대나 한의학과에 갑니다. 또는 공무원 시험을 봅니다.

국가의 교육정책도 마찬가지입니다. 오랜 시간 연구가 축적되어야 하는 분야보다는 돈이 되는 분야 위주로 투자하다 보니 연구자들이 '돈도 안 되는' 분야를 깊게 팔 수 없습니다. 성과 위주의 문화 때문에 소속 기관에서 연구 실적은 또 계속 요구해 대니 연구자들은 돈 되는 분야에서 쉽게 실적을 뽑아낼 수 있는 얕은 연구밖에는 할 수가 없는 것입니다.

이 모든 현상의 뿌리가 되는 것은 돈 되는 것이 성공이라는 한국인들의 문화적 동기입니다. 한국 사람들도 눈물 없이 떠올릴 수 없는 현대사의 질곡 끝에 이러한 동기를 내면화하게 되었겠지만, 사실상 이런 동기가 바뀌지 않고서는 노벨상 수상은 요원하다 할 수 있습니다.

노벨상이 학문을 하는 최종 목표는 아닐 겁니다. 그러나 노벨상의 의미는 단지 세계에서 가장 권위 있는 상이라는 것에 그치지 않습니다. 노벨상은 한 사회가 더 나은 인류의 미래를 위해 기울인 노력의 총합이라 할 수 있을 겁니다.

우리가 노벨상을 받기 위해서는 먼저 우리의 문화적 동기를 바꿀 필요가 있습니다. 세계 학업성취도 1위인 우리의 청소년들이 자기가 흥미로워하는 분야에서 능력을 발휘할 수 있도록 말입니다. 물론 문학이나 기초과학을 해도 '잘살 수 있는' 사회 환경을 조성하는 것도 중요합니다. 상금이나 직위 같은 포상 따위의 근시안적 접근이 아니라 우리가 우리의 아이들에게 "너희들이 하고 싶은 것을 마음껏 해도 밥 굶고 따돌림 당하는 일 없이 잘 살아갈 수 있단다"라고 말할 수 있는 세상을 만드는 것이 먼저라는 말씀입니다.

그러기 위해 가장 중요한 것은 '시간'입니다. 연구에 대한 투자와 연구의 축적이라는 면 때문이지요. 일본은 1868년 메이지유신 이래 서구 열강의 제도를 받아들여 근대적인 교육체계를 세웠습니다. 1877년 도쿄대학교, 1882년 와세다대학교, 1897년 교토대학교 등 유수의 교육기관이 세워지고 기초학문에 대한 꾸준한 투자가 이루어졌습니다.

1949년 일본의 첫 노벨 물리학상 수상자, 유카와 히데키

일본이 첫 노벨상을 받은 것은 1949년입니다. 최소 70년이 넘는 투자와 연구를 축적한 끝에 그 성과가 나타난 것이지요. 그리고 그 뒤로 일본은 77년의 세월 동안 24명의 노벨상 수상자를 배출했습니다. 일본의 노벨상 수상에는 150년 가까운 그들의 노력이 축적되어 있는 것입니다.

그렇다면 한국은 어떨까요? 한국이 본격적으로 과학에 투자하기 시작한 것은 대전에 과학연구단지가 조성된 1990년대 초반입니다. 한국도 19세기 말, 20세기 초에 근대적 교육기관을 세우는 등 근대화를 위해 노력했지만, 곧 일제강점기를 맞았죠. 그런데 일제가 36년 동안 조선 기초과학의 토대를 잘 닦아 주었을까요?

일제강점기 이후에는 남북한 간의 내전과 전후 복구 작업으로, 또 냉전과 남북한 긴장으로 우리의 기초과학은 뿌리를 내릴 시간이 없었습니다. 1992년에 대덕연구단지가 문을 연 뒤로 과학에 대한 본격적인 투자가 이루어졌고 연구자들이 양성되었으며 연구가 축적되기 시작했습니다. 길게 잡아도 30년이 안 되는 시간입니다.

사회 변화를 상대적으로 덜 겪고, 자기 분야에서 다른 선택지 없이 주어진 일에 최선을 다하도록 동기화한 일본인들도 70년이 걸린 노벨상 수상입니다. 이제 연구가 축적되기 시작한 지 30년도 안 되는 한국에서 노벨상이 쏟아지는 것도 굉장히 이상한 일 아닐까요?

결론적으로, 노벨상 못 받는다고 스트레스 받지 마시라는 말씀을 드리고 싶습니다. 해마다 노벨상 수상자 발표에 너무 조급해하실 필요 없다는 말씀입니다. 현재로서는 한국에서 노벨상 수상자가 안 나오는 것이 당연합니다. 아직 우리가 한 일이 많지 않습니다.

드라마 시간은 왜 나라마다 다를까?

바쁜 일상을 보내는 우리는 평소 못했던 일들을 연휴에 몰아서 하곤 합니다. 예를 들면 밀린 드라마 보기 같은 거 말이죠.

여러 나라의 드라마들을 보다가 궁금한 점이 하나 생겼는데요. 그것은 바로 드라마 방영시간입니다. 드라마 방영시간에는 어떤 이유가 있을까요? 최근 끝난 한국 드라마 〈도깨비〉의 1편당 편성시간은 90분이었습니다. 광고를 뺀 실제 드라마 방영시간은 75분에서 80분 정도 됩니다.

드라마 시간은 우선 방송사와 제작 여건, 그리고 방영 날짜와 시간에 따라 다른데요. 한국의 경우 공중파·공영방송사의 경우 드라마 한 편의 방영시간은 보통 1시간(60분)입니다. 광고를 빼고요. 매일 방영하는 아침드라마나 일일드라마는 좀 더 짧아서 30~40분 정도면 끝나죠.

케이블 드라마는 편성시간에 여유가 있어서인지 채널의 목적이 오락이어서인지 방영시간이 더 깁니다. 90분 편성에 실제 방영시간은 75분에서 80분 정도죠. 〈도깨비〉, 〈응답하라 1997〉이나

〈응답하라 1994〉, 〈시그널〉 등도 그 정도 나오더군요. 1시간 15분에서 1시간 20분. 몇 개 찾아보니 종편 채널 드라마들은 1시간쯤 하더군요.

그럼 다른 나라의 경우는 어떨까요?

일본 드라마는 방영시간이 대개 45~50분 정도입니다. 중국이나 대만 드라마는 40~45분, 여러분이 많이 보시는 미국 드라마도 40분에서 45분 사이입니다.

드라마가 수입되지 않는 나라들을 빼고, 우리가 드라마를 접할 수 있는 대부분의 나라에서 드라마를 방영하는 시간은 대략 40분에서 50분 안팎인 데 견주어 한국 드라마들의 경우는 60분에서 80분으로 다소 긴 편이라는 것을 알 수 있습니다. 일일드라마나 시트콤을 제외하고요. 그 이유는 무엇일까요?

일단, 다른 나라 드라마의 방영시간이 40~50분인 이유는 대개 방송 편성시간이 1시간에 맞춰져 있기 때문인 것 같습니다. 프로그램들이 1시간 단위로 떨어져야 편성표 짜기가 쉽겠죠. 그리고 또 한 가지 이유는 그 정도 시간이 사람이 집중력을 발휘할 수 있는 시간이기 때문입니다.

학교 수업시간이 대개 50분 수업, 10분 휴식으로 돼 있죠? 군대 일과도 마찬가지입니다. 1시간보다 길어지면 집중력이 흐트러지면서 뭘 보고 들었는지 혼동이 오기 시작합니다. 방송도 마찬가지입니다. 대학 수업에는 75분, 90분짜리들도 있는데 이러면 안 됩니다. 교수가 공유가 아닌 이상.

이를테면 어린이 채널은 프로그램 하나에 15분, 30분 단위로

편성됩니다. 어린이들이 집중할 수 있는 시간이 어른보다 짧으니 말이죠. 유아들이 보는 〈뽀로로〉 같은 프로그램은 편당 10분 안팎, 초등학생들이 보는 로봇 나오는 만화 같은 프로그램은 편당 방영시간이 20분 안팎입니다.

1시간 편성에 40~50분 드라마가 방송되면 남는 시간은 광고로 채웁니다. 드라마로 잡힌 1시간 중에 10분에서 20분은 광고가 나온다는 말이죠. 여기서 미국 드라마 방영시간이 다소 짧은 이유를 알 수 있는데요. 자본주의 선도국답게 미국 TV에는 광고가 엄청나게 나오기 때문입니다.

미국에서 드라마를 볼 때 제일 답답했던 것이 광고였는데요. 시작하고 나서 무슨 얘기가 나올까 궁금해질 만하면 2, 3분 정도 광고가 나옵니다. 다시 드라마로 돌아와 20분쯤 보면 또 끊어지고 중간 광고가 제법 길게 나옵니다. 다시 드라마를 20분쯤 보면 또 광고가 나오고, 마지막으로 다음 회 예고 비슷한 스토리가 2~3분 정도 이어지다가 끝납니다.

일본 특파원에게 확인해 보니 일본도 45분 정도의 드라마에 광고가 5번이나 나온답니다. 시작 전과 끝난 다음까지 쳐서 다섯 번이겠죠? 중간 광고는 세 번이라 생각됩니다. 중국 특파원에 따르면 중화권은 지역과 방송사마다 광고 편성의 편차가 몹시 크다고 합니다.

아무튼 드라마 방영 중에 나오는 광고는 몰입을 확 깨는 요소가 아닐 수 없습니다. 광고로 스토리가 끊어질 때마다 짜증이 솟구쳤던 걸 보면, 한국 드라마가 왜 다른 나라보다 길고 중간 광고가 적은지 짐작할 수 있을 것 같은데요. 한국 사람들이 드라마에 푸욱 빠져들어 집중적으로 보는 것을 좋아하기 때문은 아닐까요?

한국 드라마의 중간 광고는 말 그대로 중간에 한 번 나옵니다. 60분짜리 공중파 드라마는 아예 중간 광고가 없죠. 40분 정도는 끊기지 않고 몰입해야 만족한다는 이야기입니다. 우리나라에서 미국이나 일본처럼 광고를 넣으면 방송사에 불이 날지도 모릅니다.

'과연 그럴까?' 싶으시면 여러분이 미드를 어떤 방법으로 보는지 생각해 보십시오. 요즘에는 미국 방송국과 동시 방영하는 작품도 있다고는 하지만, 대부분의 사람들은 파일 공유 사이트 같은 곳에서 다운 받아서 보고 있습니다. 이 방법이 좋은 점은 중간에 나를 방해할 광고 따위가 일절 없다는 것이죠. 한번 보기 시작하면 두어 시간, 서너 편은 금방이시죠? 외국 드라마깨나 본 분들 중에는 하루에 드라마 한 시즌을 통째로 보신 분도 많을 겁니다.

한국 사람들이 드라마를 집중적으로 보기를 좋아한다는 가설을 지지하는 근거가 두 가지 더 있습니다. 바로 시즌당 편수와 주당 방영 횟수입니다. 한국 드라마는 보통 주 2회 방영됩니다. 한 드라마가 보통 16화에서 20화 정도 되니까, 8주에서 10주 정도 보는 셈이죠. 일일드라마와 대하드라마를 뺀 일반 드라마 말입니다.

다른 나라들은 어떨까요? 거의 모든 나라가 주 1회 방영을 원칙으로 합니다. 미국 드라마들은 한 시즌에 대략 20~24화가 제작되는데, 주 1회 방송이니까 반년에 한 시즌 정도 하는 셈이죠. 〈CSI〉 같은 장수 시리즈들이 그래서 1년에 한 시즌씩 나오는 겁니다. 반년 방송하고 반년은 쉬고 제작하고.

일본 드라마들은 한 시리즈에 10, 11편 정도가 거의 정확하게 나옵니다. 일본 드라마들은 분기별로 방영되는데요. 한 분기가 석 달이니까, 한 달에 4주 해서 한 분기는 12주입니다. 11주 방송하고 한 주는 총정리나 예고로 쉬고, 그다음 주부터 새 드라마를 시작합니다.

대만 드라마는 한 시리즈에 보통 20~22편입니다. 중국 드라마는 무협 드라마가 많은데, 무협 드라마는 대개 50편 안팎으로 편수가 많고 현대물은 24편 정도가 제작됩니다. 일일드라마나 사극 편수가 많은 건 모든 나라가 다 비슷한 것 같습니다.

시리즈당 편수로 봤을 때, 주 1회씩 3개월에서 6개월에 드라마 한 시리즈를 보는 다른 나라들에 견주어 한국은 주 2회씩 2개월에 한 시리즈를 보는 셈이군요. 편당 시간은 60~80분으로 제일 길고 중간 광고도 적은 편입니다. 한국 사람들이 드라마를 대단히 집중해서 본다는 것은 사실 같아 보입니다.

그렇다면 그 이유는 무엇일까요?

저는 그 이유를 한국인의 '몰입'으로 설명하렵니다. 한국의 문화적 개념으로서의 몰입은 긍정심리학에서 말하는 몰입flow과는 매우 다른 의미입니다. 자신이 지닌 기술과 과제의 난이도가 서로 균형이 맞을 때 발생하는 몰입과 달리, 한국 사람들은 다분히 '의도적으로' 어떠한 상황이나 행위에 빠져드는 것을 좋아합니다.

이러한 몰입의 대표적인 예로 노래방 같은 상황을 들 수 있겠습니다. 자기 차례에 얌전히 노래만 부르는 일본 사람들과 달리, 한국 사람들은 노래방에서 별 짓을 다 합니다. 떼창을 하고, 춤을 추고, 특정 상황을 설정해서 역할놀이(?)를 하죠. 남들이 춤추고 노래할 때 소화기 같은 거 들고 촬영감독 놀이 해 본 분들 계실 겁니다.

이런 게 바로 의도적 몰입입니다. 폐쇄된 무대가 아닌 열린 마당에서 연희를 펼쳐 온 전통 때문인지, 한국인들은 순간순간 의식의 전환이 빠르고 또 달라진 역할에 쉽게 집중하는 모습이 강합니다. 이러한 문화적 전통이 드라마를 보는 현재의 습관에도 영향을 끼치는 것이 아닐까요?

신명 연구자―바로 접니다―에 따르면, 몰입은 신명의 조건 중 하나이자 신명 현상의 중요한 특징입니다. 한국 사람들은 어딘가에 빠져들 때 신명이 나고, 또 신명을 내기 위해 일부러 어딘가에 빠져듭니다. 한국 사람들은 재미있는 드라마에 빠져들어서 신명이 나고, 또 신명을 내기 위해 드라마에 빠져드는 게 아닐까요?

드라마 같은 한 나라의 문화 콘텐츠에는 그 나라의 문화가 그대로 배어 있습니다. 물론 제작비나 제작환경, 기술과 노하우 같은 외적인 요소도 있겠습니다만, 드라마의 장르나 주제, 스토리라인, 인물들의 행동 등에는 그 나라 사람들의 심리를 짐작할 수 있는 단서들이 헤아릴 수도 없이 숨어 있습니다. 오늘은 그중 하나, 방영시간만 가지고 잠깐 설을 풀어 봤습니다.

2

내 나라를 생각하다

대통령과 드라마

〈대장금〉의 이영애를 앞세우며 야심 차게 제작한 드라마 〈사임당〉이 고전을 면치 못했습니다. 전 국민이 다 아는 콘텐츠, 2년의 제작 기간과 200억이 넘는 제작비, 그리고 사전 제작방식으로 높아진 퀄리티 등을 고려하면 어느 정도 흥행이 보장된 게 아닌가 싶었는데 말이죠.

드라마나 영화가 흥행하는 이유는 간단합니다. 사람들의 관심과 공감을 불러일으킨다는 것인데요. 시청률이란 우연이든 우연이 아니든 시청자들의 욕구를 정확히 읽었을 때에만 달성될 수 있는 목표입니다. 상품성 있는 재료와 인지도 높은 배우, 천문학적 제작비로도 시청자들의 공감은 쉽게 살 수 있는 것이 아닙니다.

하지만 드라마를 제작하는 이유가 꼭 흥행 때문만은 아닙니다. 인류의 역사에서 예술은 때때로 선전을 위한 도구로 사용되어 왔습니다. 세종대왕께서 음악을 장려하신 까닭도 백성들을 예禮로 다스리기 위함이었지요. 조선을 창건한 시조들의 업적을 노래한 『용비어천가』는 정치적 의도를 담은 노골적인 선전가요 그 자체입니다.

왕권의 정당성을 전파해야 했던 왕조시대에는 동서고금을 막론하고 이런 일이 흔하게 있었습니다. 그러면 현대사회는 어떨까요? 조선시대까지 거슬러 올라갈 것 없이 가까운 예를 찾아보겠습니다.

연세가 지긋한 독자들은 1990년 KBS2 TV에서 방영한 드라마 〈야망의 세월〉을 기억하실 겁니다. 1970~80년대 개발 한국의 전설이었던 이명박 전 현대건설 사장을 모티프로 한 드라마죠. 탤런트 유인촌 씨가 이명박 역할을 맡았습니다.

박정희 정권과 개발독재를 미화한다는 비판도 있었지만 많은 시청자들은 무일푼에서 일어나 고난과 역경을 이겨 내고 한국의 발전을 일궈 낸 한 영웅의 이야기에 공감했습니다. 드라마는 대박을 쳤고 작중 인물의 모델인 이명박의 인기도 같이 올랐죠. 이명박이 정치를 시작하고 서울시장과 대통령까지 될 수 있었던 배경에는 드라마 〈야망의 세월〉의 영향이 적지 않았을 겁니다. 그 인연이 고마워서였을까요. 유인촌 씨는 이명박 정부에서 문화체육부 장관을 지냅니다.

그런데 이명박이 서울시장을 지내던 2004년, 또 하나의 드라마가 제작됩니다. MBC에서 방영한 〈영웅시대〉. 산업화의 영웅들을 그린, 10여 년 전에 제작된 〈야망의 세월〉의 확장판이라고 할 수 있는 드라마입니다. 여기서는 탤런트 유동근 씨가 이명박 역할을 맡았습니다.

전작 〈야망의 세월〉보다 시청률은 낮았지만 〈영웅시대〉는 서울시장이던 이명박에게 '영웅'이라는 이미지를 부여하며 그의 업적을 재조명하는 효과를 낳았죠. 드라마가 방영된 3년 뒤, 청계천 효과와 함께 이명박은 대한민국 17대 대통령이 됩니다.

물론 드라마 두 편이 한 사람을 대통령으로 만들지는 못했을 겁니다. 하지만 드라마에서 그려 낸 '영웅의 신화'는 당대 한국인들의 욕망을 훌륭하게 자극했습니다. 빈주먹으로 시작해서 개발 시대에 젊음을 보내고 어느 정도 부를 일군 한국인들은 더 큰 성공을 원했고, 그것을 실제로 이룬 한 사람의 정치인에게 자신들의 욕망을 투사했던 것입니다.

한편 2000년대 초중반에 유난히 많이 제작된 대형 사극은 그 출신지 또는 활동 지역이 '북한'이라는 공통점이 있습니다. 굵직

드라마 〈주몽〉의 주요 캐릭터 보드

한 것들로만 2000년 〈태조 왕건〉, 2006년 〈대조영〉, 2006년 〈주몽〉, 2007년 〈연개소문〉 등이 있는데요. 이들이 창업하거나 활동한 나라는 고려, 발해, 고구려입니다.

이런 경향은 대한민국 15~16대 대통령인 김대중, 노무현 정부가 햇볕정책으로 요약되는 활발한 대북한 외교를 펼친 것과 관계가 있습니다. 이들 드라마의 제작은 분단 이후 적敵으로만 인식해 오던 북한을, 남한과 역사와 문화를 공유하는 하나의 민족으로 인식하고 통일의 당위성을 드러내려는 시도로 보입니다.

실제로 이 드라마들은 엄청난 인기를 끌며 화제의 중심에 오르곤 했습니다. 고대사에 대한 관심과 함께 통일에 대한 기대도 한껏 높아졌지요. 세계 유일의 분단국 국민으로서 지금은 잃어버린 북쪽 땅에서 펼쳐지는 장대한 스토리에 이끌리지 않을 사람들은 별로 없었을 겁니다.

그렇다면 18대 박근혜 정권은 어떨까요? 이명박 대통령 재임 기간 동안 박근혜는 새누리당의 당대표로서 유력한 차기 대선 주자였습니다. 그리고 그즈음 '여성 리더'들에 관한 재평가가 이루어지면서 몇몇 드라마가 제작되는데요.

그 첫 타자가 2009년 드라마 〈천추태후〉입니다. 천추태후는 고려 5대 왕 경종의 왕비로 7대 왕 목종의 어머니입니다. 『고려사』 등의 정사에서 천추태후는 외가 쪽 친척인 김치양과 사통하여 왕실과 나라를 어지럽힌 여인으로 기록되어 있습니다만, 이 드라마에서는 송과 거란 사이에서 실리외교를 펼친 여걸로 그려집니다.

두 번째는 2009년 MBC 드라마 〈선덕여왕〉입니다. 한국사 최초의 여왕이라는 타이틀을 달고 화제를 모았었지요. 김춘추와 김유신을 등용하며 삼국통일의 기틀을 다진 업적이 있습니다만, 선덕여왕의 리더십을 강조하기 위한 여러 설정이 역사 왜곡이라는 논란에 불을 지폈습니다.

또 하나 의미 있는 사건이 같은 해에 있었는데요. 바로 5만 원권의 출시입니다. 5만 원권에 누가 들어가야 할 것이냐가 뜨거운 쟁점이 되었지만 결국 신사임당으로 결정되었죠. 그때 후보로 거론되었던 위인들과 함께 신사임당의 자격을 둘러싼 논란이 적지 않았던 것으로 기억합니다.

이런 식의 몇 가지 밑작업(?)에 따른 결과였는지 '준비된 여성 대통령'이라는 구호를 앞세운 박근혜는 무난히 새누리당 대선 후보가 되고, 국정원 댓글 사태 등 논란투성이의 대선을 거쳐 대

신사임당 초상이 들어간 5만 원권

한민국의 18대 대통령으로 당선됩니다.

우여곡절 끝에 박근혜가 대통령에 취임한 2013년에는 문제의 〈기황후〉가 방영됩니다. 〈천추태후〉와 마찬가지로 기록된 역사적 사실과는 많이 다른 드라마 전개 때문에 논란을 낳았던 작품입니다. 기황후가 공녀로 끌려가 대원제국의 황후가 된 입지전적 인물임에는 틀림없습니다만, 그 오빠 기철의 횡포라든가 공민왕을 폐위하려던 일 등을 보면 딱히 선의를 품고 큰 뜻을 펼치려 했던 것 같지는 않은데 말이죠.

그리고 그다음에 나온 것이 드라마 〈사임당, 빛의 일기〉입니다. 물론 예술가로서의 신사임당은 높이 평가받아야 하고 또한 조선시대 여성으로서 그의 삶이 의미 있었던 것은 사실입니다만, 현시대의 시청자들이 그의 삶에서 어떤 영감을 받고 공감을 느낄 수 있을지는 의문입니다. 그리고 그러한 의문은 시청률로 나타났죠.

근래 들어 여성을 주인공으로 한 드라마가 많이 제작되는 것은 옛날과는 달라진 성 역할과 성에 대한 인식을 반영합니다. 그러나 몇몇 작품은 그 이상의 어떤 의도가 있어 보이기도 합니다. 역사상의 여성 리더들을 부각해 여성 대통령의 집권을 정당화하려는 누군가의 의도가 작용한 결과일까요? 아니면 그렇게 보이는 작품들만 골라내서 필자가 소설을 쓰고 있는 것일까요?

물론 이 글에서 언급한 모든 드라마가 정권과의 모종의 거래에 따라 제작되지는 않았을 겁니다. 사료가 부족한 역사적 인물이니만큼 사극에서 역사 왜곡 논란은 피해 갈 수 없는 숙명인지도 모릅니다. 그러나 우리가 매일 접하는 드라마나 영화의 이면에는 우리가 미처 인식하지 못한 의도가 숨어 있을지 모릅니다.

사실 상업적으로 제작되는 수많은 문화 콘텐츠에는 소비자들은 알 수 없는 수많은 메시지가 감춰져 있습니다. 그것이 의도된 것이든 의도되지 않은 것이든 말이죠. 그런 메시지들을 찾아내는 것 또한 쏠쏠한 재미가 아닐까요?

그것이 알고 싶다, 성조기를 든 진짜 이유

탄핵반대집회에서 심심치 않게 나타났던 성조기. 대통령 탄핵이라는 국내 문제에 미국 국기인 성조기는 왜 등장했을까요? 탄핵이 잘못된 일이니 미국에게 해결해 달라는 것일까요?

한국이 미국의 식민지도 아니고 도무지 이해가 되지 않는 상황입니다. 외국인들 눈에도 이상해 보이기만 하고요. 이런 경우 많은 사람들은 '저들이 이상해서 그렇다'는 단순한 결론을 이끌어 내는 경향이 있습니다. 그러나 이런 방식은 답을 쉽게 찾게는 하지만 문제를 근본적으로 이해하는 데는 도움이 안 됩니다.

이 글에서는 성조기를 드는 이유를 다루어 보려 합니다. 그분들은 결국 우리의 아버지, 어머니, 할아버지, 할머니이기 때문입니다.

미국은 한자로 아름다울 미美를 씁니다. 아름다운 나라라는 뜻이죠. 다른 나라도 그럴까요? 일본에서는 쌀 미米 자를 쓴 미국입니다. 쌀 나라, 부유한 나라라는 뜻이겠죠. 그러나 미국이라는 나라 이름은 사실 발음에서 온 것입니다.

1853년 페리 제독과 함께 일본에 도착한 미국인들은 스스로를 '아메리칸'이라고 일컬었습니다. 근데 'American'의 강세는 'me'에 있어서 A 발음은 약하게 잘 안 들립니다. 그래서 일본인들은 미국인American을 '메리깽'이라고 불렀는데요. 메리깽을 한자로 옮기면서 쌀 미米가 된 것입니다.

한편 중국은 아름다울 미를 쓰는데, 이는 미美의 중국 발음 '메이'가 American의 me와 발음이 비슷했기 때문입니다. 즉 미국의 한자 표기는 우선적으로 각국의 발음에서 온 것임을 알 수 있습니다.

우리나라에서는 구한말 중국의 영향으로 아름다울 미 자 미국을 쓰다가 일제강점기를 지나면서 쌀 미 자 미국 표기를 썼는데요. 해방 후부터 다시 아름다울 미美 미국으로 돌아옵니다. 아름다울 미나 쌀 미나 우리 발음으로는 다 같은 미인데, 굳이 아름다울 미를 선택한 이유가 있을까요? 우리나라는 왜 미국에 아름답다는 의미를 덧붙인 것일까요?

1910년 을사늑약으로 500년 조선의 운명은 종말을 맞습니다. 망국은 엄청난 충격이었습니다. 사람들은 조선이 망한 이유를 찾아야 했지요. 때는 사회진화론에 근거를 둔 제국주의가 한창 극성을 부리던 시기였습니다. 약육강식, 적자생존. 조선이 망한 것은 힘이 없었기 때문이라는 답이 나옵니다.

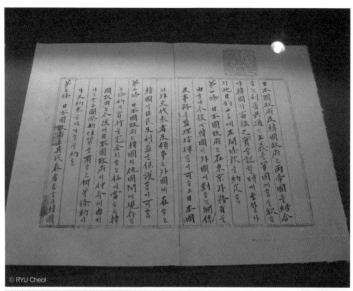

© RYU Cheol

© Lawinc82

중명전에 전시된 을사늑약 문서(위), 을사늑약이 체결된 중명전 전경(아래)

왜 힘이 없었을까요? 조선은 유교 나라였습니다. 자, 유교 때문이라는 답이 나옵니다. 500년 조선이 해 온 모든 일은 잘못된 일이 되었습니다. 그러면 어떻게 해야 되나요, 나라를 되찾으려면요? 힘을 길러야 합니다. 힘은 어떻게 기를까요? 당대 사람들은 적어도 유교로는 안 된다는 생각을 강하게 품고 있었습니다.

19세기 말에서 20세기 초에 유교를 대신할 두 가지 사상이 한국에 전해집니다. 바로 기독교와 공산주의입니다. 그 무렵 한국 사람들에게 기독교는 단지 종교가 아니었습니다. 나라를 지탱하던 유교를 대체할 사상이자 개인의 정신세계에 안정을 줄 질서 그 자체였지요. 더구나 부국강병의 모델로 여긴 서양 제국들은 대부분 기독교 국가였습니다. 따라서 '기독교＝부국강병'이라는 도식이 성립되었지요.

공산주의도 마찬가지였습니다. 1917년 볼셰비키혁명으로 러시아에는 최초로 공산주의 정권이 들어섭니다. 세계는 19세기에 뿌리 내리기 시작한 초기 자본주의의 역기능에 몸살을 앓고 있었고, 그 해결책의 하나로 제국주의가 시도되었지만 제국주의의 폐해 또한 심각한 상황이었습니다.

한국을 포함한 세계의 많은 지식인들은 공산주의를 자본주의와 제국주의를 대체할 새로운 질서로 보았습니다. 그 뒤 한국 현대사에서 기독교와 공산주의는 빼놓을 수 없는 키워드가 됩니다. 이러한 과정은 황석영 선생의 소설 『손님』에 잘 묘사되어 있습니다.

여기서 미국에 대한 의미 부여가 나타난 쪽은 기독교입니다.

미국은 국제 질서에 새롭게 등장한 강대국으로 개신교의 나라였습니다. 구한말의 지식인들은 미국을 접하고 알아 가면서 자연스레 개신교를 유교를 대체할 국가의 사상으로 인식하게 됩니다.

"한국을 찾아온 두 손님은 기독교와 공산주의입니다."

당시 한국에 왔던 많은 선교사들의 출신국도 거의 미국이었습니다. 이들은 신학문을 가르치는 학교와 병원 등을 세워 한국의 근대화에도 많이 이바지한 바 있습니다. 언더우드, 세브란스, 아펜젤러, 스크랜턴 등 낯익은 이름도 많을 겁니다.

그런데 말입니다. 급박하게 돌아가는 국제 정세에서 미국의 힘을 이용하고 미국의 시스템을 배우려고 했던 애초의 의도와 달리, 미국과 기독교는 민초에게 조금 다른 의미로 받아들여졌습니다. 미국과 기독교가 결합된 '하나님의 나라'로서의 미국이 한국인의 마음속에 들어온 것이죠.

이는 어느 정도 선교사들의 역할 때문이기도 합니다. 선교사들의 본래 목적은 선교입니다. 조선 사람들을 기독교화하기 위해 선교사들은 '쉬운 전략'을 사용했습니다. 다시 말해 미국의 발달한 문명과 풍요를 보여 주고 '기독교(개신교)를 믿으면 잘살게 된다'고 한 것이죠.

미국이 어떤 나라입니까. 세계에서 가장 잘사는 나라입니다. 그게 무엇 때문입니까? 기독교를 믿기 때문이라는 것이죠. 유교와 유교적 질서를 버리기로 마음먹은 사람들에게 기독교는 그야말로 새 질서였습니다. 기독교 세상에는 양반도 노비도 없고 배움과 풍요가 가득한 듯이 보였습니다. 미국은 기독교의 신이 가장 사랑하는 신의 나라, 제사장의 나라였던 것입니다.

이런 생각을 더 확고하게 만든 것이 6·25전쟁입니다. 다시는 없어야 할 동족상잔의 비극 6·25는 표면상으로는 공산주의와 자유민주주의의 싸움이었습니다. 이 전쟁 때 미국은 '공산주의의 마수'에서 한국을 구해 줍니다.

6·25전쟁은 미국이 얻은 긍정적인 이미지들이 한층 증폭되는 계기가 되죠. 임진왜란 때의 명나라가 연상될 만큼 말입니다. 이로써 한국에게 미국은 새로운 질서이자 선진 문명의 대명사요 부와 권력의 원천이면서, 나라를 되찾게 해 준 구원자이자 신의 뜻을 대신 수행하는 나라가 된 것입니다.

성조기로 그려진 미국 지도

미국에는 천국天國의 이미지가, 미국인에게는 천사天使의 이미지가 덧씌워졌습니다. 미국인과 친하다는 것, 미국에 줄이 있다는 것은 부귀와 권세를 보장받는 일이었습니다. 그렇게 미국은 한국인의 욕망과 동기 속으로 깊숙이 들어왔습니다.

이러한 세계관 속에서 살아온 이들에게 미국은 곧 '선善이자 질서'를 뜻합니다. 따라서 미국에 반하는 모든 것은 '악惡이자 무질서'일 수밖에 없겠죠. 공산주의, 북한, 최근의 아랍에 이르기까지 미국에 반하는 모든 것은 한국에서 좋은 의미를 얻기 힘듭니다. 우리나라에서 '반미反美'가 지닌 뉘앙스를 떠올려 보면 이해가 빠를 겁니다. 이것이 '그들이 성조기를 드는 이유'입니다.

일제강점기와 6·25전쟁, 개발독재시대를 거치며 많은 한국인에게 심리적 안정감을 준 것은 '경제'와 '발전', '선진화'와 '안보' 등이었습니다. 그 시대를 살아온 분들에게 박근혜는 한 사람의 정치인이 아닙니다. 당신들이 옳다고 믿고 살아온 세계 그 자체라고 할 수 있지요.

그분들 처지에서는 지금 그 세계가 무너지는 순간인 것입니다. 평생을 옳다고 믿어 왔던 가치들 말입니다. 그리고 그분들의 무의식에서 이런 무질서를 바로잡아 줄 단 하나의 질서는 바로 '미국'인 것이죠. 한국의 보수가 친미·반북인 이유입니다. 한국 개신교가 보수이면서 친미·반북인 이유도 여기에 있습니다.

그러나 시대는 변했습니다. 미국의 슈퍼파워도 중국·러시아·EU 등 여러 세력에게 도전받고 있으며, 그럼에도 미국의 영향력이 적지 않다고 하지만 미국의 영향력의 원천이 신神이라고 믿는 사람도 없습니다. 특히나 국제적 경험을 쌓기 시작한 40대 이하 세대에서는 전혀 받아들이지 않는 생각이죠.

그러나 사람들의 마음은 자신이 살아온 시대의 영향을 받습니다. 그분들 마음속에서 미국은 여전히 세계 제일의 나라이자 신을 대리하는 절대적 권위를 지닌 나라입니다. 지금의 혼돈을 단숨에 바로잡아 줄 힘을 가진 나라죠.

그분들이 드는 성조기는 이 혼돈이 얼른 해결되기를 바라는, 그것도 당신들에게 익숙한 방식으로 해결되기를 바라는 마음이라고 할 수 있습니다. 한편으로 지금 그분들의 혼란이 얼마나 큰지도 잘 보여 주는 지표라 하겠습니다.

21세기 한恨 returns

스스로를 비웃는 말로, 헬조선에 버금갈 핫한 키워드는 뭐니 뭐니 해도 '흙수저'일 겁니다. 흙수저는 금수저의 반대말이죠. 금수저가 부모 잘 만나 큰 노력 없이도 잘살 수 있는 이들을 가리키는 데 반해, 가진 것 없이 태어나 노력에 '노오력'을 거듭해도 잘살기는커녕 현상 유지조차 힘든 이들을 뜻하는 용어입니다.

영어의 관용어구 '은수저를 물고 태어나다been born with a silver spoon in one's mouth'가 한국에서 활용되면서 은수저보다 급이 하나 더 높은 금수저가 나타났고, 금수저에 대비해서 흙수저가 등장한 것이죠. 어느새 인터넷상에는 금수저, 은수저, 동수저, 흙수저

금수저, 은수저, 흙수저

로 이어지는 수저계급론까지 나타났습니다.

누가 정리했는지 모르겠지만 금수저는 자산 20억 원 또는 가구 연 수입이 2억 원 이상, 은수저는 자산 10억 원 또는 가구 연 수입 8000만원, 동수저는 자산 5억 원 또는 가구 연 수입 5500만원, 마지막으로 흙수저는 자산 5000만원 미만 또는 가구 연 수입 2000만원 미만을 의미한다고 합니다. 여러분은 어디에 속하시나요?

처음에는 금수저의 반대말로 쓰인 흙수저가 이제는 인터넷을 달구는 핫이슈가 되었습니다.

사회에 어떠한 현상이 급속히 퍼지는 이유는 그것이 사람들에게 그만큼 공감을 불러일으켰다는 뜻입니다. 다시 말해 흙수저라는 말 속에는 한국 젊은이들이 공통으로 느끼는 무엇인가가 있고, 그 말을 통해 호소하고자 하는 뭔가가 있다는 것이지요.

과연 그것이 무엇일까요?

어떤 사람들은 흙수저 계급론이 결국 내가 못 가진 것에 대해 남을 탓하는 것이라고 말합니다. 잘살고 싶으면 노력하면 될 것 아니냐고 말입니다. 하지만 젊은이들이 느끼기에 우리 사회가 과연 노력한 만큼 잘살 수 있는 사회일까요?

한국과 외국의 부자를 비교해 보면 외국은 창업자의 비율이 꽤 높은 반면 한국은 대부분이 상속, 즉 부모에게서 물려받은 재산으로 부를 얻었다는 사실을 알 수 있습니다. 우리는 이른바 '부모 잘 만나' 남들보다 쉽게 기회를 얻고 또 성공하는 이들을 자주 접합니다. 국회의원의 자녀가 로스쿨에 쉽게 입학하거나 손쉽게 교수가 되고, 재벌의 자식은 남들 다 가는 군대도 가지 않고 젊은 나이에 여러 계열사를 거느린 사장이 됩니다.

흙수저는 청년들만의 문제가 아닙니다. 대기업에 취직해서 뼈 빠지게 회사를 위해 일했지만 승진하는 것은 이른바 금수저들이고, 늦은 나이에 퇴사해서 편의점·빵집·카페 등등을 차려 보지만 대기업 2세들이 어느새 골목상권까지 장악하고 있습니다. 이런 사회에서 '노력'은 과연 얼마만큼의 가치를 지닐 수 있을까요?

제가 대학에서 만나고 있는 청년들의 노력은 부족하지 않습니다. 입학과 동시에 취업전선에 뛰어든다고 해도 과언이 아닌 요즘 대학생들은 1학년 때부터 성적과 공인영어시험 점수, 스펙 관리에 몸이 서너 개라도 부족할 지경으로 애쓰고 있습니다.

스스로 등록금을 벌거나 학자금 대출이라도 받은 경우에는

한·일 10대 부호 비교

창업/ 상속	기업	나이	가치	이름	순위	이름	가치	나이	기업	창업/ 상속
상속	삼성그룹	72	10.77	이건희	1	야나이 다다시	15.5	64	Uniqlo	창업
상속	현대자동차 그룹	76	5.13	정몽구	2	사지 노부타다	10.7	67	Suntory	상속
상속	현대자동차 그룹	44	2.08	정의선	3	손 마사요시	9.1	55	Softbank	창업
상속	아모레 퍼시픽	51	2	서경배	4	미키타니 히로시	6.4	48	Rakuten	창업
상속	롯데그룹	59	1.78	신동빈	5	부스지마 구니오	5.2	88	Sankyo	창업
상속	CJ그룹	54	1.71	이재현	6	모리 아키라	5	75	Mori Trust	상속
상속	일본 롯데	60	1.71	신동주	7	다키자키 다케미쓰	4.7	67	Keyence	창업
상속	SK그룹	54	1.49	최태원	8	한창우	3.4	82	Maruhan	창업
상속	삼성리움 미술관	69	1.47	홍라희	9	다카하라 게이치로	3.3	82	Unicharm	창업
상속	현대중공업	63	1.31	정몽준	10	이토 마사토시	2.8	88	Seven & I	창업

출처: CEO스코어(한국 부호 2013년 4월 17일 기준, 일본 부호 2013년 4월 포브스 발표 기준)

그 노력의 정도가 제곱, 세제곱이 됩니다. 공강 시간과 방과 후, 방학은 이들에게 재충전을 위한 휴식시간이 아니라 모자라는 등록금을 벌어야 하는 치열한 투쟁의 시간입니다. 밤늦게 알바를 마치고 파김치가 된 몸으로 성적과 스펙을 위한 공부를 해야 합니다.

이들에게 노력이 부족하니 더 노력해야 한다고 말하는 것은 너무 잔인한 일이라 생각하지 않으십니까? 사람들은 상대방이 겪는 사건의 원인이 상대방의 내적 속성에 있다고 생각하는 '근본 귀인 오류'를 저지릅니다. 인간의 기본적인 추론 경향성이죠. 그렇지만 청년들의 노력이 부족하다고 탓하기 전에 경기가 침체되어 고용이 줄고 비정규직이 늘어나 기회 자체가 줄어든 현실에 눈을 돌려 보시는 건 어떨까요?

흙수저의 핵심은 '절망'입니다. 노력은 희망이 있을 때 하는 것입니다. 희망만 있다면 청년들은 노력이 아니라 '노오력' '노오오력'도 아끼지 않을 겁니다. 그리고 대다수 청년들은 실제로 그들이 감당하기 어려울 정도로 노력해 왔고 또 노력하고 있습니다.

사실 흙수저의 전조가 나타나기 시작한 것은 몇 년 전부터입니다. 88만 원 세대와 N포 세대가 유행어가 된 것이 그 시작이지요. 요즘 젊은이들은 중고등학교 6년 동안 입시에 올인해 대학에 입학한 뒤 4년 동안 성적과 스펙 관리에 매달려야 졸업 후 월급 88만 원을 받습니다. 2015년 1인 가구의 한 달 최저생계비가 62만 원입니다. 88만 원으로 안정적인 미래를 꿈꾸기는 불가능하다고 봐야죠.

3포: 연애 / 결혼 / 출산 포기

5포: 연애 / 결혼 / 출산 / 인간관계 / 내 집 마련 포기

7포: 연애 / 결혼 / 출산 / 인간관계 / 내 집 마련 / 취업 / 희망 포기

9포: 연애 / 결혼 / 출산 / 인간관계 / 내 집 마련 / 취업 / 희망 / 건강 / 학업 포기

그래서 N포 세대가 나타나는 것입니다. 연애·결혼·출산을 포기한 3포, 3포에 인간관계와 내 집 마련을 포기한 5포, 5포에 더

해 꿈과 희망을 포기한 7포, 거기에 건강과 학업마저 포기한 9포 세대…. 이들이 포기한 것은 미래입니다. 그리고 이들이 포기하게 된 이유는 희망이 없기 때문입니다.

흙수저 현상에는 간과해서는 안 되는 사실이 한 가지 더 있습니다. 스스로를 흙수저라고 부른다는 것이 과연 심리학적으로 어떤 의미일까 하는 점입니다. 그것을 알아야 현재의 흙수저 현상이 향하는 곳을 짐작할 수 있을 겁니다. 그 과정을 추론해 보았습니다.

1. 먼저, 욕구가 있습니다. '잘살고 싶다'
2. 욕구를 충족하기 위한 행동이 나타납니다. '노력한다'
3. 욕구가 좌절됩니다. '노력을 해도 소용없다'
4. 욕구를 좌절시킨 것들을 향한 분노와 원망이 나타납니다. '헬조선 싫다. 금수저 밉다'
5. 현실이 변화하지 않습니다.
6. 분노와 원망이 사그라들면서 자신의 욕구가 좌절된 원인을 스스로에게서 찾습니다.
7. "내가 흙수저로 태어난 것이 잘못이다"

주목할 부분은 5에서 7로 이어지는 심리 변화입니다. 청년들은 처음에 좌절된 욕구에 분노했습니다. 그러나 현실은 변화하지 않았고 또 앞으로도 바뀌리라는 희망은 보이지 않습니다. 힘겹게 하루하루를 살아 내야 하는 처지에서 해결되지 않는 분노와 원망의 감정을 그대로 안고 산다는 것은 쉬운 일이 아닙니다. 사람들은 점차 대상을 향한 원망을 '자신에게로' 옮겨 옵니다. 내 탓이라고 생각하는 게 속이 편하니까요.

이러한 과정은 문화심리학이 밝혀낸 한恨의 생성 과정과 일치합니다. 한은 자신이 당한 인정할 수 없는 피해에서 발생합니다. 한은 처음에 자신에게 피해를 입힌 대상을 향한 원망으로 나타나지만, 상황이 바뀌지 않으면서 대상을 향한 원망은 자신을 향하게 됩니다.

한은 자신이 경험한 부정적인 사건의 원인이 결국 자기에게 있다고 인정해 버림으로써, 도저히 받아들일 수 없는 상황에 맞닥뜨려 잃어버렸던 통제력을 되찾고자 하는 아주 처절한 방식의 멘탈 유지법입니다.

사람들을 자기 주변에서 일어나는 일에 통제감을 확보하려는 욕구need for control가 있습니다. 통제감의 욕구는 정신 건강에도 매우 중요한 영향을 끼치는데, 통제감을 얻기 힘든 경우에는 착각적 인지 과정을 통해서라도 통제력을 확보하려고 노력할 정도입니다.

쉬운 예로 운동선수들의 징크스가 그것입니다. 아무리 열심히 훈련을 했어도 경기의 승패는 쉽게 예측할 수 없습니다. 이때 선수들은 경기에 대한 통제력을 얻고자 자기가 통제할 수 있는 것들―예를 들면 속옷 뒤집어 입기, 특정 순서대로 유니폼 만지기 등―에 집착하게 되는데, 이것이 습관화한 것이 징크스입니다.

한국에서는 역사적으로 한이 이런 기능을 해 왔을 겁니다. 도저히 받아들일 수 없는 부정적인 결과 앞에서 '내 탓'을 함으로써 조금이나마 내가 겪은 사건의 이유를 설명하고 통제감을 얻는 것이지요. 즉 흙수저 계급론은 이 시대 청년들의 한입니다. 청년들은 아무리 노력해도 극복할 수 없고 아무리 이해하려 해도 받아들여지지 않는 현실 앞에서, 자신이 불행한 이유를 스스로에게서 찾음으로써 주어진 현실을 받아들이는 중입니다.

한은 국내외 학자들에게 한국인을 대표하는 문화적 정서로 알려져 있습니다. 일제강점기와 동족상잔의 비극, 권위주의 정권의 압제를 겪는 동안 한국인들은 가슴으로 한을 삭여 내야만 했습니다. 그러나 한강의 기적으로 불리는 경제성장과 민주화를 이루어 낸 지난 몇십 년 동안, 한은 드라마 또는 영화 속에나 존재하는 잊힌 감정이라 여겨진 것도 사실입니다. 불과 몇 년 전까지만 해도 우리는 '웰빙'을 이야기하고 있었으니까요.

그런데 지금, 잊혔던 한이 되돌아오고 있습니다. 세상 앞에서 아직 날개도 펴 보지 못한 청년들의 마음속에 말입니다. 과연 우리는 흙수저 논란의 해법을 찾을 수 있을까요?

'노오오오력' 하다 지친 흙수저들에게

셀리그먼Martin Seligman 이라는 심리학자가 유명한 실험을 했습니다. 개 24마리를 8마리씩 세 집단으로 나누고 전기 쇼크를 줍니다. A 집단의 개들은 쇼크가 오면 코로 레버를 밀어 중단시킬 수 있었고, B집단은 뭘 어떻게 해도 쇼크를 멈출 수 없었습니다. 마지막 C집단에는 전기 쇼크를 주지 않았죠.

이런 경험을 하고 하루 뒤 24마리의 개들은 동일한 환경에서 전기 쇼크를 받습니다. 철로 된 바닥으로 전기 쇼크가 오고, 가운데에는 뛰어넘을 수 있는 높이의 낮은 담이 하나 있습니다. 담 너머는 전기가 통하지 않는 바닥입니다.

바닥에 전기가 통하자 스스로 전기 쇼크를 멈출 수 있었던 A 집단과 쇼크를 경험하지 않은 C집단의 개들은 모두 담을 넘어 전기 쇼크를 피합니다. 반면, 어떻게 해도 쇼크를 피할 수 없었던 B집단의 개들은 대부분(8마리 중 6마리) 담을 넘을 생각도 없이 앉아서 묵묵히 쇼크를 견뎠습니다.

셀리그먼은 B집단 개들이 보인 반응을 학습된 무기력learned helplessness의 결과라 설명합니다. 겪게 되는 고통에 어떻게든 대처해 보지만 결국 고통을 피할 수 없다는 것을 배우게 되면 아무것도 할 수 없는 상태에 빠진다는 이야기입니다. 이 학습된 무기력은 불행한 상황을 극복해 보고자 노력에 '노오력'을 거듭하지만 태생이 다른 금수저들에게 기회를 차단당하고 전혀 나아질 기미가 없는 현실에서 무기력을 경험하고 있는 흙수저들의 심리 상태와 상당히 비슷해 보입니다.

그렇다면, 흙수저의 미래에는 무엇이 기다리고 있을까요? 흙수저의 심리가 학습된 무기력이라면 더 이상 할 수 있는 것은 없습니다. 전기 쇼크를 피하려 하지 않는 개들처럼 구석에 웅크리

"아마 난 안 될 거야…"

고 앉아서 묵묵히 고통을 견디는 것이 고작이겠지요. 쓸쓸하지만 이것이 한국의 미래일까요? 저는 그렇게 생각하지 않습니다. 또 그래서는 안 되고요.

지난 글에서 흙수저의 심리 상태를 한국의 문화적 정서, 한이라 말씀드렸습니다. 이 한이라는 것이 셀리그먼이 이야기한 학습된 무기력일까요? 한과 학습된 무기력은 비슷해 보이지만 결정적인 차이가 있습니다.

자신에게 닥친 고통을 극복하려는 모든 시도가 좌절되었을 때 최종적으로 통제력을 상실하는 학습된 무기력과, 자신에게 닥친 받아들일 수 없는 불행의 원인을 결국 자신에게서 찾음으로써 상실한 통제력을 회복하려는 시도인 한. 그 차이를 찾으셨습니까? 핵심은 통제력의 유무입니다. 통제력을 상실한 상태로 있는 학습된 무기력에 반해, 한은 인지적 왜곡이 있을지언정 통제력을 회복하려 시도합니다. 어차피 안 될 테니까 그냥 가만히 있어야겠다는 것이 한의 심리가 아니라, 이게 내 탓이니까 어떻게든 해 보자는 것이 한의 본질인 것입니다.

사실 한을 이해하는 데서 이 부분은 소홀히 여겨져 온 측면이 있습니다. 많은 분들이 한을 떠올릴 때 어둡고 침울하며 퇴영적인 이미지를 상상합니다. 학술적으로도 '영구적인 절망이 낳은 체념과 비애의 정서'라든지 '불가항력적인 좌절 상황에 순응한 감정' 등의 정의가 널리 받아들여지고 있지요.

그러나 한의 부정적인 면만 강조하는 것은 한을 제대로 이해하는 것이 아닙니다. 대표적으로 한국학의 권위자 이어령 선생은 '한은 무언가를 간절히 바라고 성취하려는 욕망 없이는 나타날 수 없는 것'이라 보았고, 이 밖에도 한 자체보다는 해한解恨, 즉 한을 풀려는 의지에 초점을 맞춰야 한다는 주장이 많습니다. 저도 그중 한 사람이고요.

한이 어떤 개념인지 잘 모르겠다고 하는 분들도 한 하면 '여자가 한을 품으면 오뉴월에도 서리가 내린다'는 속담은 아실 겁니다. 여기서 한을 품은 사람이 여자인지 남자인지는 중요하지 않습니다. 중요한 것은 한이 서리를 내리게 할 수 있다는 겁니다. 그것도 오뉴월에 말이죠. 이것은 엄청난 에너지입니다.

한국 문화에서 한의 결정체는 보통 귀신으로 형상화합니다. 한을 품은 귀신은 죽었음에도 저승으로 가지 못합니다. 이승에서 '할 일'이 남아 있기 때문입니다. 그 할 일을 마치고 나서야 귀신은 '한을 풀었다'며 저승길을 떠납니다. 이처럼 한국인들에게 한이란 인간계를 뛰어넘는 어마어마한 동기인 것입니다.

이 한이 자신의 처지를 바꾸기 위한 동기로 작용할 때, 그것은 엄청난 결과를 낳을 수 있습니다. 해방 이후 한국이 이룬 눈부신 경제적 성취는 '가난이 한이 되어 한번 잘살아 보겠다'는 동기가 가져온 것입니다. 한국의 성장을 이끈 우수한 인재들 역시 '못 배운 것이 한이 되어 내가 못 먹고 못 입더라도 자식만은 잘 가르친' 우리 부모님들의 의지가 없이는 나타날 수 없었겠지요. 이것이 바로 한에 담긴 잠재력입니다.

흙수저의 한탄은 학습된 무기력이 아닙니다. 어디로인가 향하기 전 잠시 방향을 찾고 있는 젊은이들의 유예된 동기이자 의지입니다. 이것이 제가 흙수저 신드롬에서 희망을 읽는 이유입니다.

그러나 아직 가장 중요한 한 가지가 남아 있습니다. 그것은 동기로 작용할 한의 방향입니다. 앞에서 예로 든 한국의 현대사에서, 한은 개인적 성취의 동기로 작용했습니다. 그 결과 한국은 세계가 놀랄 만한 경제성장을 이루었고, '잘 먹고 잘살겠다' '출세하겠다' '남부럽지 않게 떵떵거리며 살겠다' 같은 개인적 욕망은 이룰 수 있었습니다.

그러나 지금, 흙수저로 형상화한 우리의 한은 개인적 욕망의 성취로 해결할 수준을 넘어섰습니다. 그러한 개인적 욕망을 이루기 위한 개인적 노력이 벽에 부딪친 결과가 바로 흙수저 신드롬입니다. 그리고 흙수저가 불행한 원인이 단지 금수저로 제한되어서는 안 됩니다.

지금 우리가 살게 된 헬조선은 저마다의 개인적 욕망이 쌓이고 쌓여 나타난 결과입니다. 지난 몇십 년 동안 한국인들은 자신만의 성공과 성취를 위해 다른 이와 다른 가치를 돌아보지 않고 달려왔습니다. 내가 잘살기 위해 다른 이의 아픔을 외면했고 내가 잘살기 위해 정의에 눈감았습니다. 내 성적을 위해 친구의 어려움에 등을 돌렸으며, 내 집값이 오르기를 바라면서 가난한 이웃을 내쫓았습니다. '나만 잘되면 돼, 나만 아니면 돼'가 많은 이들의 좌우명이라는 사실은 우리 모두를 위해 매우 불행한 일입니다.

그 개인적인 욕망의 결과가 바로 우리가 사는 헬조선이기 때문입니다. 어찌 보면 순수할 수도 있는 개인적 욕망은 자신의 성취를 위해 다른 이들의 욕망을 짓밟는 것을 정당화하면서 어느덧 우리 사회의 구조적인 문제가 되었습니다. 더 이상 개인적 노력이 개인적 욕망을 해결할 수 없는 현실이 닥친 것입니다. 그리고 내가 외면한 모든 이는 자신의 이익을 위해 나를 외면할 것입니다.

우리는 이 점에 주목해야 합니다. 개인적 욕망을 이루기 위한 한을 극복하는 방법은 결국 '노오력'을 통한 길밖에 없습니다. 물론 흙수저 가운데 일부는 노오력 끝에 흙수저를 벗어날 수도 있겠지요. 하지만 개개인의 노오력이 지금의 현실을 변화시킬 수 있을까요?

이제는 한을 해결하는 다른 방향을 찾아야 할 때입니다. 어떤 부정적인 사건의 원인이 내 탓이라고 생각하는 것의 긍정적인 면은(물론 이런 인지 양식은 우울증이 생길 위험으로도 연결됩니다만) '내가 이 상황을 통제할 수 있다'는 믿음일 것입니다. 자신이 통제할 수 있는 상황을 만드는 것. 그것이 무엇보다 흙수저에게 필요한 일일 테지요.

나에게 부족했던 것이 노력이라 귀인歸因하게 되면 선택지는 급격히 좁아집니다. 그런데 나에게 부족했던 것이 주변에 대한 관심이라면요? 작은 변화를 위한 실천이라면요? 아직 우리가 할 수 있는 일이 있지 않을까요? 판도라의 상자는 이미 열렸습니다. 우리에게 마지막으로 남은 것이 학습된 무기력이 아닌 '할 수 있다'는 희망이기를 간절히 바랍니다.

최순실 게이트로 본 지식인의 길

2016년 하반기부터 나라가 떠들썩했습니다. 헌정 사상 초유의 대통령 탄핵이 있었고, 때 이른 대선을 치렀죠. 다이내믹 코리아답게 대한민국은 숨 가쁘게 달려오고 있습니다. 이러한 일련의 사건들의 원인은 어느 한두 사람의 책임이라고 하기 어렵습니다.

최순실 씨 일가와 박근혜 전 대통령의 관계는 1970년대부터 드러나 있었고 그 위험성을 경고하는 이들도 계속 존재해 왔습니다. 그런 경고와 징후를 무시하고 박근혜를 권력의 정점에 세운 것은 이 나라의 지식인들입니다. 지식인들이 제구실을 했다면 지금과 같은 일은 일어나지 않았을 것입니다. 물론 모든 지식인을 비난하려는 것은 아닙니다. 일차적인 책임은 이토록 문제가 많은 이를 대통령 후보로 내세운 새누리당과 일부 언론, 그리고 대기업들에 있겠죠.

하지만 나쁜 것이 그들만일까요? 양비론을 펴거나 모두 까기 인형이 되겠다는 것이 아닙니다. 다만 어떤 문제에 대해 하나의 적을 설정하고 그 적에게 온갖 악마적인 이미지를 투영하여 그 적을 제거하는 것이 그 문제를 근본적으로 해결하는 방법은 아니라는 겁니다.

옛 새누리당 의원들은 모두 악마일까요? 『조선일보』나 삼성에는 악마들만 있을까요? 거기 있는 사람들도 '사람'입니다. 나와 다를 바 없는 사람. 물론 그들이 잘했다거나 정당하다는 것은 아닙니다. 관건은 나와 같은 사람들이 '왜 그런 판단을 했을까?'라는 것이죠. 이 점을 이해하지 못하면 정권을 바꾸고 특정 언론의 문을 닫거나 대기업을 해체하는 일 따위는 아무 의미가 없을지 모릅니다. 또 똑같은 사람들이 나타나 똑같은 짓을 할 테니까요.

오늘 이야기하고자 하는 것은 '한국 지식인들의 문화적 동기 motivation'와 관련된 것입니다. 한국에서 공부하는 사람들은 이 동기 아래에서 나고 자랐으며 꿈을 키웠습니다. 각자의 이상과 철학에 따라 다른 길을 택하기도 하지만 문화가 강제하는 이 동기에서 자유로운 지식인은 많지 않을 것입니다. 이 동기, 한국의 지식인들이 도달하고자 하는 최후의 목표는 바로 '권력'입니다.

학창 시절에 코피 쏟아 가며 공부해서 도달한 지위에서 지식인들은 권력을 꿈꿉니다. 만인에게 평등해야 할 법의 수호자 검사는 권력에 반하는 이들에게 칼을 휘두르고, 타인의 생명을 살려야 할 의사는 권력을 위해 의사의 의무를 저버렸습니다.

진리 앞에 정직해야 할 학자는 권력 앞에 전문가의 자존심을 팽개친 지 오래이며 공공의 이익을 위해 펜을 들어야 할 기자는 권력을 위해 펜을 굽힙니다. 민주화 투쟁에 앞장섰던 대학생은 자신이 맞서 싸우던 정당의 국회의원이 되었고, 사회의 모순과 자본의 횡포를 소리 높여 비판하던 젊은이는 대기업의 충실한 부속품이 되었습니다.

지금도 흙수저로 태어난 것을 한탄하며 불평등한 현실에 한숨 짓는 수많은 청년들이 각종 고시에 목숨을 거는 현상은, 그들의 현실 인식과는 별개로 이러한 동기가 얼마나 강력한지를 보여 줍니다. 그들이 권력을 쥐게 되면 흙수저들의 현실은 더 나아질까요?

한국 지식인들의 권력을 향한 동기는 조선시대에서 그 뿌리를 찾을 수 있습니다. 조선은 선비의 나라였습니다. 선비는 성현의 가르침을 좇아 현실에서 태평성대를 이루려는 이들입니다. 왕부터가 선비였으며, 왕의 업무 중 많은 부분이 공부와 경연經筵으로 채워져 있었습니다. 조선은 플라톤이 그토록 꿈꿨던 '철인정치'를 구현한 나라였던 것이죠.

선비가 관직에 오르는 방법은 학문이었으며, 자신의 포부를 펼치기 위해 지식을 갈고 닦는 것은 당연했습니다. 즉 조선에서

그런 대학생(박종운)을 목숨으로 지켰던 후배, 박종철 열사

선비(지식인)는 곧 권력을 지향하는 이들이었던 것입니다. 이 점이 한국 지식인들이 서구의 지식인들과 차이를 보이는 대목입니다.

왕과 귀족에게 봉사하는 법률가, 의사, 서기 등 '성 안 사람들(부르주아)'에서 출발한 서구 지식인계층의 정체성은 권력에 대한 비판과 견제였습니다. 이들이 있었기에 근세 유럽의 시민혁명은 가능할 수 있었습니다. 왕권신수설과 혈통의 허구성을 드러내고 왕과 귀족이 아닌 시민에게 권력이 주어지는 시민사회를 설계했던 거죠.

한국의 지식인들은 끊임없이 권력을 향했습니다. 이성적이고 지혜로운 철학자가 세상을 이끌어 간다는 철인정치는 이상理想입니다. 세종조처럼 조선의 철인정치가 잘 작동한 시기도 있었지만, 권력을 쥔 선비는 곧 권력을 지키는 일에 몰두했고 그 과정에서 조선의 이상은 빛을 잃어 갔습니다.

일제강점기와 권위주의 정권을 거치면서 권력을 향한 지식인들의 욕망은 더욱 강해졌습니다. 지식인 개개인들이 타락했다기보다는, 권력에 굴복하는 지식인들이 성공하는 세태가 지속되면서 공공의 선善보다 개인적 이익을 따르는 동기체계가 고착되어 갔다고 할까요.

그래서 지금도 수많은 사람들이 개인의 성공을 위해 공부합니다. 남들보다 돈 많이 벌고 성공하는 것이 공부의 목적인 것입니다. 돈 벌어 성공하고 이름을 얻으면 반드시 향하는 곳이 있습니다. 아무리 세계에서 제일 좋은 대학을 나와도 그 길은 하나로 수렴됩니다. 바로 권력이죠. 이것이 우리의 문화적 동기입니다.

어떤 사회가 더욱 공정하고 정의로우며 안전한 사회로 가기 위해서는 지식인들의 역할이 무엇보다도 중요합니다. 절대다수의 시민들이 아무리 아름다운 나라를 그려도 시스템을 움직이는 것은 결국 소수의 지식인들이기 때문이죠.

권력과 시스템을 감시하고 견제하는 시민들의 역할도 물론 필요합니다만, 그러기 전에 제대로 된 시스템을 구축하고 구동하는 것은 지식인(관료, 전문가)들입니다. 이들이 공공의 선이 아닌 개인적 이익을 위해 동기화할 때, 국가의 시스템은 망가지고 그 안의 구성원은 오로지 권력만 바라보게 되는 것입니다. 우리가 지금 목격하고 있는 것이 바로 그 결과입니다.

이제는 우리 아이들에게 다른 것을 가르쳐야 할 때입니다. 개인의 성공보다 공공의 선이 중요하다는 것을, 나 혼자 잘사는 것보다 모두가 잘사는 것이 중요하다는 것을, 모두가 행복하기 위해 때로는 내 이익을 포기하고 다른 이들을 돌아봐야 한다는 것을 말입니다.

우리의 동기가 바뀌지 않으면 역사는 반복될지 모릅니다. 배움과 권력에 대한 우리의 생각이 그대로라면 새로운 정권이 들어선대도 권력 앞에 정의를 저버리는 인물은 계속해서 나타날 것입니다. 그때 가서도 바뀌지 않는 세상을 한탄하며 '속고 또 속는' 국민들을 탓하시겠습니까.

촛불을 들고 자유발언대 앞에 선 중고생들에게서 희망을 봅니다. 이 학생들이 자라서 만들어 갈 대한민국은 더욱 정의롭고 공정한 곳이기를 기원합니다.

#촛불은 꺼지지 않는다

매주 사람들이 모였습니다. 100만 명 넘는 사람들이 거리에 나섰습니다. 현직 대통령이 개입된 초유의 국정 농단과 헌정 파괴에 분노한 이들이었습니다. 초겨울의 매서운 추위를 무릅쓰고 몇 달 동안 거리에 선 촛불들은 드디어 헌정 최초의 대통령 탄핵이라는 결과를 이끌어 냈습니다.

주목할 것은 그들이 분노를 표출하는 방식이었습니다. 초반의 우려에도 불구하고 촛불은 놀랍도록 평화적이었습니다. 주요 외신에서 '축제'라고 언급한 우리의 촛불집회. 촛불이 축제일 수밖에 없는 이유를 살펴보겠습니다.

저는 신명을 연구하는 사람입니다. 지난 2016년 11월 12일 저는 광화문 광장에 있었습니다. 제가 본 것은 신명이었습니다. 촛불집회는 신명의 현장이었던 것입니다. 고개를 갸웃하시는 분들이 있을 줄 압니다. 신명은 아주 즐거울 때 느끼는 감정이 아니었던가, 우리는 권력에 분노를 표출하고자 거리에 섰던 것이아니던가, 이렇게 생각하실 겁니다. 하지만 즐거울 때 느끼는 신명이 신명의 전부는 아닙니다.

신명은 한국인들의 문화적 정서이자 동기입니다. 우리는 아주 좋거나 즐거울 때 '신난다' '신바람 난다' '신명 난다'는 말을 씁

"박근혜 하야하라!" "퇴진하라 박근혜!" 촛불집회 현장

니다. 여기서 '신' '신바람' '신명'은 신神을 뜻합니다. 신이 나면 기분이 좋아지고 기운이 샘솟으며 평범했던 세상이 아주 아름답게 느껴지는데요. 그러한 기분은 마치 신이 내 몸에 들어온 것 같다는 표현이지요.

이 신명은 한국인들의 가장 원초적이고 근원적인 동기와 관련되어 있습니다. 무슨 일을 하든 간에 한국인들은 신이 나야 만족하고 신명을 끌어 올리고 풀어 놓아야 하는 것입니다. 하는 일에 신바람이 날 때 한국인들은 살맛이 난다고 말합니다. 이것이 한국인의 행복이죠.

신명을 느끼는 가장 중요한 이유는 '자신의 가치' 때문입니다. 한국인에게 자기 자신과 자신의 가치는 매우 중요한 의미가 있는데요. 이는 평소에 높은 '자존심'으로 유지됩니다. 그러나 이 높은 자기 가치감에 상처를 입으면 그 심리적 충격은 매우 클 수밖에 없는데, 이러한 상처가 오래 지속되면 '화병'이나 '한'으로 이어지는 것입니다.

손상된 자신의 가치가 회복되거나 자신의 가치를 잘 드러낼 때, 한국인들은 신이 납니다. 일제강점기에서 해방된 1945년 8월 15일의 감정이 그런 것입니다. 가까운 예로는 2002년 월드컵을 떠올릴 수 있습니다. 2002년 전까지 한국 축구는 세계 축구의 변방이었습니다. 몇 차례 월드컵에 진출하긴 했지만 조별 리그 통과는커녕 첫 승조차 올리지 못했죠.

그러나 2002년에는 달랐습니다. 폴란드와 치른 첫 게임을 승리로 장식하면서 기세를 올린 한국 대표팀은 포르투갈, 이탈리

© Johnathan21

2002년 한 · 일 월드컵 응원 현장

아, 스페인 등 세계 축구의 강대국들을 차례로 물리치고 월드컵 4강 신화를 이루었습니다. 한국 축구의 승리에 사람들은 열광했습니다. 아직까지 우리의 기억에 선명히 남아 있는 2002년의 추억입니다.

2002년의 열광이 신명이었던 것은 한국 축구의 선전이 상처 입었던 한국인들의 자존심을 회복하고 그 가치를 만방에 드러냈기 때문입니다. 한국은 오랫동안 축구뿐만 아니라 많은 분야에서 세계의 변방이었습니다. 특히 서구 선진국들과의 비교에서 오는 열등감은 번번이 우리의 발목을 잡았지요. 월드컵 4강 진출은 그런 열등감을 씻고 우리도 할 수 있다는 자신감을 폭발시킨 일대 사건이었습니다.

더 중요한 것은 그러한 자신감을 즐기고 함께한 방식입니다. 사람들은 거리로 나와 하나가 되었습니다. 함께 노래 부르고 어깨동무하고 춤을 추었습니다. 수백만의 사람들이 함께한 그 경험을 통해서 월드컵 4강이라는 축구의 성취는 한국인의 문화적·심리적 성취가 되었습니다. 질곡 가득한 현대사를 거치며 잊힌 한국인의 신명이 되살아나는 순간이었던 것입니다.

자, 그러면 최근의 촛불집회는 어떻게 신명으로 해석될 수 있을까요? 촛불집회와 월드컵 응원의 공통점은 광화문 광장에 모인 수백 만의 인파만이 아닙니다.

첫째, 거리에서 촛불을 든 사람들은 신명을 되찾기 위해 거리에 섰습니다. 신명은 즐거울 때만 느끼는 것이 아닙니다. 미치도록 신명을 내고 싶을 때 사람들은 신명을 위한 행위를 시작합니다. 문화심리학자로서, 이러한 행위양식은 집단무의식적 차원에서 문화적으로 프로그램된 것으로 보입니다. 신명을 경험해 본 사람들이 다시 신명을 내기 위해 신명을 경험했던 맥락을 재연하려 하는 것이죠. 그렇게 사람들은 거리로 몰려들었습니다.

국정 농단 사태에 대해 한국인들이 느끼는 감정을 요약하면 쪽팔림입니다. 조금 '고급진' 표현으로 자존심이 상했다고 합시다. 아무리 헬조선이 되었다고 해도 한국인들은 자기 나라에 자부심이 있던 사람들입니다. 전후의 황무지에서 세계 10대 무역대국이 되었고, 권위주의 정권에 맞서 싸우며 민주주의를 일궈 냈습니다. 밖으로는 스포츠와 한류가 한국의 문화적 잠재력을 드러내 주고 있었습니다.

박근혜 게이트는 그동안 쌓여 온 이러한 자부심을 한순간에 날려 버렸습니다. 오랫동안 철통같았던 30퍼센트 지지율이 무너진 가장 큰 이유였습니다. 사람들은 '창피해서' 견딜 수가 없었습니다. 하루빨리 이 상처 입은 자존심을 바로잡지 않으면 안 되는 것이죠. 자존심은 한국인들의 멘탈에 가장 중요한 요소입니다. 따라서 촛불이 결코 쉽게 끝나지 않을 것임을 예상할 수 있었습니다.

둘째, 신명은 '표현'을 통해 느껴집니다. 문화심리학에서 보는 한국 문화는 표출형 문화입니다. 일본 문화가 억제형 문화인 것과 대비되는 특징이죠. 한국 문화가 표출형 문화라는 것을 보여 주는 가장 명백한 증거는 한국인들의 문화적 정신질환이 화병Hwabyung이라는 점입니다.

화병은 속에 있는 말이나 감정을 표현하지 못할 때 나타나는 증상이죠. 억제형 문화인 일본인들의 문화적 정신병이 대인공포증taijin kyofusho인 것에 견주면 한국인들은 자신의 기분이나 생각을 표현해야 하는 사람들이라는 것은 분명해 보입니다.

거리에서 제가 목격한 촛불집회는 모여든 사람들만큼이나 다양한 표현의 장이었습니다. 목청껏 구호를 외치는 사람들, 삼삼오오 모여서 토론하는 사람들, 연령과 계층을 가리지 않고 자유 발언대에 선 사람들, 어느새 거리에 자리 잡은 노점상 앞에서 거리 음식을 먹으며 이야기꽃을 피우는 사람들. 사람들은 지난 3년 9개월 동안 표현하지 못한 자신의 생각을 거리에 풀어놓고 있었습니다.

셋째, 이 표현의 과정에는 파격이 나타납니다. 자기만의 느낌이나 생각을 표현하기 때문인데요. 특히 자기표현을 억압했던

© stigmatize

대상에 대한 풍자와 해학이 그것입니다. 풍자는 권위자를 향한 공격의 의미를 담고 있습니다. 상황을 이렇게 만든 이들을 희화화함으로써 그들에 대한 공격성을 드러내는 방식이죠. 해학은 이러한 상황 자체를 웃음거리로 만들어서 그간의 고난과 고통을 승화하는 것입니다.

우리는 지난 시국에서 놀라울 만큼 다양한 풍자와 해학을 목격했습니다. 괜히 우리를 풍자와 해학의 민족이라고 하는 게 아니겠죠. 풍자와 해학에서 비롯된 웃음은 여러 사람이 신명에 공감할 수 있는 바탕을 마련해 줍니다.

또한 촛불집회를 장식한 새로운 종류의 깃발들, 즉 '장수풍뎅이 연구회'라든가 '전견련' '민주묘총' 같은 재기 넘치는 깃발들은 엄숙하고 투쟁적이었던 과거의 집회문화와 확연히 구분됩니다. 투쟁과 운동의 주체가 조직과 단체에서 개별 시민으로 넘어가고 있다는 것을 보여 주는 증거라 하겠습니다.

넷째, 신명은 공감 또는 공통 경험의 과정을 거쳐 모두의 것이 됩니다. 공감은 한국인들의 대표적인 상호작용 방식인데요. 우리는 다른 사람들의 느낌이나 생각을 읽는 데 익숙하며 그러한 공감을 바탕으로 다른 이들과 소통합니다. 2002년의 기억을 간직한 분들은 이해하시기 쉬울 겁니다. 우리가 함성을 지르고 눈물을 흘리고 밤새 뛰어오르기 위해서는 누구의 설명도 필요하지 않았습니다. 그저 한마음이었던 거죠.

2016년 11월의 거리에서도 마찬가지였습니다. 한 사람이 구호를 선창하면 주위의 모든 사람들이 그 뒤를 받습니다. 한마음으

로 비폭력을 외친 사람들에게서, 대치한 경찰들에게까지 '국민의 한 사람'임을 강조한 사람들에게서, 가수의 노래에 떼창으로 화답한 사람들에게서, 집회를 마친 후 끝까지 쓰레기를 치우는 사람들에게서 '함께함'을 느꼈습니다.

상처 입은 자기 가치의 회복을 향한 강한 열망, 거침없이 드러나는 자유로운 표현, 가감 없는 풍자와 해학, 그리고 전국의 거리에 섰던 100만 명뿐만 아니라 SNS를 통해서 집회 상황을 지켜보며 응원과 감사의 댓글을 올리던 수많은 사람들에게서 느꼈던 '하나 됨'. 이것이 신명이 아니고 무엇이겠습니까.

정권의 잘못에 분노를 표출하는 광장이 신명의 한마당이 되었다는 사실은 우리의 의식이 그만큼 성숙하고 아름다운 집회문화를 가졌다는 것 말고도 더 중요한 의미를 함축합니다. 그만큼 더 큰 신명에 대한 욕구가 타오르고 있다는 것이지요.

거리에 많은 사람들이 모였다는 것은 그만큼 우리의 자존심이 상처 입었다는 것이고, 그만큼 우리의 표현이 제한되었다는 것이며, 그만큼 소통이 이루어지지 않았다는 것을 뜻합니다. 달리 말하면, 상처받은 자존심이 충분히 회복되기 전까지는, 제한되었던 표현이 충분히 표출되기 전까지는, 꽉 막혔던 소통이 충분히 이루어지기 전까지는, 촛불은 계속될 것입니다.

2017년 12월에 열린 촛불집회 1주년 기념 행사에서도 또 한 번의 신명을 확인할 수 있었는데요. 때마침 날짜가 겹친 할로윈데이를 콘셉트로 다양한 분장과 풍자가 거리를 수놓았습니다. 저를 감동시킨 것은 이 행사를 기획하고 준비하는 과정에서 나타난 시민들의 순수한 참여였습니다. 그리고 진정으로 행사를 즐기는 모습이었습니다.

2016년부터 일어나고 있는 이 역사적인 참여의 현장에서, 한국인들은 나 자신이 이 나라의 주인임을 확인했습니다. 신명의 불씨가 한국인들의 가슴속에 옮겨 붙은 것입니다. 이제 그 불꽃이 온누리로 퍼져 나가기를 기원합니다.

그는 어떻게 신이 되었나?

박근혜가 대통령이 될 수 있었던 데는 아버지 박정희의 후광이 컸다는 것은 익히 알려진 사실입니다. 박정희 전 대통령이 재임한 1963~79년에 한국은 '한강의 기적'으로 불리는 놀라운 경제성장을 이루었고, 그때를 기억하는 사람들이 박근혜에게 표를 주었다는 분석이죠.

그러나 박정희 전 대통령을 바라보는 한국인들의 인식은 단순히 경제성장을 이뤄 낸 위인이라는 평가를 넘어섭니다. 가장 존경하는 대통령 1~2위를 지켜 왔고, 한국 현대사의 위대한 대통령에서 나아가 단군 이후 민족 최고의 영웅, 최근에는 반신반인半神半人이라는 말까지 나왔죠.

박정희 대통령 재임 시절에 한국이 많이 발전한 것은 사실이지만, 그 시절은 전 세계의 경제가 호황을 누리던 시기였습니다. 더구나 경제성장의 주체, 즉 머리카락까지 잘라서 팔고 휴일도 없이 밤새도록 공장에서 코피를 흘린 사람은 우리의 어머니와 아버지들이었습니다. 경제성장의 공이 박정희 한 사람에게 모두 돌아갈 것은 아니라는 겁니다.

얼마 전 BBC는 최순실-박근혜 게이트로 불거진 한국 부정부패의 기원을 박정희 시대로 분석한 기사를 실었습니다. 경제성장에 가려진 박정희 시대의 그림자는 정경유착과 부정부패, 청산하지 못한 친일의 역사와 반공주의, 반민주주의적 권위주의의 잔재 등에서 지금까지 짙게 드리워져 있습니다.

그런데도 박정희를 신으로 떠받드는 이들은 대체 누구일까요? 박정희뿐만 아니라 그의 아내 육영수까지 신격화했습니다. 2016년 11월 충북 옥천에서는 '육영수 여사 숭모제'가 열리기도 했지요. 정치적으로 전혀 검증되지 않고 최씨 일가와의 부정한 소문이 파다했던 박근혜조차 그의 딸이라는 이유로 한 나라의 대통령 자리에 오르지 않았습니까.

박정희를 신격화하는 이들은 단지 '이상한' 사람들일까요? 그렇게만 볼 수는 없습니다. 51.6퍼센트의 국민들이 그의 딸을 대통령으로 만들지 않았던가요? 그분들 중에는 우리의 아버지와 어머니들도 계십니다. 할아버지, 할머니, 아버지, 어머니들을 모두 이상한 사람으로 치부해 버릴 수만은 없지 않겠습니까?

저는 박정희를 신으로 격상할 수 있었던 한국인들의 공유된 의식구조가 있다고 봅니다. 이쯤에서 우리는 그 이유를 자세히 알아볼 필요가 있습니다. 언젠가 또 일어날지 모를 이런 일들을 막기 위해서라도 말입니다.

이성과 합리로 설명하기 힘든 집단적 심리의 이면에는 그 집단이 공유해 온 집단무의식이 있습니다. 융Carl. G. Jung이나 분트Wilhelm Wundt, 르봉 등이 지적해 온 부분이지요. 한국인들의 집단무의식에서 결코 빼놓을 수 없는 것은 바로 전통 종교인 무속巫俗입니다.

무속은 무당이 신들의 힘을 빌려 신도들의 문제를 해결해 주는 종교입니다. 무속에는 많은 신들이 있습니다. 무속의 신들은 강력한 힘으로 인간세계에 개입하는데요. 한국인의 무의식 속에서 박정희 전 대통령은 무속 신의 이미지와 일치합니다.

천신·지신·산신 등의 자연신, 옥황상제나 부처 등의 외래 신 계열이 더 위계가 높지만 사실 무당들이 많이 모시는 신은 우리의 삶과 좀 더 가까운 이들입니다. 장군, 대감, 처녀, 동자 등등이 그들이지요. 그중에서도 강한 신력으로 많이 모셔지는 신은 장군將軍신입니다.

강력한 힘을 지녔지만 자연의 순리에서 벗어나지 않는 자연신(하늘, 해, 달, 별)이나 높이 계시지만 인간세계와는 왠지 거리가 느껴지는 종교 계열의 신들과 달리, 장군이나 대감은 그 명칭부터가 우리가 흔히 접할 수 있는 현실세계의 권력자들이었습니다. 평소에 그 힘을 목격할 수 있었던 존재가 사람들에게 영향을 끼치는 더 가까운 신이 된 것이죠.

박정희는 장군이었습니다. 1961년 5월 16일, 쿠데타로 정권을 찬탈할 때의 계급은 소장이었지요. 대통령이 되면서 군인 신분은 아니게 됐지만, 남북한이 분단된 상황은 박정희에게 나라를 지

무속 신이 된 임경업 장군

©국립민속박물관

키는 수호신장守護神將의 이미지를 계속 활용할 수 있게 해 주었습니다.

박정희의 신력神力을 더욱 드높인 것은 경제개발의 성과입니다. 무속신앙에서 사람들은 현실의 문제를 해결하기 위해 신을 찾습니다. 그 문제란 병이 낫고, 사업이 잘되고, 시험에 합격하고, 가족이 잘되고, 부자가 되고, 내가 잘사는 것들입니다. 이 점에서 무속은 매우 현세적인 종교라고 할 수 있지요.

사실 무속에는 천계나 내세의 개념이 희박합니다. 본래 신은 인간과는 다른 세계에 속한 존재이지만 무속의 신은 인간의 문제를 해결하기 위해 무시로 인간계를 드나들거든요. 무속이 종단이나 교파, 경전 없이 민중의 삶 속에 깊숙이 들어올 수 있었던 이유이기도 합니다.

구한말부터 일제강점기와 6·25전쟁을 겪은 한국인들에게 가장 중요한 욕구는 '잘사는 것'이었습니다. 새마을운동의 캐치프레이즈였던 "잘살아 보세"는 이러한 욕구를 절묘하게 파고들었지요. 박정희 재임 기간 동안 한국의 경제적 발전은 그 욕구를 충족해 주었습니다.

물론 한국의 발전은 그 무렵 세계경제의 흐름과 무관하지 않았고 성장의 지표는 과장되었으며 그 성장의 여파로 왜곡된 정치와 경제가 아직도 한국의 발목을 잡고 있지만, 지금도 많은 한국인들은 현대 한국의 발전은 박정희가 없었으면 불가능했다고 생각합니다. '경제 발전=박정희', 떼려야 뗄 수 없는 도식이지요.

복福과 안전을 주는 현세의 신. 그것이 한국인들의 무의식에서 박정희 전 대통령이 차지하는 의미인 것입니다. 세종로 한복판을 노릴 만큼 곳곳에 들어서고 있는 박정희 동상, 국정교과서라는 무리수를 두어서까지 되살리려 했던 박정희 신격화는 이러한 문화적 배경에서 가능했다고 볼 수 있습니다.

재미있게도 그와 똑같은 이미지를 활용한 정치인이 있습니다. 그것도 아주 가까이에 말이죠. 바로 북한입니다. 김일성 3대를 비롯해 김일성의 어머니 강반석, 김정일의 어머니 김정숙에 이르기까지 신격화하고 있는 북한의 배경에도 무속신앙이 있다는 분석이 있습니다.

항일투쟁 경력을 통한 장군이라는 호칭. 남북한 대치 상황에서의 수호신 이미지. 그리고 밥상에 '이밥에 고깃국'이 끊이지 않는 지상낙원이라는 현세에서의 복. 박정희와 김일성은 데칼코마니입니다. 이러한 신앙체계를 활용하여 김일성은 김정일, 김정은

박정희 생가 인근에 세워진 박정희 전 대통령 동상

으로 이어지는 세습체계를 완성했으며, 남한에서도, 으흠… 결과적으로 같은 일이 일어났던 것입니다.

그렇다면 우리가 해야 할 일은 무엇일까요? 무속을 없애고 미신을 타파하면 될까요? 박정희 전 대통령이 그랬던 것처럼? 표면적으로 드러나는 원인을 제거하는 것이 문제를 본질적으로 해결하는 방법은 아닙니다. 세월호 구조를 제대로 하지 못했다고 해경을 해체하는 것이 세월호 사건의 본질과 아무런 관계가 없는 것처럼 말이죠.

박정희 신격화. 박정희 신드롬을 이용한 박근혜의 당선. 그 배경에는 무속신앙이 있지만 무속신앙이 문제의 본질은 아닙니다. 이것은 신앙의 문제가 아니라 우리의 욕망과 관련된 문제이기 때문입니다.

사람들은 왜 박근혜에게 표를 주었을까요? 아버지 박정희가 우리에게 주었다고 믿는 그것을 다시 얻기 위해서가 아니었을까요? '잘사는 것' 말입니다. 더 많은 돈을 벌고 더 큰 집에 살고 더 좋은 차를 굴리고 더 높은 지위에 오르는 것 말입니다. 박근혜가 아버지처럼 그것을 해 주리라 믿었던 것 아니었을까요?

결과적으로 그녀가 우리에게 해 주기 바랐던 그 모든 것은 최순실과 정유라, 그리고 그 부역자들에게 돌아갔습니다. 이 사실은 우리의 '현세적' 욕망이 우리를 현세에서 잘살게 해 주는 데 전혀 도움이 되지 않았다는 것을 뜻합니다.

우리가 분노하는 이유는 무엇입니까? 응당 나에게 와야 했을 그 부와 권세가 엉뚱한 이들에게 갔다는 것 때문일까요? 지금은 우리가 거리로 나선 이유를 조금 냉철하게 생각해 볼 때입니다. 관련자들을 처벌하고 재산을 몰수하는 것으로 이 사태가 종결 지어져서는 안 됩니다.

우리는 우리의 욕망을 되돌아보고 그것이 불러올 결과를 생각 해 봐야 합니다. 그리고 더 나은 결과와 그것을 위한 더 나은 절 차를 고민해야 합니다. 우리의 욕망이 돈과 아파트, 비트코인, 명 예와 권세 같은 '현세의 복'에 그칠 때, 박정희라는 신은 여전히 세상에 영향력을 행사할 것이기 때문입니다.

무당의 품격

무당을 대하는 한국인들의 인식은 부정적입니다. 최근의 최순실 사태에서도 드러나듯이 무당은 신의 목소리를 전한다는 것을 무 기로 '사람들을 현혹하여' '나라를 망치고' '부정을 저지르는' 천 하에 나쁜 존재로 여겨지는 것 같습니다.

일국의 대통령을 포함한 사람들을 현혹하여 국정을 농단한 사 람이 있는 것은 사실입니다. 하지만 그녀는 무당이 아닙니다. 최 순실의 아버지 최태민은 승려, 목사 등의 이력이 있는 사이비 종 교 영생교의 교주였습니다. 최순실이 그 자리를 이어받았다면 최 순실은 사이비 교주이지 무당은 아닌 것이죠.

분명히 말씀드리지만, 무당은 비과학적인 사술로 세상을 현혹 하고 가정을 파탄 내고 국정을 농단하는 이들을 일컫는 보통명사가 아닙니다. 학식이 높은 분들까지 무당의 의미를 오용하고 계시니 문화연구자로서 안타까운 마음 금할 길 없습니다.

물론 비판할 것은 비판하고 처벌받을 사람은 처벌받아야 마땅하지만, 이러한 국가적 쟁점에 한국 문화의 큰 축을 차지하는 무속과 무당의 이미지가 더럽혀지는 일은 막아야겠다는 생각에서 이번 글을 준비하게 됐습니다.

무당은 우리나라의 토속 종교인 무속巫俗의 사제를 일컫는 말입니다. 무속은 동북아시아 샤머니즘shamanism의 한 갈래이며, 주로 한국에서 오랫동안 이어져 온 신앙입니다. 샤먼은 샤머니즘의 사제로, '하늘과 땅을 잇는다'는 뜻을 담고 있습니다. 무당이 곧 샤먼인데요. 같은 샤먼이라고 해도 시베리아나 몽골의 샤먼과 한국의 무당은 근본적인 차이가 있습니다.

북방계 샤먼이 신神의 목소리를 전하는 방법은, 샤먼이 굿을 통해 트랜스trance 상태에 들어가면 그의 영혼이 신계로 올라가서 신을 만나 신의 목소리를 듣는 식입니다. 반면 한국 무속에서 무당은 자신의 몸에 신을 내리게 합니다. 신은 무당의 몸에 들어가 무당의 입을 통해 직접 자신의 목소리를 전달하지요. 이렇게 신내림을 받는 무당을 강신무降神巫라고 합니다.

하늘과 땅을 연결하는 자

한편, 전통적으로 한강 이남의 무당들은 신을 직접 받지 않고 오래전부터 대를 이어 제의·의식으로서의 굿을 주관하는 역할을 해 왔는데 이들을 세습무世襲巫라고 합니다. 이 세습무는 해양을 통해 남방에서 전래된 주술사 계열로 추정됩니다. 우리나라에서는 진도 씻김굿, 남해안 별신굿, 동해안 별신굿이 여러 세습무 집안에 전해 내려오고 있지요.

그럼 이 무당들은 도대체 뭘 하는 사람들일까요?

먼 옛날 제정일치 시대, 무당은 곧 군왕이었습니다. 국조 단군왕검의 '단군'은 몽골·터키·중앙아시아 일대의 'Tengri'를 한자로 음차한 말로 '하늘'을 의미합니다. 따라서 단군이란 하늘에 제사를 지내는 이, 즉 제사장을 뜻하는 말이며, 왕검은 군왕이라는 뜻으로 단군왕검은 제사장 겸 군왕, 다시 말해 제정일치의 군주를 칭하는 말인 것입니다.

단군Tengri은 우리말의 '당골'로 이어지는데 당골은 곧 무당을 이르며, 곳에 따라서는 무당의 의뢰인을 뜻하기도 합니다. 자주 가는 가게를 '단골집'이라고 하는 게 여기에서 온 표현이죠. 시대가 지나면서 종교와 정치가 분리되고, 불교 등의 외래 종교가 들어오면서 무속은 중앙에서 밀려나 점차 민초 사이로 내려오게 됩니다.

유교를 숭상하던 조선시대에 이르면 무속은 공공연히 배척의 대상이 됩니다. 유교는 지극히 현실적인 가르침입니다. 유학의 조종祖宗이신 공자(기원전 551~기원전 479년)께서 이미 "사람도 제대로 섬기지 못하는데 어찌 귀신을 섬기겠는가"라며 현실에 충실할 것을 강조하신 바 있지요. 그런데 현실에서 해결되지 않는 인

단군왕검 영정

간의 욕구와 사연은 누가 해결하겠습니까.

그 조선조차도 국國무당을 두고 왕실의 대소사와 나라의 큰 일이 있을 때 하늘에 빌게 하였으니 일반 민초 사이에서 무속의 영향력이야 짐작하고도 남습니다. 괴력난신怪力亂神이라 하여 괴이하고 어지러운 것들 일체에 알레르기 반응을 보이던 사대부들도 집안에 큰일이 생기면 뒷구멍으로 무당을 찾았으니까요.

그러나 일제강점기에 들어 무속은 조선의 모든 것을 말살하려는 일제에게 엄청난 탄압을 받습니다. 일제는 우리의 전통신앙은 금지하고 일본 전통신앙인 신도神道를 강요했는데, 특히 많은 사람이 모이는 무속의 굿은 조선인들이 모이는 것을 극도로 꺼렸던 일본인들에게 눈엣가시였겠지요.

무속에 대한 인식이 더욱 나빠진 것은 아이러니하게도 박근혜 전 대통령의 아버지, 그러니까 박정희 전 대통령의 미신 타파 운동 때문입니다. 일제강점기를 거치며 거의 명맥이 끊어진 한국 무속은 이제 근대화에 방해가 되는 미신으로 폄하되어 철저히 파괴되고 망가졌습니다.

신당은 무너지고 신도들도 떠나갔습니다. 무당들은 직업을 바꾸거나 자신이 무당이라는 것을 숨기고 살 수밖에 없었죠. 그 뒤 근대화의 물결 속에서 무속은 철저히 미개한 것, 비과학적인 것으로 여겨졌으며, 무당은 사람들을 현혹하여 제 잇속이나 채우는 탐욕스러운 존재 또는 나쁜 의도를 품고 남에게 저주를 거는 이들로 알려지게 됩니다.

그런데 말입니다. 무당이 정말 그렇게 나쁜 사람들일까요?

『혜원풍속도첩』 가운데 〈무무도〉, 신윤복, 18세기

　문화에는 그 문화 구성원들에게 수행하는 역할이나 효과가 있습니다. 이러한 문화의 기능에는 현시적 기능과 잠재적 기능이 있는데요. 예를 들어 가뭄이 심할 때 지내는 기우제의 현시적 기능은 '비를 내리게 하는 것'이고, 잠재적 기능은 '구성원들의 불안 해소와 결속력 증대'입니다.

　기우제를 지낸다고 비가 내리지는 않습니다. 비과학적인 믿음이지요. 미신입니다. 그렇다면 기우제를 없애 버리면 어떨까요? 비가 안 온다는 불안이야 과학적 사고로 해소할 수 있다지만 기우제를 통해 되새겨 왔던 사람들과의 유대와 연대감은 어떻게 되겠습니까? 자, 그렇다면 과연 무당이 한국 문화에서 수행한 기능은 무엇이었을까요?

　첫째, 무당은 제관祭官이었습니다. 여러 가지 이유로 인간이 초자연적 존재에게 지내는 제사가 중요했던 고대에 제관은 매우 중요한 인물입니다. 무당은 제사의 형식과 내용, 순서를 알고 있으며 무엇보다 신과 직접 소통하는 존재입니다. 마을의 길흉화복을 점치고 신의 도움을 구할 수 있는 존재가 가까이 있다는 것은 옛사람들에게 말로 할 수 없는 안도감을 주었을 겁니다.

둘째, 무당은 컨설턴트였습니다. 컨설턴트란 고문 또는 자문을 맡은 사람이죠. 제관으로서의 역할 중에는 마을이나 개개인의 대소사에 조언해 주는 것이 있습니다. 무당의 조언은 신에게서 옵니다. 무당에게 조언을 구하는 이들은 자신의 일을 신이 돕는다는 데서 엄청난 자신감을 얻었을 것입니다. 확신에 찬 태도는 불가능도 가능하게 하는 법이니까요.

셋째, 무당은 상담가입니다. 이 기능은 지금도 대단히 중요한데요. 사람들이 무당을 찾는 이유 중에는 자신의 처지나 상황을 하소연하고 감정을 토로하기 위한 것이 빠질 수 없습니다. 또한 인간에게 통제감의 욕구는 아주 중요합니다. 신이 전해 주는 무당의 조언은 자식의 장래, 취업 시기, 사업 전망 등 불투명한 미래에서 오는 불안에 대한 통제감을 제공합니다.

넷째, 무당은 의사였습니다. 의학이 발달하지 않았고 모든 사람이 의학의 혜택을 받기 어려웠던 과거에 무당은 병을 예방하고 치료하는 역할을 했습니다. 무서운 전염병이었던 마마(천연두)를 막기 위한 '마마배송굿'과 더불어 다양한 병을 치료하기 위한 치병治病굿들이 있었죠. 마음의 힘은 생각보다 훨씬 큽니다. 병이 나을 것이라는 믿음만으로도 웬만한 병은 눈에 띄게 호전될 수 있었을 겁니다.

다섯째, 무당은 연예인이었습니다. 지금처럼 볼거리, 놀거리가 많지 않았던 옛날, 무당들의 굿은 하나의 놀이판이었습니다. 실제로 축제 의미의 굿도 많이 있었고, 치병이나 씻김 등의 이유로 하던 굿에도 노래와 음악과 춤은 필수 요소입니다. 무당들이 당시 일반인들은 입기 힘든 화려한 색깔의 옷을 입고 고운 화장을 한 채 노래와 춤을 선보이면 소녀시대가 따로 없었을 테지요.

어떻습니까? 그래도 무당이 나쁜 사람들 같으신가요? 무속은 비과학적이다? 맞습니다. 엔터테이너로서의 역할을 제외하면 무당의 컨설팅이나 상담, 의료 효과에 대한 과학적인 증거는 없습니다. 그렇지만 무당들의 행위에서 오는 심리적 효과는 우리의 상상을 뛰어넘는 것이었습니다.

삶이 무척이나 힘들고 괴로웠던 민초들. 그들의 목마름을 고을의 사또가 채워 줄 수 있었을까요? 아니면 저 멀리 한양에 계신 임금님이?

지금은 과학의 시대이니만큼 무당의 조언을 가려 듣는 지혜가 필요하겠지요. 하지만 무당의 존재는 그 잠재적 기능과 관련하여 이해해야 합니다. 무속을 미신이라 폄하만 한다면 우리는 한국 사람들이 어떻게 살아왔고, 어떤 마음을 지니고 있으며, 어떤 경우에 어떻게 행동할 것인지 영원히 이해할 수 없을 겁니다.

무당은 오랜 세월 동안 한국인의 삶 속에서 함께 울고 웃으며, 슬픔과 괴로움을 잊게 하고 또 하루를 살아갈 힘을 준 우리의 조언자이자 이웃이었습니다. 세 치 혀로 신도들을 등쳐 제 배를 불린 무당도 물론 있겠지만, 그것은 다른 종교도 마찬가지 아닐까요? 단일 직종 성범죄자 수 1위를 달리고 있지만 예수의 가르침을 따르는 개신교에 대한 우리의 믿음을 아직은 거둬들일 때가 아닌 것처럼 말이죠.

국가의 기강이 무너지고 민주주의가 퇴보한 이 엄중한 현실에서 조금 동떨어진 주제일 수 있지만, 신내림을 받은 적도 없고 대대로 지역사회에 봉사한 바도 없는 사이비 교주의 딸이, 수천 년간 민초의 삶을 어루만져 준 무당의 이름을 더럽히는 것을 참을 수 없었던 문화연구자가 씁니다.

누구를 위하여 표를 던지나

선거는 민주주의 국가에서 시민들이 정치에 참여하는 가장 강력한 수단입니다. 선거 결과에 따라 시민들의 뜻을 정치에 반영할 수 있게 되니까요. 그러나 최근 한국의 선거에서는 우려할 만한 투표 경향이 나타나고 있습니다.

바로 '묻지 마 투표'입니다. 묻지도 따지지도 않고 특정 인물 또는 정당을 지지하는 경향입니다. 어느 언론사의 취재 영상에서 '나는 나라를 팔아먹어도 ○○당을 지지한다'고 답변하는 시민을 본 적이 있습니다. 민주사회에서 지지하는 정치인이나 정당이 있다는 것은 당연하고 또 자연스러운 일입니다. 그것이 문제가 될 이유는 없습니다. 그러나 '나라를 팔아먹어도'라니 이게 무슨 말

© Kaiser matias

2017년 대통령 선거 포스터

씀입니까. 투표란 시민의 뜻을 대변하여 나랏일을 할 사람을 뽑는 행위입니다. 어떻게 민주 시민의 입에서 나라를 팔아먹어도 특정 당을 뽑겠다는 말씀이 나올 수 있는지 모르겠습니다.

이런 식의 투표 행위는 제대로 된 정치인을 골라내지 못하고 선거 결과를 왜곡할 뿐 아니라 제대로 된 정책이 입안되고 실행될 수 없게 만듭니다. 한마디로 민주사회의 근간을 뒤흔드는 발언이시란 겁니다. 문제는 이런 식으로 투표하시는 분이 이분 하나가 아니라는 사실입니다. 한국 문화에는 도대체 왜 이런 형태의 투표 행위가 존재하게 된 것일까요?

오늘은 이 '묻지 마 투표'에 담긴 심리를 살펴보고자 합니다.

인간은 이성을 지닌 합리적인 존재입니다. 그런 한편 인간은 놀랄 정도로 비이성적인 행동을 하기도 합니다. 아무리 생각해도 이해할 수 없는 어떠한 현상의 이면에는 대개 무의식적인 동기가 숨어 있습니다.

무의식이란 의식되지 않는 마음의 영역으로, 정신역동이론을 창시한 프로이트가 개념화했습니다. 프로이트는 그 유명한 빙산의 비유를 통해 사람들이 자기도 모르게 무의식의 영향을 받고 있음을 역설했는데요.

프로이트에 따르면 무의식의 상당 부분은 원초아id, 욕망와 초자아superego, 내재화한 도덕·규범의 갈등을 해결하는 과정에서 발생합니다. 원초아와 초자아의 갈등은 대개 자아ego, 조절자에 의해 중재되는데, 자아의 중재로도 해결되지 않는 갈등—예를 들면 근친상간 욕구—은 불안이라는 감정을 불러일으킵니다.

불안이란, 이 욕망을 계속 품었다가는 내가 이 사회에서 제대로 살아가기 어렵겠구나 하는 감정입니다. 이런 불안을 해소하

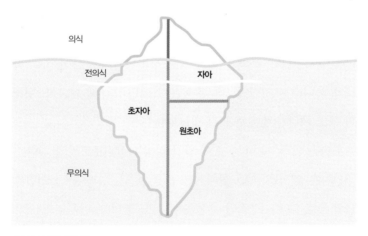

"수면 아래가 무의식"

기 위해 인간의 마음은 방어기제defense mechanism를 작동하는데, 대표적인 방어기제가 바로 '억압'입니다. 그러한 욕망 자체를 무의식으로 눌러 버리는 것이죠. 프로이트는 무의식이 이렇게 억압된 욕망들로 이루어져 있다고 보았습니다.

원초아와 초자아의 갈등에서 오는 불안을 해결하기 위해 사용되는 방어기제는 억압 말고도 다양한데요. 저는 '묻지 마 투표'의 기저에 이 방어기제가 있다고 봅니다. 다시 말해 한국인들의 문화적 욕구와 이를 충족하는 과정이 '묻지 마 투표'라는 문화적 현상을 만들어 냈다는 것입니다.

동일시identification란 불안한 감정을 느끼게 만든 대상과 자신을 같은 편 또는 같은 존재라고 믿는 방어기제입니다. 아이들이 오이디푸스 콤플렉스를 해결하기 위해 취하게 되는 것이 바로 동일시죠.

'묻지 마 투표'에서 동일시는 두 가지 경로로 나타납니다.

첫째, '묻지 마 투표' 성향을 보이는 분들 중 상당수는 권위주의 정권의 통치를 겪은 분들입니다. 반공을 국시로 국민들을 가혹하게 통제하던 시절. 멀쩡한 사람이 말 한마디 잘못했다가 끌려가서 돌아오지 못하거나 병신이 되어 돌아오는 일이 흔하게 벌어지던 시절.

일제강점기, 6·25전쟁, 4·19혁명, 5·18광주민주화운동 등 트라우마 가득한 현대사를 온몸으로 살아 내신 이분들은 '생존'이라는 당면한 목표 앞에서 자신들 위에 군림하던 이들과의 동일시를 무의식적으로 선택했습니다. 국가수반과 정부 여당에 반대하는 모든 세력을 '국가 전복세력'으로 규정하며 탄압했던 권력자들과 같은 태도를 취한 것입니다. 그래야 나와 내 가족이 살아남을 수 있었으니까요.

두 번째 동일시는 대다수 국민들의 순수한 욕망에서 기인합니다. 문화심리학이 밝혀낸 한국인의 대표적인 문화적 동기는 '잘 살고 싶다'는 것입니다. 현대 한국의 극적인 성장은 한국인들의 잘살아 보자는 욕구가 없었으면 불가능했을 것입니다. 문제는 잘살고 싶다고 해서 모두가 잘살 수는 없는 현실에 있습니다.

누구는 잘사는데 왜 나는 잘살지 못하는가. 나는 잘못 살고 있는 것이 아닐까, 나는 실패자가 아닐까 하는 불안에서 사람들은 그렇지 않다는 점을 확인받고자 자신이 되고 싶어 하는 이들과 자신을 동일시합니다. 몸 하나 누울 공간조차 없으면서 강남의 아파트값 하락을 걱정하고, 하루 먹을 끼니조차 없으면서 대기업 오너 가족의 상속세를 챙기는 이들이 진정 원하는 것은, 강남의 아파트에서 자식에게 물려줄 상속세를 계산하고 있는 자신들의 모습 아닐까요.

이러한 동일시의 과정을 한층 강화하는 또 하나의 무의식적 동기는 '자아통합의 욕구'로 추정됩니다. 정신역동이론가 에릭슨 Erik Erikson은 성격 발달단계를 8단계로 나누었는데, 그중 노년기의 발달과제가 자아통합입니다.

노인들은 살아온 날들을 회상하면서 자신의 인생이 어떤 인생이었는지 의미를 부여하고 죽음을 준비하는데, 만약 자신이 실패한 인생을 살았다면 곧 다가올 죽음 앞에서 인생 잘못 살았다는 절망감이 들 수밖에 없을 것입니다. 그래서 노인들은 자신의 인생이 성공적이라는 의미를 부여하기 위해 과거의 부정적인 기억들을 재조정하여 분리, 분열되었던 자아상을 통합하려는 노력을 기울입니다. 노인 분들이 많이 하시는 "내가 젊었을 적에는…"으로 시작하는 옛날이야기의 기능이 이것입니다.

현재 한국의 노인들이 살아오신 시대는 한국 현대사의 트라우마란 트라우마가 모조리 집약된 그런 시대였습니다. 과거의 자기 모습이 늘 밝고 희망찰 수 없는 시대였습니다. 어두웠던 과거의 기억은 인생의 의미를 찾아야 하는 노년에 떠올리고 싶지 않은 기억일 것입니다.

자아통합의 욕구는 강하고 또 끈질깁니다. 부정적이었던 과거의 사건들은 재정의되고 성공적인 현재를 정당화하기 위해 재조직됩니다. 어느 것 하나 넉넉지 않았던 가난한 삶은 가족과 이웃의 정으로 포장되고, 국가가 개인의 삶을 통제하던 시절의 기억은 통금 시간을 어기고 사랑하던 그녀와 사랑을 속삭이던 추억으로 변모합니다.

살아남기 위해서 내렸던 모든 결정과 더 잘살기 위해서 취했던 모든 행동은 '그나마 이렇게 발전한 나라'를 만들기 위한, 그래서 너희를 '남부럽지 않게 가르치고 키운' 당신들의 어쩔 수 없는 선택이었다고. "그땐 그럴 수밖에 없었다. 그 시절을 살지 않은 너희는 모른다. 다 너희를 위한 것이었다." 그분들의 '묻지 마 투표'는 험난한 세상을 치열하게 살아온 당신들 자신에게 돌리는 위로일지 모릅니다.

노부부의 뒷모습

그러나 무의식적인 동일시는 어느새 의식적인 수준의 도식과 태도로 굳어졌습니다. 사람들은 이미 지니고 있는 도식과 태도가 확고할수록 다른 종류의 정보를 받아들이는 데 인색해집니다. 같은 정보일지라도 정보가 제공되는 방식에 따라 의사 결정에 큰 영향을 받게 됩니다. 선거 때마다 확인되지 않은 가짜 뉴스와 흑색선전이 판을 치는 이유입니다.

그분들이 살아온 시대가 국가와 다른 목소리를 내었다가는 목숨을 부지하기 어려운 시대였기에 그분들의 선택을 비난하기는 어렵습니다. 누구에게나 목숨은 소중한 법이니까요. 정말 잘 살아 보고 싶다는 욕망을 탓하기도 뭣합니다. 저부터도 좀 더 폼 나게 잘살아 보고 싶은 욕망에서 자유롭지 못하니까요.

하지만 그 욕망의 추구가 지금 여기, 우리가 살고 있는 이 땅을 위한 올바른 선택에 장해가 되는 일이기에 우리는 그 아프도록 순수한 욕망을 다시 들여다볼 필요가 있습니다. 이 땅은 나 하나뿐만 아니라 내 가족과 이웃과 후손들이 앞으로도 계속해서 살아갈 곳이기 때문입니다.

4·16, 그날을 기억하는 두 가지 방법

지난 2014년 4월 16일은 한국인들의 마음에 큰 충격으로 남았습니다. 심리학에서는 정신적 외상을 트라우마라고 하는데, 세월호라는 이름의 여객선 침몰과 배에 탔던 304명의 죽음은 한국인들에게는 또 하나의 트라우마가 되었습니다.

'또 하나'라는 말에서 알 수 있듯이 한국인들에게는 트라우마가 많습니다. 대표적인 사례만 봐도 삼풍백화점, 성수대교, 서해페리호, 대구지하철 참사 등등이 있었지요. 그 탓에 우리는 영화 〈괴물〉에서 묘사된 것처럼 수많은 합동분향소들을 보아 왔습니다. 그중에서도 세월호 사건이 더 큰 트라우마로 남은 이유는 사건 발생 당시와 이후에 대처한 국가의 태도 때문입니다.

다른 참사들도 충분히 미리 막을 수 있었던 인재人災의 성격이 짙지만, 세월호만큼 많은 아쉬움과 의문을 남긴 전례가 없습니다. 해운회사의 탐욕과 정경유착, 구조 실패를 가져온 컨트롤 타워의 부재를 비롯해 사체 인양과 사고 원인 조사를 둘러싼 숱한 의혹들 가운데 어느 것 하나 제대로 밝혀진 바가 없고, 누구 하나 책임지는 사람이 없었습니다.

이 사건을 대하는 사람들의 감정에는 스러져 간 생명들에 대한 안타까움, 가족을 잃은 분들에 대한 연민과 함께 한국 사회의 모든 시스템에 대한 전방위적인 분노와 실망이 포함됩니다. 그동안 많이 발전했다고 생각했는데 전혀 달라진 것이 없다는 좌절감과 내가 살고 있는 나라의 수준이 이 정도밖에 안 된다는 자괴감이 그것입니다.

더 큰 실망은 이 시대를 함께 살아가고 있는 우리 이웃들에게서 비롯되었습니다. 사고 원인을 밝히고 재발을 막아 달라는 유가족들과 시민들의 목소리에 이들은, 사고였을 뿐이다, 경제의 발목을 잡는다, 자식 팔아 돈 번다 등 차마 입에 담기 힘든 말들

세월호 침몰로 꽃다운 목숨을 잃은 학생들의 합동분향소(위). 팽목항에서 아이가 돌아오기를 기다리는 부모(아래)

을 쏟아 냈습니다.

당신들은 못 먹고 못 입으면서도 자식들을 위해 희생하신, 엄마와 어버이라는 말이 무색해지는 순간입니다. 문제는 어느덧 이들의 주장을 따라 하기 시작한 우리의 진짜 이웃들입니다. 그들은 세월호 침몰의 진상 규명과 재발 방지를 촉구하는 목소리 앞에 "지겹다"고, "이제 그만 좀 하라"고 말했습니다.

무엇이 그리 지겹습니까. 무엇을 했다고 그만하라 합니까. 희생자 가족들과 시민들의 요구는 단순합니다. 원인 규명과 재발 방지. 밝혀진 것은 아무것도 없고 재발 방지를 위한 어떠한 가시적인 노력도 행해진 바 없습니다. 왜 우리의 이웃들은 우리의 이웃에게 "가만히 있으라" 하는 걸까요.

우리를 둘러싼 모든 부조리에 "가만히 있으라"는 명령은 현대 한국을 요약하는 키워드입니다. 몇십 년 전의 한국은 가만히 있지 않으면 언제 알 수 없는 곳으로 끌려가 목숨을 잃을지도 모르는 시대였기 때문이지요.

우리의 부모님들은 살아남기 위해 가만히 계셨습니다. 경제를 살리기 위해서, 나라를 지키기 위해서 가만히 계시는 것을 체화하셨습니다. 자식들이 잘 살기를 바라는 마음에 우리에게도 가만히 있으라 가르치셨습니다.

문화란 주어진 환경에서 생존하기 위한 최적의 생활방식이며 그것은 교육을 통해 다음 세대로 이어집니다. 루스 베네딕트가 말한 문화의 패턴화가 바로 이것입니다.

그렇게 '가만히 있는 것'은 우리의 문화가 되었습니다. 그렇게 우리는 다른 이들의 고통에도, 나 자신의 부조리에도 가만히 있는 것이 최선이라는 생각을 굳히게 되었습니다. 가만히 있지 않고 앞에 나섰다가 불이익을 당하는 이들을 너무나도 많이 보아 왔으니까요. 세월호 가족들에게 가만히 있으라고 한 저분들은 어쩌면 더없이 그들을 걱정하시는 분들일지도 모릅니다.

그러나 이제는 가만히 있지 않는 것을 배울 때입니다. 우리 후손들에게 가만히 있지 말 것을 가르쳐야 할 때입니다. 가만히 있지 않는 것이 우리의 생존을 위해 더 필요한 일이기 때문입니다. 그동안 우리는 가만히 있었습니다. 묵묵히 내 할 일만 하며 앞만 보고 달려왔습니다. 그런데 그 결과가 무엇입니까. 가만히 있으면 아무것도 바뀌지 않습니다. 흙수저도, 갑질도, N포 세대도, 헬조선도….

이것이 우리가 가만히 있지 말아야 할 이유입니다. 부당함에 침묵하지 말아야 합니다. 부조리에 눈감지 말아야 합니다. 말하는 사람이 없다고 나마저 입 다물고 있지 말아야 합니다. 우리가 가만히 있지 않아야 작은 변화라도 이룰 수 있고, 그렇게 작은 변화들이 모이면 큰 변화도 가능할 것입니다. 그리고 지난 몇 달 동안, 우리는 그 작은 변화가 세상을 바꿀 수 있다는 가능성을 보았습니다.

4월 16일은 한국인들의 마음에 트라우마로 남았습니다. 그러나 4월 16일은 한국인들에게 하나의 기점이 될 것입니다. 그날을 계기로 우리는 가만히 있지 않는 법을 배웠으니까요. 그리고 그날부터 시작된 변화가 끝내 우리를 바꿀 것입니다.

가만히 있지 않는 것.

그것이 4년 전 그날, 차가운 바닷속에서 스러져 간 생명들을
기억하는 방법입니다.

© Anaporn Puthikampol

미안합니다

세월호 실종자분들의 무사귀환과
희생자 여러분의 명복을 빕니다

세월호 ㅎ

© Vincent St. Thomas

3

**한국인에 의한, 한국인을 위한,
한국인의 이야기**

갑질의 문화심리학

갑질이란 갑甲＋질의 합성어로, 둘 사이의 사회적 지위에서 기인한 불평등한 권력관계를 일컫는 말입니다. 단순히 계약의 양쪽 당사자를 일컫는 말인 갑과 을乙이 불평등한 권력관계를 나타내는 말로 사용된다는 것은 거기에 한국적인 어떤 것이 작용했기 때문이겠지요.

갑질에 대한 사회적인 관심이 커진 것은 2014년 말, 이른바 '땅콩 회항' 사건부터입니다. 기내 서비스로 제공되는 땅콩을 까서 주지 않았다는 이유로 해당 항공사 오너의 딸이자 당시 부사장인 조아무개씨가 비행기의 이륙을 막았던 사건이죠.

사람들은 '땅콩을 안 까 줬다고' 승무원들에게 고함을 치고 그것이 규정에 어긋나지 않음을 설명하는 사무장을 비행기에서 쫓아내 버린 행태에 경악했으며, 그러기 위해 수백 명이 타고 있는 항공기를 예정된 스케줄과 관계없이 마음대로 돌릴 수 있다는 그 마인드에 기가 막혔습니다.

사실 이 사건은 대한민국에서 종종 일어나는 '갑질' 중의 하나입니다. 땅콩 회항 전에도 전국적인 관심을 받았던 남양유업의 '밀어 내기' 갑질 사건, 포스코의 '라면 상무' 같은 사건이 있었고, 미스터피자의 갑질이나 종근당의 운전기사에 대한 막말 등이 대기업 갑질의 계보를 이었습니다.

최근 갑질을 대하는 사회의 분위기가 바뀌고 있습니다. 특히 하청업체에 대한 갑질이나 가맹점에 대한 프랜차이즈 업체의 갑질 등 대기업들의 횡포에 공정거래위원회가 제재를 가하면서 갑질에 대한 경계심이 확산되는 듯한데요. 그동안 가만히 있었던 을들도 이제는 목소리를 내고 있습니다. 이렇게 갑질은 점점 사라지고 우리나라는 좋은 나라가 되는 것일까요?

물론 그래야겠습니다만, 현실은 그렇게 이상적이지만은 않습니다. 갑질이 대기업의 전유물만은 아니기 때문입니다. 대기업 관계자나 부유층의 갑질은 종종 언론에 보도되지만, 우리 삶의 훨씬 더 가까운 곳에서 일어나고 있는 수많은 갑질은 보도조차 되지 않습니다.

갑질의 본질은 '자신의 우월한 지위를 바탕으로 상대방에게 부당한 일들을 강요한다'는 것입니다. 이런 의미에서 갑질은 한국 사회의 거의 모든 대인관계에서 나타납니다. 직장에서 상사가 후임에게, 선배가 후배에게, 연장자가 나이 어린 사람들에게 갑질은 대상과 맥락, 때와 장소를 가리지 않고 꼬리에 꼬리를 물고 일어나고 있습니다.

나이가 많다는 이유로 노약자 보호석에 앉은 임산부를 폭행한 노인이나 한두 살 많은 선배가 후배의 일거수일투족을 통제하는 대학 똥군기 사건 등 그야말로 만인의, 만인에 의한, 만인에 대한 갑질이라는 말이 떠오를 지경인데요. 심지어 대기업의 갑질에 분노하던 을들이 자기보다 사회적 지위가 낮은 이들에게는 갑의 위치에서 갑질을 하는 모순된 장면도 심심치 않게 나타납니다. 이러한 모순을 제대로 인식하고 해결하지 않는다면 갑질을 근절하기 위한 어떠한 노력도 실패로 돌아갈 것입니다.

그렇다면, 한국 사회에서 갑질은 왜 나타나는 것일까요? 그리고 갑질이 진정 사라지려면 어떤 일들이 선행되어야 할까요?

최근 수행된 갈등 해결방식의 문화 차이를 다룬 연구에 따르면, 한국인들은 '지배'와 '양보'라는 갈등 해결방식을 주로 사용

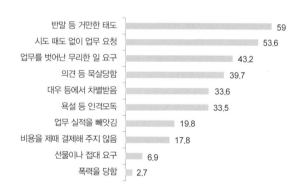

직장생활 하면서 당한 갑질 종류
단위: %(복수응답), 출처: 사람인

반말 등 거만한 태도	59
시도 때도 없이 업무 요청	53.6
업무를 벗어난 무리한 일 요구	43.2
의견 등 묵살당함	39.7
대우 등에서 차별받음	33.6
욕설 등 인격모독	33.5
업무 실적을 빼앗김	19.8
비용을 제때 결제해 주지 않음	17.8
선물이나 접대 요구	6.9
폭력을 당함	2.7

하는 것으로 나타났습니다. 갈등 해결방식은 갈등 자체에서 멀어지고자 하는 '회피', 상대를 억누르고 자신의 요구사항을 관철하려는 '지배', 자신의 요구를 접고 상대의 요구에 순응하는 '양보', 서로 만족할 수 있는 차선책을 찾는 '타협', 상대방을 만족시키면서도 자신의 요구를 극대화하는 '통합'으로 구분되는데요.

'지배'와 '양보'라는 한국인들의 갈등 해결방식은 개인의 욕구와 지향을 중시하는 개인주의 문화에서는 회피나 지배가, 집단 내의 조화를 중시하는 집단주의 문화에서는 '양보'와 '타협' 등이 우세할 것이라는 예상과는 동떨어진 결과입니다.

한국인의 '지배' 점수는 개인주의 문화의 대표라 할 수 있는 미국보다도 높고, '양보' 점수는 집단주의 문화의 대표라 할 수 있는 일본보다 높았습니다. 이 결과는 개인주의 vs. 집단주의의 틀로는 설명되지 않는 현상으로, 좀 더 한국적인 문화적 요소가 개입되어 있다고 볼 수 있을 것 같습니다.

한국인이 주로 사용하는 '지배'와 '양보'라는 갈등 해결방식은 갑질의 특성을 그대로 보여 줍니다. 자기보다 사회적 지위가 낮은 상대에게는 '지배'를, 자기보다 지위가 높다고 생각되는 상대에게는 '양보'를 사용하는 것이죠. 지배와 양보는 서로 이질적인 성격인 듯하지만 '상대방의 지위'가 이 둘 사이를 조절한다고 보면 충분히 나타날 수 있는 유형의 갈등 해결방식입니다.

이러한 행위의 경향성을 '권위주의적'이라고 합니다. 심리학에서 권위주의란 상대의 권위에 따라 자신의 행위양식이 달라진다는 의미가 있는데요. 권위주의적인 사람들은 권위가 시작되는 상대방의 지위에 관심을 두고, 그 지위로 상대방과 내 위치가 파악되는 순간 상대방에게 하게 될 행동의 종류와 범위를 결정합니다.

쉬운 말로 하면, 권위주의적 문화를 만드는 것은 '지위가 곧 그 사람'이라는 생각입니다. 중국이나 우리나라처럼 오랜 관료제도의 역사가 있는 나라들에서 많이 나타나는 생각인데요. 영국이나 프랑스 같은 개인주의 문화권 나라에서도 종종 발견되는 태도입니다.

이런 사회에서 어떤 사람의 지위란 그 사람의 인품과 능력, 그 지위를 얻을 자격을 포함하는 개념입니다. 따라서 지위가 높은 사람은 그에 걸맞은 권위를 확보하게 되고 다른 이들은 그 권위에 복종해야 하는 것이죠. 반대로 지위가 낮은 사람은 역시 그럴 만하니까 그렇다는 생각으로 대하는 것입니다.

신분제와 장유유서 등의 유교적 질서, 그리고 일제강점기, 군부독재 등의 권위주의 시대를 거치면서 한국인들은 권위주의적 행위양식을 내면화할 수밖에 없었습니다. 그리고 이 행위양식은 상대방과 내 지위의 차이가 인식되는 순간 자동으로 활성화합니다. 특히 갑질은 자신이 권력과 지위를 얻는 순간 드러날 가능성이 큽니다.

따라서 문화심리학의 관점에서 정의한 갑질은, 한국의 문화적 갈등 해결방식이라 할 수 있습니다. 이 말은, 한국 사회에서 갑질이 결코 일부 대기업이나 부유층만의 문제가 아니라 갈등이 있는 곳이라면 누구에게나 어디에서든 나타날 수 있는 문화적 행위양식이라는 뜻입니다. 다시 말해 갑질에는 남녀노소가 없다는 말이죠.

그러나 갑질이 문화적 행위양식이라는 사실이 갑질을 정당화하거나 '한국은 어쩔 수 없다'는 결론으로 이어지는 것은 아닙니다. 문화는 그것이 더 이상 현실의 삶과 일치하지 않을 때 변화하며, 현재의 한국인들은 더 이상 갑질을 받아들이지 않으며 또 그것이 정당하다고 생각하지 않습니다. 최근 두드러지고 있는 갑질에 대한 관심과 이른바 '을들의 반란'이 그 증거죠.

갑질은 권위주의적인 사회 분위기 속에서 오랜 시간 동안 유형화된 한국적 행위양식입니다. 이러한 갑질의 본질은 한국 사회에서 갑질이 쉽게 사라지지 않을 것임을 시사합니다. 갑질을 없애기 위해서는 공정거래위원회의 제재도 물론 중요하겠지만, 우리의 삶 속에 파고든 권위주의적 행위양식이 곧 '갑질의 근본'이라는 사실을 인식하는 것이 더 중요합니다.

나이, 지위, 돈, 권력, 경험이 많다고 상대에게 함부로 해도 된다는 그런 사고방식 말씀입니다. 나도 어쩌면 누구에게 갑질을 할 수 있다는 생각으로 자신의 행위를 되돌아보고, 상대의 지위와 관계없이 상호존중에 기초한 수평적인 관계를 바로 세우는 것이 우리 사회의 갑질을 없앨 수 있는 유일한 방법일 것입니다.

"가, 족같은(?) 소리 하고 있네"

아들 같아서 그랬다는 박찬주 대장 내외의 공관병 갑질, 손녀 같아서 그랬다는 전 국회의장 박희태 씨의 캐디 성추행. 가족의 이름으로 행해지는 갑질이 이슈입니다. 그들은 정말로 집에서 아들에게 전자팔찌를 채우고 손녀의 몸을 함부로 더듬는 걸까요?

박찬주 육군 제2작전 사령관(대장) 측
"손님 방문했을 때 (전자팔찌) 3번만 사용
이름 크게 부르는 것이 좋지 않다고 생각해
호출기 사용한 것"
"아들처럼 생각해 편하게 대한 건데
일부 소통 문제가 있었던 것"

그럴 리가 없다는 것을 우리는 잘 압니다. 그러면 그들은 왜 이따위 변명을 하는 것일까요? 공관병 갑질 사건 이후 여러 사람들이 이야기하듯이 가족에 대한 한국 사람들의 생각이 문제일까요? 오늘은 한국인들의 인간관계에 대한 생각을 살펴보려고 합니다.

제 가족에게는 절대 하지 않을 파렴치한 짓을 저지른 이들의 입에서 아들이, 딸이, 가족이라는 말이 언급됩니다. 이들의 행위는 결코 일반적인 한국 가족에서 일어나는 일이라고 볼 수 없습니다. 그러나 분명 한국 문화와 관련 있는 현상이기는 하죠. 그것은 바로 '갑질'입니다.

갑질이란 자신의 지위나 권위를 바탕으로 상대방이 원치 않는 일을 시키는 것을 말합니다. 문제는 이 갑질을 정당화하는 방식인데요. 여기서 박찬주 대장 내외나 박희태 씨를 비롯한 많은 갑질러들이 들고 나오는 것이 '가족'입니다.

이들의 행위 이면에는 '가족이라는 테두리 안에서는 어떤 일이든 용인받을 수 있다'는 가정이 깔려 있습니다. 그래서 자신들의 잘못된 행위에 대한 변명으로 가족을 들고 나오는 것이죠. 바로 이 지점이 오늘 우리가 주목해야 할 부분입니다.

갑질러들의 '가족 운운'은 한국인들이 인간관계를 바라보는 생각에서 비롯됩니다. 독일의 사회학자 퇴니에스 Ferdinand Tönnies 는 사회의 형태를 게마인샤프트 Gemeinschaft 와 게젤샤프트 Gesellschaft 로 분류하고 있는데요. '공동사회'라는 뜻의 게마인샤프트는 혈연과 정情 등의 정서적인 인간관계를 바탕으로 한 가족·촌락 같은 집단을 가리키며, '이익사회'로 옮길 수 있는 게

페르디난트 퇴니에스

젤샤프트는 이해관계를 토대로 맺어진 회사·정당 같은 집단을 가리킵니다.

게마인샤프트와 게젤샤프트의 인간관계는 다를 수밖에 없습니다. 가족과 회사가 다른 것처럼 말이죠. 게마인샤프트 안에서 사람들은 다른 사람들을 훨씬 많이 이해하고 또 서로 의지합니다. 또 그래도 된다고 생각하죠. 그러나 게젤샤프트 내에서 사람들은 자신이 얻게 될 이익에 상응하는 행동만 합니다. 그것이 계약입니다.

오랜 시간 동안 한국인들은 게마인샤프트를 기반으로 살아왔습니다. 우리가 살았던 지역공동체는 한 동네 사람들이 거의 다 친족들로 구성된 이른바 집성촌_{集姓村}이었습니다. 길을 걷다가, 또는 논밭에서 만나는 모든 사람들이 한 가족이었던 것이죠. 다시 말해 한국인들은 전통적으로 타인을 '가족'으로 인식해 왔다는 것입니다.

이러한 타인 인식은 현재까지 이어집니다. 더 이상 농사도 짓지 않고 집성촌을 이루어 살지 않는데도 말입니다. 그리고 가족 내의 관계를 계약을 통한 공적 관계에서까지 기대합니다. 이런 방식의 타인 인식을 '가족확장성'이라고 합니다. 가족 내의 관계가 일반적인 영역의 인간관계에까지 확장된다는 뜻이죠.

이 사실은 우리가 다른 사람을 어떻게 부르는지를 보면 금방 알 수 있습니다. 한국인들은 직접적인 친인척 관계가 아니더라도 친족 호칭으로 타인을 지칭합니다. 할머니, 할아버지, 아저씨, 아주머니, 아가씨 등등이 그것이죠. 식당에서 일하는 분까지 우리는 '이모'라 부르지 않습니까. 이모는 어머니의 동성 형제입니다. 가족도 아주 가까운 가족이죠.

일부 사람들이 비하의 호칭으로 오해하고 있는 아줌마는 아주머니의 준말로, 부모와 같은 항렬의 여자 어른을 부르는 말입니다. 일부 사람들이 술집에서 일하는 여성을 부르는 말로 오해하고 있는 아가씨도 아내가 남편의 여동생을 칭하는 말에서 왔고요.

우리는 낯선 사람과 관계를 맺을 때도 가족이 되는 방식을 사용합니다. 우선 서로의 연배를 확인한 뒤 사적으로 조금 친해지고 나면 서로를 형/아우(나이 차이가 크지 않을 때), 삼촌(이모)/조카(나이 차이가 한 세대 정도), 할아버지(할머니)/손자손녀(나이 차이가 두 세대)의 관계로 들어가는 것이죠.

이러한 관계에서 우리가 얻을 수 있는 것은 가족의 정입니다. 어려운 말로 '정서적 지지'라고 합시다. 전통적인 가족이 사라지고 사람 사이의 따뜻함을 느끼기 어려워진 현대사회에서 가족처럼 기대고 의지할 수 있는 사람들이 주변에 많다는 것은 사회적으로도 개인의 정신건강을 위해서도 대단한 자원입니다.

물론 부작용도 있습니다. 요즘 젊은 세대들이 불편해하는 오지랖도 바로 이런 관계에서 비롯됩니다. 더 이상 남이 아닌 관계가 되었으니 당연히 공유해야 할 영역이 넓어진다고 생각하는 것이죠. 진짜 가족처럼 말입니다. '남이 아니니까' '남의 일 같지 않아서' '동생 같아서' '아들/딸 같아서'라는 표현은 여기에서 나옵니다.

물론 두 사람의 유사 가족관계가 서로 합의된 것이라면 오지 랖이 문제 될 것은 별로 없습니다. 손아랫사람은 진짜 동생처럼, 아들/딸처럼 윗사람에게 의지하고 손윗사람은 진짜 형/누나처럼, 부모처럼 아랫사람을 챙겨 주고 돌봐 주는 바람직한 관계도 많거든요.

문제가 되는 것은 두 사람의 관계가 서로 '가족'으로 합의되지 않은 경우입니다. 병사와 상관은 국방의 의무라는 업무를 매개로 형성된 관계이고, 캐디와 손님은 서비스를 주고받는 계약적 관계입니다. 회사의 상사와 부하의 관계도 마찬가지죠. 상대가 원하지 않은 관계를 자신의 우월한 지위로 강요하는 것은 갑질입니다.

더 중요한 점은, 가족이라고 해서 아무 일이나 해도 되는 것은 아니라는 사실입니다. 부자유친, 장유유서 등 유교적 규범이 강조한 것은 자신의 위치에 맞는 책임과 의무를 다하라는 것이지 부모와 연장자의 말에 무조건 복종하라는 것이 아니었습니다. 갑질은 유교적 전통과는 아무런 관계가 없는 권위주의 문화의 잔재에 불과합니다.

이러한 혼란은 한국인들이 예전부터 맺어 왔던 인간관계를 현대사회의 인간관계에도 적용하면서 생기는 현상인 듯합니다. 상호이익에 따른 계약이라는 게젤샤프트적인 관계가 아직은 익숙하지 않은 것이죠. 전통적인 가치와 잘못 전해져 내려온 인습, 새 시대의 가치가 뒤섞이면서 여러 분야에서 갈등이 빚어지고 있습니다.

그러나 공적 영역의 인간관계와 사적 관계는 반드시 구별되어야 합니다. 공적 영역에까지 사적 관계를 아무렇지 않게 적용하는 것은 대인관계의 불필요한 스트레스를 높일 뿐 아니라 부패와 부조리 등 여러 가지 부작용의 원인이 됩니다. 극단적인 예이긴 하지만, '또 하나의 가족'이라는 카피를 쓰고 있는 회사가 그 가족 구성원들에게 어떤 일들을 저질러 왔는지는 잘 아시리라 생각합니다.

가족 좋습니다. 편하고 따뜻하고 든든하고 의지가 됩니다. 그러나 우리가 가족에게서 얻을 수 있는 긍정적인 가치들은 서로에 대한 사랑과 신뢰에서 비롯되는 것입니다. 가족이라는 이름으로 무엇이든 할 수 있는 것이 아니라는 말씀입니다.

상대에 대한 배려 없는 무조건적인 권위가 가족이라는 이름으로 묵인되어서는 안 됩니다. 자신의 책임을 다하지 않고 상대의 의무만 요구하는 일도 가족 사이에서는 있을 수 없는 일입니다. 자기 가족에게 하지 않는 행동을 다른 이들에게 해서는 안 되지 않겠습니까. 더구나 그들을 '가족'이라 생각한다면 말이죠.

자존심은 나쁘고 자존감은 좋다?

바야흐로 힐링의 시대이다 보니 여기저기서 남을 치유해 주겠다는 이른바 '힐러'들이 넘치고 있습니다. 우후죽순으로 돋아나는 그 힐러들이 헬조선의 전사(?)들에게 과연 얼마나 힐링을 잘해 줄 것인가와는 별개로 그들이 사용하는 심리학적 개념에는 적지 않은 문제가 있어 보입니다.

학술적 정의에 대한 명확한 이해 없이 정신의학적 용어를 함부로 사용하는가 하면 충분한 학술적·임상적 근거 없이 여러 개념을 혼용하는 경우도 많습니다. 상담소나 병원을 찾아가야 만날 수 있는 전문가보다는 힐링이 필요한 사회적 분위기에 편승한 얼치기 힐러들이 많다니, 아무래도 인터넷과 1인 매체라는 기술의 진보를 등에 업고 이런 분위기가 생기는 것 같습니다.

친구나 지인들과 술 한잔 기울이며 따뜻한 말 한마디 주고받는 일상의 힐링이 아닌, 정신의학과 심리학적 개념을 이용한 정신 치유는 고도의 훈련과 임상 경험이 뒷받침되어야 하는 일입니다. 위로가 필요한 시대에 인터넷에 돌아다니는 짧은 글에서 잠시의 안식을 얻는 것도 좋지만 정보의 바다에서 가치 있는 정보를 걸러내는 안목도 반드시 갖추시기 바랍니다.

저는 문화심리학자로 임상이나 상담 전문가는 아닙니다만, 현재 힐링계에 통용되는 개념 중에 심각하게 오염된 문화적 개념이 있어 오늘은 그에 관한 말씀을 드리고자 합니다. 그것은 '자존심'과 '자존감'입니다.

언제부턴가 인터넷 곳곳에 '자존심은 버려야 할 나쁜 것이고 자존감은 키워야 할 좋은 것'이라는 명제가 눈에 띕니다. 결론부터 말씀드리면, 틀린 소리입니다. 그것도 엄청나게 잘못된 얘기입니다.

자존심自尊心은 한국 문화에서 발달한 문화적 개념입니다. 즉 한국 사람들이 일상에서 구어로 사용하는 용어이자 개념입니다. 반면에 자존감self-esteem은 심리학에서 통용되는 개념입니다. 로젠버그Marshall Rogenberg라는 학자가 1965년에 정의했으며, 오랫동안 많은 연구를 통해 다듬어진 학술적 개념입니다.

이렇게 배경이 서로 다른 두 개념을 단일 선상에서 비교한다는 것이 가능할까요? 어불성설입니다. 말이 안 되는 얘깁니다. 더구나 한쪽은 좋고 한쪽은 나쁘다니요. 그 근거는 무엇이랍니까? 참으로 그것이 없는 상황입니다. 그거 말이죠. 꼭 있어야 하는 건데, 거참 어디다 뒀더라? '어이가 없네?'

제가 이렇게 흥분하는 이유는 제가 '자존심'을 연구한 학자이기 때문입니다. 그리고 연구한 바에 따르면 자존심은 학술적 개념인 '자존감'의 문화적 형태입니다. 자존심과 자존감이 서로 다른 것이 아니라 자존감을 경험하고 드러내는 한국 문화적인 방식이 자존심인 것입니다.

따라서 자존심과 자존감을 비교하는 것은 비교 대상이 아닌 동일 범주의 개념을 비교하는 오류인 것이죠. 쉽게 말씀드리면, 자존심은 나쁘고 자존감은 좋다는 주장은 '한복은 나쁜데 옷은 좋다'는 주장과 마찬가지입니다.

한국의 문화적 개념인 자존심과 비교할 수 있는 것은 프라이드pride 같은 문화적 개념뿐입니다. 프라이드가 미국 문화에서 미국인들이 자존감을 드러내는 방식이라면 말이죠. 프라이드를 다룬 학술적 연구는 아직 없습니다.

이렇듯 잘못된 범주를 비교하는 데서 한술 더 떠 무엇은 좋고 무엇은 나쁘다는 가치가 포함된 이런 주장은 어떻게 나올 수 있을까요? 그것은 맥락에 대한 잘못된 이해에서 비롯된 것으로 보입니다.

자존심은 자존감을 경험하는 문화적 방식입니다. 모든 사람들이 '집'을 짓고 살지만 문화에 따라 벽돌집, 흙집, 판잣집, 이글루 등 다양한 방식으로 지은 집이 있듯이, 사람들이 스스로의 가치를 높이 평가하는 자존감이라는 보편적 심성이 있는데 그것을 경험하고 표현하는 방식은 문화적으로 다르다는 것이지요.

제 연구에 따르면, 한국인들은 자존심을 매우 소중하게 생각합니다. 이것을 타인에게 침해당하면 심한 경우에는 살인도 불사하지요. 그래서 한국인들은 어떤 경우에도 자존심을 지키려고 노력합니다. 그 과정에서 분에 넘치는 허세를 부리거나 말도 안 되는 객기를 부리기도 하지요.

아마도 일상생활에서 흔히 볼 수 있는 쓸데없어 보이는 자존심 지키기에 대한 힐러들 개인의 경험들이 '자존심은 나쁜 것'이라는 주장을 가능하게 만드는 것 같습니다. 물론 자존심에는 그런 측면이 있습니다. 사소한 이유 때문에 더 큰 것을 잃거나 소중한 사람과의 관계가 손상되기도 합니다. 그러나 자존심의 의미는 거기에서 그치는 것이 아닙니다.

위에 언급한 것은 자존심이 부정적으로 드러나는 경우입니다. 그러나 자존심에는 부정적인 측면만 있을까요? 세상 모든 일에는 부정적인 면과 긍정적인 면이 있지요. 긍정적인 면에 눈을 감고 부정적인 면만 강조한다면 그것은 왜곡입니다. 자기 주장에 맞는 증거만을 찾으려는 인지적 편향의 결과인 것입니다.

연구에 따르면, 사람들이 자존심 때문에 부정적인 일을 하는 이유는 그만큼 자존심의 의미가 크기 때문입니다. 어떤 경우에도 자존심을 지켜야겠다는 동기가 있으니 방어적이거나 공격적인 태도까지 나타날 수 있지요. 그렇지만 여기에는 개인적 성숙이나 여러 상황적 조건에 따른 편차가 존재합니다. 자존심을 찌질한 열등감의 발로로 드러내는 사람도 있지만 성숙한 내면을 바탕으로 자신의 가치를 지키는 데 사용하는 이들도 분명 있다는 말씀입니다. 그래서 문화적 개념을 이해하기 위해서는 다양한 맥락에 따른 의미들을 동시에 살펴봐야 합니다.

자존심은 한국인들에게 '살아갈 이유'를 줍니다. 사는 게 힘들고 눈앞이 보이지 않을 때, 붙잡을 자존심이 한 가닥 있다면 우리는 그것을 붙잡고 어려움을 이겨 냅니다. 자존심을 지키겠다는 마음은 어려움에 굴복하지 않고 자신을 지키며 더 나은 결과를 향하게 하는 힘을 줍니다.

일본말로 곤조根性, 미국의 문화적 개념으로 그릿grit이라는 것이 이와 비슷합니다. 아마도 자존감을 유지하려는 동기와 관련된 그 문화의 개념일 것입니다. 학술적 개념으로는 자기탄력성self-resilience이라는 것이 있습니다.

우리에게 자존심은 빅터 프랭클이 이야기한 삶의 의미이기도 합니다. 세상에는 돈도 안 되고 남이 알아주지도 않는 일이지만 자기 자리를 지키는 많은 분들이 있습니다. 그분들을 지탱하는 것은 '내가 나의 길을 가고 있다'는 자존심일 것입니다.

문양을 새기는 장인의 손길

　돈이 안 돼도 내가 가진 기술을 이어 가겠다는 장인의 자존심. 초가삼간에 살면서도 고관대작에게 고개 숙이지 않는 선비의 자존심. 감옥에 갈지라도 펜을 굽히지 않는 언론인의 자존심. 평생을 시간 강사로 떠돌지언정 자신의 학문적 정체성을 지키는 학자의 자존심.

　우리가 사는 세상을 살 만하게 만드는 이들은 자기 일에서 자존심을 지키는 이들입니다. 현재 한국이 헬조선이라 불리는 이유는 선비들이, 언론인들이, 학자들이 자존심을 내팽개쳤기 때문은 아닐까요? 자, 아직도 자존심은 나쁘고 자존감은 좋다고 생각하십니까?

　정리하겠습니다. 자존심은 자존감의 한 형태입니다. 이 둘을 비교하는 것은 '옷과 한복' '음식과 짜장면' '악기와 피아노' '스포츠와 축구'를 비교하는 것과 마찬가지입니다. 웃기는 일 아닌 가요?

호갱님, 호갱님, 우리 호갱님

최근 과자 드셔 본 적 있는지요? "질소를 샀더니 과자가 딸려 왔다"는 농담이 있을 정도로 우리나라 과자의 과대 포장 문제는 심각합니다. 과대 포장만이 문제가 아닙니다. 분명 같은 과자인데 수출용에는 국내용에는 쓰지 않는 고급 원료를 사용하고 양도 배 가까이 많습니다.

국내의 어느 회사 자동차는 사고가 났는데도 에어백이 터지지 않아 신고한 고객에게 "충돌각에 따라 안 터질 수 있다"고 답변했습니다. 이 회사 자동차는 북미에서 싸고 질 좋기로 꽤 유명합니다. 대형차 한 대를 사면 소형차 한 대를 덤으로 주는 마케팅부터 10만 마일 워런티, 즉 주행거리 10만 마일(약 16만 킬로미터) 동안 고장 등 문제가 발생하면 무료로 수리해 주는 서비스 등 공격적인(?) 마케팅으로 잘 알려졌었죠.

유명한 빵 브랜드 파리바게뜨가 프랑스에 진출한 것은 들어 보셨죠? 그 빵이 그렇게 맛있답니다. 프랑스 사람들이 가게 앞에 줄을 섭니다. 이상하게 우리 동네에서 사 먹을 때는 그 정도까진 아니었던 거 같은데, 프랑스 사람들 입맛이 생각보다 안 까다로운 것일까요?

과자 봉지로 만든 뗏목

ⓒ연합뉴스

국내 대기업이 만든 TV나 휴대폰 가격은 국내보다 해외가 훨씬 쌉니다. 국내에서 구입하는 것보다 인터넷을 통해 해외에서 직접 사는 게 훨씬 이득입니다. 그래서 생겨난 말이 '해외직구'와 '호갱'입니다. 해외직구는 물건을 해외에서 직접 구매한다는 뜻이고, '호갱'은 '호구 취급 당하는 고객'이라는 뜻입니다. 말로는 "고객님, 고객님" 하지만 속으로는 호구 취급을 당하는 우리 시대 불쌍한 고객들의 애환이 담긴 슬픈 유행어라고 할 수 있죠.

몇 가지만 예를 들었지만 국내 기업들의 소비자 호구 취급은 악명이 높습니다. 인터넷에는 물건을 사면서 '호구 되지 않는 법'이 자세하게 정리되어 있을 정도입니다. 물론 현실이 현실이니만큼 똑똑한 소비를 하는 것도 중요하겠습니다만, 그들이 도대체 왜 국내 소비자를 호구로 아는지 궁금하지 않으십니까?

도덕성 탓을 하자니 일관적이지 않습니다. 도덕적으로 문제가 있다면 국내 소비자든 해외 소비자든 똑같이 호구 취급을 해야 할 겁니다. 문제는 국내와 해외에 대한 기업들의 인식 차에 있습니다. 한마디로 정리하자면, '국내 소비자는 호구 취급해도 된다'는 것입니다. 왜 그래도 된다고 생각할까요?

바로 '한국인은 미개하다'는 생각을 하기 때문입니다. 한국인이 미개하기에 좋은 제품과 나쁜 제품을 구분하지 못할 테고, 그러니 나쁜 제품을 팔아도 상관없다는 논리입니다. 또는 미개한 사람들한테는 좋은 제품을 팔 필요가 없다는 것이겠죠. 좀 심하게 표현한 감이 있지만, 이것이 '호갱 사태'의 본질일 겁니다.

그러면 이 생각, '한국인은 미개하다'는 생각은 어디에서 온 것일까요? 짧게 말씀드리면 이런 생각은 구한말부터 시작되었습니다. 그리고 일제강점기를 거치면서 강해졌지요. 제 글을 읽은 분들은 눈치채셨겠지만, 이러한 생각이 바로 '사회진화론적 인식'입니다.

조선의 명운이 다해 가던 19세기 후반, 조선의 지식인들은 조선이 열강에게 휘둘릴 수밖에 없었던 이유를 '진화론'에서 찾았습니다. 물론 진화론이 제국주의가 팽창하던 당대의 시대정신이었던 면도 있지요. '우리가 나라를 빼앗기는 것은 우리가 힘이 없어서다. 저들이 진화할 동안 우리가 진화하지 못해서다'는 식의 설명입니다.

이 같은 인식은 친일파나 독립지사를 가리지 않고 널리 받아들여졌습니다. '조선은 미개하니 일본의 힘을 빌려서라도 개화를 해야 한다'가 개화파에서 친일파로 이어지는 이들의 방침이었다면, '조선은 미개하니 지금부터라도 계몽하고 힘을 길러 나라를 되찾아야 한다'가 독립지사들의 생각이었습니다. '조선은 미개하다'는 전제는 동일했지요.

그리고 일제강점기 이후 격동의 현대사를 거치면서 '조선은 미개하다'는 인식을 더욱 강하게 품은 이들이 한국 사회의 주도층으로 자리 잡게 됩니다. 그리고 그런 인식이 불거져 나오는 대표적인 영역이 바로 소비자에 대한 기업들의 태도인 것이지요. 우리나라 기업들의 역사와 그들의 관계를 조금이나마 아시는 분들은 그들의 이러한 인식이 당연하다고 느껴질 겁니다.

문제는 '한국인은 미개하다'는 인식이 그들 선에서 그치지 않는다는 점입니다. 저렴하기로 유명한 여러 해외 브랜드도 한국에 들어오면 고가정책을 펍니다. 품질과 기술, 서비스로 이름 높은 해외 업체들도 한국에서는 리콜을 해 주지 않는 등 한국 고객들을 '호갱 취급' 하는 데 동참하고 있습니다.

해외에서 그렇게 명성을 떨치는 업체들이 왜 우리나라에만 들어오면 그렇게 될까요? 드라마로 만들어져 화제를 끌기도 한 웹툰 〈송곳〉에서는 이렇게 말합니다. "여기서는 그래도 되니까."

일이 이쯤 되니까 사람들은 자조하기 시작합니다. 사실이지 않느냐는 것이지요. 우리가 미개하니까 그들이 우리를 호구 취급 하는 거 아니냐. 우리가 미개하니까 이렇게 살 수밖에 없는 것 아니냐. 여러분도 그렇게 생각하십니까?

최근의 흙수저 신드롬을 비롯한 사회문제를 다룬 기사의 댓글에는 어김없이 "미개한 국민들 때문에…"라는 말이 포함되어 있습니다. 몇 년 전, 대선 후보를 지낸 어느 국회의원의 아드님이 SNS에 올린 글에서 유래한 "국민이 미개하다"는 말은 이제 한국에서 일어나는 모든 부정적인 사건에 대한 설명으로 통하고 있습니다.

정○○

박근혜 대통령 지난번에 칼빵 맞을 뻔한 거 모르냐… 경호실에서는 경호 불완전하다고 대통령한테 가지 말라고 제안했는데 대통령이 위험 알면서 방문 강행한 거야. 그리고 국민 정서 언급했는데 비슷한 사건 일어나도 이성적으로 대응하는 나

394

른 국가 사례랑 달리 우리나라 국민들은 대통령이 가서 최대한 수색 노력하겠다는데도 소리 지르고 욕하고 국무총리한테 물 세례하잖아. ㅋㅋㅋ 국민 정서 자체가 굉장히 미개한데 대통령 만 신적인 존재가 돼서 국민의 모든 니즈를 충족시키길 기대하 는 게 말도 안 되는 거지. 국민이 모여서 국가가 되는 건데 국 민이 미개하니까 국가도 미개한 것 아니겠나.

당시 고등학생이었던 정아무개 군의 이 글에서 시작된 '미개' 라는 용어는 어느새 한국인들에 대한 한국인들의 일반적인 인식 이 되어 가고 있는 듯합니다. 처음에는 철없는 아이의 언행이라 고 분노하던 사람들도 희망이 보이지 않는 현실에 맞닥뜨리면서 자조적으로 '미개'라는 단어를 입에 올리고 있습니다.

이것은 별로 바람직한 현상이 아닙니다. 진화론적 해석에서 드 러나듯이 누군가가 '미개하다'는 것은 그들이 변화 — 또는 진 화 — 하는 것이 사실상 불가능하다는 뜻입니다. 진화에는 '지질 학적인 시간'이 필요한데, 이 지질학적인 시간이라는 것은 수백 만 년을 훌쩍 넘어가니까요. 즉 미개한 이들을 그냥 알아서 진화 하게 내버려 두면 몇백만, 몇천만 년이 걸릴지 모른다는 얘기니 까 그게 불가능하다는 뜻이지요.

그래서 누구를 '미개하다'고 낙인찍는다는 사실은 그를 포기 했다는 말이 됩니다. 그게 우리 자신일 경우에는 더 심각해지는 거지요. 이런 면에서 최근의 현상을 해석해 보면 한국인들은 스 스로를 포기했다는 의미가 됩니다.

과연 그렇습니까? 여러분은 이 나라를 포기하셨나요? '그렇다'고 말씀하실 분도 꽤 있으리라고 봅니다. 그러나 저는 그래서는 안 된다고 생각합니다. 얄팍한 애국심 때문이 아닙니다. 아직 우리는 한 일이 많지 않기 때문입니다.

우리가 선진국이라고 부르는 나라들은 지금과 같은 시스템을 만들기 위해 최소 200년 이상을 보냈습니다. 우리는 길게 잡아도 60년 정도에 불과합니다. 그러다 보니 외형상으로는 어느 정도 성장했지만 전체적인 균형을 이루지 못한 것이 우리의 현실입니다. 그리고 그렇기 때문에 우리에게는 아직 '할 일'이 많습니다.

그러나 우리가 스스로 미개하다는 생각을 하는 한, '할 수 있는 일'은 급격히 줄어듭니다. 바로 그 점 때문에 '미개 도식'이 문제인 것이지요. '한국인은 미개하다'는 도식은 그렇지 않을 수도 있는 가능성들마저 차단하면서, 향후 긍정적인 방향으로 이어질 수 있는 대안을 찾지 못하게 합니다.

따라서 호갱 문제는 단지 소비자 권리의 문제로 그치지 않습니다. 이는 한국인의 한국인 자신에 대한 인식의 문제입니다. 호갱이라는 이 시대의 유행어에서 읽을 수 있는 메시지는 '이 인간들은 미개하니 호구 취급 해도 된다' '우리는 미개하니 이렇게 살아도 할 수 없다' 두 가지인데요. 그러다 보니 상상할 수 있는 대안이 '호갱 되지 않는 법'에 그칠 수밖에 없습니다.

나 하나야 약삭빠르게 호갱이 되지 않을 수 있지만 여전히 국민을 호구로 취급하는 기업은 존재하고, 여전히 호갱이 되는 사람들이 나올 것입니다. 이보다는, 우리는 미개하지 않으니 저들이 우리를 호구 취급 하게 두어서는 안 되겠지요? 그나저나 한국인들은 진짜 미개할까요? 여러분은 어떻게 생각하십니까?

왜 한국만 '한국 나이'를 쓸까?

우리나라에는 두 개의 나이가 있습니다. 일명 '한국 나이'와 '만 나이'가 그것이죠. 한국 사람들은 태어나면 바로 한 살이 됩니다. 그리고 해가 바뀌면 한 살을 더 먹죠. 이런 식의 계산법을 '한국 나이'라고 합니다. 작년 12월 31일에 태어난 아기는 지금 두 살이네요.

한편 만 나이는 태어난 날을 기준으로 하는 나이입니다. 태어나면 0살, 1년 뒤 생일이 돼야 한 살이 됩니다. 작년 12월 31일에 태어난 아기는 아직 0살입니다. 한국 나이의 유래와 관련해서는 명확히 알려진 바가 없습니다. 한국학중앙연구원을 비롯한 국가 기관과 민속학 전문가들도 의견이 갈리는 부분입니다.

유력한 설은 한국 사람들은 아이가 엄마 배 속에 생겼을 때부터를 생명의 시작이라고 생각해 왔다는 겁니다. 임신 기간이 10개월이니까 태어났을 때 벌써 일 년 가까이 산 것이죠. 그래서인지, 우리의 나이를 세는 단위는 '살'입니다. '살'은 '살다生'에서 왔을 것으로 추정됩니다.

한편 만 나이는 생일을 기준으로 하는 셈법입니다. 우리나라

를 제외한 거의 모든 나라들이 만 나이로 나이를 세지요. 그런데 사실 '만 나이'라는 용어는 일본에서 나온 말입니다. 일본도 예전에는 우리처럼 엄마 배 속부터 나이를 세었는데요. 서양의 문물을 받아들이면서 서양식 만 나이와 기존에 세어 오던 나이인 가조에도시数え年를 병행하다가, 행정상의 어려움을 이유로 1950년부터는 만 나이만 사용하도록 법률을 제정했다고 합니다.

일본뿐만 아니라 중국, 몽골, 베트남 등등 동아시아 문화권에서는 이른바 '한국 나이'가 일반적이었습니다. 그러나 현대사회가 되고 서구식 사회 시스템을 따르면서 다른 나라에서는 전통적인 나이 세기가 점점 사라진 것으로 보입니다.

만 나이는 서구식 나이 계산법입니다. 생일이 되기 전에는 나이가 올라가지 않는 방식인데요. 이는 동서양의 '나이' 개념이 다르기 때문인 것 같습니다. 즉 동양은 해年, 歲가 바뀌면 나이를 먹습니다. 공문서의 나이 적는 칸에 '__세'라고 쓰인 '세'가 해 세歲 자이지 않습니까?

아무리 12월 31일에 태어났어도 태어난 해가 2016년이면 이미 그해의 1세를 갖는 것이고, 바로 이튿날 해가 바뀌면 또 그해의 1세를 더하는 식이죠. 즉 동양의 나이는 해가 바뀌면 하나씩 올라가고 서양의 나이는 태어난 날이 돌아오면 하나씩 올라가는 겁니다. 여기에는 뭐가 더 맞고 틀리다, 옳고 그르다는 것이 없습니다. 그냥 예전부터 그래 왔던 습관, 다시 말해 문화일 뿐입니다.

그런데 말입니다. 왜 한국만 아직도 예전의 나이 셈법을 고집하는 걸까요? 이건 궁금해할 만합니다. 중국, 일본을 비롯한 동양의 다른 나라들은 벌써 그런 방식을 버린 지 오랜데 말입니다.

한국 나이와 만 나이를 병용하는 것은 여러 가지 불편을 초래합니다. 인구조사 등 행정적 불편함은 물론이고 법적 책임이 중요한 사안의 연령을 따지는 일에서도 골치를 아프게 하죠. 외국인들과 상호작용할 때면 그들에게 '한국 나이Korean age'라는 개념을 설명해야 하는 불편함까지 가중됩니다. 이러한 불편함에도 한국 사람들이 여전히 한국 나이를 쓰는 이유는 뭘까요?

2016년 2월, 조사 전문 기관 리얼미터에서 조사한 결과에 따르면 한국 나이를 유지해야 한다는 의견이 만 나이로 통일해야 한다는 의견보다 우세했습니다. 한국식 나이 셈법이 불편하다는 인식이 확산되고 있음에도 한국 나이를 쓰자는 사람이 여전히 많은데요.

'한국식 나이' 관련 국민 여론
단위: %. 출처: 리얼미터

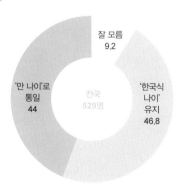

문화는 합리적이고 이성적인 방식으로만 작동하지는 않습니다. 만 나이를 쓰는 것이 편리한데도 한국 나이가 계속 유지되고 있다는 것은 한국식 나이 셈법에 어떤 기능이 있다는 뜻일 것입니다. 쉽게 말하자면 한국 사람들한테는 그게 중요하다는 겁니다.

제가 생각한 '한국 나이'의 기능은 "한국 문화에서는 나이가 대인관계에서 행동양식을 규정해 준다"는 사실과 밀접한 관련이 있습니다. 한국 사람들은 '나이'로 관계를 맺습니다. 누구를 처음 만나면 통성명과 함께 서로의 나이를 묻지요. 그리고 나이에 따라서 관계가 결정됩니다. 예를 들어 나이가 더 많으면 '윗사람', 더 적으면 '아랫사람'의 관계가 성립하는 것이죠.

연배가 비슷하면 '형/오빠/누나/언니 vs. 동생'의 관계가, 나이 차이가 세대급(20살 이상)으로 벌어지면 '아저씨(삼촌)/아주머니(이모·고모) vs. 조카', 나이 차이가 두 세대(40~50살) 넘게 벌어지면 '할아버지/할머니 vs. 손자/손녀'의 관계가 형성됩니다.

물론 공적인 관계나 일시적인 관계에서는 이렇게까지 가지 않겠습니다만, 우리가 나이를 물어보는 것은 서로의 위치를 정하고 그 위치에 따라 '문화적으로 허용된' 행동양식을 사용하기 위해서입니다. 그리고 장유유서를 지켜 온 우리의 문화적 전통에서 그러한 행동양식은 주로 '나이가 많은 사람'에게 유리하게 작용하지요.

이것이 한국 사람들이 '한국 나이'를 놓을 수 없는 이유입니다. 수없이 많은 사람들과 얽히고설키는 대인관계에서 유리한 위치를 선점하려면 나이가 한 살이라도 많은 것이 유리하니까요. 만으로 나이를 세면 두 살까지 어려지지 않습니까? 제가 알기로 한국 사람들이 만 나이를 적극적으로 사용할 때는 나이 먹기 싫을 때뿐입니다.

나이를 바탕으로 이루어지는 대인관계는 많은 부작용을 낳습니다. 반드시 지켜져야 할 사회적 약속이 나이 때문에 어그러지기도 하고 그 때문에 상처받는 이들도 있습니다. 최근에 화제가 된 '지하철 노약자석' 문제나 '○○대학 똥군기' 사건들이 그 대표적인 예고요. 다양한 의견이 자유롭게 나와야 할 토론회 같은 곳에서도 나이 어린 사람들의 주장은 무시당하기 일쑤입니다.

하지만 그런 부정적인 현상이 있기 때문에 한국식 나이 문화는 없애야 마땅한 것일까요? 이는 또 다른 주제로 다뤄야 할 문제겠습니다만, 일단 저는 그렇게 생각하지 않습니다. 문화에는 양면성이 있지요. 문화의 한 면만 보고 문화 전반을 평가하는 것은 위험한 일입니다. 그 문화가 수행하는 기능 때문입니다.

한국의 나이 문화는 대인관계 맥락에서 서로의 행동을 지시하는 문화적 도식의 역할을 하고 있습니다. 그 도식에 따라 한국 사람들의 행위와 마음 경험의 질이 결정되죠. 한국인을 연구하는 학자들은 우선 이 점을 알아야 합니다.

또한 한국의 '나이 따지는 문화'의 부작용이 적지 않지만 한국 문화에서 나이 어린 사람이 항상 피해를 보는 것만은 아닙니다. 나이 많은 사람이 나이에 걸맞은 행동을 못할 때는 더 심한 욕을 먹습니다. 나이 먹은 만큼 책임도 커지는 것이죠.

장유유서란 나이 많은 사람이 나이 적은 사람에게 갑질하라는 뜻이 아닙니다. 서로의 사회적 위치를 정하고 그에 따른 책임을 다하라는 것이죠. 대개 옛것을 쥐뿔도 모르는 사람들이 옛것을 지킨다는 명목 아래 여러 사람들을 피곤하게 합니다.

나이로 정해지는 서로와의 관계 속에서 한국 사람들은 가장 익숙하고 자연스럽게 자신의 역할을 하며 살아갑니다. 그것이 한국 나이가 지속되는 이유죠. 나이 가지고 어린 사람 찍어 누르는 사람이 잘못된 것이지, 나이 문화 탓은 아닙니다. 물론 그 반대의 경우도 마찬가지겠죠.

결론적으로 저는 한국의 나이 문화가 대인관계에서 오는 불확실성을 줄이고 유리한 위치를 차지하기 위한 '재미있는' 문화라고 생각합니다. 행정적으로 여러 불편함이 있지만 이렇게 아웅다웅 살아가는 것도 재미있지 않을까요? 물론 제 나이에 맞는 '나잇값'은 똑바로 하고 말입니다.

고인돌, 절, 교회, 그리고 치킨집

한국에 분포하는 고인돌은 약 3만 기. 전 세계 고인돌의 50퍼센트가 넘는 수라고 합니다. 알다시피 한반도 면적은 그리 크지 않습니다. 이 지역에서 발견되는 고인돌이 세계 고인돌의 반이 넘는다. 이 사실이 우연은 아닐 것입니다.

고인돌은 청동기시대 유력 부족장의 무덤으로 알려져 있습니

다. 왜 '유력'이라는 말이 붙느냐
하면, 고인돌을 건설하려면
많은 인력이 필요하기 때문
이지요. 전라북도 고창에는
덮개돌의 무게가 300톤에
달하는 고인돌이 있을 정도
입니다. 300톤의 돌을 운반려면
몇 사람의 노동력이 필요했을
까요?

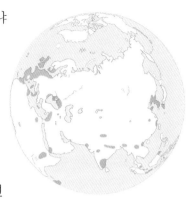

세계 고인돌 분포도

따라서 많은 사람들을 동원할 수 있는 권력을 지닌 부족장과
군왕만이 고인돌을 세울 수 있었을 것입니다. 실제로 고인돌은
청동기의 사용을 바탕으로 인구가 늘어나고 사회가 조직되는
청동기시대의 유적입니다. 고인돌 아래에서는 군왕의 권력을 상
징하는 검, 거울, 방울 따위의 청동기들이 발견되고 있지요.

여기서 제 호기심을 자극한 것은 고인돌의 개수입니다. 한국
에는 전 세계 고인돌의 50~60퍼센트가 있습니다. 이 말은 한국
에 그 많은 고인돌을 세울 만한 세력들이 존재했다는 뜻일까요?
청동기시대 한국에 그렇게나 많은 정치집단이 있었던 것일까요?
그럴 수도 있습니다. 고대 한반도가 세계 문명의 중심이었고 수
많은 사람들이 모여 살았으며 이들이 전 세계로 퍼져 나가 고인
돌 문화를 전파했을 수도 있습니다.

실제로 그렇게 믿는 분도 많고 저 또한 심정적으로는 그렇게
믿고 싶지만, 이런 주장은 아직 충분한 근거가 없는 실정입니다.

©국립중앙박물관

전남 화순 대곡리 청동기 유물들(대한민국 국보 제143호)

식민지 사학의 잔재라고 주장하실 분도 있겠지만 제가 역사학자는 아니니 더 이상의 언급은 피하겠습니다. 대신 저는 한국에 고인돌이 그토록 많은 것에 대해서 심리적인 이유를 찾아보고자 합니다. 역사적으로 우리나라에 고인돌만큼 밀집된 무엇인가가 또 있었을까요?

『삼국유사』에는 "서라벌에 절은 하늘의 별처럼 펼쳐져 있고 탑은 기러기처럼 늘어서 있다 寺寺星張 塔塔雁行"는 구절이 나옵니다. 법흥왕 14년(기원전 527년) 이차돈이 순교하면서 불교를 국교로 삼은 이후로 신라에는 많은 절이 지어졌습니다.

이 많은 절들은 도대체 누가, 왜 지은 것일까요? 신라 사람들은 집안의 안녕을 위해, 누구를 추모하기 위해, 나라의 안위를 위해 등등 다양한 이유로 절을 지었습니다. 나라에서 세운 절도 있지만 대부분은 개인들이 지극히 개인적인 목적을 위해 지은 것들입니다.

한 가지 예를 들면, 국보로 지정될 만큼 정교하고 아름다운 불국사와 동양의 불가사의라는 석굴암은 신라 경덕왕 때의 재상 김대성이 개인적으로 지은 절입니다. 김대성은 전생의 부모를 위해 석굴암을 지었고 현생의 부모를 위해 불국사를 지었다고 하죠.

종교는 사람들에게 위로와 평안을 줍니다. 때로는 희망과 용기를 주기도 하지요. 사람들은 종교에 자신을 의탁하며 현세와 내세에서의 복을 기원합니다. 우리는 종교의 이러한 기능을 현대 한국에서도 발견할 수 있습니다.

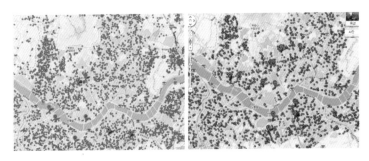

서울 시내의 교회 분포도(왼쪽)와 치킨집 분포도(오른쪽)

위의 사진은 서울 시내의 교회 분포도입니다. 일연 스님의 '절이 밤하늘의 별처럼 펼쳐져 있다'는 묘사가 결코 과장이 아님을 알 수 있을 겁니다. 기독교가 한국에 전파된 뒤, 한국인들은 평화와 안식, 희망과 용기는 물론 현세와 내세의 복을 위해 교회를 지었습니다.

한국에서 이런 밀집 현상이 발견되는 것은 종교시설만이 아닙니다. 오른쪽 사진은 서울 시내의 '치킨집' 분포도입니다. 교회와 비슷한 수준의 밀집도를 보이죠. 전 세계 맥도날드 매장보다 많다는 한국 치킨집의 수가 의미하는 것은 무엇일까요?

고인돌과 절, 교회와 치킨집. 이들의 공통점은 한국에 밀집되어 있다는 점입니다. 이것은 사실입니다. 우리는 이 사실에서 무엇을 이끌어 낼 수 있을까요? 한국인의 심성에 이러한 현상을 가능하게 하는 어떤 것이 있는 것은 아닐까요? 그 이유를 이해할 수 있다면 한국에서 나타나는 한국적인 여러 현상을 이해할 수 있을 겁니다.

문화심리학자로서 저의 가정은, 이런 현상이 한국인의 과시욕 또는 경쟁심과 관련 있지 않을까 하는 것입니다. 한국인들은 다른 사람들에게 자신의 영향력을 끼치고 싶어 하는 주체성 자기가 우세한데요. 이런 성향이 경쟁적인 고인돌 건설을 불러오지 않았을까 하는 것이죠.

"이웃 마을에서 100톤짜리 고인돌을 세웠다고? 질 수 없지! 우리는 200톤짜리를 세운다!"

물론 이런 생각이 객관적 수치나 근거를 두고 있지는 않습니다. 또한 현대 한국인의 심리적 특성을 가지고 고대 한반도 일원에 살았던 사람들의 심성을 유추하는 것도 무리가 있겠습니다. 그러나 한국에서 한국인들에 의해 일어난 사건들에는 일정한 패턴이 발견되는 것이 사실입니다. 그런 패턴을 읽어 내는 것이 문화심리학이지요. 독자 여러분도 다양한 상상력을 발휘해 보시기 바랍니다.

위안부 할머니들만의 아픔이 아닙니다

지난 2015년의 한·일 일본군 위안부 협상. 누구를 위한, 무엇을 위한 협상입니까. 위안부 피해자에게는 일언반구도 없이 '국가 간 합의'가 이루어졌습니다. 10억 엔이라는 푼돈을 받는 조건으로 소녀상을 철거한다고 했습니다. 그리고 앞으로는 일본에 어떠한 책임도 물을 수 없다고 했습니다. 다시 거론하면 한국은 국제사회에서 매장당할 것이라고 가해자의 후손이 말했습니다. 정

부와 여당은 잘된 협상이라 자평하고, 박근혜 전 대통령은 '대승적 견지에서 이해해 달라'고 했습니다.

사과받는 이가 이토록 비참해져야 하는 사과가 무슨 사과입니까. 무엇보다 피해자 자신들이 받아들일 수 없는 사과가 무슨 사과입니까. 위안부 피해자 유희남 할머니는 "정부에 계신 분들은 잘한다고 하셨겠지만 우리는 너무 억울하고 분하다. 냉정해도 할 수 없다. 다시 가서 (회담을) 해 달라"며 이번 합의를 받아들일 뜻이 없음을 분명히 했습니다.

왜 정부는, 대통령은, 이렇게 비굴한 협상에 응해 버린 걸까요.

갑자기 어떤 생각이 들었습니다. 이런 협상을 추진한 이들은 단지 '친일파'일까요? 그래서 친일파를 척결하면 이런 일들이 다시 생기지 않는다고 할 수 있을까요? 국가가 다른 나라 군인들에게 강간당한 피해자들을 외면하고 타국의 손을 들어 주었습니다. 양국의 발전된 관계를 위해서랍니다.

이 장면, 어디서 많이 본 거 같지 않으십니까? 사법부가 의대생에게 성폭행당한 피해자는 외면하고 의대생의 죄는 감면해 주었습니다. 의대생의 꿈이 좌절되어서는 안 되기 때문이랍니다. 어머니가 친아버지에게 강간당한 딸을 외면하고 남편의 편을 들어 주었습니다. 너만 조용히 있으면 아무 일 없을 거랍니다. 동네 오빠에게 성폭행당한 딸에게 아버지는 동네 창피하니까 소문내지 말라고 합니다. 청나라에 끌려갔다 온 여인들을 '화냥년'이라 부른 것은 바로 그 여인들의 남편들과, 한동네 살던 이웃들이었습니다.

대상은 각각 다르지만 위의 사건들은 구조적으로 동일합니다. 가장 피해자 편이 되어야 할 이들이 피해자를 외면하고 가해자의 손을 들어 주고 있는 것입니다. 우리는 주변에서 이러한 종류의 사건들을 질리도록 보아 왔습니다.

물론 분노하는 사람들도 있었을 겁니다. 하지만 가장 힘이 되어 줄 사람들이 손을 놓고 있으니 이러한 현상은 계속될 수밖에 없습니다. 보다 못한 이웃이 경찰에 신고했는데 부모가 가해자에게 푼돈을 받고 합의해 버리는 따위의 일들입니다.

이 사태에 대해 SNS로 퍼지는 '넷심'은 매우 부정적이었습니다. 그러나 지난 2015년 12월 협상 타결(?) 며칠 뒤 실시된 조사에서는 잘못했다는 응답이 50.7퍼센트, 잘했다는 응답이 43.2퍼센트가 나왔습니다(리얼미터 조사). 심지어 어떤 뉴스에서는 잘했다는 응답이 53퍼센트(잘못했다 40퍼센트)로 더 많았답니다(SBS 조사).

이것은 조사가 조작된 것일까요? 저는 그렇게 생각하지 않습

2015년 한·일 일본군 위안부 협상에 대한 평가
단위: %, 출처: SBS뉴스

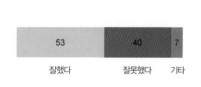

| 53 | 40 | 7 |
| 잘했다 | 잘못했다 | 기타 |

긍정 평가 이유
단위: %, 출처: 리얼미터

기타 5
10억 엔 14
아베가 사죄 표명 29.6
일본 정부 책임 인정 51.4

니다. 피해자와 가장 가까운 이들이 피해자들을 외면하는 경우를 너무나 많이 보아 왔기 때문입니다. 성폭력 피해자들에 대한 이런 식의 '문제 해결 방법'은 아마도 한국의 문화적 행위양식인 듯합니다. 성폭력 피해자들에게 가만히 있으라고 하는 것은 가문의 명예를 지키기 위해 딸들을 살해하는 명예살인과 본질적으로 같은 동기에서 나오는 행위입니다. 딸을 죽이는 것이 어떻게 가문의 명예를 지키는 일이 될까요?

일부 이슬람 문화권과 인도에서 나타나는 명예살인의 기본 논리를 결혼제도와 관련한 인류학적 이론들로 추정해 보았습니다. 첫째, 집단들은 생존 가능성을 극대화하기 위해 다른 집단들과 동맹을 맺어야 합니다. 둘째, 집단들은 동맹의 대가로 여성을 교환했습니다. 쉬운 예로, 정략결혼이 있지요. 이 두 가지 사실에서 아래와 같은 논리가 나옵니다.

1. 여자가 강간당한 것(남편 아닌 남자와 성관계를 한 것)은 흠이다(다른 집단에게 시집보낼 수 없다).

2. 그것은 여자의 흠이기도 하고 그 여자가 속한 집단(가문)의 흠이기도 하다(관리를 제대로 못했다).

3. 흠이 있는 여자는 교환가치가 없으니(다른 집에 시집보낼 수 없으니) 제거한다.

4. 그 여자가 속한 집단이 그 일(제거)을 직접 하게 되면 그 집단은 다른 집단에게서 '저 집단은 (교환가치로 쓸 집단 성품으로서의) 여자 관리를 잘한다'는 평판을 얻게 된다.

그러니까 명예살인과 위안부 협상 타결, 그리고 성폭력 피해
자들을 대하는 한국인들의 태도는 집단(집안, 가문, 국가)의 생존 가
능성을 높이기 위해서 오랜 시간 동안 만들어져 온 문화적 문제
해결방식인 것입니다. 이것을 조금 거칠게 표현하면, '너만 가만
히 있어 주면(죽으면) 우리가 산다'는 말로 요약할 수 있습니다.

그리고 한국에서 이런 말은 단지 성폭력 피해 여성들에게만
향하는 것이 아닙니다. 내 생존을 위협한다고 지각되는 거의 모
든 것을 향해 드러내는 공격적 생존방식입니다. 조직의 문제를
밖으로 알리는 '내부고발자'에 대한 한국의 문화적 해결방식을
떠올려 보십시오. 공익을 위한 제보였음에도 결국 매장당하고
나쁜 평판을 받는 것은 내부고발자 자신입니다. 그리고 그를 가
장 많이 비난하는 것은 그와 함께 일했던 동료들입니다. 학생운
동, 시민단체, 노동운동 등을 바라보는 많은 이들의 시각도 마찬
가지입니다.

왜 문제를 만드느냐, 너만 입 다물고 있으면 된다.
개인적인 피해는 안타깝지만 대승적 차원에서 덮고 지나가자.
경제도 어려운데 언제까지 그런 문제로 발목을 잡을 거냐.

우리는 그렇게 입을 다물고 대승적 차원에서 문제를 덮어 가

며 많은 세월을 지내 왔습니다. 그리고 그것은 우리의 문화가 되었습니다. 이번에 불거진 위안부 협상 문제는 그동안 성폭력 피해자를 비롯한 사회적 약자에게 우리가 취해 왔던 문화적 태도가 드러난 것뿐일지도 모릅니다.

한국인들이, 한국 문화가, 생존을 최우선의 가치로 삼게 된 것은 아마도 근현대 한국의 가슴 아픈 역사에서 비롯되었을 겁니다. 생존이라는 목표는 문화를 이루는 가장 중요한 동기입니다. '살기 위해서'만큼 절실한 이유도 없을 테지요. 구한말 열강의 침탈과 일제강점기, 한국전쟁과 군사독재 정권을 거치면서 한국인들처럼 살기 위해 최선을 다한 사람들이 또 있을까요?

그렇지만 단지 '살아간다는 것' 이상의 가치를 찾으려 했고 추구해 왔기에 인간 사회는 조금씩 나아져 왔다고 생각합니다. 생존은 여전히 중요한 가치입니다만, 더욱 중요한 것은 '함께 사는 것'입니다. 다른 이들의 희생 위에서 나만 잘 살겠다는 생각은 결국 내 삶마저 위협할 수 있기 때문입니다.

그런 의미에서 위안부 할머니들의 아픔은 그분들만의 아픔이 아닙니다. 대승적 차원에서 그분들의 아픔이 해결되지 않는다는 것은 곧, 내 아픔도 누군가의 대승적 차원에 의해 묻혀 버릴 수 있다는 것을 뜻하기 때문입니다.

명절과 '아름답게' 헤어지는 법

언제부턴가 명절은 우리에게 스트레스로 다가오는 것 같습니다. 명절이 지나면 이혼율이 늘어난다는 통계가 있지요. 명절 때 불거진 가족 간 갈등이 이혼으로 이어지는 것입니다. 그 스트레스는 명절 증후군으로 잘 알려져 있습니다.

명절 스트레스는 특히 며느리들에게 높습니다. 요즘은 많이 바뀌었다고는 하지만 명절 음식은 여성들이 전담하는 경우가 많고, 한국의 전통적 고부관계에서 며느리들은 시댁에서 오랜 시간을 보내야 하는 명절이 마음 편할 리 없습니다. 급기야 몇 년 전부터는 가짜 깁스 같은 상품까지 등장했습니다.

결혼 전의 대학생이나 취준생들에게도 명절은 스트레스입니

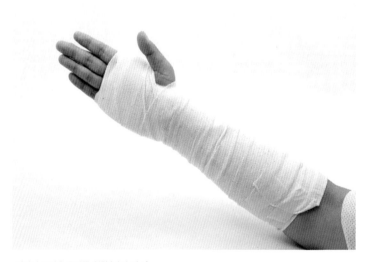

명절이 두려운 주부를 위한 '가짜 깁스'

다. 일 년에 한두 번 볼까 말까 한 친척들이 몰려와서 내 삶을 놓고 감 놔라 배 놔라 하기 일쑤이고, 친척 동생들이나 조카들은 평화로운 나만의 공간에 침입해서 소중한 컬렉션을 부숴 놓거나 컴퓨터에다 몹쓸 짓을 잔뜩 저질러 놓고는 나 몰라라 하지요.

남편들이나 어르신들이라고 명절이 편할 리 없습니다. 남편 처지에서는 돕는다고 나서 보지만 아내의 성에는 차지 않는 듯하고, 그렇다고 가만히 있자니 눈치가 보이죠. 어르신들도 이제 시대가 달라졌으니 예전처럼 할 수 없고 마음에 썩 들지 않는 구석이 있어도 한 소리 하기가 뭣합니다.

이렇게 명절은 모든 사람들에게 스트레스인 듯합니다. 즐거운 명절 보내시라는, 한복 곱게 차려입은 뉴스 앵커의 멘트가 이제는 공허하게 들려옵니다. 왜 우리는 다 같이 힘든 명절을 지키고 있는 걸까요?

문화는 사람들이 주어진 환경에 적응하기 위해 만들어 낸 것입니다. 어떤 문화나 관습이 존재한다는 것은 그 집단의 생존과 유지를 위해 그러한 문화나 관습이 필요했다는 뜻이죠. 그리고 그러한 필요가 다했을 때 문화는 사라집니다. 그렇다면 명절은 사라질 때가 된 것일까요? 이렇게 안 좋은 기억만 잔뜩 남기고요?

우리에게 명절은 어떤 의미였을까요? 농경사회였던 조선시대에 명절은 농사일의 흐름을 맺고 이어 주는 역할을 했습니다. 대표적 명절인 추석과 정월 대보름은 시기적으로 추수 직후와 입춘 즈음입니다. 추석은 한 해 농사를 마무리하는 성격을 띱니다. 농사짓느라 고생했으니 거두어들인 곡식으로 풍족하게 먹고 놀고 쉬자는 것이죠.

　지금은 오곡밥 먹는 날 정도로 기억되는 정월 대보름은 본래 아주 큰 명절이었습니다. 설날이 새해의 시작이라면 정월 대보름은 농사의 시작을 알립니다. 설날이 지나면서 슬슬 농사일의 압박을 느끼는 사람들이 본격적으로 농사일을 시작하기 전에 '한판 진하게 놀자'고 정한 날이 대보름입니다. 특히나 논바닥에서 하는 쥐불놀이, 달집태우기 등은 병충해를 막고 땅에 양분을 공급하는 기능을 하지요.

　그러나 현대로 들어서면서 명절의 의미는 바뀝니다. 예전처럼 농사짓는 시대가 아니니 당연하겠지요. 산업화와 도시화 과정에서 사람들은 도시로 모여들고 농촌에는 부모 세대만 남게 되었습니다. 농사일의 호흡을 조절하던 명절은 이제 고향에 가서 부모님 만나는 날로 변했습니다. 사라진 지역공동체, 흩어진 가족, 숨 가쁜 변화를 따라가느라 지치고 고달픈 삶 속에서 명절은 우리가 '가족'임을 확인하는 날이 된 것입니다.

　도시로 나온 자식들은 부모님이 평소에 접하기 힘든 물건들로 구성된 선물 세트를 사 들고 고향으로 향하고, 부모님들은 짧은 만남을 아쉬워하며 남은 명절 음식이며 참기름 등 도시에서 쉽게 구하기 힘든 물건들을 바리바리 싸 보냅니다. '민족 대이동'과 함께 '스팸 선물 세트'나 '음식 보따리' 등 새로운 명절 풍경이 생겨나기 시작합니다.

　그리고 시간이 흐르고 흘러 고향을 떠났던 이들은 이제 새로운 고향에서 자식들을 낳고 살아갑니다. 자식들이 또 자식들을 낳고, 자식들의 자식들이 또 자식들을 낳습니다. 세계에서 가장 빠른 변화를 겪어 온 한국이니만큼 삶의 모습도 그만큼 빨리 변해 가고 있습니다. 아직까지는 민족 대이동이라는 말이 남아 있지만, 이제 고향의 어르신들이 돌아가시고 나면 명절을 쇠기 위해 '민족' 단위가 이동하는 일은 없을지 모릅니다.

우리 삶의 모습이 바뀌어 감에 따라, 한 핏줄임을 확인해 주는 제의 ritual 와 차례는 헛된 수고만 끼치는 허례허식이 되었습니다. 오래간만에 보는 가족들 잘 살고 있는지 묻던 애틋한 안부는 꼰대들의 참견이 되었습니다. 객지에서 고생할 자식을 생각하며 싸 보내던 음식 보따리는 처치 곤란한 음식 쓰레기가 되었습니다.

지금 사람들이 잘못하고 있다는 의미로 이 글을 쓰는 것이 아닙니다. 명절이 스트레스가 된 본질은 우리 삶의 모습이 바뀌었다는 데 있다는 것입니다. 우리 삶이 달라졌기에 같은 행위이지만 그 의미가 달라졌다는 것이지요.

당연히 그리고 자연스럽게, 명절 모습은 변해 갈 겁니다. 언젠가는 명절이 아예 사라지는 날이 올지도 모르겠습니다. 그런데 명절은 우리의 삶에 스트레스 말고는 아무런 긍정적인 영향을 주지 않는 걸까요? 여러분이 그렇게 생각하신다면 명절은 차차 사라져 갈 것입니다. 그 변화를 막을 수 있는 것은 아무것도 없을 겁니다.

그러나 명절이 앞으로도 계속되어야 한다고 생각한다면, 우리가 한때 느꼈던 가족의 사랑과 따뜻한 나눔을 우리 아이들에게도 전해 주고 싶다면, 앞으로 조금은 신경 써야 할 점들이 있습니다. 기분 나쁘게 생각지 말고 아래 항목을 잠깐만 눈여겨봐 주셨으면 합니다.

1. 명절 스트레스의 주원인인 여성에게 편중된 노동이나 시댁 중심의 행사 일정 등은 남녀평등을 지향하는 현대사회에서는 더 이상 적합하지 않은 관습입니다.

2. 친척 어르신들이 젊을 때와는 세상이 많이 달라졌습니다. 친척들의 과도한 참견은 희망이 보이지 않는 미래와 싸워야 하는 어린 세대에게 상처가 될 수 있습니다.

3. 방 하나에서 십수 형제가 내 것 네 것 구분하지 않고 부대끼며 살던 때가 아닙니다. 서로의 소유물이나 삶의 영역을 지나치게 넘나드는 것은 정이 아니라 민폐입니다.

4. 지금의 혼란은 문화가 바뀌는 과정입니다. 부당하다고 생각되는 일이 있으면 전통이라고 참지 말고 당당하게 자신의 권리를 주장할 수 있어야 하겠습니다.

5. 가족이 소중하다고 생각한다면, 그리고 위에서 지적한 것들에 대해 서로 노력이 이루어진다는 전제 아래, 일 년에 며칠 정도는 약간의 불편을 감수할 수 있어야 하지 않을까요?

전통적인 의미의 가족이 빠른 속도로 해체되고 있지만 가족은 여전히 우리 사회 최후의 보루이자 안식처입니다. 한국인뿐만 아니라 모든 인간은 가족을 통해 관계 맺는 법과 갈등 조절하는 법을 배우고, 사람에 대한 사랑과 신뢰를 배웁니다. 발달심리학의 기초 중 기초에 해당하는 내용입니다. 그러니까 제가 하고자 하는 말은, 가족이 우리가 지켜야 할 가치라면 명절의 기능에도 주의를 기울일 필요가 있다는 겁니다.

그리고 만에 하나, 명절의 문화적 기능이 끝났다고 해도 이런 식의 이별은 곤란합니다. 사랑하던 사람과 헤어졌다고 해서 상대의 앞날을 저주하고 함께 보냈던 소중한 추억을 쓰레기통에 처박지는 않습니다. 그런 이별일수록 서로에 대한 감정이 정리되지 않고 남아 있는 경우가 많죠. 홧김에 이별을 통보하고는 자존심 때문에 다시 만나자는 말도 못하고 술 마실 때마다 울면서 전화기를 붙잡는….

우리에게 명절 스트레스가 그토록 많다는 것은, 명절을 대하는 우리의 감정이 그만큼 복잡하다는 뜻일 것입니다. 진정 명절과 이별해야 한다고 생각한다면 명절의 기억을 떠올려 보십시오. 그와의 추억을 되새겨 보고 그와 함께 꿈꾸었던 미래를 생각해 보십시오. 추억은 아름다웠으나 도저히 미래를 함께할 수 없다면, 그때 명절에 이별을 고하십시오.

강남역 살인 사건, 그 후

강남역 화장실 살인사건에 이은 파장이 큽니다. '여성도 안전한 사회'를 꿈꾸며 시작됐던 추모의 장은 어느새 남성과 여성이 맞

부딪치는 전쟁터로 변해 버렸습니다. 결론부터 이야기하자면, 남과 여는 대립의 대상이 아니라 공존의 주체입니다.

서로의 잘잘못을 따지는 것은 본질을 벗어난 일입니다. 우리는 이 사건에서 남성과 여성이 함께 살아가는 세상의 단초를 찾아야 합니다. 그리고 그것은 '불편함'을 참아 내는 인내에서 시작됩니다. 사람들은 본능적으로 익숙함을 추구합니다. 그러나 익숙한 것이 모두 좋거나 옳은 것만은 아닙니다. 더 나은 미래를 위해, 우리는 불편함에 익숙해질 필요가 있습니다.

정신이상자 한 명의 범죄를 여성에 대한 혐오범죄로 규정하는 것은 잘못이고, 남성들을 잠재적 범죄자로 취급하는 것이 불편하다는 시각이 많습니다. 그러나 이번 사건은 단순한 개인의 범죄라고 보기 힘든 점이 많습니다. 정신이상이라고는 하지만 그가 선택한 범죄의 대상은 남성이 아닌, 여성이었습니다.

서울 시청 시민청에 마련된 강남역 살인사건의 희생자 추모 공간

범죄 대상을 선택했다는 점에서 보통 묻지 마 범죄와는 다릅니다. 그는 왜 여성을 선택했을까요? 단지 힘이 약해 제압하기 쉬워서?

그것뿐이 아닙니다. 범인은 여성들이 자신을 무시한다며 여성을 향한 혐오를 키워 왔습니다. 즉 범인은 여성을 향한 자신의 분노를 표출하기 위해 피해자의 성별을 미리 선택한 것입니다. 결코 정신이상자의 묻지 마 범행이 아닌 이유입니다.

그렇다면, 이 사건은 왜 개인의 혐오범죄가 아닌 남성의 여성 혐오라는 사회적 의미를 띠는 걸까요?

그것은 여성이 범죄의 대상이 되는 것이 한국 사회에서 너무나 보편적인 일이기 때문입니다. 다음 표에는 각 나라 살인사건 피해자의 남녀 비율이 나와 있습니다. 여성 10만 명당 피해자 수에서 한국은 다른 나라들을 압도합니다.

각국 살인사건 피해자의 남녀 비율(미상 제외)
단위: %, 출처: UN 마약범죄사무소

	남성 피해자	여성 피해자	여성 10만 명당 피해자 수
대한민국 (2008)	49.0	51.0	2.3명
미국 (2010)	77.4	22.5	1.9명
영국 (2009)	66.1	33.9	0.8명
프랑스 (2008)	65.7	34.3	0.9명
호주 (2009)	72.1	27.5	1.2명
중국 (2008)	69.9	30.1	1.0명
인도 (2009)	73.7	26.3	1.5명

이번 사건을 놓고 많은 남성들이 자신은 여성을 혐오하지 않을뿐더러 오히려 존중하고 배려하므로 남성들을 잠재적 범죄자 취급 하지 말라고 하지만, 통계는 그렇지 않습니다. 여성에 대한 온갖 끔찍한 범죄로 인터넷상에 오르내리는 인도나 중국보다도 높은 수치입니다.

이런 결과는 한국에서 남성들이 어떠한 조건이 되면 여성에게 범죄를 저지를 수 있는 확률이 다른 나라보다 크다는 것으로, 한국 문화의 어떤 점이 한국 남성들이 그런 범죄를 저지르기 쉽게끔 '패턴화'하고 있다는 증거입니다. 패턴화는 '공유된' 가치 또는 행동의 양식으로, 개인의 행동과는 다른 것입니다. 내가 그러지 않는다고 해서 그런 문화가 없다고 말할 수 없다는 뜻입니다. 분명 한국 문화는 여성이 범죄의 피해자가 되기 쉬운 문화입니다.

관건은 이러한 문화의 기원을 밝혀 여성들이 안전하게 살 수 있는 나라, 남성과 여성이 함께 행복한 나라를 만드는 데 있습니다. 나는 그렇지 않으니 이번 사건을 여성혐오로 규정하는 너희들은 남혐이라는 주장은 현상의 이해와 문제 해결에 도움이 되지 않습니다.

마찬가지로, 일부 여성들이 주장하는 남성 책임론도 지나친 면이 있습니다. 여성이라는 이유로 불안과 위협에 노출된 채 살아야 하는 상황을 충분히 이해하고 또 공감합니다만, 남성들 개개인을 잠재적 범죄자로 취급하는 것은 서로의 감정을 상하게 하고 문제를 본질에서 벗어나게 할 뿐입니다.

이번 사건에서 교훈을 얻고 남성과 여성이 공존하는 미래의 대한민국을 위해 개인으로서의 남성이 아닌, 여성에게 범죄를 지지르는 남성들을 패턴화하는 '문화'에 집중할 필요가 있겠습니다.

여성혐오의 기원은 전통적 성 역할에서 찾을 수 있습니다. 동서고금을 막론하고 전통적 사회는 대부분 가부장제를 유지했습니다. 인류 역사상, 그것이 집단의 생존에 유리했기 때문이지요. 구성원들의 안녕을 보장해 줄 현대적인 국가 시스템이 정립되기 전까지, 수(십)만 년의 시간 동안 인간은 부족 단위로 생존을 추구해 왔습니다.

과학과 기술이 발달하기 전, 먹을 것을 구하고 전쟁에 나가 싸우는 등 생존을 위한 중요한 일들은 남성들의 몫이었고 그 결과 남성 중심의 가부장적 질서가 확립됩니다. 이런 사회에서 남성은 바깥일을 해서 가족을 보호(부양)하고 여성은 집 안에서 아이를 낳아 기르고 살림을 하는 전통적인 성 역할이 생겨나게 되었습니다.

여기에 별다른 이유는 없습니다. 남자가 힘을 쓰고 적과 싸우는 것이, 여자가 아이를 낳아 기르는 것이 '효율적'이었기 때문입니다. 생존에 급급한 상황에서 그 밖의 옵션을 생각할 여지가 없었던 것이지요. 그러나 성 역할의 구분은 대부분의 사회에서 여성이 남성보다 못하다는 인식과 남성에 대한 여성의 종속을 가져오게 됩니다.

산업혁명 이후, 생산기술이 발달하고 치안·보건·복지 등의 사회 시스템이 갖추어지면서 이러한 전통적 성 역할에 변화가 나타납니다. 가정의 생존을 위해 남성만 일을 할 필요가 없어진 거지요. 자연스레 여성의 교육 수준이 높아지고 직업 선택의 폭이 넓어지고 성 역할에 변화가 옵니다.

그런데 이러한 변화에 대한 남성들의 저항은 거셌습니다. '여자가 나댄다' '재수 없다' '여자는 수준이 낮아서 사회활동을 할 수 없다' 등 일베에서나 나올 법한 주장이 19세기 유럽 남성들의 평균적인 인식이었습니다. 현재 유럽의 양성평등은 권리를 찾기 위한 수많은 여성들의 희생이 있은 다음에야 가능했던 것입니다.

인류의 역사에서 여성들이 참정권을 얻기 시작한 것은 겨우 100년 전의 일입니다. 스위스 같은 나라는 1971년이 되어서야 여성의 참정권을 인정합니다. 그만큼 사람들이 오랜 시간 동안 남성이 우월하다는 가부장적 질서 속에 살아왔다는 뜻입니다.

우리나라는 어떨까요? 서구가 200년 이상에 걸쳐 이루어 낸 사회경제적 변화를 불과 50~60년에 따라잡은 한국이지만 문화적 인식이 변화하는 속도는 그에 미치지 못했습니다. 이것을 한국인들의 책임이라고 하긴 어렵습니다. 말이 50~60년이지 한국의 현재는 200년 이상의 시간이 압축되어 있기 때문입니다.

당연히 가부장 시대의 전통적 성 역할에 대한 인식이 꽤 많이 남아 있을 수밖에 없습니다. 전통적 성 역할이란 '남자는 나가서 돈을 벌어 가족을 먹여 살리고, 여자는 출산·육아·살림 등의 집안일을 한다'는 것입니다.

한국에서 이러한 성 역할에 실질적인 변화가 나타나기 시작한 것은 1990년대 이후의 일입니다. 1980년대에만 해도 '현모양처'

가 꿈이라는 여성들이 많았지요. 사회활동을 하는 여성들이 늘어나고 있었지만, 직장에 다니는 여성들도 결혼해서 아이를 낳으면 퇴사하는 것이 당연했던 분위기였습니다.

그러다가 1997년 IMF 사태가 터지면서 수많은 가장들이 직장을 잃었습니다. 더 이상 남자들의 노동만으로는 가정의 경제를 유지할 수 없는 시대가 열린 것입니다. 많은 어머님들이 비정규·저임금 노동시장으로 몰렸고, 이런 상황이 지속되면서 점차 여성들의 사회활동을 당연하게 생각하는 시대가 되었습니다.

제한된 일자리를 여성들이 공유하게 된 것입니다. 과거 여성들의 학력이 낮았던 시절, 여성들은 주로 저임금·노동집약형 일자리나 일용직 같은 일자리밖에 구할 수 없었습니다. 그러나 남아선호가 사라지고 출산율이 줄면서 고학력 여성들이 '남성들의 영역'에 진출하는 것이 본격화했죠.

여기에서 남성들의 혼란이 나타납니다. '왜 이렇게 여자들이 설치고 다니지? 여자들은 집에서 애 보고 밥 하는 거 아니었어?' 남성들의 분노는 먼저 여성 운전자들을 향해 나타났습니다. 운전에 서툰 여성 운전자를 비웃는 '김여사'라는 표현이 그것입니다. '김여사'의 본질은 여자가 집에 안 있고 차를 몰고 나온 데 대한 남성들의 분노입니다. 사람들은 본래 익숙한 것을 추구하는 존재입니다. 낯선 것을 보면 두려워하고 공격하려 하지요. 남자의 것이던 운전의 세계에 뛰어든 여성들이 일차적으로 공격의 대상이 된 것입니다.

김여사는 여성의 사회 진출이 시작된 것을 의미합니다. 여성의 사회 진출이 일반화하면서 회사, 공직, 법조계, 군대 등 남성들이 독식했던 영역들이 빠르게 줄어들었습니다. 여성들 특유의 집중력과 사회적 인정을 향한 오기가 그 속도를 더하게 한 측면도 있지요.

이제 남성들은 불안을 느낍니다. 자신들이 설 자리가 없어져 간다는 불안이지요. 계속되는 불황과 고용시장 불안정으로 가뜩이나 어려워진 취업시장에서 경쟁력을 잃는 남성들이 속출하면서 성 역할에 대한 혼란은 여성을 향한 혐오의 형태를 띠게 되었습니다.

일베라는 특정 사이트를 통해 여성혐오가 가시화한 것은 맞습니다. 그렇지만 최근 우리 사회에 나타나고 있는 분노범죄의 희생자가 주로 여성이라는 점은 여성혐오가 일부 또라이들의 일탈이 아닌 우리 사회의 구조적 문제라는 점을 시사합니다. 경쟁에서 밀려난 남성들이 자신의 실패를 여성에게 돌리고 그 분노를 표출하는 것이 여성에 대한 분노범죄의 본질인 것입니다.

이러한 패턴의 범죄가 늘어난 데에는 남성에게도 작용하고 있는 전통적 성 역할에 대한 부담감도 한몫을 했지요. '남자가 능력이 있어야지' '남자라면 처자식 정도는 먹여 살려야 하는 거 아냐?' '남자가 찌질하게…'

우리 사회에는 여성의 성 역할을 둘러싼 고정관념만큼이나 남성의 성 역할을 둘러싼 고정관념도 강하게 존재합니다. N포 세대, 흙수저로 대변되는 지금 상황에서 남자로서 느끼는 성 역할에 대한 부담감에 여성들의 변화된 성 역할에 대한 인식이 충돌한 것이 여성혐오라는 사회적 현상인 것입니다.

따라서 여성혐오를 '능력도 없는 찌질한 남자들이 드러내는' 박탈감에서 비롯된 분노로 규정하는 것은, 희생의 정도는 다르겠습니다만, 전통적 성 역할의 또 다른 희생자인 능력 없는 남성들을 남성이라는 이유로 다시 한 번 매도하는 것입니다. 그들도 경쟁에서 도태되고 싶어 도태된 것은 아니지 않겠습니까?

제가 드리고자 하는 말씀은 첫째, 여성혐오가 일부 찌질한 남성들의 문제가 아니라 사회 변화와 전통적 성 역할 변화에 따른 구조적인 문제라는 것이고, 둘째, 한국 문화의 미개성과 후진성에서 기인하는 '노답적인' 상황이 아니라 세계 대부분의 나라가 겪었고 또 겪고 있는 '과정상'의 문제라는 것입니다.

여성혐오는 반드시 극복해야 하며 또 극복할 수 있는 문제입니다. 남성과 여성이 모두 행복한 사회를 만들기 위해 모두의 지혜를 모아야 할 때입니다. '강남역 살인'이라는 사건을 계기로 남성과 여성의 성 역할과 공존에 대해 긍정적인 인식의 변화를 이끌어 냈으면 하는 바람입니다.

다르다고 '극혐' 하지 맙시다!

언제부턴가 우리 사회에 혐오가 만연하고 있습니다. 김치녀·한남충은 이미 역사가 오래되었고, 맘충·빠충·틀딱충·급식충·설명충·리얼충 등등 자고 일어나면 ○○충 하나가 생겨 있는 느낌입니다. 맘충·빠충이란 공공장소에서 자기 아이를 제대로 돌보지 않는 부모를 일컫는 말이고, 틀딱충은 노인들을 비하하는 말로 '틀니 딱딱'에서 왔습니다. 급식충은 급식을 먹는 중고등학생들을 일컫는 말이죠.

남성이 여성을, 여성이 남성을, 청년은 노년을, 노년은 청년을 혐오하는 듯합니다. 만인의, 만인에 의한, 만인을 향한 혐오. 대혐오 시대라는 말이 어색하지 않을 지경입니다.

요즘 젊은이들 사이에서 많이 쓰이는 '극혐'이라는 표현도 그렇습니다. 문자 그대로 지극히 혐오스럽다는 뜻의 이 말은 매우 일상적인 맥락에서도 흔하게 사용되는데요. 맘충 극혐, 틀딱충 극혐뿐만 아니라 날이 더워도 극혐, 밥이 맛이 없어도 극혐, 누가 꼴 보기 싫어도 극혐이 나옵니다.

극혐이란 태도를 점수로 나타내는 척도의 극단에 있는 표현입니다. 보통이다, 그저 그렇다는 존재하지 않습니다. 이런 최상급 표현이 일상 용어에 그대로 사용되고 있다니. 말 그대로 혐오의 일상화라고 할 수 있는데요. 대한민국은 왜 이렇게 혐오에 빠지게 되었을까요.

혐오는 두려움, 슬픔, 행복 같은 기본 정서 중에서도 인간의 삶에 가장 큰 영향을 끼치는 종류의 감정입니다. 정서를 적응에 따르는 생물학적 반응으로 보는 견해에 의하면, 혐오는 썩은 음식을 먹었을 때disgust 또는 감염된 상처나 독충 등을 봤을 때 느껴지는 거부의 반응에 가깝습니다.

심리학자 로진Paul Rozin은 혐오는 오염물의 체내화라는 관념에 초점을 둔 복잡한 인지적 내용을 지니고 있다고 주장하는데요. 역겨운 대상 그 자체뿐만 아니라 그것이 자기 몸 안으로 들어올 경우 일어날 수 있는 결과들—이를테면 질병, 감염, 사망 등—을 상상함으로써 혐오가 구체화한다는 겁니다.

즉 혐오가 강렬한 이유는 혐오를 불러일으키는 대상이 나와 내가 속한 집단의 생존에 위협이 되기 때문입니다. 우리가 썩은 음식 또는 토사물의 냄새를 맡거나 뱀, 거미, 전갈 등을 봤을 때 어떤 반응이 자연스러울지는 상식적인 일입니다. 진저리를 치며 그것을 뿌리치지 않으면 내 생명이 위험해질 수 있으니 말이죠.

극혐…

　사실 '○○충'이라는 단어에도 혐오라는 정서가 짙게 배어 있습니다. 예부터 벌레는 인류의 생존을 위협해 온 존재죠. 사람들은 벌레의 모양을 보거나 생김새를 떠올리는 것만으로도 혐오감이 들게끔 진화해 왔습니다.

　지역 차별, 사자 모욕, 범죄 인증 등으로 사회문제화한 일간베스트 회원을 일컫는 '일베충'에서 시작된 ○○충 시리즈는 한남충, 급식충, 설명충, 맘충에 이르기까지 최근 들어 급속도로 퍼지고 있습니다. 이런 ○○충 중에는 일베충처럼 실제로 사회적 위협을 야기하는 부류도 있지만, 개중에는 설명충―뭐든지 설명하려고 드는 사람―처럼 단순히 자신의 선호나 취향에 맞지 않는 이들을 지칭하는 경우도 많습니다. 혐오의 의미가 대상과 영역을 떠나 불쾌감을 주는 행동 전반으로 확장된 모양새입니다.

　그러나 혐오는 단순한 선호의 문제가 아닙니다. 독일의 문화학자 빈프리드 메닝하우스Winfried Menninghaus는 혐오를 '동화할 수 없는 타자성을 거부하는 자기주장의 고조'로 정의합니다. 쉽게 말하자면, 혐오란 나와 같지 않은 이들과 가까워지는 것을 원치 않는 마음이라는 것입니다.

자연히 혐오에는 비하와 멸시, 차별이 뒤따르는데, 이는 썩은 음식이나 벌레를 뿌리치고 멀리하려는 동기와 근원적으로 같습니다. 사람들은 위생상 배설물, 시체, 썩은 음식 따위의 불쾌한 물질을 처리해 왔으며, 비슷한 이유에서 혐오감을 주는 특정 집단이나 오염물로 인식되는 것을 지닌 사람들을 기피하도록 가르쳐 왔습니다.

역사적으로 혐오는 특정 집단과 사람들을 배척하기 위한 강력한 무기로 이용되었습니다. 가장 대표적인 것이 인종혐오죠. 히틀러는 유대인을 더럽고 냄새나는 열등한 종족, 독일 사회의 기생충이라 선동했으며, 노예해방 이후 150년이라는 세월이 무색하도록 미국에서는 여전히 흑인에 대한 차별이 끊이지 않고 있습니다.

인종혐오가 사라지지 않는 이유는, 어떤 집단을 향한 혐오감을 표출함으로써 내집단의 우월감을 확인하고, 당면한 문제에서 비롯되는 불안감을 해소하는 등의 심리적 이점이 있기 때문입니다. 어떤 사회에든 불만을 품은 이들은 있기 마련인데, 이러한 불만은 가장 찾기 쉬운 대상에게 표출됩니다.

인종은 피부색, 머리카락, 눈동자 등 외모로 확연히 구분되는 특징 때문에 쉽게 이러한 편견의 대상이 되어 왔지요. 현재 한국에서 일어나고 있는 대혐오도 기본적으로 같은 메커니즘에서 비롯된다고 생각합니다. 적당한 희생양을 찾아 자신의 불만을 드러내는 것이죠.

그런데 한국에서 나타나는 혐오는 그 대상이 외모로 구별되는 외부인이 아니라는 것, 그리고 몹시 다양하다는 특징을 보입니다. 누가 누구랄 것 없는 혐오의 분출, 그야말로 만인의, 만인에 의한, 만인을 향한 혐오라는 거죠.

이러한 혐오 현상의 이유로 두 가지를 꼽을 수 있을 것 같습니다. 첫째는 현시대 한국인들의 삶이 그만큼 힘들고 불만스럽다는 것이겠고, 둘째는 우리가 가진 문제 해결방식의 문제입니다.

다행스럽게도(?) 최근 한국은 끝이 보이지 않던 터널을 조금씩 빠져나오는 느낌입니다. 하루아침에 모든 것이 바뀌기는 어렵겠습니다만, 우리의 오늘은 분명 어제보다는 나아지고 있습니다.

워싱턴 D.C.의 홀로코스트 기념박물관에 있는 희생자들의 사진

그런 희망으로 내 주변부터 조금씩 변화를 이루어 간다면 점차 살 만한 세상이 될 것이라 생각합니다.

문제가 되는 것은 두 번째, 우리의 문제 해결방식입니다. 나에게 해를 끼치거나 마음에 들지 않는 상대를 만나면 한국인들은 그들을 적으로 규정하고 철저히 배척하는 경향을 보입니다. 너희들과 같은 하늘 아래 살 수 없다는 식이죠.

이런 방식은 아마도 분단 이후에 펼쳐진 치열한 대립의 역사 때문일 것으로 추정됩니다. 한국인들은 '나와 다른' 상대와 갈등을 해결하는 제대로 된 방법을 배울 기회가 없었습니다. 심지어 상대를 적으로 규정하고 적의를 드러내지 않으면 우리 편이 아니라고 의심받을 지경이었죠. 이런 방식은 그렇게 우리의 문화가 되었습니다.

지금 세상에 만연한 혐오는, 사람 사는 세상이라면 충분히 일어날 수 있고 또 해결할 수 있는 갈등을 대하는 우리의 태도입니다. 공공장소에 아이를 데려가는 것이, 중고등학생들이 생소한 말투를 쓰는 것이, 나잇값 못하는 사람들이 있다는 것이, 그들을 이 사회에서 격리해야만 할 정도로 큰 문제라고는 생각하지 않습니다.

결국 혐오란, 갈등을 보는 우리의 시각에서 비롯됩니다. 그렇다면 이러한 갈등을 좀 더 원만하게 해결하는 방법은 없을까요? 확실한 것은, 혐오가 이에 대한 해답은 아니라는 사실입니다. 어떤 이들과 같이 있기조차 싫은 마음으로 갈등을 해결하는 것은 불가능합니다.

남북한 분단 지도

　사실 답은 간단합니다. 상호이해의 폭을 넓히고 갈등에 대해 논의할 수 있는 공감대를 만드는 것이죠. 하지만 그게 말처럼 쉬웠다면 우리 사회에 혐오가 만연할 리도 없었을 겁니다.

　상호이해라는 것은 상대를 나와 동등한 관계로 인정할 때 비로소 시작될 수 있습니다. 상대를 사람이 아닌 벌레蟲로 규정하는 순간, 상호이해는 물 건너간 것이나 마찬가지입니다.

　혐오의 시대를 끝내는 것은 우리 주변의 사람들을 나와 같은 사람으로 보는 것에서 출발합니다. 광화문에서 성조기를 드는 노인들도, 식당에 아이를 데려오는 엄마 아빠도, 중고등학교에서 급식을 타 먹는 친구들도 전부 나와 다를 것 없는 사람입니다.

　그들의 행위가 때로는 이해할 수 없고 때로는 누군가에게 피해도 주겠지만, 달리 생각해 보면 나의 행위도 누군가에게는 이해할 수 없는 짓일 수 있고 누군가에게는 폐가 될 수 있는 일입니다. 사람이 살아간다는 게 그런 것 아니겠습니까? 갈등이 있으면 해결하면 되고, 이해가 안 되면 이해해 보려는 노력이라도 해야 합니다. 그들은 우리와 함께 살아가는 사람들이기 때문입니다. 무작정 선을 긋고 편을 나눈다면, 그 순간 공존의 가능성은 사라지고 맙니다.

문화심리학은 나와 다른 존재를 나와 같은 사람으로 바라보게 하는 시각을 제공합니다. 우리와는 문화가 다른 사람들이 미개인이 아니고 야만인이 아니듯이, 나와는 생각이 다른 사람들이 적이나 벌레가 아니라는 생각을 할 수 있어야 합니다. 다른 문화를 이해하는 데 익숙해지면 결국 내 옆에 있는 사람도 이해하게 되지 않을까요?

그럼 이만...